マクナイーマ
誰でもない英雄

マリオ・ジ・アンドラージ　著

馬場 良二　訳

目 次

みなさん、こんにちは。・・・・・・・・・・・・・・・・・・・・7
Ⅰ　マクナイーマ ・・・・・・・・・・・・・・・・・・・・・・11
Ⅱ　大きくなったこと ・・・・・・・・・・・・・・・・・・19
Ⅲ　シイ、密林の母 ・・・・・・・・・・・・・・・・・・・・31
Ⅳ　ボイウナ・ルナ ・・・・・・・・・・・・・・・・・・・・39
Ⅴ　ピアイマン ・・・・・・・・・・・・・・・・・・・・・・・51
Ⅵ　フランス女と巨人 ・・・・・・・・・・・・・・・・・・69
Ⅶ　マクンバ ・・・・・・・・・・・・・・・・・・・・・・・・・83
Ⅷ　ベイ、太陽 ・・・・・・・・・・・・・・・・・・・・・・・97
Ⅸ　アマゾンの女たち、イカミアバへの手紙 ・・・・107
Ⅹ　パウイ・ポドリ ・・・・・・・・・・・・・・・・・・・123
ⅩⅠ　セイウシばあさん ・・・・・・・・・・・・・・・・・133
ⅩⅡ　テキテキ、シュピンザウルスと人間の不条理　153
ⅩⅢ　ジゲのシラミ女 ・・・・・・・・・・・・・・・・・・165
ⅩⅣ　ムイラキタン ・・・・・・・・・・・・・・・・・・・・175
ⅩⅤ　大ミミズ、オイベの臓物 ・・・・・・・・・・・・189
ⅩⅥ　ウラリコエラ ・・・・・・・・・・・・・・・・・・・・205
ⅩⅦ　大熊座 ・・・・・・・・・・・・・・・・・・・・・・・・・223
ⅩⅧ　エピローグ ・・・・・・・・・・・・・・・・・・・・・235
　　　マリオの『マクナイーマ』とブラジル ・・・・・・・239

挿画マウリシオ・ネグロ

第1章 パシウバ椰子、第7章 アタバキ太鼓、第16章

ブンバ・メウ・ボイ、第17章 エロイはぐっすり眠る

第3章 シイ、密林の母

都会のマクナイーマ

prà Nelma no campo vasto do céu

　　　　　　　みなさん、こんにちは。

　この本は、ブラジルの作家 Mário de Andrade（マリオ・ジ・アンドラージ）の rapsódia『MACUNAÍMA o herói sem nenhum caráter』の日本語訳です。翻訳に際しては、サンパウロのマルチンス社が1979年に出版した第17版を底本としました。
　マリオは、1893年ブラジルのサンパウロに生まれた詩人、作家、文学評論家、音楽研究者、民俗学者、随筆家で、1911年にサンパウロ演劇音楽学院に入学、神童と謳われ、ピアノの教師をしていたこともあります。
　この作品は主人公マクナイーマの冒険譚で、マクナイーマはブラジル、アマゾンの先住民、インディオで、その名は「大きな（イーマ）悪（マク）」を意味します。
　副題の「o herói sem nenhum caráter」をそのまま英語に訳すと「the hero without no character」です。「caráter」には、「性質、性格」以外に「品性」や「道徳心、毅然とした性格」などの意味もあるようで、ここでは「誰でもない英雄」としておきました。作者のマリオは、「ブラジル人一般」の意味も込めたようです。
　「rapsódia」は、「ラプソディー」です。古いところではガーシュウィンの「ラプソディー・イン・ブルー」、もう少し新しいところではクイーンの「ボヘミアン・ラプソディ」が有名です。日本語では「狂詩曲」と訳され、リストの「ハンガリー狂詩曲」がとても有名です。『広辞苑』で「狂詩曲」を引くと、「器楽曲の一形式。十九世紀に流行した民族的色彩をもつ性格小品の一種で、きわめて自由な形式をもつ」とあります。たしかに、『マクナイーマ』はとてもブラジル的ですし、と言うより、まさにブラジルだし、きわめて自由な形式を持っています。その「性格小品」をひくと、「十九世紀の自由な形式の音楽の一種。特にロマン派において漠然とした気分あるいは具体的な場面を喚起する標題をもつピアノのための抒情的小曲をいう」とあります。マリオの書いた『マクナイーマ』は、標題の英雄を描いた抒情的な、きわめてロマンチックな小品であり、そこにはインディオとローマ、ギリシアと、そして、アフリカの神々が綾なすブラジルの神話世界が描かれています。
　「ラプソディー」のそもそもは、古代ギリシアの吟遊詩人「ラプソード」が謳い、語った叙事詩のことです。彼らは数世紀にわたって古代ギリシアを遊歴し、ホメロスが作ったとされる『イリアス』と『オデュッセイア』を演じました。これらの叙事詩は、ギリシアとトロイアとの戦

争を題材としていて、『イリアス』にはあの有名なトロイの木馬でどのように戦ったかが生き生きと語られています。ラプソードが土地柄に合わせ、時代に即して演ずることにより、詩はタペストリーのように織り上げられていきました。「ラプソディー」の語源は、まさに「詩句を編む、縫い綴じる」という意の語にあるそうです。

現代ポルトガル語の辞書を見ても、「rapsódia」の第一義は「古代ギリシアのラプソードが朗誦した叙事詩」、それから、「詩の一節」、「ホメロスの二作品」、「特定の国家、国民、民族の叙事詩」とあり、「特定の民族、地域の特徴を取り入れた自由な形式の音楽」が最後に来ます。

さあ、「大悪」という名の英雄の時空を超えた冒険譚が始まります。ブラジルの自然、文化、言語、歴史、民族、神話、目くるめくブラジルがここにあります。サッカーの起こりや人を卑しめる「バナナ」、それに、「シャワーを浴びろ！」という表現の起源もわかることでしょう。

訳文の中に、突然、「フマキラーされる」がでてきますが、これは、アンドラージ本人がブラジルの殺虫剤名を動詞化して使っているからです。他にも、ポルトガル語の口語にラテン語の伝統を受け継ぐ書き言葉、トゥピ語、アフリカ起源の語、彩り豊かに編み上げられた彼の文体を可能な限り訳にうつそうと努力しました。その一つが、擬声語、擬態語です。本来、ポルトガル語には擬声語、擬態語のようなものはありません。原書にある擬声語、擬態語は、「juque（ジュッキ）」だけで、これにしても辞書にある語ではなく、アンドラージの創作のようです。「ピスカピスカ」は、動詞「piscapiscar」をそのまま擬態語としていかしました。もう一つは、表記で、漢字、ひらがな、カタカナを織り交ぜました。音楽家のアンドラージが日本語の擬声語、擬態語の豊富さを知ったら喜ぶことでしょうし、文字に三つのパターンがあることにはおどろくに違いありません。

なお、『マクナイーマ』には、すでに福嶋伸洋氏によるすばらしい翻訳（松籟社、2013年）があります。でも、『マクナイーマ』に複数の訳があっても悪くはないし、なにより、私にとって思い入れの深い作品です。私の『マクナイーマ』を世に問うことにいたしました。

注のある翻訳を読み慣れておいでのみなさんはお分かりのことと思いますが、注など読まなくても、面白いものは面白い。でも、注がないのは手抜きだとお思いの方もおられるかも知れず、それより何より、ぜひ

ともブラジルを知っていただきたく、私も注を綴ってみました。参考にしたのは、巻末の「参考文献」にあげたプロエンサの解説書やロペスの研究書、その他です。マリオの宇宙にはあまりに多くの事柄が紡がれていて、数が九百をこえてしまいました。読むもよし、読まぬもよし。
　マリオが、マクナイーマのラプソディーを上演します。

2016年師走　熊本で
訳者

I　マクナイーマ[1]

ウラリコエラ川のささやきにタパニュマスの女が赤ん坊を生んだ。
我らがマクナイーマだ。
二人の兄、マアナペはもう年寄りで、ジゲは男ざかりだ。

---

[1] ブラジルの先住民、トゥピ族の言語で「*maku*」は「悪」、「*ima*」は大きいことを意味する。

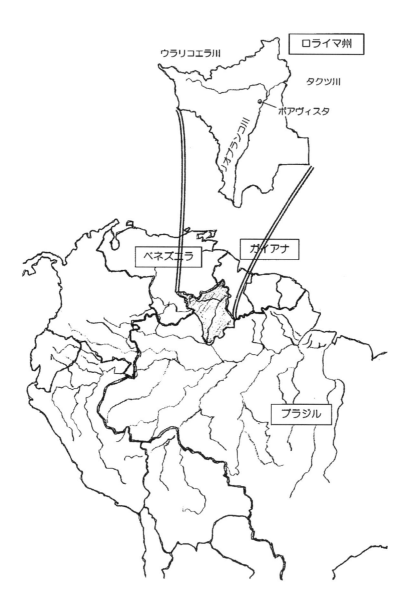

処女密林のその奥で、英雄マクナイーマが生まれた。われらのエロイ[2]、こってりと黒い、夜のおびえのおとし子だ。ある時、静けさはあまりに重く、ウラリコエラ川[3]のささやきさえ耳にとどき、タパニュマス[4]の女がみにくい赤ん坊を産みおとすほどだった。その赤児こそ、我らがマクナイーマだ。

　幼いころから、もう人をあきれ返らせることをした。まず、六つをすぎてもまだ口をきかなかった。何かものを言わせようとすると、

　———アア！　かったるい！...

　大声でぼやくばかりで、他に何も言わなかった。小屋のすみにあるパシウバ椰子[5]でできた台によじ登っては、ヒトが、とくに二人の兄が働くのをじっと見ていた。マアナペ[6]はもう年寄りで、ジゲ[7]は男ざかりだった。マクナイーマは、サウバ蟻[8]の頭をむしって遊んだ。いつもぐうたら寝転がっていたが、小銭が目に入ると、ヨチヨチ寄って、握った。それに、みんな一緒に裸で水浴びに行くときも元気だった。水を浴びていると、マクナイーマはもぐり、女たちは、そのあたりの川に住んでいるというグアイムン蟹[9]のせいでキャーキャー叫び声をあげて、跳びはねた。村でだれか娘っこがあやしてやろうと近づくと、マクナイーマはその娘のいいとこに手をやり、娘はあわてて身を引いた。男には、顔につばを吐きかけた。けれども、年寄りを尊敬し、熱心にかよって、ムルア[10]、ポラセ[11]、トレ[12]、バコロコ[13]、ククイコギ[14]、こういった村の信仰の踊

---

[2] 原文では「herói」。ポルトガル語で、「ヒーロー、英雄」を意味する。
[3] ブラジル北端、ベネズエラ、ガイアナと接しているロライマ州を流れる川。ベネズエラとの国境近くを発し、ロライマ州の州都ボアビスタの近くでタクツ川に合流し、ブランコ川となる。全長870㎞。流域にはヤノマミ族が居住。「Uraricoera」の「urari」は、この地方のインディオの言語で麻痺作用のある毒、「coera」は古いことを表し、「uraricoera」で「古い毒の川」を意味する。
[4] 「森に住む黒い人」を意味するトゥピ語（巻末「マリオの『マクナイーマ』とブラジル」の「リングア・ジェラルとカモンイス」を参照）の「tapui'una」に由来。
[5] まっすぐな根が地上から浮き出し、足のよう見えるヤシ目、ヤシ科の植物。英名 walking palm。学名 *Socratea exorrhiza*。
[6] 「*ma'na'pe*」は、先住民の言葉で「カボチャの種」。
[7] 「*zigué*」は、トゥピ語で「スナノミ」のこと。
[8] ハチ目、アリ科、ハキリアリ属の仲間。新世界の熱帯に棲息する。ブラジルの農業に非常に大きな被害をあたえる害虫。
[9] フロリダからブラジル南東部にかけて、マングローブと密林との間に棲息する、エビ目、オカガニ科のカニ。学名 *Cardisoma guanhumi*。ポルトガル語の「*guaimum*」は、トゥピ語の「*waia'mu*」に由来。甲羅の大きさが10㎝かそれ以上で、はさみは一方が他方より大きい。
[10] ベネズエラ、ブラジル、ギニアに居住するペモン族の一種族であるタウリパンギ族のおどり。
[11] 群衆となって歌いながら踊るおどり。
[12] インディオの踊り、あるいは、楽器、とくに竹でできた笛の名。
[13] 南米大陸中央に位置するマト・グロッソ州域に住むボロロ族のおどり。この種族の歌は、ほとんどが「*bacoroó*」ではじまる。

りをすべて習い覚えた。

　寝るときには小っちゃなマクルの籠[15]によじ登るのだけれど、いつも、用をたしておくのを忘れた。母親のつり床は揺りかごの下にあったから、エロイはこの年寄り女にあったかいションベンをひっかけることになり、そうやって蚊をすっかり追い払った。そして、下品なことばの猥雑で風変わりな夢を見ながら寝入り、足を宙にバタバタさせるのだった。

　真昼の太陽の下、女たちのおしゃべりの話題は、いつもエロイの悪さだった。女たちはなごやかに打ちとけて笑い合い、「ちくりと刺すとげは、小さなころからとがっている」と話した。そして、祈祷のおり、ナゴ[16]の王は説教をして、エロイは賢いと告げた。

　マクナイーマがようやく六つになってすぐ、ヤギの首鈴で水を飲ませると[17]、みんなと同じように話しはじめた。エロイは、マンジョカ芋[18]を擦りおろすのをやめて、森へ散歩に連れて行ってくれと母親に頼んだ。母親は、いやがった。というのは、マンジョカをほうっておくわけにはいかなかったからだ。マクナイーマは、一日中べそをかいた。夜も泣きやまなかった。次の日、左目で眠って、母親が仕事を始めるのを待った。そして、グアルマ・メンベカ[19]の蔓で籠を編むのをやめて、森へ散歩に連れて行ってくれと頼んだ。母親は、いやがった。というのは、籠をほうっておくわけにはいかなかったからだ。それで、嫁に、ジゲの連れ合いに、男の子を連れていくよう頼んだ。ジゲの女房は娘ざかりで若く、ソファラ[20]といった。いやいやながら近づいたが、このとき、マクナイーマはおとなしくして、誰かのいいところに手をやらなかった。娘は背に子を負い、川っぷちのアニンガ芋[21]の株まで来た。川の水はジャバリ

---

[14] コクイコギ族の宗教的な踊り。
[15] 蔓を編み、天井からつりさげたインディオの揺りかご。「maku'ru」は、アマゾン、トゥピ族の言語で「鳥」のこと。
[16] 「ナゴ」とは、ヨルバ族とその子孫など、ヨルバ語を話す、あるいは、理解する人々にブラジルがあたえた名称。ヨルバ族は西アフリカのナイジェリア、ベナン、トーゴに居住し、そこからブラジルへ運ばれた。ヨーロッパ人は、これらの地域の大西洋岸を、主要産品に因んで、奴隷海岸と呼んでいた。
[17] 言葉の遅い子どもに、一月、雨季の最初の雨水を家畜の首鈴で飲ませると話すようになるという言い伝えが、特に、ブラジル東北地方にある。
[18] トウダイグサ目、トウダイグサ科、イモノキ属の熱帯低木。マニオク、キャッサバとも呼ばれる。学名 *Manihot esculenta*。栽培はとても簡単で、茎を地中に挿すだけでそのまま生育する。作付面積あたりのカロリー生産量も高く、ブラジルのインディオの主食としてひろく栽培されている。しかし、有毒で生では食べられず、すり潰して一晩置き、搾って除毒する。「mandi'oka」は、トゥピ語。巻末「マリオの『マクナイーマ』とブラジル」の「マンジョカ」を参照。
[19] 原文にある「guarumá-membeca」という植物は存在しない。「guarumá」は、ショウガ目、クズウコン科の植物で、学名 *Calathea funcea*。クズウコン科の植物は、夜に葉が閉じることから折り草と呼ばれる。「membeca」は、イネ目、イネ科、オガルカヤ属、レモングラス、学名 *Cymbopogon citratus*。高さが1.5m 程になる草本で、細長い葉は1m に達する。檸檬の香味成分であるシトラールを含有している。
[20] 原文の綴りは「Sofará」。プルス川に住むインディオの伝説によると、ソファラは夫のウアス共々大水を生き残った。
[21] オモダカ目、サトイモ科、*Montrichardia* 属の草木植物。学名 *Montrichardia linifera*。「a'ninga」は、トゥピ語。

椰子²²の葉に触れるのが楽しく、流れるのをやめていた。小さな流れは遠くまで見通せ、ビグア鳥²³やビグアチンガ鳥²⁴が飛びかって、きれいだった。岸辺におかれると、マクナイーマはむずかって泣きだした。蟻がたくさんいたのだ！... 　エロイは、森のずっと奥の丘のふもとまで連れて行ってくれとソファラに頼んだ。娘は、そうした。腐葉土に生えたチリリカ草²⁵とタジャ芋²⁶とツュクサの間に坊主を寝かせると、あっという間に大きくなり、美しい王子になった。二人は、そこでゆっくり時をすごした。

村にもどったとき、ソファラはずっと子を背に負って疲れているようだった。でも、疲れていたのは、身をそいでエロイとしたからだ。マクナイーマをつり床に寝かせたところに、ジゲがプサ²⁷網漁から帰ってきた。女房は、何もしていなかった。ジゲは腹を立て、ダニをつまみとった後、ひどく打った。ソファラはこれっぽっちも声を出さずに、仕置きをこらえた。

ジゲは何もさとらず、クラウア・パイナップル²⁸の葉のスジで縄をない始めた。アンタ貘²⁹の新しい足跡を見つけたものだから、罠でつかまえたかったのだ。マクナイーマはクラウアを少しくれとねだったが、ジゲは子どものおもちゃではないと言った。マクナイーマはまた泣き始め、一晩中誰も眠れなかった。

次の日、ジゲはワナを仕掛けようと早く起き、小屋の隅でジッとしている弟が目にはいると、言った：

熱帯アメリカ、アマゾン流域の川岸に分布し、4mほどに成長する。
²² ヤシ目、ヤシ科、*Astrocaryum* 属の植物。学名 *Astrocaryum jauari*。アマゾン川流域の川沿いに分布し、幹から3mほどの葉を伸ばす。ポルトガル語の「javari」は、トゥピ語の「yawa'ri」に由来している。
²³ ペリカン目、ウ科、*Phalacrocorax* 属の水鳥。和名、ナンベイヒメウ。学名 *Phalacrocorax brasilianus*。色は黒く、アヒルほどの大きさ。嘴は細長く、頸と尾も長いが、翼は短い。ポルトガル語の「biguá」は、トゥピ語の「mbi'gwa（丸っこい足）」に由来。
²⁴ カツオドリ目、ヘビウ科、ヘビウ属の水鳥。和名、アメリカヘビウ。学名 *Anhinga anhinga*。ポルトガル語「biguatinga」の「tinga」はトゥピ語で「白」を意味し、頭、頸と翼の一部が白い。
²⁵ イネ目、カヤツリグサ科、シンジュガヤ属の草木植物。学名 *Scleria reflexa*。繁茂力が強く蔓状で、するどいトゲがある。
²⁶ オモダカ目、サトイモ科、*Calocasia* 属の植物。塊根は食用となり、インディオが栽培する。
²⁷ トゥピ語の「pi'sa」に由来。カニやエビ、小さな魚を獲るための片手で操れるほどの網。
²⁸ パイナップル目、パイナップル科、アナナス属の植物。学名 *Ananas erectifolius*。ブラジル北部のパラ州、特に、かつてインディオの一部族であるタパジョス族の本拠地であったサンタレン市地域に分布する。葉から産する繊維は軽く柔軟で非常に強く、現在では、自動車部品として使われるガラス繊維の代替物として、あるいは、耐震用の筋交いとしても使われている。
²⁹ ウマ目、バク科、バク属、和名アメリカバク、学名 *Tapirus terrestris*。ポルトガル語の「anta」はアラビア語の「lamba」に、ポルトガル語での別名「tapir」はトゥピ語の「tapi'ira」に由来。群れは作らず、南米の熱帯雨林、水辺近くの平原や湿地に棲息。体長240cm、体重300kgに達する、ブラジル最大の哺乳類で、ブタのような体つきをし、ゾウに似た鼻をもつ。

――おはよう、みんなのココロ子ちゃん。
　けれども、マクナイーマはふくれっ面で黙りこくっていた。
　――兄チャンと話したくないのかい、えっ？
　――具合が悪い。
　――なんで？
　それから、マクナイーマはクラウアの筋をねだった。ジゲは憎々しげにエロイを見遣ると、子に筋をみつけてやるようソファラに言った。娘は、そうした。マクナイーマは礼を言って祈祷師のところへ行き、縄をなって、ペツン[30]たばこの煙をたっぷり吹きかけてくれと頼んだ。
　すっかり支度ができると、マクナイーマは、発酵しているカシリ酒[31]はほうっておいて、森へ散歩に連れて行ってくれと母親に頼んだ。年寄り女は、仕事があってだめだと言った。そこで、ジゲの女房が、まるでとぼけて、「私でよろしければ」と姑に言った。そして、エロイを背に森にはいった。
　腐葉土に生えたカルル莧（ひゆ）[32]とソロロカ芭蕉[33]の間に置くと、ちびさんは大きくなって大きくなって、美しい王子になった。すぐ戻っていいことをするから、ちょっと待つようソファラに言うと、ワナを仕掛けにアンタ貘の水飲み場に行った。夕暮れ時、二人が散歩から家にもどると、じきに、ジゲもアンタ貘の足跡にワナを仕掛けて帰って来た。女房は、まったく働いていなかった。ジゲは怒りに震え、ダニをつまみとる前に、ひどく打った。けれども、ソファラは仕打ちをじっとこらえた。
　次の日、夜明けの光りがようやく木々を登りはじめたころ、マクナイーマは火がついたように泣き叫んでみんなを起こし、行け！　とらえた獲物をとりに水飲み場へ行け！...　けれども、だれも信じず、みなそれぞれの仕事を始めた。
　マクナイーマはすっかりつむじを曲げ、水飲み場に行ってちょっと見るだけ見て来てくれとソファラに頼んだ。娘はそうした。すると、本当に大きなアンタ貘がワナにかかっていてもう死んでいる、とふれ回りながら帰って来た。この子の知恵について思い、思いながら、部族全員で獲物（えもの）をとりに行った。ジゲが空のクラウア縄のワナを持って戻ると、村

---

[30] タバコのこと。トゥピ語で「タバコ」を意味する「pe'tima」に由来。
[31] 茹でたマンジョカ芋を噛み砕き、発酵させて作った酒。
[32] ナデシコ目、ヒユ科、ヒユ族の草木。語源の「*kalalu*」は、アフリカ起源。繁殖力が強い。
[33] ショウガ目、ゴクラクチョウカ科のタビビトノキ属、あるいは、*Phenakospermum*属の樹木。どちらも長い葉柄の先にバナナに似た葉をつける。

の人々は獲物をさばいていて、ジゲも手伝った。そして、分ける段になると、マクナイーマには一切れの肉もなく、内臓しかやらなかった。エロイは、復讐を誓った。

　次の日も、ソファラに散歩に連れて行ってくれと頼み、宵の口まで森ですごした。落ち積もった葉に触れるや、小さな男の子は火のように燃える王子に変わった。ふたり重なった。三つ遊んだあと、まろび、からまり合いながら森を駆け回った。それから、つっついて笑いくずれ、クスグッてうめき、砂にうずめ合ったあとは藁の火で互いに焦がし、それはメクるメクむつび合いだった。マクナイーマはコパイバ樹[34]の枝をつかみ、ピラニアの木[35]のうしろに隠れた。ソファラが走って来ると、頭に棒を打ち込んだ。頭は割れ、娘はカラカラと笑いながら身をよじってエロイの足もとに突っ伏し、そして、ひっぱった。マクナイーマは陶酔にうめき声をあげ、巨大な木の幹にしがみついた。そして、娘は男の足の親指をかみ、血と唾液を飲み込んだ。マクナイーマは昂まりに涙を流し、女の体に足から噴き出る血で墨をいれた。そのあと、蔓のブランコにすっくと立ち上がり、ゆすって揺らして、一気にピラニアの木の一番高い枝までふりあげた。ソファラは、あとからよじ登った。細い枝が王子の重みでたわみ、震えた。娘がブランコにたどり着くと、二人はバランスをとりながら、宙でまた一つになった。遊んだあと、マクナイーマはソファラをもっと喜ばせたくなって、力まかせに女の体をふたつ折りに押し曲げた。が、そのままではいられなかった。枝が折れ、重なったまま二人一緒にドシンと地面につぶれ落ちてしまった。正気にもどると、エロイはあたりに娘を探したが、見当たらなかった。立ち上がって見つけようとした時、マクナイーマのすぐ上の低い枝から、静けさをやぶってピューマのすさまじいうなり声がした。エロイは恐ろしくてその場につっ伏し、何も見ないままに喰われようと目を閉じた。そのとき、くぐもった笑い声がして、マクナイーマは胸につばを吐きかけられた。ソファラだった。それとばかりにマクナイーマは石を投げ、傷つけられたソファラはエクスタシーにあえぎながら、エロイに血を吐きかけてへそから下に入れ墨した。とうとう石が娘の口のすみにゴツンとあたり、歯を三本くだいた。ソファラは枝から飛び降り、ジュッキ！　エロイの腹の

---

[34] マメ目、ジャケツイバラ科の樹木。学名 *Copaifera landesdorffi*。樹皮が厚く頑丈で、高さ36m、幹の直径が140cmに達する。
[35] トウダイグサ目、トウダイグサ科、ピクロデンドロン属の樹木。学名 *Piranhea trifoliata*。大木で、カヌー材となる。アマゾン地方やマト・グロッソ州の、雨季に浸水する川沿いの土地に分布する。

上にすわり落ちた。エロイは自分のからだに女を巻き込み、恍惚として呻いた。そして、もう一度つながった。
　もう、パパセイアの星[36]、金星が空で輝くころ、ずっと子を負ってとても疲れた様子で娘が帰って来た。けれども、不審に思ったジゲは森で二人を追い、マクナイーマの変身とことの次第を見ていたのだ。ジゲは、大まぬけだった。激怒した。アルマジロの尾と呼ばれるムチをつかむと、エロイの尻めがけてやってきた。泣きわめく声は夜の長さをちぢめて大きく、小鳥は驚きおびえて次々に地に落ち、石になった。
　ジゲがもうそれより打てなくなると、マクナイーマは再生林まで走り、カルデイロ罌粟(けし)[37]の根をかんで、元気になってもどって来た。ジゲはソファラを連れて、父親にかえし、ホッとしてつり床にやすんだ。

---

[36] 宵の明星。ポルトガル語で「papa (パパ)」は「食べる」、「ceia (セイア)」は「夜食」の意。
[37] ケシ目、ケシ科の植物。学名 *Argemone mexicana*。催眠作用、鎮痛効果があり、栽培される。

Ⅱ　大きくなったこと

　村は、飢饉におそわれる。
森に取り残されたマクナイーマはクチア鼠に出会い、
その知恵に釣り合う立派な男にされる。
そして、本当の悲劇におそわれる。

ジゲは大まぬけで、次の日、女の手をひいてあらわれた。ジゲの新しい女房で、イリキといった。イリキ[38]はたばねたモシャモシャの髪に生きている大ネズミをかくしていつも連れ歩き、たいへんなオシャレだった。アララウバ[39]の樹皮の臙脂とジェニパポ[40]の実の黒で顔を彩っていた。毎朝、アサイ[41]の実を口唇になすり、すっかりむらさき色になったところで、その上からカイエナ檸檬[42]をこすりつけると、唇は真赤な血肉になった。それから、アカリウバ木[43]の黒とタタジュバ木[44]の緑の縞の木綿を羽織り、髪はウミリ[45]のエッセンスで香らせ、そして、イリキはきれいだった。

　マクナイーマのアンタ貘をみんなが食べてしまったあと、すぐに飢えが村をおそった。狩りに出ても、だれも何もしとめることができなかった。ガリーニャ・アルマジロ[46]を見ることすらまるでなかった！　さらに、マアナペがイルカ[47]を殺し、みんなで食べてしまった。それで、マラギガナ[48]という名のクナウル蛙[49]で、ブラジル・イルカの父がカンカンにおこった。マラギガナは大水をおこし、モロコシ畑をくさらせた。何でも食べた。マンジョカ芋をしぼったあとのゴチゴチのかすまですっかり

---

[38] カシナウア族の言い伝えに現われる不実な女の名。マカリの妻でありながらその兄弟のバロと通じた。
[39] リンドウ目、アカネ科の植物。学名 *Sickingia tinctoria*。「araraúba」は、トゥピ語の「arara'iwa」に由来。樹皮から洋紅色の染料がとれる。
[40] リンドウ目、アカネ科の植物。学名 *Genipa americana*。「jenipapo」は、トゥピ語の「yandi'pawa」に由来。果汁を塗ると酸化し、皮膚を黒く染める。
[41] ヤシ目、ヤシ科、エウテルペ属の樹木。学名 *Euterpe oleracea*。和名、ワカバキャベツヤシ。「açaí」は、「涙を流す果実」を意味するトゥピ語「yasa'i」に由来。アマゾン川流域に自生し、実は小さくて丸く、濃く暗い紫。非常に栄養価が高く、ブラジル北部では古来重要な食物である。アントシアニンを豊富に含み、歯を赤紫にそめる染料として使われている。
[42] カタバミ目、カタバミ科、ゴレンシ属の樹木。学名 *Averrhoa bilimbi*。「caiena」は、東南アジアからフランス領ギアナの首都Cayenne（カイエンヌ）を経由して移入されたことによる。学名にある「bilimbi」は、マレーシア語の「balimbing」に由来。果汁は、シュウ酸を多く含む。
[43] ビャクダン目、ボロボロノキ科の樹木。学名 *Minquartia guianensis*。「acariúba」は、トゥピ語のマメ科の植物を意味する「aka'ri」と植物の幹、茎を意味する「iwa」が結びついた「akari'iwa」に由来する。
[44] バラ目、クワ科、ハリグワ属の樹木。学名 *Maclura tinctoria*。「tatajuba」は、トゥピ語でクワ科の植物を意味する「tata'yiwa」に由来。他の媒染材とともに使用して、黄色から緑の良質な染料となる。
[45] アマ目、フミリア科の植物。学名 *Humiria floribunda*。「umiri」は、トゥピ語の「umi'ri」に由来。樹皮の下に布をはさみ、香りをしみこませてそれを髪に編みこんだりする。
[46] 被甲目、アルマジロ科、ココノオビアルマジロ属の動物。学名 *Dasypus novemcinctus*。和名、ココノオビアルマジロ。生体で体長80㎝程。体を守る甲に帯状の九枚の「板」がならんでいる。「ガリーニャ (galinlha)」はポルトガル語で雌鶏を意味し、その味が鶏肉に似ていることに由来する。
[47] アマゾン川水系に固有のクジラ目、アマゾンカワイルカ科、アマゾンカワイルカ属、アマゾンカワイルカ、学名 *Inia geoffrensis*、あるいは、アマゾン川や南米北部、東部の沿岸に棲息するクジラ目、マイルカ科、コビトイルカ属、コビトイルカ、学名 *Sotalia fluviatilis* のこと。人と遊び、漁を助けてくれる。不思議な力を持ち、その脂をランプに使うと目がつぶれると言われる。
[48] インディオの神話にある精霊、あるいは、魂で、人に死を告げる。
[49] アマゾン流域に棲息する小さなカエル。薫り高い乳香樹のウロに巣を作る。

なくなってしまい、夜であっても昼であっても火があぶるものは何もなかった。ただ、突然やって来た冷え込みをちょっとばかりやわらげるだけだった。火に焼く一切れの干し肉すらなかった。

そこで、マクナイーマは少し気晴らしをすることにした。兄たちに、ピアバ[50]やジェジュ[51]、マトリンシャオン[52]やジャツアラナ[53]、そんな魚がまだまだいっぱい川にいる、チンボ漁[54]をやりに行こうと言った。マアナペが言った：

――もう、毒草のチンボは見つからない。

マクナイーマは、白々しく返事をした：

――銭がうまってる、あそこのジメジメした窪地のそばでチンボをどっさり見たョ。

――じゃ、オレたちと一緒に行って、どこだか教えろ。

行った。境がはっきりしなくなっていて、こんもり茂ったマモラナ木綿(きわた)[55]の木々の間で、どこが地でどこが川かさえよくわからなかった。マアナペとジゲは、大水で隠れた溜池にジュッキとはまり、歯まで泥で汚しながら、さがしに探した。そして、穴を守って跳びあがり、大騒ぎしながら、潜り込もうとするいやらしいカンヂル泥鰌[56]を入れないよう、手をうしろに回した。マクナイーマは、チンボ草を探し回ってあたふたする猿のような二人を見て、腹の中で笑った。自分も探しているふりをしたが、実は一歩も動かず、固く乾いた土にいてまったく濡れていなかった。兄たちが近くに来ると、しゃがみ込んで、疲れにうめいてみせた。

――そんなに無理することはないゾ、坊ず！

それで、マクナイーマは川の土手にすわり、足で水面を打って虫を散らした。たいへんな数で、ブユ、ヌカ蚊[57]、アルル蚊、タツキラ蚊[58]にム

---

[50] カラシン目の魚で、ブラジルの川に見られる小さい淡水魚のこと。「piaba」は、トゥピ語で「まだらの皮」を意味する「pi'awa」に由来。
[51] カラシン目、カラシン科の魚。学名 *Hoplerythrinus unitaeniatus*。「jeju」は、トゥピ語の「ye'yu」に由来。体長20cm 程の淡水魚。
[52] アマゾン川流域に棲息するカラシン目、カラシン科、とくにブリコン属の大型の淡水魚。
[53] カラシン目、ヘミオドゥス科の小型淡水魚。学名 *Hemiodus notatus*。
[54] 植物の毒で魚を麻痺させて獲る漁。「timbó」とは、この漁で使うマメ科、あるいは、ムクロジ科の植物のことを意味するトゥピ語の「ti'mbo」に由来。
[55] アオイ目、パンヤ科、パキラ属の樹木。学名 *Pachira aquatica*、和名カイエンナッツ。「mamorana」は、トゥピ語でパパイアを意味する「mamo」と「〜のような」を意味する「rana」に由来。アマゾン川流域の浸水しやすい沼地、湿地に分布する。高さは6-14m、幹の直径は30-40cm。
[56] トリコミュクテルス科のナマズ。学名 *Vandellia cirrhosa*。「candiru」は、トリコミュクテルス科のナマズを意味するトゥピ語「kandi'ru」に由来。魚のエラや動物の尿道、肛門から体内に侵入、吸血したり肉を喰いちぎったりして死に至らしめることもある。
[57] ハエ目、ヌカカ科に属する昆虫の総称。体長1mmから数mmで、雌は血を吸う。ポルトガル語の「maruim」は、

リソカ蚊[59]、刺し蠅[60]、マリギ蚊[61]、ブヨに肉蠅[62]、こんな虫すべてだった。

　夕暮れ時、兄たちはマクナイーマを迎えにやってきた。チンボ草がまるで一本も見つからなかったのでキリキリ腹を立てていた。エロイはおそろしくなり、嘘をついた。

　——見つかった？
　——見つかるもんか！
　——でも、チンボを見たのはここに間違いないんだ。チンボは、いつか、僕たちと同じヒトだったんだ... 僕たちが捜し回っていることに勘づいて、どこかへ行っちまったんだ。チンボは、いつか、僕たちと同じヒトだったんだ...

　兄たちはこの少年の頭の良さにうなり、三人は村にもどった。

　マクナイーマは、腹が減ってムシャクシャしていた。次の日、年寄り女に言った：

　——かあちゃん、誰が川のむこう側のあそこの乾いた地にみんなの家を運ぶんだい、一体誰が運ぶんだい？　ちょっとだけ目を閉じて、かあちゃん、そして、今みたいに聞いてくれ。

　年寄り女は、聞いた。マクナイーマは、もう少しの間目を閉じていてくれと頼み、藁葺の家、大水のとき用の台、矢、狩りの道具をいれるピクア籠、何でもはいるサピクア袋、水を運ぶコロチ樽、水きり用のウルペマ笊[63]、つり床、これら家財道具すべてを川の反対側のむこうの乾いた土地にある森の空き地にかついでいった。年寄り女が目を開けると、すべてがそこにあり、肉、魚、実のなったバナナの木があり、食べ物がありあまるほどあった。そこで、女はバナナをもぎ始めた。

　——ちょっとばかりお聞きしたいんですが、かあちゃん、なぜそんな

トゥピ語の「*mberu'wi*（小さな蚊）」に由来。
[58] ハエ目、チョウバエ科、学名 *Phlebotomus squamiventris*。吸血性の昆虫で、アルマジロの穴でよく見られる。ポルトガル語の「tatuquira」は、トゥピ語でアルマジロを意味する「*tatu*」に由来。
[59] 原文では「muriçoca」で、トゥピ語の「*muri'soka*」に由来。ハエ目、カ科、吸血性のヤブカ属、ハマダラカ属の蚊の総称。
[60] ハエ目、イエバエ科、サシバエ属のハエ。学名 *Stomoxys calcitrans*。原文での「meruanha」は、トゥピ語で昆虫、ハエ、カを意味する「*mbe'ru*」と鋭い針を意味する「*ãya*」の複合語「*mberu'ãya*」に由来。オスもメスも血液を食料とする。
[61] ハエ目、チョウバエ科の吸血性の昆虫。ポルトガル語の「marigui」は、トゥピ語でカを意味する「*mbe'ru*」と小さいことを意味する「*wi*」とが複合した「*mberu'wi*」に由来。
[62] ハエ目、ニクバエ科、ヒツジバエ科、クロバエ科に属するハエの総称で、卵を生きている動物、あるいは、死体に産みつける。
[63] 丸くて、浅い笊。擦りおろしたマンジョカやヤシの実から汁を集めるのに使う。

にバナナをもぐんですか！
　——お前の兄ちゃんのジゲときれいなイリキ、それにマアナペ兄に持って行くんだよ。腹をすかして、つらい思いをしてるんだから。
　マクナイーマは、まったくもって腹にすえかねた。考えに考えて年寄り女に言った：
　——かあちゃん、誰が川のむこう側のあそこの沼地にみんなの家を運ぶんだい、一体誰が運ぶんだい？　今みたいに聞いてくれ！
　年寄り女は、聞いた。マクナイーマは目を閉じていてくれと頼み、イッサイ合切すべてを、ついサッキまでいた汚らしい泥地へ持って帰った。年寄り女が目をあけると、すべてがもとのところにあった。マアナペ兄のワラ小屋と、ジゲ兄ときれいなイリキのワラ小屋との隣だった。そして、みんな、また空腹に腹をならすことになった。
　年寄り女は、怒りに髪を逆立てた。エロイを帯にになり、発った。森を横切り、奥の奥、ユダの仕置き場[64]と呼ばれる暗い再生林に着いた。その中を一里半ほど歩くと、もう森も終わり、何もない原で、動くものと言ったら、カシューナッツ[65]の実がはじけるだけだった。グアシ鳥[66]のドラ声すら寂しく、年寄り女は、子を地においた。そこでは、もう大きくなれない。そして、言った：
　——さあ、お前のかあちゃんは行ってしまう。お前はこの原に置かれ、もう大きくなることはないんだ。
　そして、いなくなった。マクナイーマはひとりぼっちに打ち捨てられたのが身にしみて、泣きそうになった。でも、あたりに誰もいないので、泣くのをやめた。勇気を出し、ブルブルわななくガニ股で一歩踏みだした。フラフラと一週間、休むことなくさ迷い歩いて、そのうち犬のパパメウ[67]をともない、肉をあぶっている森の神クフピラ[68]に出会った。クフピラはツクン椰子[69]の若芽を主食にしていて、みんなに煙草をせびる。

---

[64] 人里離れた、何もない、何もできない場所のこと。
[65] ムクロジ目、ウルシ科の樹木。学名 *Anacardium occidentale*。根本からよく分枝し、枝を大きく広げる。成木は、樹高8-15mほどに達する。果実は5-12cm程度の洋ナシ形で、勾玉型の種子がその外部先端につく。
[66] ツバメ目、ムクドリモドキ科、ツリスドリ属の鳥。学名 *Cacicus haemorrhous*。ポルトガル語の「guaxe」は、トゥピ語でムクドリモドキ科の鳥を意味する「gwai'xo」に由来。南米に広く分布し、全身黒く、とじた翼からのぞく背が鮮紅色。嘴は、うすい黄色。しわがれた叫び声とピヨピヨというさえずりを混ぜて鳴く。
[67] ネコ目、イタチ科、タイラ属、和名タイラ、学名 *Eira barbara* で、カアポラ（注311を参照）が犬としていつも連れている。夜行性で、小動物をとらえる。蜂蜜（ポルトガル語で「mel（メウ）」）が好物。
[68] ブラジルの民間伝承にあらわれる、森を守る赤毛のいたずらっ子。馬のかわりにペッカリーにのり、かかとが前に向いている。ポルトガル語の「currupira」は、トゥピ語の「kuru'pir（かさぶた）」、あるいは、「kuru'nĩ（子ども、若者）」と「pira（からだ）」の複合に由来。
[69] ヤシ目、ヤシ科、バクトリス属の植物。学名 *Bactris setosa*。「tucum」は、トゥピ語の「tu'kum」に由来。樹高10-12m

マクナイーマは、言った：
　——おじいちゃん、僕が食べるお肉をおくれ？
　——ああ、クフピラは言った。
　自分の足の肉を切り取り、火にあぶって少年にやり、聞いた。
　——この再生林で何をやっているんだい、お若いの！
　——散歩さ。
　——嘘つけ。
　——そんなァ、散歩さ...
　そこで、兄弟にいじわるし、それで母親にお仕置きされたことを語った。そして、狩る物のない川っぺりに家をまた戻したことを語り、大声をあげて笑った。クフピラは、エロイを見ながらぶつぶつ言った：
　——お前さんは、もう子どもじゃない、お若いの。お前さんは、もう子どもじゃない...。そういうことは、大人でなきゃできない...
　マクナイーマは礼を言って、クフピラにタパニュマスの集落への道を教えてくれと頼んだ。クフピラが望んでいたのは、そう、エロイを喰らうことだったので、嘘を教えた：
　——こっちの方へ行って、子ドオトナ、こっちの方へ行って、あの樹の前を通り、左手に折れて、ひっくり返って私のキンフグリダマの下へ帰っておいで。
　マクナイーマはそっちの方へ行ったが、樹の前に着いたところで小さな足をかき、つぶやいた：
　——アア！　かったるい！...
　そして、右へ進んだ。
　クフピラはずいぶん待ったが、子どもはもどって来なかった...　それで、怪物は馬がわりの鹿にのり、この駿馬の股に丸っこい足を突っ込んで、叫びながらあとを追った：
　——わしの足の肉！　わしの足の肉！
　エロイの腹の中から肉がこたえた：
　——どうした？
　マクナイーマは歩をはやめ、カアチンガ[70]に走りこんだ。けれども、

ほどで、幹がトゲにおおわれている。密に群生し、紫色の実は直径2cmほどで甘く、おいしい。
[70] ブラジル北東部を中心とした地帯に見られる植生。乾季と雨季が明瞭で、痩せた土地に有棘低木やサボテンなどが混在する。乾季にはすべての木々が葉を落とし、雨季には豪雨によって土壌の栄養分が流されてしまう。雨季に雨が降らないと、数年に渡ってひどい旱魃に苦しむことになる。ポルトガル語の「caatinga」は、トゥピ語の「*kaa'tinga*（白い森）」に由来する。

クフピラはもっとはやく走り、さあ、マクナイーマにどんどん迫りせまって来た。
　——わしの足の肉！　わしの足の肉！
　肉はこたえて：
　——どうした？
　小僧っ子は、もう絶望的だった。きつねの嫁入りの日で、お日様の老女ベイ[71]が脱穀したての光るモロコシのように雨のつぶ粒に輝いていた。マクナイーマは水溜りの近くに来ると、泥水を飲み、肉をもどした。
　——わしの足の肉！　わしの足の肉！　と、クフピラが叫びながら来た。
　——どうした？　もう水溜りの中の肉がすぐにかえした。
　マクナイーマは何とかかんとか森の反対側までたどり着き、逃げ切った。
　一里半ほどむこうの蟻塚のうしろあたりから、こんな歌をゆったりうたう声が聞こえた：
　"アクチ　ピタ　カニェン..."
　行ってみると、おろしたマンジョカ芋をコチア鼠[72]がジャシタラ椰子[73]のチピチ籠[74]でしぼっていた。
　——ばあちゃん、僕が食べる、アイピン[75]をおくれ？
　——ああ、コチア鼠は言った。アイピンを少年にやり、聞いた：
　——このカアチンガで何をしているんだい、かわいい坊や？
　——散歩さ。
　——え、何だって！
　——だから、散歩さ！
　どうやってクフピラをだましたかを語り、大笑いした。コチア鼠はエロイを見ながら、ぼそぼそ言った：
　——ワラベはそんなことはしない、かわいい坊や。ワラベはそんなこ

---

[71] タウリパンギ語（注10を参照）で「太陽」のこと。
[72] ネズミ目、Dasyprocta 科。「cotia」は、トゥピ語の「aku'ti」に由来。体長は50-60cm程で、小食。種子や果実を保存しておく習性がある。
[73] ヤシ目、ヤシ科の植物。学名 Desmoncus polyacanthos。幹が蔓状で、トゲにおおわれている。羽根の形の葉から繊維を採取し、これを編んで物品を作る。
[74] 擦りおろしたマンジョカ芋を搾るための道具。植物繊維を筒状に編んで作られ、籠全体を捩り上げられる。トゥピ語の「tepi'ti」に由来。
[75] トウダイグサ目、トウダイグサ科、イモノキ属、学名 Manihot palmata。マンジョカの一種で、ポルトガル語の「aipim」はトゥピ語の「ai'pi」に由来。一般に毒のない種のマンジョカのことを言うが、ここではチピチ籠で毒抜きをしている。「マリオの『マクナイーマ』とブラジル」の「マンジョカ」を参照。

とはしない...　お前の体を知恵とつり合わせてやろう。
　そして、マンジョカ芋をしぼったかすの毒汁を木の鉢一杯つかむと、マクナイーマにザブンとかけた。エロイは、びっくりして跳びのいた。頭だけはよけきれたが、ほかはすべて濡れてしまった。エロイはくしゃみをし、大きくなった。どんどん伸びて、成長し、強くなって、たくましい男の体になった。ただ、濡れなかった頭はいつまでも考えなしの大まぬけで、顔はヒトをうんざりさせるようなクソ餓鬼のままだった。
　マクナイーマはコチアに礼を言い、鼻歌まじりで生まれた村へとんで帰った。夜が蟻を地に連ね、蚊を水から引き出しながらやって来た。木の股の鳥の巣ほどの暑さだった。タパニュマスの年寄り女は遠くに置き去りにしたはずの息子の声を聞き、おどろいた：マクナイーマは顔を顰めてやって来て、言った。
　——かあちゃん、歯が抜け落ちる夢を見た。
　——それじゃ、身内が死ぬネ、年寄り女が言った。
　——知ってるヨ。母さんは、お日様もう一つ分しか生きていない。そうなんだ。だって僕を生んだんだもの。
　次の日、兄たちは漁と狩りに行って、年寄り女は畑に行って、マクナイーマはジゲの女房と二人きり残った。マクナイーマは女を喜ばせようと、ケンケン蟻[76]になってイリキにかみついた。けれども、娘はケンケン蟻を遠くにほうり投げた。それで、マクナイーマは一本のウルクン[77]の木になった。きれいなイリキはうれしそうに種を集め、顔とたいせつなところを紅く染めて、すっかり化粧した。ものすごくきれいになった。それで、マクナイーマはこらえきれず、またヒトにもどって、ジゲの連れ合いと一緒になった。
　兄たちが狩りからもどると、ジゲは盗られたのにすぐ気づいた。けれども、マアナペが、マクナイーマはもう一人前でたくましい男なんだと言い聞かせた。マアナペは、まじない師だった。ジゲは、小屋が食べ物であふれているのを見た。バナナがあって、モロコシがあって、マカシェイラ芋[78]があって、アルア酒[79]とカシリ酒があって、釣ったマパラ鯰[80]

---

[76] ハチ目、アリ科、ヒメハキリアリ属。農作物に甚大な被害を与えることで知られている。
[77] スミレ目、ベニノキ科、ベニノキ属、ベニノキ。学名 *Bixa orellana*。「urucum」は、トゥピ語で赤を意味する「*uru'ku*」に由来。インディオは、装飾、日よけ、虫よけのために種子を砕いた粉を肌に塗る。すると、粉末が毛穴につまり、肌自体が赤みを帯びる。
[78] マンジョカ芋の一種で、毒のない品種。
[79] 煮た米と砂糖、水とを発酵させて作った飲み物。ポルトガル語の「aluá」は、アフリカのキンブンド語の「*walu'a*」に由来。

とカモリン魚[81]があって、マラクジャ・ミシラ[82]の実にアタ[83]にアビオ[84]にサポタ[85]にサポチリャ[86]の実、鹿肉とマンジョカのペーストとクチアラ鼠[87]の新鮮な肉があって、これらすべてのおいしい食べ物と飲み物... ジゲは弟と言い合うのは利に合わないとさとり、きれいなイリキをエロイにやった。ためいきをついてダニをとり、疲れきってつり床に寝た。

次の日、起き抜けにきれいなイリキと遊んだあと、マクナイーマはぶらりと外に出た。ペルナンブーコ[88]でペドラ・ボニータのすばらしい王国[89]を横切り、それからサンタレン[90]の町に着こうとするちょっと手前で、子を産み落としたばかりの雌鹿に出くわした。

───こいつはオレが狩る！　エロイは言った。そして、雌鹿のあとを追った。鹿にはやすやすと逃げられたが、まだほとんど歩けもしない子をとらえた。カラパナウバ[91]の大木のうしろにかくれ、つついて鳴かせた。母鹿は気を狂わせて目を見開き、立ちつくし、とまどい、チカヨッて近づいて、ちょうど前まで来て止まり、息子を思ういとしさに泣いた。そして、エロイは今子を産んだ母鹿を射た。鹿は倒れ、足をバタつかせ、じきに堅く、地に動かなくなった。エロイは、鬨の声を上げた。雌鹿まで来て、見て、みて、視た。そして、絶望の叫びを上げて、気絶

---

[80] ナマズ目。学名 *Hypophthalmus edentatus*。ポルトガル語名の「*mapará*」は、トゥピ語の「*mapa'ra*」に由来。
[81] スズキ目、アカメ科。ポルトガル語の「*camorim*」は、トゥピ語でアカメ科の魚を意味する「*kamu'ri*」に由来。海水魚で、産卵のために川を遡上する。
[82] キントラノオ目、トケイソウ科、トケイソウ属の植物。学名 *Passiflora involucrata*。
[83] モクレン目、バンレイシ科、バンレイシ属。和名、バンレイシ、または、シャカトウ。学名 *Annona squamosa*。
[84] ツツジ目、アカテツ科、オオミアカテツ属の樹木。学名 *Pouteria caimito*。「abio」は、アカテツ科の甘い果実を意味するトゥピ語の「*a'wiu*」に由来。独特の風味があり、好まれる。
[85] ツツジ目、アカテツ科、サポジラ属で、新世界の熱帯域に分布する常緑高木。学名 *Manilkara zapota*。和名チューインガムノキ、メキシコガキ。樹高は、30-40m に達する。樹皮にはチクルと呼ばれる白く粘り気のあるラテックスが含まれ、チューインガムの原料となる。果実は直径 4-8cm 程になり、甘くおいしい。
[86] ツツジ目、アカテツ科で、南米原産の樹木。学名 *Achras sapota*。鶏卵から小さめのリンゴほどの大きさの実がなり、熟すと香りよく、甘い。
[87] ネズミ目、Dasyprocta 科。学名 *Myoprocta acouchy*。「cutiara」は、トゥピ語でネズミ目を意味する「*kutia*」と尾を意味する「*waya*」の複合に由来。
[88] ブラジル北東部の州で、東は大西洋に面している。ポルトガルによる植民の始まった十六世紀から、貿易の拠点として発展した。
[89] ポルトガル王、セバスチアオンは、1578 年に 24 歳で亡くなった。ポルトガル、ブラジルでこの王が生き返り、民衆を救うという言い伝えがあり、セバスチアニズモという。1835 年、ペルナンブーコの民衆が原野に立つ大きな岩のもとペドラ・ボニータ（美しい岩）王国を宣言した。蜂起した民衆はセバスチアオン王の復活を信じ、同胞を生贄にした。巨岩は血に染められたが、王は現われず、1838 年、蜂起軍は政府軍によって惨殺された。
[90] ブラジル北部、パラ州、アマゾン河口のベレンと中流域のマナウスの中間地点に位置し、アマゾン下流域で重要な港湾都市。この地は、かつて、インディオの一部族であるタパジョス族の本拠地であった。
[91] アマゾン流域を中心に広くブラジルに分布するリンドウ目、キョウチクトウ科の樹木。学名 *Aspidosperma nitidum*。ポルトガル語の「carapanaúba」は、トゥピ語でキョウチクトウ科の植物を意味する「*karapana'iwa*」に由来。高さ 25m、直径 40cm から 60cm に達する。幹はまっすぐに伸びるが、表面が大きく波打ち、たてに深い溝がはいっている。

した。森の動物たちの神アニャンガ[92]のしわざだった... 鹿ではなかった。マクナイーマが射たのは自分の、タパニュマスの母だったのであり、密林のチタラ椰子[93]とマンダカル仙人掌（さぼてん）[94]の棘にすっかりひっかかれ、傷つけられて、そこに絶えていた。

　エロイは我に返ると、兄を呼びに行った。三人は泣きに泣きながらオロニチ酒[95]を飲み、魚とカリマン饅頭[96]を食べて、通夜をすごした。夜明けはやく、年寄り女のむくろをつり床にくるみ、トカンデイラ蟻[97]の父と呼ばれる地の石の下に埋めに行った。マアナペは一番印の祈祷師だったから、碑文を刻んだ。それはこうだった。

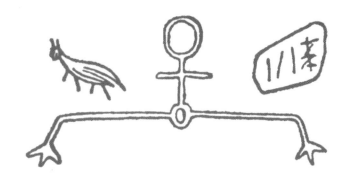

　みんなしきたりに定められた間、断食し、マクナイーマは英雄らしく歎き悲しんでまっとうした。死者の腹はふくれ出しふくれ行き、雨の季節の終わりにはやわらかな小丘になった。そして、マクナイーマはイリキに手をやり、イリキはマアナペに手をやり、マアナペはジゲに手をやって、四人はもう一つの世界へと旅立った。

---

[92] トゥピ語で「*anhangá*」、「精霊」を意味する。森に住む鳥獣を漁師から守り、不用意に森にはいる人間に危害を加える。どんな姿にでもなれるが、よく知られているのは火のように燃える目をして額に十字のある白い鹿。

[93] ヤシ目、ヤシ科の植物。学名 *Desmoncus polyacanthos*。「titara」は、トゥピ語で *Desmoncus* 属のヤシを意味する「*ti'tara*」に由来。太さ0.5cmから2cm、長さ2-12mで、群生して他に巻きつく。短く、曲がったとげに覆われている。

[94] ナデシコ目、サボテン科、ケレウス属の植物。学名 *Cereus jamacaru*。ブラジル北東部地方に多く、高さ5mに達する。花は白く、直径30cm、夜に咲き、一晩で散る。果肉は、非常に美味で、多くの鳥の食料となる。

[95] インディオがブリチヤシ（学名 *Mauritia flexuosa*）から作る発泡酒。

[96] マンジョカの粉を練って日干しにしたもの。粥や汁に入れてねばりにする。

[97] ハチ目、アリ科の昆虫、学名 *Paraponera clavata*。暗赤色で、体長が18-25mmと大きい。ハチのような針をもち、刺されると弾丸より痛いと言われ、発熱する。「tocanderia」は、トゥピ語の「*tukã'di*（ひどく痛い）」に由来する。

Ⅲ　シイ[98]、密林の母

マクナイーマ、マアナペ、ジゲとその女房のイリキは村を出た。
マクナイーマは密林の母のシイと結ばれ、
皇帝となり、息子をさずかる。
そして、緑色のお守りムイラキタンも。

---

[98] インディオにとってすべての命を産みだす、万物の母。「シイ」は、トゥピ語で「母」を意味する。

森の道をたどっていた時だった。四人は水の流れからも湖からも遠く、渇きにひどく苦しんでいた。あたりにはウンブ[99]の木すらなく、お日様のベイは幾筋もの木漏れ日で歩く者どもの背を休むことなくビシビシむち打った。みんな、祈祷の儀式でからだにべっとりピキア[100]の油を塗ったように汗をかき、進んだ。突然、昼なお暗い闇の静けさを引き裂いて、大きな身振りで異変を知らせ、マクナイーマが立ち止まった。みんなもそこで歩を止めた。なんの物音もしなかったけれども、マクナイーマはつぶやいた：
　——気配が、する。
　イリキをサマウマ[101]の大きな根に座らせ、めかすままに置いて、用心深く進んだ。もうベイが三人の兄弟の背をむち打つのにもあきてきたころ、マクナイーマがひとり一里半ほど先に行ったところで、眠っている若い女をみつけた。その名はシイ、密林の母だ。右の乳房がないから、ニャムンダ川[102]が突き抜く、あの月の鏡湖[103]の岸辺にいる女だけの種族のひとりだということがすぐにわかった。女は土食[104]のせいで痩せぎすだったが、体をジェニパポで群青に彩り、そして、美しかった。
　エロイは遊ぼうと思い、その上に身を投げた。シイは、いやだった。三歯のツシャラ矢[105]をにぎってかまえ、マクナイーマはパジェウ小刀[106]を抜いた。すさまじい取っ組み合いだった。戦う者のうなりが茂った木の葉陰にひびきわたり、小鳥は脅えて身をちぢみあがらせた。エロイは、ひどくやられた。すでに鼻をげんこでなぐられて血が出ていたし、尻はツシャラ矢で深くひとつきされていた。種族の女、イカミアバ[107]にはち

---

[99] ムクロジ目、ウルシ科の植物。学名 *Spondias tuberosa*。「umbu」は、トゥピ語で「水を生む木」を意味する「*y-mb-u*」に由来する。樹高は 6m と高くなく、樹冠が直径 15m と広く大きい。ブラジル北東部の乾燥した高地に分布。根に多く水を含み、香りのよい甘い果実を 300kg ほども実らせる。
[100] ブラジル中央高原、アマゾン、北東部地方などの乾燥地帯に特徴的なキントラノオ目、バターナット科の植物。学名、*Caryocar brasiliense*。「piquiá」は、「バターナット科の植物」を意味するトゥピ語の「*peki'a*」に由来する。種子から色、質感ともに亀の脂に似た油が取れ、食用にされる。
[101] 南米、中米、南米の北部、西アフリカに広く分布するアオイ目、アオイ科、セイバ属の樹木で、学名が *Ceiba pentandra*、日本では、カポック、パンヤノキ。幹の直径が 3m、時により樹高が 90m に達する巨木で、世界の植物相で最も大きな木の一つ。根が地から盛り上がり、ビルほどの大きさのひだを形成することもある。種子にからむ繊維は、非常に軽く、燃えにくく、水に強い。
[102] アマゾン水系、トロンベタ川の支流。アマゾナス州とパラ州を流れる。
[103] 注361を参照。
[104] 土を食べる文化は世界各地にある。ブラジルのインディオは、植物中のアルカロイドを中和するためにドングリや芋と一緒に土を食べる。
[105] 矢じりがフォークか熊手のような形をした、羽のない矢。
[106] 「*pajeú*」はトゥピ語の「*pa'yeu*」に由来。パジェウ川流域が刃物の産地であることから、長い細身のナイフのことを言う。
[107] ブラジルの伝承にある女性だけの種族。「icamiaba」は、「裂けた胸」を意味するトゥピ語の「*ikamaïaba*」に由来。

ょっとした引っ掻き傷すらなかったのに、エロイの体はやりあうごとにさらに血で染まり、おそろしい呻き声が恐怖で小鳥をちぢみあがらせた。とうとうどうしようもなくなって、というのはイカミアバとでは勝目のあるはずがなく、エロイは這って逃げながら兄たちに助けを求めた：

　——助けてくれ。さもないと、こいつを殺しちまう！　助けてくれ。さもないと、こいつを殺しちまう！

　兄たちは、やってきてシイを押さえ込んだ。マアナペはうしろから腕をからめとり、その間に、ジゲは女の頭をムルク槍[108]でガツンとなぐった。イカミアバは、腐葉土に茂るシダに何のささえもなく倒れた。まったく動かなくなると、マクナイーマは密林の母に近づき、欲望を満たした。すると、たくさんのジャンダイア鸚哥[109]、たくさんの赤いアララ鸚哥[110]、ツイン鸚哥[111]、コリカ鸚鵡[112]、ペリキト鸚哥[113]、たくさんのパパガイオ[114]が集まって来て、マクナイーマが処女密林のあらたな皇帝となったことを祝福した[115]。

　それから、三人の兄弟は新しい連れと進んだ。花々の都を抜け、大苦川をさけ、幸せ瀑布の下をくぐって、喜びの道を通り、ベネズエラの丘々をおおう愛しい人森に着いた。マクナイーマはそこから閉ざされた森に君臨し、シイは三歯のツシャラ矢を手にした女たちを指揮して、襲撃をくり返した。

　エロイは、のどかにすごした。つり床に寝そべってタイオカ蟻[116]をつぶしたり、パジュアリ酒[117]をちびちび飲んだりすすったりしながら、ゆったり日々を送っていた。コチョ・ギター[118]からしたたり落ちる絃の響

---

[108] 「ブラジル」の国名のもととなった、赤い染料のとれる木「pau brasil（ブラジルボク）」でできた槍。羽根とレリーフで飾られており、先に毒が塗られていて、ウアウペスやジャプラなどの部族の長が持つ。「murucu」は、トゥピ語の「murukú」に由来。
[109] オウム目、インコ科、クサビオインコ属の鳥。学名 *Aratinga jandaya*。体長30cm、重さ130g。体幹が黄、背と羽根が緑、目の周りと胸がオレンジ色。
[110] 赤色の目立つインコ類の総称。
[111] オウム目、インコ科、ルリハシインコ属の小型の鳥。オスは緑で、翼と背の一部が青い。メスは全体に緑で、腹が幾分黄味がかっている。番で優しく囀り交す。
[112] オウム目、インコ科、学名は *Amazona amazonica*。体長が34cm、緑色の鳥で頭部と嘴上部が青、尾に黄色い斑点がある。
[113] オウム目、インコ科、セキセイインコ属の鳥の総称。
[114] ポルトガル語で「papagaio」。オウム目、インコ科の鳥の総称。
[115] インディオの言い伝えで、シイと結ばれた男は密林の皇帝となる。
[116] ハチ目、アリ科の昆虫。トゥピ語の「ta'oka」に由来。中南米の熱帯雨林に分布し、巣を作らず、1匹の女王アリに約百万匹がつき従うグンタイアリの総称。獲物を求めてジャングル内を放浪し、通りがかった動物、昆虫などすべてを襲い、食べ尽くす。
[117] 果物を発酵させて作った酒。ポルトガル語の「pajuari」は、カリビ族の「*paiuá*」に由来。
[118] 川の土手などに生えるサランの木で造り、猿の腸を絃にしたブラジルの素朴なギター。

きを伴奏に歌い出すと、森はあまい音色に満たされ、ヘビやダニ、蚊、蟻、それに、悪神たちまで眠らせてしまうのだった。
　夜になると、シイは木のヤニを強く香らせ、闘いの血にまみれたまま、その髪で織ったつり床に這い上がってきた。ふたりは求め合い、それから、互いに笑い合った。
　長い間、ぴったりよりそって笑っていた。シイはさらに薫り、マクナイーマはぐったり目眩がした。
　——ああ、何ていいにおいなんだ。カワイイやつ！
　鼻の穴を一杯に広げ、満ち足りてつぶやいた。目眩がひどくなり、眠りが瞼からしたたりだした。けれども、密林の母はまだ満足しなかった。ふたりの身が添うようにつり床を繰り、もっと一緒になるために引き寄せた。眠さに死んで、地獄を味わいながら、マクナイーマはその名に恥じぬだけのために挑んだ。ところが、シイが満足し、一緒に笑い合いたいと思ったとき：
　——アア！　かったるい！...
　と、エロイはため息をつきながら、つぶやいた。そして、シイに背を向け、寝入ってしまった。けれども、シイはまだもっとしたかった...誘いかけ、さそい掛けた...　だが、エロイの眠りは鉄だった。そこで、密林の母はツシャラ矢をつかむと、連れ合いをつっついた。マクナイーマはくすぐったさに身をよじり、ゲハゲハと大笑いして目を覚ました。
　——やめてくれ、おネダリちゃん！
　——やめない！
　——眠らせておくれ、いい子だから...
　——もっと。
　——アア！　かったるい！
　そして、またもう一度重なった。
　けれども、パジュアリ酒を飲みすぎた日、シイがもどって来ると、処女密林の皇帝はすっかり酔いつぶれて地にふしていた。エロイはシイを抱こうとするが、最中に忘れてしまう。
　——それから？　エロイ！
　——それから、何！
　——続けないの？
　——続けるって何を！
　——だって、いやな人ネ。乗っているのに、最中にやめちまうの！
　——アア！　かったるい！

マクナイーマはひどく酔って、朦朧としていた。そして、妻のやわらかい髪に手を入れ、まさぐりながらやすらかにまどろんだ。
　それで、シイはエロイを奮い立たせるために、とっておきの手を使った。森からイラクサの火の葉をとってきて、エロイのマラと自分のホトをはたき、たまらなくかゆくした。さあ、マクナイーマは、一頭のたけり狂った獅々となった。そして、シイも。二人は、常軌を逸した熱い欲情にふけりに耽った。
　そう、眠れぬ夜、愉しみは新たな悦びを生む。すべての星が燃えはじめ、たぎる油を地上に流した。その暑さに耐えられるものはおらず、森を火が走り、おおった。鳥でさえ、巣の中でじっとしていられなかった。頭を落ち着きなく動かし、目の前の枝に飛びつくのだった。そのうち、闇の中、森中の鳥がだしぬけに夜明けのさえずりを始め、うたいに唄って、果てがなかった。これ以上の奇跡は、この世になかった。騒ぎはすさまじく、においは強く、暑さはつのった。
　マクナイーマは手足を思いきり伸ばし、シイを遠くに蹴り飛ばした。シイは目を覚まし、狂女となって男の上に體（からだ）を広げる。そうやって快楽にふけった。そして、二人はよがってすっかり目を覚まし、あらたな悦びを知るのだった。
　まだ六月（むつき）もたたぬうち、密林の母は血肉のように赤い子を産み落とした。そう、それで、バイーア[119]から、レシフェ[120]から、リオ・グランヂ・ド・ノルチ[121]から、そして、パライバ[122]から名の知れた混血女[123]たちがやって来て、密林の母に悪の色、真紅の蝶リボンをやった。というのは、これからはいつも、シイがクリスマスのパストリル[124]で血色の踊り手たちの先導役だからだ。そのあと、女たちは、晴れ晴れと陽気にズンズン踊りながら、サッカー野郎、小利口者、ちび、恋人、セレナーデ弾き、これらすべての輝く若者たちを従えて、帰って行った。マクナイーマは、

---

[119] ブラジル北東部の大西洋岸にある港湾都市でバイーア州の州都、サルバドールの別称。奴隷貿易で栄え、ポルトガル領ブラジルの最初の首都となった。
[120] ペルナンブーコ州の州都で、バイーア、リオ・デ・ジャネイロなどとともに、奴隷貿易の拠点として栄えた。
[121] ブラジル北東部の州で、1501年に南米最北東端であるサン・ロキ岬にヨーロッパの探検家たちが初めて到着した。
[122] ブラジル北東部の州。州都ジョアンペソアは、南米大陸最東端にあるブランコ岬に1585年に設立された、ブラジルで最も歴史のある街の一つ。
[123] 原文では「mulata」。ポルトガル語の「mulata」は、白人と黒人の親から生まれた混血女を意味する。ブラジルには数多くの人種が居住しており、混血も進んでいる。その中で、もっとも魅力的だとされているのが「mulata」である。
[124] ブラジル北東部の年中行事。イベリア半島から宣教師によってもたらされた人形芝居がもととなった行事で、キリストの生誕を祝うためにベツレヘムへ向かう羊飼いを模し、少女が赤い衣装の組と青い衣装の組とに分かれて、踊る。赤組の先導役がリーダーで、青組の先導役が副リーダー。踊り手たちの後ろには、蝶、ジプシー、農婦、天使、小さな羊飼いなどが続く。

掟どおりその月に休息をとったけれども、断食はしなかった。赤ん坊は、平べったい頭をしていた。マクナイーマは、その上毎日その頭を平らにたたいて、子に言った：

　――息子よ、はやく大きくなってサンパウロ[125]に行き、うんと稼ぎなさい。

　イカミアバみんながこの血の色の子どもを愛（いつく）しんだ。そして、初めての風呂には、おチビさんがいつも豊かであるように、種族の宝石すべてを一緒に入れた。ボリビアからはさみを一丁とりよせ、枕の下に開いてさしこんだ。そうしないと、ツツ・マランバ[126]がやって来て、子どものへそとシイの足の親指を吸うからだ。ツツ・マランバはやって来て、はさみを見つけ、勘違いした。はさみの穴を吸い、満足して帰って行った。みんな、赤ん坊のことだけを思っていた。サンパウロからは、アナ・フランシスカ・ジ・アルメイダ・レイチ・モライス夫人[127]のあの手編みの毛糸の靴、そして、ペルナンブーコ[128]からは、せむし女のキニーネという名での方が知られている、ジョアキナ・レイタオン夫人[129]自らが編んだレース"アルプスのバラ"、"グアビロバ[130]の花"、"あなたにくびったけ"を取り寄せた。虫下しを飲むときのジュースは、オビドス[131]に住むロウロ・ビエイラ姉妹[132]のタマリンド[133]の実の一番いいのをしぼった。幸福な日々、そのものだった！...　しかし、ある時、ジュクルツ木菟（みみずく）[134]が、皇帝の小屋にとまり、そして、不吉な声を響かせた。マクナイーマ

---

[125] イエズス会宣教師、ジョゼ・ジ・アンシエタが創設した宣教村が起源。十九世紀、産業革命によってヨーロッパでのコーヒー需要が増加し、経済的な発展をとげる。サンパウロ州とミナス・ジェライス州とで交互に大統領を輩出するなど政治的な力も強めていったが、1929年の世界恐慌でコーヒー価格が暴落、1930年にはリオ・グランジ・ド・スル州出身のジェトゥリオ・バルガスが大統領に就任する。

[126] 耳が大きく、毛むくじゃらのお化け。床につきたがらない子がいると、やって来る。

[127] Ana Francisca de Almeida Leite de Morais は、マリオ・ジ・アンドラージの実のおば。

[128] ブラジル北部の州で、州都はレシーフェ（注120を参照）。十六世紀、東部沿岸地域に産するブラジルボク（注473を参照）の輸出で栄えた歴史を持つ。東部は降雨量も多く肥沃な土壌だが、一方、西部内陸部には荒涼とした乾燥地帯が広がる。

[129] Joaquina Leitão は、十九世紀半ばから二十世紀初頭、ブラジル北部アラゴアス州で活躍した著名なレース作家。

[130] フトモモ目、フトモモ科のブラジル原産の樹木。学名 *Campomanesia pubescens*。高さ20mほどに成長し、白く小さい花と黄色い実をつける。「guabiroba」は、トゥピ語「*wa'bi*（食べ物）」と「*rob*（苦い）」の複合語。

[131] パラ州（注728を参照）、アマゾン川にある市。河口のベレン市（注335を参照）から1100km。オビドス市のあたりは、川幅が狭まり、川床が深くなっていて、「アマゾン川の喉」と呼ばれる。

[132] オビドスで薬局を継いだ姉妹。当時、花や動物の形をした芸術的な細工の菓子を製造していた。

[133] マメ目、マメ科、タマリンド属の常緑高木。学名 *Tamarindus indica*。アフリカ原産で、亜熱帯、および、熱帯各地で栽培され、インドでは調味料のチャツネを、南米では果肉から清涼飲料水を作る。

[134] フクロウ目、フクロウ科、アメリカミミズク属の鳥。和名アメリカワシミミズク、学名 *Bubo virginianus*。体長52cm、重さ1kgをこえ、南北アメリカ大陸で最大のフクロウ。夜行性で羽音を立てず、ネズミや猫の子、時には兎等を捕える。姿は見えなくとも、「クッククー　クー　クー」というくぐもった鳴き声が間を置いて繰り返されるのが聞かれる。「jucurutu」は、トゥピ語の「*yakuru'tu*」に由来。

は驚きおびえ、蚊を払い、パジュアリ酒をあびるほど飲んで、恐れも払った。杯をあおり、一晩ぐっすり眠った。その夜、黒蛇があらわれて、片方しかないシイの乳房を吸いつくし、乳汁一滴残さなかった。ジゲは一人としてイカミアバを娘にできなかったものだから、赤ん坊には乳母がなかった。次の日、母親の胸をすい、うんと吸って、毒をふくんだ息をつき、逝った。

ジャボチ陸亀[135]の彫刻がほどこされた甕棺に小さな天使をおさめ、火蛇のボイタタ[136]がむくろの目を喰ってしまわぬよう、唄をうたい、おどりを踊り、パジュアリ酒を飲んで、村のまん中に埋葬した。

つとめをおえたマクナイーマの女は、いつものようにすっかり化粧をし、首飾りから世に知られたムイラキタン[137]をはずして夫に与え、一本の蔓をたよりに空にのぼった。シイはすっかりめかしたまま、今もそこに生きている。蟻にわずらわされることもなく、まだすてきに飾り立てていて、光りですてきに飾り立てていて、星になっている。ケンタウロス[138]のベータ星[139]に。

次の日、息子の墓に参って、マクナイーマはむくろから一本の小草が生えているのを見つけた。みんなが大事に大切に育てた。それは、グアラナ[140]だった。この植物の実を臼で挽けば人々のやまいを癒し、お日様のベイが照りつける日には渇きをいやしてくれる。

---

[135] カメ目、リクガメ科、ナンベイリクガメ属のアカアシガメ。学名 *Chelonoidis carbonaria*。ポルトガル語の「jaboti」は、トゥピ語で「リクガメ」を意味する「*yawo'ti*」に由来。甲羅はドーム状に盛り上がり、体長は70cm、寿命が百年に達する個体もある。

[136] インディオの伝承にある、火から森を守る精霊。爛々と光る大きな目を持つ、火につつまれた大蛇として現れる。「boitatá」は、トゥピ語の「*boi*（へび）」、「*tatá*（火）」に由来。

[137] ポルトガル語の「muiraquitã」は、トゥピ語の「*mbiraki'tā*（木の節）」に由来。人やカエル、魚、カメなどの形のヒスイでできたお守りで、イカミアバ（注107参照）が近隣に住んでいたという伝説の部族グアカリの男に贈ってひと夜の契りを結んだ。

[138] ケンタウロスとは、ギリシア神話に登場する半人半獣の種族で、馬の首が人間の上半身に置き換わった姿をしている。そのケンタウロスが東隣りのおおかみ座を槍で突き刺す姿だと言われているのが、南天に輝くケンタウルス座。ケンタウルス族のケイロンは、青年期の英雄や神々を教育したことで有名。

[139] ケンタウルス座のβ星は、全天21の1等星のうちの一つで、青白く光る。

[140] ムクロジ目、ムクロジ科、ガラナ属のつる植物。学名 *Paullinia cupana*。ポルトガル語の「guaraná」は、トゥピ語の「*wara'ná*」に由来。種子にはカフェインやタンニンが豊富に含まれ、疲労回復や滋養強壮に効果がある。

Ⅳ　ボイウナ[141]・ルナ[142]

メショ・メショイチキ酋長の娘、
ナイピは戦士チツァテとともに川の怪物ボイウナからにげる。
マクナイーマはボイウナの首を切り、
首はマクナイーマを追う。
追いつけないとさとると月になった。
マクナイーマはムイラキタンをなくし、サンパウロへ捜しに行く。

---

[141] トゥピ語で「へび」を意味する「*boi*」と「黒」を意味する「*una*」に由来する。長さ30m、太さ1.5mの黒い大蛇で、川や湖の底にひそみ、獲物をとらえては水底でむさぼる。水の神の一つの現われ。
[142] ポルトガル語「luna」で、「月」のこと。

次の日の朝早く、エロイは永久(とわ)に忘れえぬ女、シイを思って身もだえしながら下口唇に穴をあけ、ムイラキタンを飾った。つらくて、泣きそうだった。それからすぐ二人の兄を呼んで、イカミアバの女たちに別れをつげ、発った。

　そして、マクナイーマが君臨するジャングルをあてどなく歩き回り、さまよった。どこへ行ってもエロイは敬意と忠誠心をもって迎えられ、いつでも赤いアララ鸚哥とジャンダイア鸚哥の群れにつき従われた。魂が赤紫色に苦い夜には、同じ色の実のなったアサイの木によじ登って、めかしこんだシイの姿を空にじっとみつめた。"こんチクショウ！"とうめいた... とても苦しかった、とても！... そして、長々しい讃歌を唄い、善神たちに願った...

　　　　　愛の神フダー[143]、フダー！...
　　　　　お前なくては雨もあがらぬ、
　　　　　大洋からの風を
　　　　　このふるさとへ放ってくれ
　　　　　雲が失せるように
　　　　　そして、私の性悪女を輝かせてくれ
　　　　　空にくっきりと、大きく！...
　　　　　すべての河の水をなだめてくれ
　　　　　そこで私が水を浴び
　　　　　水鏡にうつった性悪女と
　　　　　愛し合えるように！...

　こんなふうに。それから、木をおりるとマアナペの背にもたれて泣いた。ジゲは不憫に思ってしゃくりあげ、エロイが寒がらないように丸太組みの火をおこした。マアナペは涙をのみこみ、アクチプル[144]、ムルクツツ[145]、ゾクク[146]、これらすべての眠りの主をこんな子守歌で呼び起こ

---

[143] トゥピ族の信ずる、愛の神。
[144] ネズミ目、リス科のリス。学名 *Sciurus aestuans*。赤道下の熱帯に棲息し、体長16cmから20cm、体重200gほど。「acutipuru」の「acuti」はトゥピ語の「*acuti*（ねずみ）」に由来。頭を下にして木を素早くおりることから、先住民は、魂が体をはなれたとき、アクチプルの姿で空へ上ると考えていた。眠りへと誘う神的な存在の一つ。
[145] フクロウ目、フクロウ科の鳥。学名 *Pulsatrix perspicillata*。鳴き声は、低く長く下降していき、ブリキの板を振り鳴らすような響きがある。なわばりを示すために夫婦で二重唱をする。インディオの子守歌では、子を寝つかせるためにムルクツツを呼ぶ。
[146] アマゾン地方に棲息する夜行性の鳥。眠りに誘うと言われている。

した：

アクチプル、
マクナイーマに
お前の眠けをかしてくれ
たいへんなカンの虫なんだ！...

　ダニをとり、体をゆらしてやってエロイをなだめた。エロイは、いやされ和んでよく寝入った。
　次の日、三人の旅人は神秘の密林を切って、また歩き始めた。マクナイーマはいつも赤いアララ鸚哥とジャンダイア鸚哥の群れにつき従われていた。
　歩きにあるいて、あるとき、夜明けの光が夜の闇を追いやりはじめるころ、遠くに娘のなげく声を聞いた。見に行った。一里半ほど歩くと、とめどなく泣き続ける渓流の滝にぶつかった。マクナイーマは、尋ねた：
　——どうしたンダ！
　——アナコンダ！
　——話してごらん。
　そして、滝は何がおこったのか語り始めた。
　——ほかでもない、私はナイピ[147]。メショ・メショイチキ酋長の娘です。メショ・メショイチキは、私たちのことばで這い這いという意味。私は器量良しの娘で、近くの部族の酋長はみんな私のつり床で夜を過ごし、そして、エンビロス[148]の木よりまだなよやかな私の体を知りたがるのでした。けれども、人が来ると、その力を知りたい愛の心で嚙み付いたり蹴飛ばしたりしました。そして、誰もたえられずにいつもションボリ帰って行くのです。
　私の種族は川の怪物ボイウナ、カペイ[149]の奴隷でした。カペイは、蟻と一緒にほら穴に住んでいました。川岸のイペエ[150]の林が花で黄に染ま

---

[147] カシナウア族の言葉で、「nai」は「空（から）」、「pi」は「嚙む」。
[148] アオイ目、パンヤ科の樹木。学名 *Eriotheca candolleana*。樹高25m、幹の直径80cmに達する。葉をすっかり散らせた後、枝の先に細長く白い雄蕊が放射状にひらいた花を咲かせ、種子は非常に柔らかな綿状の繊維に包まれている。
[149] 「月」のこと。タウリパンギ族（注10を参照）の伝説で、月は地上に住んでいた。子どもの魂を盗み、家の鍋に隠していたが、子の親に頼まれたまじない師がこれを見付ける。まじない師は、アユグの木の精霊を月の家にやり、これを殴り、放り出す。月は何になろうか考えた、「コチア鼠（注72を参照）になっても、アンタ獏（注29を参照）になっても、イノシシになっても喰われちまう。空に行く」、小鳥が蔓をくわえ、空にくくりつけた。その蔓をのぼり、月は空まで上った。
[150] シソ目、ノウゼンカズラ科、ギンヨウノウゼン属の落葉樹。学名 *Tabebuia alba*。「pau brasil」（注473）とともに

るころ、いつもボイウナは村にやって来て、骸骨に埋まった洞窟で褥をともにする生むすめを選ぶのでした。

　ある日の明け方、この身を捧げる男の力を求めて私の体が血を流して泣いていたとき、メンフクロウ[151]が家の象牙ヤシ[152]で歌ったのです。そして、カペイがやって来て私を選びました。川岸のイペエは黄色く閃光を放ち、花はすべて、父の青年戦士チツァテのそのむせび泣く肩に落ちました。サカサイア蟻[153]の大隊列と同じように悲しみが村にやって来て、静けさまでむさぼりました。

　年老いたまじない師がいつものように穴から夜を引き出したとき、チツァテは咲く花々をたばね、それを持って私に与えられた最後の夜のつり床に来ました。私は、チツァテを嚙みました。

　嚙まれた手首からは血がほとばしったけれど、あの人は気にもとめなかった。愛の昂まりに悶えながら、それ以上嚙みつけないよう私の口を花で満たしました。チツァテはつり床に身をすべらせ、ナイピはチツァテに捧げたのです。

　流れる血とイペエの花にまみれて、狂ったように求め合いました。それから、チツァテは、あの人のものになった私を肩にかつぎ、アツリア[154]の茂みの陰にあげておいたカヌーに投げ込んだのです。そして、ボイウナから逃れて、滔々たる怒りの河にこぎ出しました。

　次の日、年老いたまじない師がいつものように夜を穴にしまったとき、カペイは私を連れに来て、血を滴らす空のつり床を見つけました。うなり声をあげ、私たちを追って走りだしました。どんどん近づいて来て、やって来て、あいつのうなり声が間近に聞こえ、さらに近くなって、近くなり、しまいにはすぐそこに来ているボイウナの体で怒りの河の水が盛り上がりました。

　チツァテは弱って、もう漕ぐことができません。手首のかみ傷からず

国を代表する樹木。30mに達する高木で、葉を落とし、7月の終わりから9月まで8×15cmの花を咲かせる。幹はほぼまっすぐに伸び、大きく盛んに枝を広げる。
151 フクロウ目、メンフクロウ科、メンフクロウ属の鳥。学名 *Tyto furcata*。ポルトガル語の「suinara」は、トゥピ語で「ものを食べない」という意味の「sui'ndara」に由来。インディオは、このフクロウが何も食べないと考えていた。体長37cm程で、顔がハート形に白い羽毛で覆われている。南米全域に棲息し、洞窟や穀物倉庫、教会の搭などの建物に住む。ポルトガル語で別名「coruja-da-igreja（教会のフクロウ）」。
152 ヤシ目、ヤシ科の植物で学名 *Phytelephas macrocarpa*。成長がおそく、2mの高さになるのに35年から40年かかると言われる。種子が鶏卵ほどの大きさで、ココナッツミルクに似た液体を含有し、熟すとこの液体が白く固まる。色、質感、硬さともに象牙に酷似しており、工芸品や装飾品に加工される。
153 グンタイアリ（注116を参照）の一種。
154 マメ目、マメ科の植物。学名 *Drepanocarpus lunatis*。トゲに覆われており、マングローブを形成する。ポルトガル語の「aturiá」は、マメ科の植物を意味するトゥピ語の「aturi'a」に由来。

っと血が流れていたのですから。それで、もう逃げられませんでした。カペイは私を捕えてあおむけにし、この身を玉子で占って[155]、もうチツァテに捧げていたことを知りました。

　あまりの怒りに世界を終わらせたいと思ったのでしょう、きっと...私を滝の下の石に変え、チツァテは川の岸辺に投げて、草にかえてしまいました。あそこにあるアレ、ずっとあっちの方の、ほら、そこです！あのとってもきれいなムルレ[156]、見えるでしょう。水の中から私に手をふっています。あの人の赤紫色の花は、私のかみ傷の血のしずく。この滝の冷たさが凍らせたのです。

　カペイは私のからだの下にいて、確かにあの若者と一つになったのかずっと視ているのです。なりました。だから、戦士だった私のチツァテにもう抱かれることのない哀しさに、終わりのない終わりまでこの石の身でもだえ泣いてすごすことでしょう...

　終えた。マクナイーマのひざに涙がこぼれ落ち、エロイはふるえながらしゃくりあげた。

　──もし...もし...もしボイウナが来たら、俺...俺が殺してやる！

　すると、咆哮がとどろき、カペイが水からあらわれた。そして、カペイは川の怪物ボイウナだった。マクナイーマは英雄の誇りに胸を輝かせ、怪物に立ちむかった。カペイは、喉笛をすっかり見せてアピアカ蜂[157]の雲をはきだした。マクナイーマは、はたきに叩いてこの熊ン蜂をみな殺しにした。怪物はチリリン、リンリンと鳴る鈴をつけたムチを打ったが、その時トラクア蟻[158]が一匹エロイのかかとにかみついた。痛さに思わずうずくまり、ムチはエロイの上を過ぎてそのままカペイの顔をバシッ。すると、怪物はさらに吠え、マクナイーマの腿にとびかかった。エロイはひょいと身をかわし、岩をつかんで、ジュッキ！こいつの首を切り落とした。

　怪物のからだは、流れの中でバタバタもがいた。一方、首はうるんだ目を見開いて、自分を打ち負かし、復讐とげた者の足に口づけようとや

---

[155] ブラジルでよく言われる迷信「まだ娘（処女）なら、そこ（膣）に鶏の卵がはいらない」で、イベリア半島起源と思われる。
[156] ツユクサ目、ミズアオイ科、ホテイアオイ属の草木。ポルトガル語の「mururê」は、「鹿の耳」を意味するトゥピ語「muru're」に由来。南米原産で、湖沼や流れの緩やかな川などに浮かんで生育する。葉柄が丸く膨らんで浮き袋の役目をし、青紫の花が水面から立ち上がる。
[157] 獰猛で刺されるとひどく痛むスズメバチの類。ポルトガル語の「apiacá」は、トゥピ語の「yapii（ムクドリモドキ）」、「caba（スズメバチ）」に由来。
[158] ハチ目、アリ科、オオアリ属のアリ。興奮すると、非常に臭い物質を吹きかける。

って来た。エロイは恐ろしくなり、兄たちと一緒に森に逃げ込んだ。
　——おいで、シリリ[159]、おいで！　と、首は叫んだ。
　兄弟たちは、命からがら疾駆した。一里半走って振り返った。カペイの首は、彼らを追ってずっと転がって来る。さらに走って、疲れてもうだめだというとき、首がそのまま過ぎるのではと、川岸のバクパリ[160]の木によじ登った。けれども、首は木の下で止まり、バクパリの実をせがんだ。マクナイーマは、木をゆすった。首は落ちた実を拾い、喰い、もっとほしがった。ジゲは水の中にバクパリをゆすり落としたけれども、首は水の中へは行かないと言った。だから、マアナペは実をひとつ力いっぱい遠くにブン投げ、首が拾いに行っている間（ま）に、兄弟は木からおりて走った。ハシリに走って、そのうち、一里半先にカナネイア[161]の学士が住んでいる家をみつけた。老いぼれがひとり戸口にすわって、奥深い古文書を読んでいた。マクナイーマは、話しかけた：
　——お元気ですか、学士様？
　——悪くはない、ignoto viajor[162]。
　——涼んでるんですか？
　——C'est vrai[163]、フランス人が言うように。
　——ではまた、学士様。ちょっといそいでいるので...
　そして、また三人は疾駆した。カプテラ[164]とモヘチ[165]の貝塚を一気につっきった。すると、すぐ目の前に打ち捨てられた小屋を見つけた。中に入り、戸をしっかりしめた。そのとき、マクナイーマは口唇飾りがなくなっているのに気づいた。愕然とした。大切にしていたたった一つしかないシイの思い出だったからだ。石を探しに行こうとしたが、兄たちが出さなかった。じきに首がやって来た。ジュッキ！　戸をたたいた。

---

[159] つむじ風の中にいると言われる空想上の存在、「サシ」の別名。ポルトガル語の「saci」は、トゥピ語の「sa'si」に由来。三角形の赤い頭巾をかぶり、パイプをくわえた一本足の黒人少年で、おもちゃを隠す、塩と砂糖をすり替える、鍋を焦がす、夜中に口笛で人をおどかす、馬の尻尾を三つ編みにする等のいたずらをする。赤い頭巾は、ポルトガル北部の小妖精がかぶっている。
[160] キントラノオ目、フクギ科、フクギ属の樹木で、学名 *Garcinia gardneriana*。ポルトガル語の「bacuparí」は、トゥピ語の「*iwakupa'ri*」に由来。河川に沿った土地に生育し、日当たりの良いところで2-4m、密林の中では6-20mに達する。直径3cm、長さが3-5cm程のほんのり甘く、さわやかな果実を実らす。
[161] 1501年にブラジルに流刑になった歴史上の人物。実名コスメ・フェルナンデス・ペッソーア。奴隷貿易によって力を蓄え、南米における最初のポルトガル人居住地、サン・ヴィセンテの建設に尽力したが、1531年頃サンパウロ州沿岸の「Cananéia」に放逐される。
[162] ラテン語で、「見知らぬ旅のお方」。
[163] フランス語で、「そうです」。
[164] サンタ・カタリナ州（注713参照）の沿岸の町。周囲には、六千年ほど前からの貝塚が残されている。
[165] パラナ州の州都クリチバと海岸との中間に位置する町。パラナ州の沿岸地域には十六世紀までカリジョ族が居住し、一万年前からの貝塚が340以上見つかっている。

──なんだ？
　──戸をあけて、入れてくれ！
　それで、ワニがあけるだろうか？　彼らだって！　だから、首は、はいれなかった。マクナイーマは、知らなかった。首はエロイの奴隷になっていて、仕返しをしようとついて来るのではなかったのだ。首はずっと待ったけれども、あけないことがわかると、自分は何になるべきか考えた。水になったとしたら飲まれてしまうだろうし、蚊だったらフマキラーされるだろう、鉄道列車だったら脱線するだろうし、川だったら地図にとじこめられてしまう...　"月になる" と決め、大声で言った：
　──戸をあけてくれ、お願いだ。ちょっと頼みがあるんだ！
　マクナイーマはすき間からうかがい、もうあけようとしているジゲに言った：
　──しめたれ！
　ジゲは、戸をしめなおした。それで、頼まれたことをしない、というのを意味する「しみったれ」ということばがあるのだ。
　戸をあけてくれないので、カペイはとても悲しくなり、イアンドゥ・カランゲジェイラ蜘蛛[166]に空にのぼるのを手伝ってくれるかと尋ねた。
　──あたしの糸は、太陽が溶かしてしまう、ドドでかいクモは答えた。
　それで、首はシェシェウ鳥[167]にあつまってもらい、暗い夜になった。
　──夜、あたしの糸は誰にも見えない、ドドでかいクモは言った。
　首は、アンデスの冷え込みをクイテ[168]椀一杯とって来て、クモに頼んだ：
　──一里半ごとにひとしずく置くんだ。糸は霜で白くなる。さあ、はやく。
　──それじゃあ、そうしましょう。
　イアンドゥは、地に糸をつむぎ始めた。そこに吹いた最初のひと風で、糸は軽やかに空へ舞い上がった。ドドでかいクモは糸をつたってのぼり、ずっと上の糸の先から霜を少し散らした。すると、イアンドゥ・カラン

---

[166] ポルトガル語の「iandu」は、「蜘蛛」を意味するトゥピ語の「nhandu」に由来。「caranguejeira」は、タランチュラのこと。カシナウア族の伝説で、タランチュラは寒さの主。実際のタランチュラは、糸を紡がない。
[167] スズメ目、ムクドリモドキ科の鳥。和名ツリスドリ、学名 *Cacicus cela*。オスは体長30cm弱、メスは25cm弱で黒く、額、頸、胴が鮮やかな黄。国境を越えアマゾン地域に広く分布し、ツカノ鳥（注288を参照）、オウム、カワウソ等多くの動物の鳴き声を完璧に真似る。肥沃な平野や河川にそった森林などでよく見られ、群れをなして飛ぶ。カシナウア族の悪魔イカは、シェシェウ鳥を呼び、夜と雷鳴を起こす。ポルトガル語の「xexéu」は、トゥピ語の「xe'xéu」に由来。
[168] シソ目、ノウゼンカズラ科、フクベノキ属、学名 *Crescentia cujete*。ポルトガル語の「cuitê」は、トゥピ語の「kuya eté（本物の椀）」が由来。樹高12m程、実は径が15-30cm。熟すと濃い栗色となり、堅牢。椀として利用される。

ゲジェイラがそこからもっと上へとつむぐうちに、糸は下からすっかり白くなっていった。首は、大声で言った：
　――さようなら、みなさん、私は空へ行きます！
　そして、糸を頬張りながら果てしのない空の広がりへと登って、のぼって行った。兄弟たちは戸を開け、様子をうかがった。カペイは休まずのぼって行った。
　――本当に空へ行くのか、首？
　――ウムム、口をあけられないのでこうしか答えられなかった。
　夜明け近くなって、ボイウナのカペイは空に着いた。糸を頬張って丸々とふとり、精根尽き果て青白くなっていた。したたる汗は地に落ちて、その夜に結んだ露となった。カペイがあんなに冷たいのは、糸が凍っていたからだ。かつてカペイはボイウナだった。けれども、今は、あの果てしのない空の広がりの月の首だ。この時から、カランゲジェイラ蜘蛛は、夜、糸をつむぐようになった。
　次の日、兄弟三人は川辺まで捜して、さがして、探したがムダだった。ムイラキタンは、なかった。あらゆる生き物に聞いた。アペレマ亀[169]、サグイ猿[170]、ムリタ鎧鼠[171]、テジュ蜥蜴[172]、陸ムスアン亀[173]と木登りムスアン亀、タピウカバ蜂[174]、シャボ燕[175]、マチンタ・ペレラ梟[176]、キツツキ、飛んでいるアラクアン鳥[177]に、ジャピイン鳥[178]とその名付け親の

---

[169] カメ目、イシガメ科、アメリカヤマガメ属、和名アシボチヤマガメ、学名 *Rhinoclemmys punctularia*。オスの甲長20cm 未満、メス25cm 未満。半水棲で日光浴を好む。ポルトガル語の「aperema」は、トゥピ語の「ape'rema」に由来。
[170] 新世界で進化を遂げたサル目、オマキザル科のサルの総称。南米に棲息し、小型で樹上に棲む。ポルトガル語の「sagüi」はトゥピ語の「sa'gwi」に由来。
[171] 被甲目、アルマジロ科、ココノオビアルマジロ属、アルマジロで最少、和名ムリタアルマジロ、学名 *Dasypus hybridus*。
[172] 有鱗目、テユー科のトカゲ。日光を好み、昼に行動する。体長2mに達するものもある。属名 *Tupinambis* は、ブラジルの先住部族 Tupinambás に由来する。
[173] ムスアン亀は、カメ目、ドロガメ科、ドロガメ属、和名サソリドロガメ、学名 *Kinosternon scorpioides* の淡水に棲む体長25cm 程のカメ。好んで食用にされる。ポルトガル語の「muçuã」は、トゥピ語の「musu'ã」に由来。
[174] ハチ目、スズメバチ科のハチ。学名 *Polybia dimidiata*。体長は20mm 程で、頭と胸が黒、腹が赤く、非常に攻撃的。ポルトガル語の「tapiocaba」は、トゥピ語の「*tapioca*（マンジョカ）」と「*caba*（スズメバチ）」に由来。
[175] スズメ目、ツバメ科の鳥。学名 *Progne tapera*。体長17.5cm 程、薄墨色で喉から腹、尾の裏側にかけて白い。平原や耕地を好み、夜明け、夕暮れに鳴く。
[176] 家の塀や屋根で不吉に鳴く小さなフクロウの名。ポルトガル語の「matinta perera」は、トゥピ語の「matï（小さい）」と「*tape're*（廃屋）」に由来し、「廃屋に住む小さい鳥」という意味がある。深夜に声を聞いたら、すぐさま「マチンタ、明日の朝タバコを取りに来い」と言わねばならない。翌朝最初に来た人物がマチンタの化身で、もし約束を守らないと災いが降りかかる。インディオの言い伝えで、マチンタ・ペレラ梟は祈祷師が変身したものだからだ。
[177] キジ目、ホウカンチョウ科、ヒメシャクケイ属の鳥の総称。ポルトガル語の「aracuã」は、トゥピ語の「ara'kwã」に由来。中南米を中心に、種によっては、メキシコ、テキサスにも棲息。体長は、42-53cm で、ホウカンチョウ科の鳥では最小。群れをなして川辺に棲息し、明け方、夕暮れ時に鳴く。
[178] スズメ目、ムクドリモドキ科、ツリスドリ属の鳥。和名キゴシツリスドリ、学名 *Cacicus cela*。ポルトガル語の「japiim」は、トゥピ語の「*ya'pi*」に由来する。「xexéu（注167を参照）」の別名。

スズメ蜂に、適齢期のゴキブリ嬢に、"ターン！"と鳴くとその雌が"タイン！"とこたえる小鳥に、しつこく大ネズミをつけ回す守宮(やもり)に、川魚のタンバキ[179]、ツクナレ[180]、ピラルク[181]、クリマタ[182]、川の洲のペカイ鳥[183]、タピクル鳥[184]とイエレレ鳥[185]、これらのすべての生き物に聞いた。だが、どれも何も見ず、誰も何も知らなかった。兄弟は皇帝の領地をつら抜き、また道に歩をすすめた。静けさは忌わしく、虚しさはなおさらだった。マクナイーマは時おり立ち尽くし、性悪女を思った...　どれほどの思いがエロイを打ったことか！　じっと動かなかった。泣いた。幼いままのあどけない頬を涙が流れ、毛深い胸板に洗礼をほどこした。マクナイーマは、頭を振りながらため息をついた：
　――何だってんだ、兄貴。初めてのコイは亭主にゃコナイ！
　歩きつづけた。どこででも歓迎をうけ、どんなときでもジャンダイア鸚哥と赤いアララ鸚哥の色とりどりのお伴がつき従った。
　ある日、兄たちが釣りをし、マクナイーマは釣れるのを待ちながら木陰で横になっていた。エロイが毎日祈りをあげている牧童のチビくろ[186]が心に思い、この不幸な男を助けてやることにした。チビくろは、ウイラプル雀[187]を遣った。まさにこの時、エロイはせわしない羽音を聞き、

---

[179] カラシン目、カラシン科、コロソマ属の川魚で、非常に美味。学名 *Colossoma macropomum*。体長110cmに達し、背側の半身が銀白色、腹側の半身が黒い。ポルトガル語の「tambaqui」は、トゥピ語の「tamba'ki」に由来。
[180] スズキ目、シクリッド科、キクラ属の魚のこと。ポルトガル語の「tucunaré」は、トゥピ語の「tukun（ツクン椰子：注69を参照）」と「aré（友達）」に由来。「ツクン椰子に似ている」ということだと考えられ、ヒレに鋭いとげがある。体長は、30cmから1mで、美味。
[181] アロワナ目、アロワナ科、アラパイマ属の魚。学名 *Arapaima gigas*。世界最大の淡水魚の一つで、体長が4m、あるいは、5mに達すると言われ、重さが100kgを超すものも珍しくない。ポルトガル語の「pirarucu」は、トゥピ語の「pi'ra（魚）」と「uru'ku（赤い染料をとる植物の名）」に由来し、成魚では後半身が赤くなる。重要な食用魚。
[182] カラシン目の淡水魚で、ブラジル全域に棲息する。
[183] カイツブリ目、カイツブリ科、カンムリカイツブリ属の鳥。
[184] コウノトリ目、トキ科、サカツラトキ属の鳥で、和名サカツラトキ、学名 *Phimosus infuscatus*。メキシコから南米にかけて棲息し、体長46-51cm、緑青光沢をおびた黒色で、顔は赤く、脚はピンク。
[185] カモ目、カモ科、リュウキュウガモ属の鳥で、和名シロガオリュウキュウガモ、学名 *Dendrocygna viduata*。体長44cm程で、顔が白く、頭のうしろと頸、翼は黒、嘴と脚は鉛色で、頭の下部と胸、背中は茶褐色。ポルトガル語の「iererê」は、トゥピ語の「ire're」に由来。
[186] ポルトガル語の「Negrinho do Pastoreio」は、「牧童の黒人少年」という意味。名もなく「チビくろ」と呼ばれていた信仰心の篤い少年が、騎手をつとめた競馬に負け、牧場主に懲らしめられる。さらに、家畜を失い、ひどく打たれ、見つかったもののまた失ってしまう。少年は、主人にアリの巣に投げ入れられ、喰い殺される。三日後、主人がアリの巣を見に行くと、少年は無傷で、かたわらに聖母マリアが佇んでおり、少年が天に召されたことをお示しになる。
　アフリカのキリスト教徒の間に広まった言い伝えが起源。十九世紀、奴隷制廃止を唱えたブラジル人の間で広く語られた。蠟燭をともして彼に祈ると、願いがかなうと言われている。
[187] スズメ目、マイコドリ科でより色鮮やかな種の呼称。ブラジルのアマゾン全域に棲息する。動きが素早く、巣作りの間、オスは求愛のために軽やか、リズミカルに、甘く囀る。アマゾン地方では、幸福を運んでくると言われている。ポルトガル語の「uirapuru」は、トゥピ語の「wirapu'ru」に由来。世界的に著名なブラジルの作曲家、ヴィラ＝ロボスのバレエ音楽に「uirapuru」がある。

ウイラプルの小鳥がそのひざにとまった。マクナイーマは、わずらわしそうにウイラプルの小鳥を追い払った。と、また騒がしい音がして、小鳥は腹にとまった。マクナイーマは、もううるさいとも思わなかった。すると、ウイラプルは甘くあまくさえずり始め、エロイは歌うすべてがわかった。マクナイーマは、運にもツキにも見離されていた。バクパリの木に登ったとき、川の浜にムイラキタンを落としたのだ。けれども、さらに、ウイラプル雀はなげき唄った。マクナイーマは、二度と果報者にはなれないだろう。なぜなら、トラカジャ亀[188]がムイラキタンを飲み込み、川エビ捕りがこの亀をつかまえ、あの緑の石をベンセズラウ・ピエトロ・ピエトラ[189]と呼ばれるペルー人のイカサマ雑貨屋に売ってしまったからだ。お守りの持ち主は大金持ちになり、チエテ[190]の流れに洗われる大っきな街、あのサンパウロで成り上がりの大農場主となっていた。
　これだけ言うと、ウイラプルは宙にくるりと輪をかいていなくなった。兄たちが釣りから戻ってくると、マクナイーマは言った。
　——カチンゲイロ鹿[191]をからかいながら道を歩いていたら、そうしたら、背中に寒気を感じたんだ。手をやると物静かなムカデがいて、そいつがすっかり話してくれた。
　それから、マクナイーマはムイラキタンがどこに行きついたのかを話し、サンパウロに行ってこのベンセズラウ・ピエトロ・ピエトラとかいう男を捜して、盗まれた口唇飾りを取り戻すつもりだと兄たちに語った。
　——…で、ムイラキタンがみつからないようなことがあったら、ガラガラ蛇が鳥の巣を作る！　兄貴たちが俺と来るならそりゃあいいし、来ないなら、いいかい、気の合わぬ連れより独りのほうがましだ！とにかく、蛙のツラに小便、一度こうと決めたら石の上で三十年でも我慢する。ウイラプル雀、じゃなかった！　ムカデの言ったことが本当かどうかは行ってみなくちゃわからない。

---

[188] カメ目、ヨコクビガメ科、ナンベイヨコクビガメ属。和名モンキヨコクビガメ、学名 *Podocnemis unifilis*。水棲で、アマゾン流域の水辺に棲息。
[189] 「ベンセズラウ」は、第9代ブラジルの大統領 Venceslau Brás Pereira Gomes（1914-1918）のファースト・ネーム。任期中に大戦に参戦、工業化を推し進めた。ミナス・ジェライス州とパラナ州に「Venceslau Brás」、サンパウロ州に「Presidente Venceslau」という地名を残している。「ピエトロ（Pietro）」は「聖ペトロ」の、そして、「ピエトラ（piétra）」は「石」を意味するイタリア語。
[190] サンパウロ州を東から西へ横切る川。海岸から22km程の水源から内陸に流れ、パラナ川にそそぐ。ポルトガル語の「Tietê」は、トゥピ語の「*ti*（水）」と「*eté*（本当の）」に由来。
[191] ウシ目、シカ科、マザマ属のシカ。アマゾン南部からウルグアイ、アルゼンチン中央部までの開けた土地に棲息し、森の中で行動することはない。体長は88cmから106cm、体重18kg程で小型。目の上に特徴的な白いまだらがある。通常、日中に単独で行動する。

一席ぶったあと、マクナイーマは小鳥をムカデと言った嘘を思って、カラカラと大きく笑った。マアナペとジゲは一緒に行くことにした。エロイは、誰かがいなくてはやっていけないからだった。

V　ピアイマン[192]

三人は、アラグアイア川[193]をさかのぼる。
白い肌の伝道師スメの足跡にたまった水でマクナイーマは白く、
ジゲは赤銅、そして、マアナペは手のひらが赤くなる。
サンパウロにつくと、機械と神と人間について考える。
ムイラキタンをとりもどすため、
ピアイマンの家に忍び込む。

---

[192] タウリパンギ族（注10を参照）の神話に登場する巨人の名。
[193] ゴイアス州、マト・グロッソ州、トカンチンス州、パラ州を流れる大河。パラ州でトカンチンス川と合流する。一部がアマゾン盆地を流れるが、アマゾン川の支流ではない。ポルトガル語の「Araguaia」は、トゥピ語で「インコ」を意味する「*araguaí*」に由来。

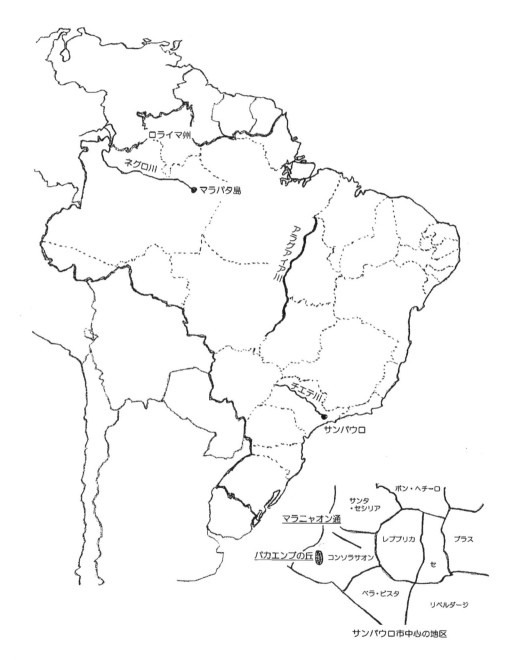

次の日、マクナイーマは朝早く小さな丸木舟に跳び乗り、マラパタ島[194]に良心をおきにネグロ川[195]の入り口まで漕いだ。蟻にたからないように、十メートルもあるマンダカル仙人掌(さぼてん)の一番てっぺんにおいた。弟を待つ兄たちのところに戻ると、三人は正午に太陽の左のへりへと進路をとった。
　いろいろなところを通った。カアチンガや川、早瀬、広大な原野、網の目のような水路、平原の茂みをつらぬく回廊、処女密林や奇跡としか言いようのないセルタオン[196]をだ。マクナイーマは、ふたりの兄とサンパウロへ向かうのだった。三人の旅を助けたのは、アラグアイア川だった。あれほどの武勲とあれほどの偉業があったのに、エロイに蓄えは一銭もなかった。けれども、星となったイカミアバの女が遺した宝が、ロライマ[197]の山あいのくぼみに隠してあった。旅のために、マクナイーマは、この宝からカカオ[198]を四千万粒の四十倍より少ないことはまったくなく取り分けた。カカオは、古くからの銭だ。カカオの量を考えて、何艘もの船をそろえた。川のおもてを二艘ずつ次から次と綱でつないだ二百艘の丸木舟、イガラ[199]がずんずんと矢のようにアラグアイア川の水面をすべっていくのは美しかった。舳先(へさき)にはマクナイーマが船首飾りの像さながらに立ち、遠くに街をさがしていた。天のシイを何度も差した指はイボにおおわれ、その指をかじりながら考えに考えた。兄たちは舟を漕ぎ、櫂の一かき、一搔きが蚊を追い払って、二百艘のイガラ舟を力強く引っ張った。一艘分のカカオが川のおもてにこぼれて、航跡はチョコレートとなり、カムアタ[200]、ピラピチンガ[201]、ドウラド[202]、ピラカンジュバ[203]、ウアルスアラ[204]、そして、バク鯰[205]、こんな魚が舌つづみを打

---

[194] マナウスの近く、ネグロ川に浮かぶ島。十九世紀後半にアマゾン川流域でゴムが盛んに栽培され、経済の中心はマナウスだった。その頃、人々はマラパタ島に恥を置いてゴム園に入ったという。
[195] ポルトガル語で「黒い川」の名を持つ、ブラジル北部を流れるアマゾン川支流。コロンビアに発して南東に流れ、ブラジルの都市マナウス付近でアマゾン川中流に合流する。
[196] カアチンガ（注70）の広がる地帯。ブラジル北東部のうちの乾燥、豪雨地帯のこと。
[197] ロライマ州（注3を参照）にある山で、ギアナ高地にあり、ベネズエラ、ガイアナとの国境にまたがっている。
[198] アオイ目、アオイ科、カカオ属、学名 *Theobroma cacao*。樹高は4.5-10m。中央アメリカ原産で、標高約300mの丘陵地に自生する。直径3cm程度の白い花を幹から直に房状に着ける。果実は長さ15-30cm、直径8-10cmで幹から直接ぶら下がり、20から60個ほどの種子（カカオ豆）を持つ。マヤ文明では、神から直接人が授かった食べ物だと言われ、司祭が太陽にささげていた。大変貴重なもので、貨幣としても使われていた。ポルトガル女王、マリア一世の時も、ラテンアメリカ全体で通貨の代物として流通していた。
[199] 一本の木をくりぬいた丸木舟。楕円形で浅く、船尾が高くなっている。
[200] ナマズ目、カリクテュス科の小型の淡水魚。学名 *Hoplosternum littorale*。食用となる。
[201] カラシン目、セルラサルムス科の川魚。学名 *Piaractus brachypomus*。
[202] カラシン目、カラシン科、サルミヌス属の大型魚。学名 *Salminus brasiliensis* で、ポルトガル語の「dourado」は、「金色の」という意味。
[203] カラシン目、カラシン科の魚で、学名 *Brycon orbignyanus*。メスは体長80cm、重さ10kgに達するが、オスは60cm、

った。

　ある時、太陽が三兄弟を汗のうろこでおおい、マクナイーマは水浴びしようと思った。けれども、河では無理だった。ピラニアがガツガツしていて、引き裂いた仲間の肉切れを奪い合い、ときおりバナナの房になって一メートル以上も水面に踊り出していたからだ。そのときマクナイーマは、川のちょうどまん中の大岩に水がいっぱいたまっている窪みを見つけた。その窪みは、大男の足跡だった。イガラをつけた。エロイは水の冷たさにキャーッ、ヒェーッと悲鳴をあげ、それから窪みにつかって、すっかり体を洗った。水には、不思議な力があった。というのは、その大岩の窪みは、スメ[206]がイエスの福音をブラジルのインディオに伝道していたときの大足のあとだったからだ。エロイが水を浴びおえると、膚は白く、金髪で、目は青くなっていた。水が黒さを洗い落としたのだ。もう誰にも、エロイにタパニュマスの闇色の種族の若者を見ることはできなかった。

　この奇跡を目の当たりにするや、ジゲはスメの大足のあとに飛びこんだ。けれども、水はエロイの黒ですっかり汚れており、そこいらじゅうに水をとばして気のふれたようにいくら体をこすっても、真新しいブロンズの色にしかならなかった。マクナイーマは気の毒に思い、なぐさめた：

　——あらら、ジゲ兄、白くはならないな。だけれど、まっ黒ではなくなったし、鼻がないよりゃ鼻声の方がましさ。

　マアナペは、ジゲのあとから水を使った。けれども、ジゲがこの不思議をほとんど窪みの外に散らしてしまっていた。ずっと底の方に少しあるだけだったので、マアナペは足の裏と手のひらをひたすのがやっとだった。黒く、まさにタパニュマス族の男のままで、聖なる水につけて手のひらと足の裏が赤くなっただけだった。マクナイーマは気の毒に思い、なぐさめた：

　——恥ずかしがるな、マアナペ兄、恥ずかしがるな。あのユダの親爺

3.5kg 程にしかならない。ポルトガル語の「piracanjuba」は、トゥピ語の「pirá（魚）」、「akanga（頭）」、「iuba（黄）」に由来。
[204] スズキ目、シクリッド科、ウアル属、学名 Uaru amphiacanthoides。体長は25cmで、卵型の側扁形。色は銀、体側の腹側に尾から滴るようなオレンジ、あるいは、茶色のしずくの柄が見える。
[205] ナマズ目、ドラス科の魚で、学名 Pterodoras granulosus。体長70cm、重さ6.5kg。胸鰭の棘を動かすか、浮き袋を振動させることによって音を出すことができる。ポルトガル語の「bacu」は、トゥピ語の「wa'ku」に由来。
[206] バイーア（注119を参照）に言い伝わる肌の白いキリスト教の伝道者。海を歩いてやって来る時、道を通すために水が割れた。地を歩き、足跡を残したと言われている。

さんは、もっとずっと苦しんだんだ！
　太陽の下、大岩に裸で地を踏みしめてスックと立ち、金髪ひとり、赤銅色ひとり、黒人ひとりの三兄弟は凛々しかった。森のあらゆる生き物がびっくりして、盗み見た。ジャカレウナ鰐[207]、白胸ワニ[208]に、大ワニ[209]、ノドの黄色いウルラウ鰐[210]、これらすべてのワニがこめかみについている目を水の上につきだした。川岸のイガゼイラ[211]とアニンガ芋とマモラナ木綿とエンバウバ[212]とカタウアリ[213]の枝からプレゴ猿[214]、ニオイ猿[215]、グアリバ咆え猿[216]、ブジオ咆え猿[217]、クモザル[218]、太鼓腹ザル[219]、

---

[207] ワニ目、アリゲーター科、クロカイマン属に分類されるワニ。学名 *Mlenosuchus niger*、和名クロカイマン。体長550cm、重さ500kgに達するものもある。背が黒に淡黄色の縞、腹も淡黄色。口吻の筋状の盛り上がりが明瞭、虹彩は黄褐色。ポルトガル語の「jacarèuna」は、トゥピ語の「íakaré（ワニ）」と「una（黒い）」に由来。
[208] ワニ目、アリゲーター科、カイマン属、学名 *Caiman crocodilu*、和名メガネカイマン。体長250cmで、気性は荒く攻撃的。眼の間に隆起があり眼鏡のように見える。背は暗黄褐色、あるいは、暗黄緑色。ポルトガル語の「jacarètinga」の「tinga」は、トゥピ語で「白」。腹面が白い。
[209] ポルトガル語で「jacaré-açu」。「açu」は、トゥピ語で「大きい」という意味がある。別名「jacarèuna」（注207を参照）。
[210] ワニ目、アリゲーター科、カイマン属、学名 *Caiman latirostris*。体長4mに達する個体もある。繁殖期には、喉が黄色くなる。
　パライバ州には、ウルラウの言い伝えがある。大地主の娘が貧しい青年に恋をしたが、地主は気にいらず、青年を修道院のあるパライバ川に沈めた。川の神は地主の暴力に腹を立て、青年を喉の黄色い巨大なワニ、ウルラウに変えた。ウルラウは懐かしさに身を焦がし、満月の夜に川岸で恋人を待つ。叶わぬ恋に、修道院に身を寄せている娘を次々にさらう。修道女は漁師から話を聞き、地主を問い詰める。そして、地主はポルトガルから修道院に金の鐘を運ばせる。しかし、鐘が港に入ろうとした時、地主が許されることのないようウルラウが船を嚙み砕き、鐘を川の底に沈める。今でも、ウルラウは鐘を看ている。そして、満月の夜に鐘の音が聞こえると、娘が一人修道院から姿を消す。
[211] マメ目、マメ科、インガ属の植物。川や湖の水辺に茂り、高さ15mほどになる。10-30cm、種によっては1mのサヤを実らせ、種のまわりに水分を多く含む白い果肉が熟す。ポルトガル語の「igàzeira」は、トゥピ語の「*ingá*（汁っぽい）」に由来。
[212] イラクサ目、イラクサ科、セクロピア属の樹木。熱帯雨林に広く分布し、水に沿って茂る。樹高は種により5-40mで、緑の葉は大きく、掌状。ポルトガル語の「embaúba」は、トゥピ語の「*āba'ib*（空洞になった木）」に由来。
[213] フウチョウソウ目、フウチョウソウ科、ギョボク属の樹木。学名 *Crataeva benthami*。水際に生える。ポルトガル語の「catauari」は、トゥピ語の「*katawa'ri*」に由来。
[214] サル目、オマキザル科、*Sapajus* 属のサルの総称で、ブラジル全土に広く分布する。1.3-4.8kgの中型で、尾をのぞいた体長が48cm以下。
[215] サル目、オマキザル科、リスザル属のサルの総称で、体長約29cm、尾長約42cm。ポルトガル語の「macaco-de-cheiro」の「macaco」は「サル」、「cheiro」は「匂い」という意味で、尾が小便で臭いことからつけられた。南米、中米の熱帯雨林に最大50頭ほどの群れをなす。昼行性。
[216] サル目、クモザル科、ホエザル属のサルの総称。新世界のサルで、メキシコからアルゼンチンの北部まで広く分布する。体毛が長く、大型で体重が約7kg。10頭ほどの群れをなし、吼え声は、数キロ先までとどく。ポルトガル語の「guariba」は、トゥピ語の「*guara*（生き物）」、「*aiba*（醜い）」に由来。
[217] 「guariba（注216を参照）」の別名。
[218] サル目、クモザル科、クモザル属のサルの総称で、アマゾン流域から中米の森に分布する。体長42-66cm、尾長88cm以下、重さ11kg以下で、新世界のサルで最大。ポルトガル語の「cuatá」は、トゥピ語の「*kua'tá*」に由来。
[219] サル目、オマキザル科のサルの総称で、ブラジル、コロンビア、ベネズエラのアマゾン流域に棲息。昼行性で5-70頭の群れをなし、吼え声を使い分けてコミュニケーションをとる。体長は40-55cm、尾長55-70cm、体重は最大10kg。動きが非常に機敏で、木から木へすばやく飛び移ることができる。果実、葉、種子の他、昆虫、クモなどを日に体重の30%ほども食べる。昼行性。

コシウ猿[220]、カイララ猿[221]、ブラジルの四十すべてのサルが、みんな、うらやましそうによだれを流して盗み見ていた。さらに、ツグミたち、サビア鶫哥[222]やポカ鶫[223]、黒ツグミ[224]、ピランガ鶫[225]、喰うときゃくれないゴンガ鶫[226]、土手ツグミ[227]に、トロペイロ鶫[228]、オレンジ鶫[229]、グチ鶫[230]、これらすべてがびっくりして仰天し、嘴をつぐむのも忘れて際限なく、さえずりに囀った。マクナイーマは、つむじを曲げた。手を腰にあて、生き物すべてにむかって叫んだ：

――見せ物じゃねえ！

すると、森の生き物たちはざわざわしながらチリヂリになり、三兄弟はまた歩み始めた。

さて、チエテの流れる地に入ると、そこではブルボン・コーヒー[231]が出回っていて、使われている銭はもうカカオではなく、かわって、金と呼ばれ、コント[232]、コンテコ[233]、ミウヘイス[234]、ボロ[235]、トスタオン[236]、

---

[220] サル目、オマキザル科、ヒゲサキ属、学名 *Chiropotes satanas*、和名ヒゲサキ。頭の中心から左右に盛り上がる毛冠と長い顎鬚を持つ。体長は33-48cm、尾長37-44cm、体重2.4-3.2kg。アマゾン流域の湿潤な熱帯雨林に棲息し、口笛のような高い鳴き声で、コミュニケーションをとる。
[221] サル目、オマキザル科、オマキザル属のサルの総称で、中南米に棲息。20-30頭ほどの群れをなし、体長は30-56cm、尾は体長とほぼ同じ、体重は2.5-5kgと中型。
[222] オウム目、インコ科、学名 *Triclaria malachitacea*。体長が29cmで、嘴が白く、羽毛は鮮やかな緑。オスは腹が青。ポルトガル語の「sabiá（ツグミ）」は、トゥピ語の「*haabi'á*」に由来。鳴き声がツグミに似ている。
[223] スズメ目、マネツグミ科、マネツグミ属、学名 *Mimus saturninus*。ブラジル、ウルグアイ、パラグアイ、ボリビア、アルゼンチンに分布。体長26cm、重さ73gほど。全体に茶色で、腹は明るい。嘴から目にかけてこげ茶の帯があり、尾の先は白。3-7羽の群れをなし、囀りのバリエーションが豊富。他の鳥や物音をまねる。ポルトガル語の「sabiàpoca」の「poca」は、トゥピ語の「*poc*」に由来し、瓶のコルクを抜く時のような音（日本語の「ポン」）。
[224] スズメ目、ツグミ科、ツグミ属、学名 *Turdus flavipes*。体長20.5cm、体重がオスは64g、メスは72g。オスは黒く、肩と腹が灰色、メスは上半身が黄緑がかった栗色、下半身が黄味がかった栗色で喉に濃い栗色の縦縞。単独か番で行動する。鳴き声のバリエーションが豊富で、他の鳥をまねるが、うまくない。ポルトガル語の「sabiàuna」の「una」は、トゥピ語で「黒い」。
[225] スズメ目、ツグミ科、ツグミ属、学名 *Turdus rufiventris*。体長23cmで、アルゼンチン、ボリビア、パラグアイ、ウルグアイなど南米に広く分布。特にブラジルでは、多く見られ親しまれている。嘴は黄緑、脚は灰、目は黒く黄に縁どられている。背は灰色がかった茶、喉は白地に茶の斑で、腹は暗いオレンジ色。繁殖期の夜明けと夕暮れ時に美しく囀り、2分ほど続くこともある。ポルトガル語の「piranga」は、「貧乏人」という意味。
[226] スズメ目、フウキンチョウ科、マミジロイカル属、学名 *Saltator coerulescens*。ほぼ南米全域に棲息し、体長20cm。番より小さい群れで行動し、番は声を合わせて囀る。ポルトガル語では「sabiàgonga」。「gonga」は、アフリカのキオコ語「*ngonga*（水）」に由来。
[227] スズメ目、ツグミ科、ツグミ属、学名 *Turdus leucomelas*。体長22、23cmで、ブラジル全土に棲息。繁殖期の春にオスだけが囀る。
[228] スズメ目、カザリドリ科、ムジカザリドリ属、学名 *Lipaugus lanioides*。体長24cm程で、全身灰色。大西洋岸森林（ブラジルの大西洋岸の北部から南部にかけて広がる森林の総称）にのみ分布し、標高1,000m以上の山岳地帯に棲息。
[229] 「sabiàpiranga（ピランガ鶫）」（注225を参照）の別称。
[230] 「sabiàpiranga（ピランガ鶫）」（注225を参照）の別称。
[231] コーヒーの品種。一時期、ブラジルの主力品種だった。
[232] 昔のお金の単位で、1コントが百万ヘイス。
[233] 「コント」の別称。

ドゥゼントヘイス[237]、キニェントヘイス[238]、五十パウ[239]、九十バガロチ[240]、それに、御足、金子、キャッシュ、現金、印紙、ゲンナマ、マネー、大金、カウカレオ[241]、銀子、おゼゼ、小銭、それに、パタラコ[242]、そんなふうだから、ここでは二万粒のカカオで靴下留め[243]すら買えなかった。マクナイーマは、とても腹立たしかった。働かなくてはならない...　エロイは、うんざり顔でつぶやいた：
　——アア！　かったるい！...
　計画はなかったことにして、皇帝だった故郷へ帰ると決めた。ところが、マアナペはこう諭した：
　——バカなことを言うんじゃない、マクナイーマ！　カニが死んだくらいじゃ、マングローブは喪に服さない！　何だってんだ！　がっかりするな、何とかしてやるから！
　サンパウロにつくと、食べるために宝のカカオから少しだけ袋にとり、残りは株でうまくやって、八十コントス・ジ・ヘイス[244]近くもうけた。マアナペは、まじない師だった。八十コントは、大金ではなかった。エロイはじっくり考えたあと、兄たちに言った：
　——我慢だ。これでなんとかするさ。アラのない馬をほしがるやつは歩くことになる...
　マクナイーマは、このわずかな金で生きるしかなかった。
　ひんやりした宵の口、ようやく、チエテの流れの岸辺にばらまかれたどでかいサンパウロの街にたどりついた。すると、皇帝のオウムたちが、エロイに別れを告げるさけび声を上げた。そして、そのとりどりに色どられた群れは北の森へと帰って行った。
　兄弟は、イナジャ椰子[245]、オウリクリ椰子[246]、ウブス椰子[247]、バカバ

---

[234] 1,000 ヘイス。
[235] かつてベレンで貨幣として流通していた路面電車の切符。
[236] 昔の百ヘイス相当の硬貨。
[237] 200 ヘイスの硬貨。1942 年まで流通していた。
[238] かつて使われていた 500 ヘイスの硬貨。
[239] 「パウ (pau)」は、ポルトガル語で「木の棒」のこと。口語で、お金の単位のかわりに「pau」と言った。
[240] 貨幣単位。1 バガロチが 1,000 ヘイス。
[241] 貨幣の不足に応じて、1895 年にペルナンブーコで使われた金券。100-200 ヘイスの額があった。
[242] 昔の硬貨。大きかったが、価値は低かった。
[243] 当時、男性も靴下留を使った。
[244] 80 コントと同じ。
[245] ヤシ目、ヤシ科のヤシの木。学名 *Attalae maripa*。ブラジル原産で、樹高 20m、ポルトガル語名は「inajá」。葉の若芽が非常に美味で、果実も種子からとった油も食用になる。かつてトゥピ族に *Inaiá* という名の女性がいた。美しい女性で森をおさめ、優美と純潔、そして、詩の象徴だったと言われている。
[246] ヤシ目、ヤシ科、学名 *Syagrus coronata*。樹高 20m で、種子からとった油は食用に、葉の繊維は帽子などの製品

248にムカジャ249にミリチ250、ツクマン251の茂る地にはいった。どのヤシの木も葉と実のかわりにモクモクと煙の羽根飾りをその頂につけていた。霧雨ですっかり濡れた空は白く、そこからすべての星々が降りてきて街をさまよっていた。マクナイーマは、シイを探しに来たことを思い出した。ああ！　あいつのことは絶対に忘れられない。なぜなら、シイがふたりの睦み合いのためにととのえた魅惑のつり床は、その髪で織ったものだから。そう、織った女を忘れることなどできるはずがない。マクナイーマは探しにさがしたが、道も広場も色の白い、真白いむすめ達であふれるばかりだった...　マクナイーマは、ため息をついた。あまい声でささやきながら、娘たちに言い寄った：“マニ252！　マニ！　マンジョカの白い娘たち...”よさそうなのと綺麗なのとで、我を忘れた。迷った末、三人選んだ。パラナグアラ山脈253よりもっと高い建物の中、床にすえつけられた奇妙なつり床で愉しんだ。たのしんだあとは、つり床が堅いので、女たちの体の上に横になって眠った。一晩で四百バガロチだった。

　エロイは、知性が馬鹿にされているように感じた。ずっと下の方の通りで生き物の群れがおそろしく風変わりな建物の間を走り抜け、そのほ

になる。ポルトガル語の「ouricuri」は、トゥピ語の「*ariku'ri*」に由来。
247 ヤシ目、ヤシ科、学名 *Manicaria saccifera*、中南米の河岸や島などの肥沃な土地に豊富に分布する。幹の高さ 3-5m、葉は頂に立ち上がって長さ 5-7m に達する。実の房を包む繊維は強く、縄や布などに加工される。ポルトガル語の「ubussu」は、トゥピ語の「*imbu'su*」に由来。
248 ヤシ目、ヤシ科、学名 *Oenocarpus bacaba*。アマゾン原産で、豊富に分布。樹高 20m、幹の直径 25cm に達する。3g ほどの実はジュースや酒に、葉は住家の葺きもの、幹は柱や梁などになる。ポルトガル語の「bacaba」は、トゥピ語の「*iwa*（果実）」、「*kawa*（太った）」に由来。
249 ヤシ目、ヤシ科、ブラジル原産のヤシで、学名 *Acrocomia aculeata*、和名オニトゲココヤシ。アマゾン地域に豊富に分布し、樹高 15m、幹の直径 40cm に達する。葉の長さ 4m 以上で、落ちた後に長く鋭いトゲが残り、幹をおおう。3.5-5cm の実の果肉は粘り気があり、ガムのような菓子になる。ポルトガル語の「mucajá」は、トゥピ語の「*mboka*（裂け目、割れ目）」、「*iwa*（果実）」に由来。
250 ヤシ目、ヤシ科、学名 *Mauritia flexuosa*。一本幹の優雅な樹形で、高さ 35m、大きな葉が球形の樹冠を形成する。中米と南米北部に豊富に分布。果実は栄養豊富で食用、菓子、ジュース、酒に、種子から採取した油は虫下しや傷薬などの薬用、滋養、強壮剤になり、葉からは繊維がとられ、その芯は家具に加工される。ポルトガル語の「miriti」は、トゥピ語の「*mburi'ti*」に由来。
251 ヤシ目、ヤシ科、学名 *Astrocaryum aculeatum*。樹高 15m、一本幹のヤシで、樹冠の葉は上向きに茂る。幹が水平に帯状のトゲに覆われている。実は食用、種子からは油、葉からは海水に強い繊維が採れ、木材としても利用される。ポルトガル語の「tucumã」は、トゥピ語の「*tuku'mã*」に由来。
252 インディオの娘の名。マンジョカは、不幸な恋に死んだマニの体から生まれたと言われている。
253 アマゾン地方にある山脈なのだろうが、多分、著者の創作。原文では「Paranaguara」で、トゥピ語「*paraná*」は「海のような」、「*guará*」はコウノトリ目、トキ科、シロトキ属のショウジョウトキ、学名 *Eudocimus ruber*、あるいは、ネコ目、イヌ科、タテガミオオカミ属、タテガミオオカミ、学名 *Chrysocyon brachyurus* のこと。ショウジョウトキは南アメリカ北部の沿岸部に分布し、体長約 60cm で、体色は鮮やかな朱赤。タテガミオオカミはブラジル中部以南、アルゼンチン北部、パラグアイ、ペルー南東部、ボリビア東部に棲息し、南米のイヌ科動物で最大。体長 122-132cm、尾長 27-45cm。

え声に起こされた。一晩眠ったデッカイ家でエロイを運び上げたあの大サグイアス尾巻猿[254]の魔物...畜生どもの何て世界だ！　法外な数の化け物が、山や川に住む悪魔マウアリ[255]が、ジュルパリ喇叭[256]、一本足のいたずら者サシ[257]、それから、ボイタタ[258]が、わき道に、洞窟に、穴だらけの丘の連なりにいて、わめいていた。そして、そこから確かにマンジョカ芋から生まれたに違いない、白い、真っ白い群衆がどんどん深い谷へと出て来る！...　エロイは、すっかり知性を乱された。女たちに笑われ、大サグイアス尾巻猿はオマキザルではなく、エレベーターといって機械なんだと教えられた。明け方ごろのあの鳥のさえずり、獣の吠え声、インディオが掛け合う合図、風のざわめき、サルの声、ジャガーの唸り、あれらはそうではなくて、クラクション、ベル、警笛、ブザーで、すべて機械なんだと教えられた。ピューマはピューマではなくて、フォード、ハップモービル[259]、シボレー、ドッヂ[260]、マーモン[261]と言い、機械なのだ。タマンドゥア蟻喰い[262]、ボイタタ、先端に煙の葉を茂らせるイナジャ椰子、これらはそうではなくて、トラック、路面馬車、路面電車、電光ニュース、時計、信号、ラジオ、オートバイ、電話、チップ、電柱、煙突だった...　どれも機械で、街にあるのは機械ばかりだった！エロイは何も言わず、黙って聞いていた。ときおりびっくりした。疑念を翳らせて、またじっと動かなくなり、陰険にだまりこくって聞き入り、集中し、さぐった。強大な力を持ったこの女神への畏怖の念がねたみに満たされ、エロイをとらえた。というのは、マンジョカ芋の子どもたちが機械と呼んでいるのは、実は、あの崇高な最高神ツパン[263]なのであって、鼓膜がやぶれるほどうるさい中で、水の母イアラ[264]よりさらにすば

---

[254] サル目、オマキザル科、マーモセット亜科のサルの総称。ポルトガル語の「sagüi-açu」は、トゥピ語の「sa'gwi（類人猿）」、「açu（大きい）」に由来。
[255] 山や川、湖などの自然界に宿る悪鬼。
[256] インディオの伝統的な楽器で、形状の長い喇叭。また、インディオにこの楽器の演奏方法を教えた神の名で、父系制を創始した超自然的な存在、また、十六世紀のカトリック宣教師たちの言う悪魔。ポルトガル語の「jurupari」は、トゥピ語の「yurupa'ri（悪霊）」に由来。
[257] 注159を参照。
[258] 注136を参照。
[259] 米国ハップ・モーター・カンパニーが1909年から1940年に製造した自動車。
[260] ダッジブラザーズ・バイシクル＆モーターファクトリーが前身の、1914年に設立された米国自動車ブランド。
[261] 1902年に設立された米国マーモン・モーター・カー・カンパニー社製の自動車。
[262] ユウモウ目、オオアリクイ科の動物の総称。ポルトガル語の「tamanduá」は、トゥピ語の「tamãdu'á」に由来。
[263] ポルトガル語の「tupã」は、トゥピ語の「tu'pã」あるいは「tu'pana」に由来。雷の光と音によって神の心を人々に伝える超自然的存在。カトリックの伝道で、世界を創造した神そのものと解釈されるようになった。
[264] ポルトガル語の「iara」は、「大人の女性」を意味するトゥピ語の「yara」に由来。水の精霊。ブラジル先住民の神話にあらわれるイピピアラに、アフリカ起源の水の神とヨーロッパ起源のサイレンの伝承とが混合している。イピピアラは男性で、泉に住み、人間から水を守る。

らしい歌い手だからだ。
　そこで、マンジョカの子らの皇帝になるために、今度は、機械を組み敷くことにした。ところが、三人の娘っ子は大笑いして、神がどうのこうのと言うのはとんでもない思い違いで、神なんてのはいない、だれも機械とは寝ない、というのは、殺されてしまうからだ、と言った。機械は神なんかじゃないし、エロイがあれほど好きな女の印も持ってはいない。機械は、人間によって作られたのだ。電気で火で水で風で蒸気でひとりでに動くけれども、それは人間が自然の力をうまく使っているからなのだ。ところで、ワニはそれを信じたか？　エロイだって！　寝床に立ちあがり、そうこんな身振りをした！　完全にバカにしきった様子で、トオ！　左腕のひじから先を右腕の内側にあて、その右腕を曲げて、三人の女たちの方に手首を強く振り、そして、去った。この瞬間、彼は人を侮辱する有名な身振り、バナナ、を発明したと言われている。
　マクナイーマは、兄弟三人で下宿住まいをすることにした。サンパウロのあの最初の愛の夜のおかげで、マクナイーマの口は、舌染265（したとぎ）がひどかった。痛くてうめき、他になおしようがなかったので、マアナペは祭壇の鍵を盗み、それをマクナイーマにしゃぶらせた。エロイは、しゃぶってしゃぶってすっかり治った。マアナペは、まじない師だった。
　そのあとマクナイーマは一週間食べもせず遊びもせずに、ただ、マンジョカの子らが機械相手に戦っている勝目のない争いについて考えた。機械は人間を殺し、ところが、人間は機械に命じている...　マンジョカの子どもは、疑いなく、ほしがることも嫌がることもない機械の、疑いなく力のない主人で、この悲劇を説明しきるなどできないことがわかり、驚いた。なんだかすっきりしなくて、もの憂い気分になっていた。ついにある晩、兄たちと摩天楼のテラスにぶらさがっているとき、マクナイーマは結論した：
　――この戦いで、マンジョカの子は機械に勝てないし、機械もマンジョカの子に勝てない。引き分けだ。
　まだ思いを述べることになれていなかったから、それ以上は何も結論しなかったが、まだたくさんのこと、ゴチャゴチャとたくさんのことが頭の中でチカチカしていた！　人間が機械から作りだしたのは、その存在に意味のある水の母イアラではなく、単にこの世の一現実にすぎない

---

265 幼児、特に、新生児に見られる感染症で、口腔粘膜や舌に多数の白い斑点ができる。免疫低下状態に感染し、経路は母親の乳首が考えられる。

というのだったら、実のところ人間がその主(あるじ)ではないらしい。機械こそ、神に違いない。こんなゴチャゴチャから、エロイの思考は非常にはっきりとした光明を引き出した：人間こそが機械であり、機械こそが人間なのだ。マクナイーマはカラカラと大きな笑い声を上げた。元通りにわだかまりがなくなっていることがわかると、すっかり心満たされた。ジゲを電話マシーンに変え、キャバレーにつなぎ、伊勢えびとフランス女を注文した。

　次の日、ドンチャン騒ぎのおかげで疲れ切り、シンミリした気分になっていた。ムイラキタンのことを思い出した。すぐに行動を起こすことにした。なぜなら、へびを殺すには最初の一撃が決め手だから。

　ベンセズラウ・ピエトロ・ピエトラはマラニャオン通り[266]のはずれ、パカエンブ[267]の丘の涼しい南向き斜面に面していて、木々に囲まれたすばらしい邸宅に住んでいた。マクナイーマは、何とかしてそこまで行って、ベンセズラウ・ピエトロ・ピエトラに会うつもりだと、マアナペに言った。マアナペは、それがいかに馬鹿げているかを言い聞かせた。というのは、このイカサマ雑貨屋がかかとを前にして歩いているからで[268]、神様がそうなさったのなら、何かしらがあるからなのだ[269]。安物行商人は、間違いなく悪霊マヌアリ[270]だ...　だれが、巨人はピアイマン[271]で人間食漢だということを知っているだろう！...　マクナイーマは、知りたくもなかった。

　——とにかく行くんだ。オレが誰だかわかってるやつらは一目おくし、わからないなら、そりゃその時だ！

　それで、マアナペは弟について行った。

　イカサマ行商人の邸宅の裏にはどんなくだものでもなるザラウラ・イエギ[272]の木がはえていて、カシュー、カジャ[273]、カジャマンゴー[274]、マンゴー、パイナップル、アボカド、ジャボチカバ[275]、グラビオラ[276]、サ

---

[266] サンパウロ市セ地区にある高級住宅街。十九世紀末から二十世紀初頭にかけて、富裕な家族が集まった。
[267] サンパウロ市セ地区にある地名。
[268] 注68を参照。
[269] ブラジルには、「神が誰かをお示しになったのなら、彼にあやまちをお見つけになったからなのだ」という諺がある。
[270] タウリパンギ族（注10を参照）に言い伝えられる悪の精霊。
[271] タウリパンギ族（注10を参照）の神話にあらわれる巨人。
[272] タウリパンギ族（注10を参照）の神話にあらわれる木。
[273] ムクロジ目、ウルシ科の果樹で、学名 *Spondias mombin*。南米の熱帯地方原産で、縦3.2-4.0 cm、直径2.5 cmほどの実は黄色く、多汁で酸っぱい。ポルトガル語の「cajá」は、トゥピ語の「aka'yá」に由来。
[274] ムクロジ目、ウルシ科の果樹で、学名 *Spondias dulcis*。大洋州原産で、縦6-10 cm、直径5-9 cm、重さ380gほどの実は黄色く、多汁で甘酸っぱい。
[275] フトモモ目、フトモモ科、キブドウ属、学名 *Myrciaria cauliflora*。大西洋森林地帯原産。白い花が幹から直接開花

ポチ[277]、ププニャ椰子[278]、ピタンガ[279]、グアジル[280]、これらすべてのくだものが黒人女のわきの下ばかりに匂っていて、木はとても大きかった。兄弟二人は、腹がへっていた。アリが喰いちぎった木の葉でザイアクチ楯[281]をつくり、木の実を夢中でむさぼっている獲物を射とめようと木の一番下の枝にかくれた。マアナペは、マクナイーマに言った：

　———いいか、もし鳥が鳴いてもこたえるんじゃないぞ、マクナイーマ。さもないと、一巻の終わりだ！

　エロイは、うなずいた。マアナペはサラバタナ[282]の矢を吹き、マクナイーマはザイアクチの楯のかげで、おちてくる獲物を集めた。獲物はドスンドスンとおちてきて、マクナイーマは、マクコ鳥[283]、サル、オマキ猿[284]、鳳冠鳥[285]、舎久鶏[286]、ジャオ鳥[287]、ツカノ鳥[288]、これらすべての獲物を受け止めた。ところが、この物音を聞いて、ベンセズラウ・ピエトロ・ピエトラが昼寝から目を覚まし、何事か見に来た。そして、ベンセズラウ・ピエトロ・ピエトラは、巨人のピアイマンで人間食漢だった。家の戸口までやって来て、鳥のようにさえずった：

し、直径3-4cmの濃紫色の実がなる。果肉は白く、美味。ポルトガル語の「jaboticaba」は、トゥピ語で「ボタンのような形の果物」という意味の「iapoti'kaba」に由来。大西洋森林地帯とは、ブラジル北部から南部にかけての大西洋岸、および、南東部から南部にかけては内陸まで分布する森林の総称であり、アマゾンと並ぶ有数の森林地帯。その一部はパラグアイ、アルゼンチンにまで広がっている。熱帯雨林、常緑広葉樹林、針葉樹林から構成される。

[276] モクレン目、バンレイシ科、バンレイシ属、学名 *Annona muricata*。一年を通して実がなり、薄緑色で、長さが30cm以下の卵型、重さは750gから8kgに達する。

[277] 「サポチリャ」（注86を参照）の別称。

[278] ヤシ目、ヤシ科、バクトリス属の植物。学名 *Bactris gasipaes*。樹高20mに以上に達し、幹には黒く細い棘が密生する。果実は4-6cm程の長さの楕円形で、幅は3-5cm程度、熟すと赤、黄、オレンジになる。繊維質が多く、カボチャやサツマイモのような食感がある。ポルトガル語の「pupunha」は、トゥピ語の「*pu'puña*」に由来する。

[279] フトモモ目、フトモモ科、エウゲニア属、学名 *Eugenia uniflora* の常緑低木。ブラジルの大西洋森林地帯原産。直径2-3cm ほどのカボチャのような形状の果実が年に数回つき、熟すと赤く、甘くなる。ポルトガル語の「pitanga」は、トゥピ語の「*pi'tãg*（赤）」に由来

[280] キントラオノ目、クリソバラヌス科、学名 *Chrysobalanus icaco* で、熱帯にひろく分布する低木。実の形、大きさはオリーブに似ており、紫色。食用となる。

[281] インディオ達が、狩猟の際、身を隠すために用いる楯。葉の茂った樹木の枝でできている。

[282] インディオが用いる吹き矢。

[283] シギダチョウ目、シギダチョウ科、オオシギダチョウ属、学名 *Tinamus solitarius* の鳥。南米に棲息し、体長48cmほど、オスは1.2-1.5kg、メスは1.3-1.8kg。黄緑がかった灰色で、ポルトガル語の「macuco（猿）」は、トゥピ語の「*ma'kuku*」に由来。

[284] サル目、オマキザル科のマーモセット属のサル。

[285] キジ目、ホウカンチョウ科の鳥。嘴と脚以外黒く、大きさは小さ目の七面鳥程。鳳冠鳥を示すポルトガル語の「mutum」は、トゥピ語の「*mi'tu*」に由来。

[286] キジ目、ホウカンチョウ科、シャクケイ属の鳥。ポルトガル語の「jacu」は、トゥピ語の「*ya'ku*」に由来。

[287] シギダチョウ目、シギダチョウ科、ヒメシギダチョウ属、学名 *Crypturellus undulatus*。ブラジル中央の荒れ地に棲息する鳥。

[288] キツツキ目、オオハシ科のトリ。色鮮やかで、大きなくちばしが特徴。ポルトガル語の「tucano」は、トゥピ語の「*tu'kã*」に由来。

——オゴロ！　オゴロ！　オゴロ！
　ずっと遠くのように聞こえた。マクナイーマは、すぐにこたえた：
　——オゴロ！　オゴロ！　オゴロ！
　マアナペは危ないとさとり、ささやいた：
　——隠れろ、マクナイーマ！
　エロイは、ザイアクチ楯のうしろ、死んだ獲物とアリの間にかくれた。そのとき巨人がやって来た。
　——誰がこたえた？
　マアナペが言った：
　——知らないヨ。
　——誰がこたえた？
　——知らないヨ。
　十三回繰り返した。そこで巨人が言った：
　——ヒトだった。そいつを出せ。
　マアナペは、死んでいるサルをほうった。ピアイマンは、それを飲み込むと続けた：
　——ヒトだった。そいつを出せ。
　そのとき、かくれていたエロイの小指を見つけ、巨人はその方向にバニーニ矢[289]を射った。長いうめき声が聞こえた、ジューッキ！　プスリと矢が心臓につきささり、マクナイーマはうずくまった。巨人は、マアナペに言った：
　——オレが狩ったヒトをこっちに投げろ！
　マアナペはグアリバ猿[290]、ジャオ鳥、鳳冠鳥、ノハラ鳳冠鳥[291]、ホウダレ鳳冠鳥[292]、ポランガ鳳冠鳥[293]、ウル鶉[294]、カンムリ鳳冠鳥[295]、これらすべての獲物をほうった。が、ピアイマンは次々に呑み込んでは、

---

[289] インディオが狩猟に用いる矢。
[290] 注216を参照。
[291] キジ目、ホウカンチョウ科の鳥。学名 *Mitu tuberosum*。体長89cm程で、黒色。嘴の上に赤い鶏冠がある。
[292] キジ目、ホウカンチョウ科、ホウカンチョウ属の鳥。和名ホオダレホウカンチョウ、学名 *Crax globulosa*。全長82-95cm、翼長がオス36-40cm、メス33-36.5cmで、全身が緑色の光沢のある黒色。嘴も黒く、その上下に赤い瘤がある。
[293] キジ目、ホウカンチョウ科、ホウカンチョウ属の鳥。和名メスグロホウカンチョウ、学名 *Crax alector*。アマゾン北部、ギアナ、ベネズエラ、コロンビアに棲息し、体長95cmに達する。全身が黒く、腹と尻が白い。嘴は黄、あるいは、オレンジ、赤。ポルトガル語の「mutuporanga」の「poranga」は、トゥピ語の「pi'ranga（赤）」に由来。
[294] キジ目、ナンベイウズラ科、和名ジャネイロウズラ、学名 *Odontophoridae capueira*。密林深くに棲息し、「ウル　ウル　ウル」とゆっくり沈んだ声で鳴く。体長24cm、オス457g、メス396g。
[295] キジ目、ホウカンチョウ科、カンムリホウカンチョウ属、学名 *Nothocrax urumutum*。アマゾンに棲息する鳳冠鳥で、体長が58cm程。全身が茶色で、目の周りが明るい黄。

矢で射たヒトをよこせとくり返した。マアナペはエロイを渡したくなかったので、獲物をほうりつづけた。こうして時がたち、マクナイーマはもう死んでしまっていた。ついに、ピアイマンは、おそろしさに背すじの寒くなるような声でどなった：

——マアナペ、おふざけはもうおしまいだ！　俺が狩ったヒトをこっちに投げろ。さもないとお前を殺っちまうぞ、このくそ老いぼれ！

マアナペは、どうしても弟を渡したくなかった。どうしようもなくなって、マクコ鳥とサルと舎久鶏とチンガ舎久鶏[296]とピコタ鳥[297]、それに、ピアソカ千鳥[298]の獲物六つをつかんで地にほうり、叫んだ：

——六だ、とれ！

ピアイマンは、頭に血がのぼっていた。茂みからアカプラナ[299]、アンジェリン[300]、アピオ[301]、カララ[302]の四本をつかむと、マアナペにせまった：

——どきやがれ、ブタ野郎！　ワニにゃ頸なし、アリにゃ金なし！　俺サマにゃあ、この手に棍棒四本[303]だ、このいかさま獲物投げ！。

それでマアナペはすっかりおじけづき、トゥルッキ！　エロイをほうった。あの高尚ですばらしいカード・ゲーム、トゥルッコ[304]は、マアナペとピアイマンがこうやって発明したのだった。

ピアイマンは、気をしずめた。

——そうだ、これだ。

死んだエロイの足を片方つかんで引いて行き、家に入った。マアナペ

---

[296] キジ目、ホウカンチョウ科、ナキシャクケイ属、和名カオグロナキシャクケイ、学名 *Pipile jacutinga*。ブラジルの原生林に棲息し、体長75cm程。ポルトガル語の「jacutinga」は、トゥピ語の「ya'ku（シャクケイ）」、「*tinga*（白）」に由来。全身が茶がかった黒で目の周りと羽冠、翼の一部が白、喉が赤。

[297] ツル目、クイナ科、バン属、和名バン（鷭）、学名 *Gallinula chloropus*。体長35cm、翼長52cmで、ハトくらいの大きさ。羽毛は黒いが、背中はいくらか緑色をおびる。嘴の上に額板があり、繁殖期には嘴の根元とともに赤くなる。脚と足指は黄色くて長い。オセアニアを除く全世界の熱帯、温帯に広く分布している。

[298] チドリ目、レンカク（蓮鶴）科、和名ナンベイレンカク、学名 *Jacana jacana*。体長23cm程で、頭から腹にかけて黒、背と翼が茶、嘴が黄、広げた風切羽がうすい黄緑で、湿地や水際でよく見る。指と爪が非常に長く、水面の植物の上を自在に歩く。ポルトガル語の「piaçoca」は、トゥピ語の「pia'soka」に由来。

[299] マメ目、マメ科、学名 *Campsiandra laurifolia*。アマゾン原産の樹木で、高さ7m位。水の流れにそって生育し、葉、樹皮、果実は発熱、創傷、潰瘍、マラリアの治療に用いられる。

[300] マメ目、マメ科、学名 *Dinizia excelsa*。樹高60m、直径100-180cmに達する巨木。アマゾン原生林で最大の樹木の一つで、重く硬い木材となる。土木建築資材として珍重され、また、樹形が美しいことから公園や庭園の景観作りに利用される。

[301] 原文のつづりでは、「apió」。「apió」という語は存在しない。「ápio」は、ポルトガル語の「aipo（セロリ）」の別名。

[302] アニンガ芋（注21）の別称。

[303] 「棍棒」は、原書で「pau」。ポルトガル語の「pau」には、トランプの「クラブ」の意味があり、クラブの4がトランプゲーム「トゥルッコ」で一番強い。

[304] 移民とともにヨーロッパから伝わったトランプゲーム。四人が二人ずつで組み、8、9、10とジョーカーを除いた40枚で遊ぶ。

は、困り果てて木からおりた。弟の亡骸のあとを追おうとしたとき、カンビジキ305という名のサララ蟻306に出くわした。アリがたずねた：
　——こんなところで何をやってるんだ、相棒！
　——巨人に弟を殺されて、あとを追っているんだ。
　——ぼくも追う！
　カンビジキは地面や枝に飛び散ったエロイの血をすっかり吸い取り、マアナペがたどっていた引きずられた跡のしずくまで吸った。
　家に入り、ホール、それから食堂を横切り、食料貯蔵室を通って、家の横にあるテラスに抜け、地下室への扉の前で止まった。マアナペはジュタイ豆307の木のたいまつをともし、まっくらな階段を何とかおりた。酒倉の扉のまん前に最後の血の一滴がしたたっていた。扉は、しまっていた。マアナペは鼻を掻き、カンビジキに聞いた：
　——さて、どうする。
　そのとき、扉の下からからダニのズレズレギ308が出てきてマアナペにたずねた：
　——どうするって、何を、相棒？
　——巨人に弟を殺されて、あとを追っているんだ。
　ズレズレギは、言った：
　——ああ、そう。それなら目を閉じて、相棒。
　マアナペは、目を閉じた。
　——目をあけて、相棒。
　マアナペが目をあけると、ダニのズレズレギはシリンダー錠の鍵に変わっていた。マアナペは鍵を床から拾い上げ、扉を開けた。ズレズレギはまたダニにもどって、そして、教えた。
　——そのすぐ目の前にある酒でピアイマンをやっつけられるぞ。
　そして、消えた。マアナペが酒瓶を十本とり、栓を抜くと、何とも言えぬ香りがただよい、漂った。キアンチ309と呼ばれる名の知れたカウイン酒310だった。それから、マアナペは蔵の次の部屋に入った。巨人は、

---

305 南米先住民の言い伝えに現われるスズメバチの名。
306 ハチ目、アリ科、オオアリ属のアリ。多くの種があり、捨てられたシロアリの巣や倒れた木、竹の節と節の間などに巣を作って、食料を貯蔵する。雄蟻と雌蟻は結婚飛行をし、交尾の後、翅を落とす。
307 マメ目、マメ科の樹木で、学名は *Hymenaea courbaril*。中南米に広く分布し、樹高 15-30m、直径 1m を超える。神秘的な植物としてインディオに広く知られ、その実を食べると欲望、感情、思考のバランスがよくなると言われる。ポルトガル語の「jutai」は、トゥピ語の「*yuta'i*」に由来。
308 南米先住民の言い伝えに現われるトカゲの名で、橋になって登場人物のマアナペを向こう岸にわたす。
309 イタリア・トスカーナ州のキャンティ地方で生産されるワインで、伝統的な藁苞の瓶が有名。
310 マンジョカやトウモロコシ、時に果汁をくわえ発酵させたインディオの酒。茹でたマンジョカ、トウモロコシを女

そこに連れ合いといた。女は、いつも葉巻をくわえている年とった森の小人、カアポラ[311]でセイウシ[312]といい、たいへんな大喰らいだった。マアナペは、ベンセズラウ・ピエトロ・ピエトラに酒瓶、カアポラにアカラ煙草[313]のかたまりをやった。夫婦は、恍惚として、この世のあることを忘れた。

エロイは三十の二十倍個に切りきざまれ、揚げられて、煮たっているモロコシ粥にプカプカ浮いていた。マアナペは切れ切れの肉片と骨をすべて拾い集め、セメントの上にひろげて冷ました。冷めると、サララ蟻のカンビジキが、吸った血を上にまき散らした。そのあと、マアナペは血の滴っている切れ切れをすべてバナナの葉でつつみ、その包みをサピクア籠に投げ入れて下宿へ急いだ。

下宿に帰りつくと、かごを立たせ、それにタバコをふきかけた。すると、何だかまだボーッとしたマクナイーマがヨロヨロよろけながら葉の中から出てきた。マアナペがグアラナを与えると、弟はもとのように逞しくなった。エロイは、蚊を追い払ってから聞いた：

——俺は、いったいどうなったんだ？

——だからなあ、聞かん坊、小鳥のさえずりにこたえるなと言わなかったか？ 言ったとも、それなのに、なあ！…

次の日の朝、マクナイーマは猩紅熱にかかっていた。熱のある間ずっと、ベンセズラウ・ピエトロ・ピエトラを殺すには大型拳銃マシーンがなくてはならぬと考えていた。治るとすぐに、イギリス人たちの家にスミス・アンド・ウエッソン[314]を一丁もらいに行った。イギリス人は、口をそろえて言った：

——拳銃は、まだまるでアオい。そうだな、早成りがあるかもしれないから行ってみるか。

そして、大型拳銃マシーンの木の下に行った。イギリス人は、言った：

性が噛み砕くことによって唾液中のジアスターゼが発酵を促進する。男性の唾液ではおいしくならないと信じられている。

311 トゥピ族の神話にあらわれる存在で、ポルトガル語の「caapora」は、トゥピ語の「ka'a (密林)」「pora (住む人)」に由来。地方により姿はいろいろで、典型的には色が黒く、敏捷なインディオの少年、裸でパイプを咥え、ペッカリー (野生の豚) にのっている。森を守っていて、幼獣や幼獣を連れたメスを殺したり、必要以上の狩猟をすると、風の音や奇妙な音をさせて狩人を怖がらせたり、道や跡を消して迷わせたりする。森に入る時、木の根もとにタバコやカシャーサ (注422) を並べておく。

312 インディオの神話にあらわれる大喰いの女の妖精。常に飢えに苛まれている。

313 十九世紀末から二十世紀にかけてパラ州で煙草を製造していたジラファ社の銘柄。

314 1852年に設立された米国最大の銃器メーカー。弾倉の回転する拳銃を開発、南北戦争 (1863-1865) の時に大きく販売数を伸ばした。

——お前は、ここで待っていろ。拳銃が落ちてきたら、そしたら、とれ。いいか、地面に落とすな、いいな！
　——わかった。
　イギリス人が木をゆすって揺すると、早成りの大型拳銃が一丁落ちた。イギリス人は、言った：
　——それは熟れてる。
　マクナイーマは礼を言い、帰った。英語が話せるのだと兄たちに思わせたかったけれども、実は、スィート・ハートさえ言えなかったし、話せるのは兄の方だった。マアナペも大型拳銃と弾丸、それに、ウィスキーがほしかった。マクナイーマは、さとすように言った：
　——兄貴は英語がうまくない、マアナペ兄。行きはよいよい、帰りはこわいだ。拳銃をたのんだら、売れ残りをよこすかもしれない。やめときなよ、俺が行くから。
　そして、もう一度イギリス人のところへ話しに行った。大型拳銃の木の下でイギリス人たちは枝をゆさぶり揺すったが、拳銃は一丁も落ちてこなかった。それで、弾丸の木の下に行って、イギリス人がゆすると、今度はバラバラ落ちてきた。マクナイーマは下に落ちるにまかせ、あとから集めた。
　——次はウィスキーだ、エロイが言った。
　ウィスキーの木の下に行き、イギリス人がゆするとウィスキーがふた箱落ちてきた。マクナイーマは、宙でうけた。イギリス人に礼を言い、下宿に帰った。帰りつくと、ベッドの下に箱を隠し、兄に言いに行った：
　——英語で話したよ、兄さん。でも、拳銃もウィスキーもなかった。小豹蟻[315]の大隊列が通って、みんな喰っちまったんだ。弾丸はもらってきた。だから、俺の拳銃を兄貴にやるよ。誰かが俺にからんできたら、撃ってくれ。
　それから、ジゲを電話マシーンに変え、巨人につなぎ、その母親をけなした[316]。

---

[315] ハチ目、アリバチ科のアリ。オスは翅を持つが、メスは持たない。
[316] ブラジルには、相手の悪口を言うときに、特定の言い回しでその母親をけなすことがある。

Ⅵ　フランス女と巨人

フランス女に化けて、ピアイマンに近づくが、
ムイラキタンは取り戻せなかった。

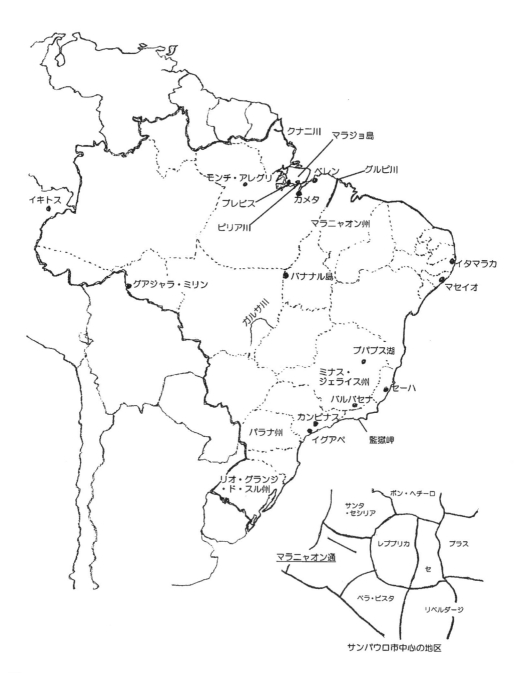

マアナペはコーヒーが、ジゲは寝るのがたまらなく好きだった。マクナイーマは、仮でもいいから三人で住む家を建てたかったのだけれども、どうしても出来あがらなかった。ジゲは一日中寝ているし、マアナペはコーヒーを飲んでばかりだから、力を合わせることがならなかったのだ。エロイは、切れた。スプーンを手にとり、虫に変え、言った：
　──さあ、お前はコーヒーの粉にもぐり込んでいるんだぞ。マアナペ兄(にい)が飲みに来たら、舌にかみついてやれ！
　次に、綿のつまった枕をつかむと白い毒虫に変え、言った：
　──さあ、お前はつり床にもぐり込んでいるんだぞ。ジゲ兄が寝に来たら、血を吸ってやれ！
　すると、マアナペがまたコーヒーを飲もうと下宿にもどって来た。虫は、マアナペの舌をさした。
　イタッ！　マアナペは叫んだ。
　マクナイーマは何食わぬ顔で、空々しく言った：
　──痛いのかい、兄さん！　俺は虫にさされても、ちっとも痛かない。
　マアナペは目を吊り上げ、虫をはるか遠くに投げて言った：
　──消えちまえ、こん畜生！
　そして、ジゲがひと寝入りしに下宿に戻って来た。真っ白いイモムシは、ジゲの血をたっぷり吸ってバラ色になった。
　──痛い！　とジゲは大声を上げた。
　そこでマクナイーマは：
　──痛いのかい、兄さん？　あれ、まあ！　俺は毒虫に吸われても、気持ちがいいくらいだ。
　ジゲは青筋を立てて怒り、虫を遠くに投げて言った：
　──消えちまえ、こん畜生！
　それから、兄弟三人はまた作業にとりかかった。マアナペとジゲはこっちにいて、マクナイーマは二人がほうる煉瓦をあっちで受け取っていた。マアナペもジゲもキリキリして、弟に仕返しをしてやりたかった。エロイは、まったく気づいていなかった。いまだ！　ジゲは煉瓦を一つつかむと、それでも、ひどい怪我をさせないようにコチコチに堅い皮のボールに変えた。前の方にいたマアナペにボールをパスすると、マアナペはそれをひと蹴りしてマクナイーマにぶつけた。エロイの鼻は、グシャリとつぶれた。
　──ウイ！　とエロイは、声をもらした。
　兄らは、まるで知らぬ顔で大声で言った：

——ウアイ！　痛いのかい、マクナイーマ！　俺たちは、ボールが当たってもちっとも痛かない！
　マクナイーマは、カッとなってボールをはるか遠くに蹴り飛ばし、言った。
　——消えちまえ、こん畜生！
　兄たちのところに来て：
　——もう家は建てない、いいナ！
　そして、煉瓦、石、瓦、金具をイサ羽蟻[317]の雲にかえた。それは、三日間サンパウロをおおった。
　虫は、カンピナス[318]におちた。毒虫は、そこらに落ちた。ボールは、原に落ちた。こうやって、マアナペがコーヒーの害虫を、ジゲがバラ色の毒虫を、そして、マクナイーマがサッカーを、三つのこん畜生を発明した。
　次の日、エロイはあいかわらず性悪女のことが頭からはなれず、最初の計画はすっかり失敗だったことと、ベンセズラウ・ピエトロ・ピエトラに顔を覚えられてしまって、もう二度とマラニャオン通りには行けないこととを思い知った。十五時間知恵をしぼったところで、いい考えが浮かんだ。巨人に一杯喰わすことにした。メンビの笛[319]を喉にしこみ、ジゲを電話マシーンに変え、ベンセズラウ・ピエトロ・ピエトラに電話して、商売マシーンのことでフランスの女性が話したがっていると言った。相手は承知し、今ならセイウシばあさんが二人の娘と外出していて落ち着いて話ができるから、いそいで来てくれとこたえた。
　早速、マクナイーマは下宿の大家に美人道具をたくさん、紅マシーン、絹靴下マシーン、カスカサカカ[320]の樹皮が薫るスリップ・マシーン、カピン・シェイローゾ草[321]のアロマのコルセット・マシーン、パチョリ[322]の葉から蒸留した香油でしっとりしている背胸むき出しドレス・マシー

---

[317] サウバ蟻（注8）のこと。十月から十二月、女王アリは多数の雄蟻とともに巣から飛び立ち、結婚飛行を行う。
[318] 標高約700mの高原に位置するサンパウロ州の都市。十九世紀後半からコーヒーの需要が伸び、空前のコーヒー景気の中でブラジル有数の大都市へと成長した。
[319] 狩猟や戦の勝利の証として鹿、ジャガーや人のスネの骨で作った笛。ポルトガル語の「membi」は、トゥピ語の「mi'mbi」に由来する。
[320] トウダイグサ目、トウダイグサ科の植物で、東部、および、中央アマゾンにのみ分布する。樹皮は香りがよく、タンス、クローゼットに入れる匂い袋の材料となる。インディオの祈祷の儀式に用いられる。
[321] カヤツリグサ目、カヤツリグサ科、ヒメクグ属の植物で、学名は*Kyllinga odorata*。ブラジル原産の草木で、ブラジルに広く分布する。衣服の香料となり、また、香しい精油を産ずる。
[322] シソ目、シソ科、ミズトラノオ属、学名*Pogostemon cablin*。インド原産で、熱帯に生育。葉から精油を抽出し、古くから香料や香水に用いられている。

ン、長手袋マシーン、これらすべての美人用品を借り、胸にバナナの花[323]を二つつりさげて、そうやって着飾った。さらに仕上げに、幼いままの目にカンペシ[324]の木の髄をべっとり青く塗り、婀娜っぽくした。あまりたくさんなので重くなったが、ハッとするほど別嬪のフランス女になった。きれいすぎて邪視の魔力にとりつかれることのないように、幻覚をおこさせるジュレマ[325]の香りをくゆらせ、パラグアイ桐[326]の枝を愛国心[327]にピンでとめた。それから、ベンセズラウ・ピエトロ・ピエトラの宮殿に向かった。ベンセズラウ・ピエトロ・ピエトラは、巨人のピアイマンで人間食漢だった。

　下宿を出るとき、マクナイーマははさみ形の尾をしたハチ鳥に出くわした。験が悪いのが気に入らず、ランデブーはやめようかとも考えたけれど、約束は約束なので、厄落としをして、行った。

　着くと、戸口に巨人が待っていた。ずいぶんとご丁寧なあいさつをくり返してから、ピアイマンはフランス女のダニをとってやり、堅くて丈夫なアカリコアラ[328]の木の柱とイタウバ[329]材の天井組みですばらしくうつくしい寝室へ案内した。床は、ムニラピランガ[330]とサテン[331]木でチェス盤模様になっており、寝室には、マラニャオン[332]製のあの有名な白いつり床が並んでさげられていた。部屋の真ん中には、彫刻がほどこされたジャカランダ[333]材のテーブルがあり、バナナの葉の繊維で編まれた

---

[323] この「花」は、植物学的には「苞（ほう）」。花を覆うふくらみで、しだいに垂れ下がり、赤紫色の巨大な筆先のようになる。
[324] マメ目、マメ科、アカミノキ属、和名アカミノキ、学名 *Haematoxylum campechianum*。「*Haematoxylum*」は、ギリシア語で「血の木」という意味。樹液は染料としてマヤ族が伝統的に利用し、組み合わせる媒染剤の酸性が強いと赤、アルカリ性だと青くなる。ポルトガル語の「campeche」は、メキシコの州「Campeche」に由来。カンペチェ州には1540年に港が整備され、ここからカンペシの木が盛んにヨーロッパへ輸出された。
[325] マメ目、マメ科、オジギソウ属の植物。学名 *Mimosa tenuiflora*。ブラジル北東部産の樹木で、高さ8m 程。乾燥させた樹皮を煮出した向精神性の飲料が、インディオの宗教儀式に用いられる。ポルトガル語の「jurema」は、トゥピ語の「yurema」に由来。極めて油分に富む。
[326] キントラノオ目、トウダイグサ科、ナンヨウアブラギリ属、和名ナンヨウアブラギリ（南洋油桐）、学名 *Jatropha curcas*。原産地は中南米だが、ポルトガル商人等により世界中に伝播した。種子は600mg 程とごく小さいが、激痛をともなう激しい嘔吐、下痢、血便、血圧の急激な低下、急性の腎機能不全などにより、4、5粒で人を死に至らしめる。
[327] 「愛国心」は、どこの国でも胸にあふれるものだ。また、ブラジルの俗語で「patriota（愛国者）」は、「乳房の非常に大きい女性」。
[328] 「アカリウバ」（注43）の別称。重く、堅い良質の木材となる。
[329] クスノキ目、クスノキ科、学名 *Mezilaurus itauba*。ブラジル原産の樹木で、建築、土木、造船資材に用いられる。
[330] バラ目、クワ科の樹木で、学名 *Brosimum rubescens*。アマゾン原産で、樹高25-45 m、直径1.2-2.1 m。鮮やかな赤色で非常に重く、硬い。
[331] ムクロジ目、ミカン科、学名 *Euxylophora paraensis*。ブラジル北部産産、樹高30-40 m、直径1-1.5 m。木材の色は、黄。
[332] ブラジル東北部の州。
[333] シソ目、ノウゼンカズラ科、キリモドキ属、和名キリモドキ、学名 *Jacaranda mimosifolia*。アルゼンチン、ボリビア原産の樹木で、高さ15m ほど、幹の直径30-40cm。バラ色の木材は密度が高く、珍重される。ポルトガル語の

レースのクロスがかかっていて、その上には、ブレビス[334]製の白地に丹色の柄(がら)のはいった食器、それに、ベレン[335]産の陶器が並べてあった。クナニ川[336]にあるほら穴が原産の特大たらいには、ツクピ汁[337]をかけたタカカ粥[338]やコンチネンタルの冷凍会社[339]から来たサンパウロ人入りのスープ、ワニのスネ肉、モロコシ粥が湯気を立てていた。酒は、イキトス[340]産の銘酒プーロ・ジ・イカ[341]、ミナス州[342]製の紛い物のポート・ワイン、八十年寝かしたカイスマ酒[343]、よく冷えたサンパウロ製シャンペン、それに、三日降りの雨みたいにひどい味のあの有名なジェニパポのエキスだった。ほかにも、切り絵細工でうつくしく飾られたファルシ[344]銘柄の特上のボンボンがあり、染料のクマテ[345]で黒光りしていて、小刀で模様が彫られているモンチ・アレグリ[346]産の椀にリオ・グランジ[347]産のビスケットが山と盛られていた。

フランス女は、つり床の一つに座り優雅なしぐさで食べ始めた。腹ペコだったので、もぐもぐよく食べた。それから、プーロをクーッと飲んで息をつき、意を決して話に入ることにした。口を開くとすぐに、巨人がワニの形のムイラキタンを持っているのは本当かと聞いた。巨人は奥に行き、巻き貝を手にもどって来た。そして、そこから緑色の石をとり

「jacaranda」は、トゥピ語の「*yakara'nda*」に由来。
[334] ブラジル北部のパラ州にある街。陶器が有名。
[335] アマゾン河口の都市。陶器が有名。
[336] ブラジル北東部のアマパ州を流れる川。流域では、高さ30cm、直径60cm、重さ8kgの葬儀用の甕が発掘されている。
[337] 魚や肉料理にかける、マンジョカで作ったソース。マンジョカを擦り下してしぼった液を沸騰、三から五日間発酵させて作る。「マリオの『マクナイーマ』とブラジル」の「マンジョカ」を参照。
[338] マンジョカのでんぷんで作った粥。
[339] 1915年にサンパウロ市の西に隣接するオザスコ市に創設された、当時ブラジルで二番目に大きかった Continental do Brasil という屠殺兼肉冷凍会社のこと。
[340] アマゾン川上流のマラニョン川に面している、ペルー北東部にある街。1750年代にヨーロッパ人とペルー人とによって布教のため創設された。
[341] 「ピスコ」は、太平洋に面したペルー南部の街でピスコ市に近い。ペルー原産のブドウを原料としたアルコール度数約42度の蒸留酒「ピスコ」を産する。「プーロ」は、一品種のみの葡萄で作られたピスコのことで、「プーロ・ジ・イカ」は、イカで製造されたプーロのピスコのこと。正式には、ピスコ地方で栽培されたブドウから作られたもののみが「ピスコ」と呼ばれる。
[342] サンパウロ州の北東に隣接するミナス・ジェライス州のこと。
[343] 果物、一般的にはププニャ椰子(注278)が茹でたトウモロコシを嚙み砕き、発酵させたインディオの蒸留酒。三日ほど発酵させて、丁寧に灰汁をとる。
[344] イタリアからの移民、ファルシ三兄弟が1890年にサンパウロ市内に開業した、チョコレートを製造、販売する会社。
[345] フトモモ目、フトモモ科の植物で学名 *Mycria atramentifera*、あるいは、フトモモ目、ノボタン科の植物で学名 *Macairea adenostemon*, *Macairea viscosa*。紫色の染料の原料となる。
[346] ブラジル、パラ州の北西部に位置する市。
[347] リオ・グランジ・ド・スル州の南部に位置し、大西洋に面している市。

だした。ムイラキタンだった！ マクナイーマは感極まって身の内に寒気を感じ、泣き出しそうになった。そこをうまくごまかして、石を売りたくないかと尋ねた。でも、ベンセズラウ・ピエトロ・ピエトラは気取ってウインクし、石は売れない、石はやれないと言った。フランス女は、それならその石を貸して、家に持ち帰らせてくれと乞うた。ベンセズラウ・ピエトロ・ピエトラはもう一度嬉しそうにウインクし、石は貸せない、やれもしないと言った：

——あなたは、私が二つ返事でおゆずりするとでも思っているのですか、フランス女さん？　まさか！

——だって、私はどうしてもその石が欲しいのですもの！…

——ほしがっていればいい。

——でも、くれてもくれなくても同じことでしょう、雑貨屋さん。

——雑貨屋とは、何だ、フランス女さん！　口をつつしみなさい！　私は、レッキとした蒐集家です！

奥へ行き、木の皮を編んだ大きなグラジャウ籠348にぎっしりつまった石を持ってきた。いくつものトルコ石、エメラルド、緑柱石、磨いた小石、針の形の鉄材、橄欖石、ピンゴ・ダグア349、ガラスの響き石、金剛砂、キリスト生誕場面の模型、オボ・ジ・ポンバ350、オッソ・ジ・カバロ351、何本もの斧、剣、矢じりが石の破片でできている矢、グリグリ352の護符、そして、大岩や象の化石が数個、ギリシアの柱々、エジプトの神々、ジャワの仏像群、オベリスク数本、何台ものメキシコのテーブル、ギアナの金、イグアペ353産の鳥型石や喜び川に産するオパール、グルピ川354のルビーとザクロ石、ガルサ川355のダイヤモンド、石英質のイタコルマイト356、ブパブス湖357のトルマリン、ピリア川358のチタンのかたま

---

348 植物の蔓を編んで作った籠。
349 ダイヤモンドを含んだ石英で、河床で転がり丸く削られた石。ポルトガル語の「pingo-d'água」は、「水の滴り」の意。
350 鉱床でダイヤモンドに隣接して存在する石英のこと。ポルトガル語の「ovo de pomba」は、「鳩の卵」の意。
351 鉱床でダイヤモンドに隣接して存在する鉱物のこと。石英の微細な結晶粒の集合体で、火打石として用いられる。ポルトガル語の「osso de cavalo」は、「馬の骨」の意。
352 コーランの句、節を書き記した、アフリカ西海岸のイスラム教徒のお守り。
353 サンパウロ州南部の街。
354 パラ州とマラニャオン州との州境を流れる川。
355 マト・グロッソ州を流れる川。1920年代半ばにダイヤモンドが発見され、多くの人が集まった。
356 十七世紀にブラジルからヨーロッパへ持ち込まれた岩石で、石英の間に雲母、緑泥石、滑石が含まれていて、曲がりやすい性質を持つ。ミナス・ジェライス州とバイーア州の間に位置するイタコルミ地方に産出。
357 ミナス・ジェライス州にある湖。ブラジル開拓初期に、湖畔から大量の金と宝石の埋蔵が確認された。
358 パラ州を南西から北東へ流れ、ビゼウ郡で大西洋に注ぐ川。

り、猿川の岸辺でとれたボーキサイト、ピラバ魚359の化石、カメタ360産の真珠がいくつか、ツカノ鳥の父のオアキが山のてっぺんから吹き矢で射た大きな岩、カラマレの石彫、これらすべての石がグラジャウ籠に入っていた。

　ピアイマンは、彼は一流の蒐集家で、石を集めているのだとフランス女に語った。そして、フランス女は、マクナイーマで英雄だった。ピアイマンは蒐集した中の逸品はまさしくワニの形のムイラキタンで、あのジャシウルア湖361のほとりのイカミアバの女帝から千コントで買ったと言った。みんな巨人のでたらめだった。さあ、それからだ。巨人はつり床に、フランス女のすぐ横にすわった、すぐ横に！　そして、オレはハンパはやらん、と耳元でささやいた。どんなことがあっても石は売らないし、貸しもしない、だが、もしかしたらあげるかも…　"ことによっては…"　巨人は、ただフランス女をものにしたかっただけなのだ。ピアイマンの素振りから"ことによっては"とかいうのが何を意味しているのかをさとり、エロイはすごく不安になった。考えた："どうも、巨人は俺が本当にフランス女だと思っているらしい！…　おとといきやがれ。破廉恥なベニス野郎！"そして、庭に跳び出し、走った。巨人は、後を追った。フランス女は、身を隠そうとやぶに飛び込んだ。と、そこには黒人の女の子がいた。マクナイーマは、ささやいた：

　——カテリーナ362、どいてくれるネ？

　カテリーナは、身じろぎ一つしなかった。マクナイーマはもう半ばいらいらしながら、小声でくり返した：

　——カテリーナ、どいてくれ。さもないとぶつぞ！

　混血娘は、どかなかった。それで、マクナイーマはこの疫病神に一発平手打ちをくらわせた。すると、手がピッタリはりついてしまった。

　——カテリーナ、俺の手をはなして、あっちへ行け。さもないともっとぶんなぐるぞ、カテリーナ！

　カテリーナは、実は巨人がそこに置いておいたカルナウバ椰子363の蝋でできた人形だったのだ。ピクリともしなかった。マクナイーマは空い

---

359 アマゾン川、アラグアイア川に棲息するカラシン目の魚。
360 パラ州、トカンチンス川沿いの地方。
361 ポルトガル語の「Jaciuruá」は、トゥピ語で「月の鏡」。インディオの伝説で、湖畔に女だけの部族が住むと言う。
362 ブラジルの祭り「ブンバ・メウ・ボイ」（注889）に登場する黒人女性の名。
363 ヤシ目、ヤシ科、ロウヤシ属のヤシ、学名 *Copernicia prunifera*。根、葉、幹、果実すべてが人間にとって有用で、「命の木」と呼ばれ、セアラ州の州樹となっている。蝋は融点が高く、非常に硬い。「蝋の女王」と呼ばれ、床や自動車などのワックスとして珍重されている。

ている方の手でもう一発打ち、さらに身動きがとれなくなった。
　——カテリーナ、カテリーナ！　俺の手を離して、あっちへ行きやがれ、このクリンクリン頭！　さもないと蹴りをくらわすぞ！
　蹴りをくらわすと、またさらに身動きがとれなくなった。しまいにエロイは、カテちゃんにすっかりへばりついてしまった。そのとき、ピアイマンが籠を持ってやって来た。ワナからフランス女を引きはがし、どなった：
　——口をあけろ、籠。お前のその大きな口をあけろ！
　籠は口をあけ、巨人はエロイをそこにほうり込んだ。籠はまた口を閉じ、ピアイマンはそれをかついで戻った。フランス女はバッグのかわりに、吹き矢の矢を入れておくメニ袋[364]を身につけていた。巨人は玄関の戸口にかごをたてかけ、メニ袋を蒐集した石にくわえて家の奥に入って行った。ところで、メニ袋の布はひどく獣の臭いがした。巨人はそれが気になり、たずねた：
　——お前のかあさんはお前ぐらい匂いが強くってポッチャリしているのかい、かわいい子？
　そう言って、うれしそうに目を白黒させた。巨人は、メニ袋がフランス女の子どもだと勘違いしていたのだ。そして、フランス女は、マクナイーマで英雄だった。籠の中から巨人の声を聞いて、エロイはひどく動揺し、あわてた。"ということは、このベンセズラウとかいうのは、俺サマがどこかの虹の下をくぐって生れつきを変えちまった[365]と思っているのか？　おととい来やがれ、コン畜生！"そして、クマカ[366]の根の粉をふきかけて籠の目をゆるめ、外に飛び出した。逃げ出そうとしたとき、狂犬病にならないようにシャレウ[367]という魚の名で呼ばれているピアイマンのジャグワラ犬[368]に出くわした。エロイは恐れをなし、庭園の中へと一目散、矢のように走って逃げた。犬がそのあとを追った。エロイと犬は、ズンズン走った。監獄岬[369]の近くをすぎ、グアジャラ・ミリン

---

[364] 吹き矢の矢を入れておく袋や籠。松脂や動物の脂を擦り込んである。
[365] 虹をくぐると性別が変わるという言い伝えがある。
[366] リンドウ目、ガガイモ科の植物。根から採れる非常に細かい粉は傷によく効き、その澱粉の糊が効いた衣服を着せると恋する人にいつも愛されると言われている。
[367] スズキ目、アジ科の魚で、学名 *Caranx lugubris*。体長 1m 程で、産卵のため、十月から四月の間の暑い盛りにブラジル北東部、特に、バイーアの沿岸に現われる。
[368] ポルトガル語の「jaguara」はトゥピ語の「*iacuara*」に由来し、犬と猫のこと。
[369] 1603年にポルトガル人がリオ・デ・ジャネイロに上陸した時の岬。逃亡奴隷を収容していた時期がある。1922年9月から1923年3月には、ブラジル独立百年記念の万国博覧会が催された。

370へ進路をとって西へもどった。イタマラカ371では、いささか疲れていたし時間もあったので、マクナイーマは、サンシャ夫人372のなきがらから生まれたと言われている香り高いマンゴーの実を一ダース食べた。南西へ向かい、バルバセナ373の高地を逃げている時、とがった石で舗装された坂道のてっぺんにいる雌牛が目にとまった。その乳を飲もうと思い、疲れないように慎重に石だたみを登った。ところが、雌牛はグゼラ種374でとても気性が荒かった。少しばかりの乳を出し惜しみした。そこで、マクナイーマはこんな節を回した：

お助けください、聖母さま、
聖アントニオ・ジ・ナザレ375、
すなおな雌牛は乳を出す、
お望みならば、暴れ雌牛も！

雌牛はおもしろいと思い、乳をやった。エロイは、雲を霞と南へ走った。大平原から戻ろうとしてパラナ州376を横切っているとき、エロイはせまる木のどれかによじ登りたくなった。けれども、ほえ声がすぐ後ろでしていて、エロイはジャグワラに追い迫られ、走りにハシッた。どなった：
——どけ、木！
すると、登りやすいどのブラジル・ナッツ377も、どのパウ・ダルコ378

---

370 ロンドニア州を流れるマモレ川河畔の市。ブラジルは、1910-1940年代、空前のゴム景気に沸いた。アマゾンの物資を欧米に輸出するため、グアジャラ・ミリン、ポルト・ベーリョ間に「Estrada de Ferro Madeira-Mamoré（マデイラ・マモレ鉄道）」が敷かれ、1912年に開通した。ポルト・ベーリョはロンドニアの州都で、アマゾン川の支流マデイラ川に面する河港。
371 南米大陸北東端に位置するペルナンブーコ州にある島。1493年にポルトガル人によって書かれた旅行記が残されている。
372 1646年にイタマラカ島で亡くなったと伝えられている女性の名。1631年、パライバ州に暮らすアントニオ・オーメン・ジ・サルダーニャ・イ・アウブケルキは、豪農ジョアオン・パウロ・バス・コウチーニョの十五の娘、サンシャ・コウチーニョに恋をし、結婚を申し込んだが、強く反対され、失意のもと、ペルナンブーコに去った。1633年、オランダ軍の銃弾に倒れる。1646年、アントニオはアイレス・イボ・コヘアという修道士となり、イタマラカ島のサンシャを訪れた。サンシャは、窶れ果てた姿に愛する人の辛苦を思い、その場で息を引きとる。アイレスがサンシャの墓にマンゴーを植えると、ジャスミンの香りのマンゴーがなった。
373 ミナス・ジェライス州南部に位置する街。標高1136mで気候が冷涼、酪農が盛ん。
374 南アジアで家畜化されたゼブ種をブラジルで改良した牛。
375 聖アントニオは、カトリック教会の聖人（1195-1231）。「聖アントニオ・ジ・ナザレ」は、「ナザレの聖アントニオ」という意味で、「ナザレ」は聖母マリアが生まれ、イエス・キリストが幼少期をすごしたと言われるイスラエルの都市。聖アントニオはポルトガルのリスボンで生まれ、イタリアのパドヴァ近郊で没しており、ナザレとは縁がない。しかし、肖像では幼子のキリストを抱いて描かれることが多い。パドヴァ、ポルトガル、ブラジルの守護聖人。
376 ブラジル南部に位置する州。高地が広がり、州の40％が肥沃な赤色土壌に覆われている。
377 ツツジ目、サガリバナ科、ブラジル・ナッツ属の木。ブラジル、ベネズエラ、ギアナなどアマゾン川流域周辺の熱

も、どのクマルの木[379]もみな身をよけた。エスピリト・サント州[380]のセーハ[381]の街の手前で、わけのわからぬ絵がやたらと彫られた石に頭を砕きそうになった。間違いなく、金銭が埋まっている…　けれども、マクナイーマは急いでいたのでそんなものには目もくれず、バナナル島[382]の岸の土手へ走った。そのとき、地面の真正面に穴のあいている、高さが三十メートルもある蟻塚が見えた。穴から中につっこみ、高みへ登ってそこにちぢこまった。シャレウは蟻塚の前で、身をかまえた。

　じきに巨人がやって来ると、ジャグワラは蟻塚に向かって身じろぎもせずにいた。ちょうど入り口にフランス女の銀の鎖が落ちていた。"オレの宝物は、ここにいる"巨人が、つぶやいた。と、シャレウは消えた。ピアイマンは跡すらのこさず、根っこごとすっかりイナジャ椰子を引き抜いた。大きな羽のような葉を切り取り、フランス女ちゃんを出させようと幹を穴から押し込んだ。ところで、ワニは出たかな？　女だって！エロイは両足を開き、イナジャ椰子で串ざし刑とかいうのに処されていた。フランス女が出て来ないとわかると、ピアイマンは胡椒をとりに行った。巨人の胡椒はアナキラン蟻[383]の大隊列で、それを穴に入れた。蟻は、エロイにむらがり、嚙みついた。けれども、こんな目に遭っても、フランス女は出なかった。ピアイマンは、絶対にあきらめなかった。アナキラン蟻を投げ捨てて、マクナイーマに怒号を浴びせた：

　――さあ、お前をとっつかまえてヤッカラな。エリテ蝮(まむし)[384]をとってくる！

　それを聞いて、エロイは凍りついた。あのマムシでは、誰にもどうしようもない。巨人にむかって声を絞った：

　――ちょっと待って、巨人さん。すぐ出るから。

　そこで、時間をかせごうと胸からバナナの花をとり、穴の口において言った：

帯雨林原産で、高さ50m、幹の直径2mに及ぶ。
[378] イペエ（注150）の別称。ポルトガル語の「pau d'arco」は、「弓の木」。
[379] マメ目、マメ科、トンカマメ属の樹木で、学名が *Dipteryx odorata*。樹高30mに達し、種子からはタバコの香料となるバニラの香りの成分クマリーナが抽出される。ポルトガル語の「cumaru」は、トゥピ語の「*kumba'ru*」に由来。
[380] リオ・デ・ジャネイロ州とバイーア州に挟まれ、ミナス・ジェライス州の東、大西洋に面した州。
[381] エスピリト・サント州、大西洋に面した街。1556年にテミミノ族の族長とイエズス会士とが興した。
[382] ブラジル、トカンチンス州のアラグアイア川にある島で、世界最大の中州。1773年の発見当初、野生のバナナ園が広がっていたことから「bananal（バナナ畑）」と名付けられた。
[383] アマゾンに棲息するアリ。タウリパンギ族の神話によると、巨人ピアイマンにとっての胡椒。
[384] 有鱗目クサリヘビ科ヤジリハブ属に分類されるヘビ。和名ハララカアメリカハブ、ジャララカ、学名 *Bothrops jararaca*。ブラジル南部からアルゼンチンにかけて分布し、全長は1-1.5m。体色は暗く、三角形の斑紋が入る。毒が非常に強く、量も多い。

──とりあえずこれを外にやって、お願い。
　ピアイマンは怒りに度を失っていて、それを遠くにぶん投げた。マクナイーマは、巨人の憤怒のほどを確かめた。
　背胸むき出しマシーンをぬぎ、穴の口において、また言った：
　──これを外にやって、お願い。
　ピアイマンは、そのドレスももっと遠くに投げた。それから、マクナイーマはコルセット・マシーンをおき、次は靴マシーン、身につけているものすべてを穴の口に置いた。巨人は、あまりの剣幕にもう湯気を立てていた。何なのか見もしないで、次々に遠くへ投げた。そして、エロイは、何食わぬ顔で下のアナを穴の口において、言った：
　──あとは、そこの鼻の曲がりそうな瓢箪だけ外にやってちょうだい。
　ピアイマンは激怒に目も見えず、何であるかも考えないで、そう、それをふんづかみ、エロイごと一里半も向うに投げた。それから、エロイははるか遠くへすたコラさっさ、巨人はずっと待ち続けた。
　下宿に着いたときにはすっかり動顚していて、犬を寿ぎ、猫をおじさんと呼んだ。本当だよ！　汗で皮がむけ、目から火をふき、肺がのどから飛び出した。少しばかり休むと、飢えに飢えていたので、マセイオ[385]産のスルル貝[386]をフライに揚げ、マラジョ[387]産の干しアヒルにかぶりつき、モコロロ酒[388]で食卓をしめした。疲れをいやした。
　マクナイーマは、おもしろくなかった。ベンセズラウ・ピエトロ・ピエトラは名高い蒐集家なのに、エロイは違った。あまりのねたみに汗をかき、悩んだ末に、巨人をまねることにした。ただ、石を集めたいとは思わなかった。というのは、領土内の分水嶺だとか源泉、渓流や山の鞍部、それに、ふもとの鉱脈にもうくさるほどあるからだった。これらの石はどれも、かつて、スズメバチや蟻、蚊、ダニ、動物、小鳥、人間、それに、オナゴや娘、はては、あまっ子に女のお宝だったのだ... 何のために、重くて運ぶのに不便なあんなものを、また！... ぐったりと伸びをしてつぶやいた：
　──アア！　かったるい！...
　考えに考えて、決めた。大好きなもの、下品で猥雑なことばを蒐集す

---

[385] ブラジル北東部、アラゴアス州の州都。ポルトガル語の「maceió」は、トゥピ語で「湧水の流れと湖」を意味する。十九世紀の砂糖産業の繁栄とともに、その積み出し港として発展した。
[386] イガイ目、イガイ科の二枚貝で、学名 *Mytella charruana*。適度の塩分と水温の湖で成長する。
[387] アマゾン川河口、パラ州にあるブラジル最大の島。美しい自然に恵まれ、1918-1919 年のスペイン風邪のとき、症例がまったく報告されなかった世界でただ一つの人口居住地区。
[388] カシューナッツの実で作るインディオの発酵酒。非常に強い。

るのだ。
　せっせと集めた。あっという間に、生きて使われているすべてのことばから、少しばかり勉強していたギリシア語とラテン語まで、浜の真砂ほどの数が集まった。イタリア語の蒐集は完璧で、一日のどんな時間にも、一年のどの日にも、人生のどのような状況、そして、人の持つどんな気分にもぴったりのことばがあった。どんなんでも！　蒐集の逸品はインディオの一句で、それはとても口にできない。

VII　マクンバ[389]

リオ・デ・ジャネイロに出て、
黒人宗教のマクンバの儀式でピアイマンをいためつける。

---

[389] アフリカ西海岸から伝えられた呪術的物心崇拝と西欧からのカトリック教、それに、ブラジル先住民の信仰とが混合したブラジルの宗教、および、その儀式と儀式の場所のこと。ポルトガル語の「macumba」は、アフリカのバンツー語「ma'kumba」に由来。

マクナイーマは、ジレていた。ムイラキタンを取り戻すことができず、それで憤っていた。ピアイマンを殺るしかない...　そこで、街をでて、ナントカ森へ行って力をためした。一里半ほど探し回り、ようやく見上げるほどのペロバ390の木を見つけた。地に盛り上がった根に腕をつっこんで、引きぬくか、えいっとやってみたが、ダメだった。風が梢の葉をゆらすばかりだった。"まだ力がたりない"、マクナイーマは思った。クロという名の小ねずみの歯を手にとり、意気地のないやつにはそうしろという言い伝えどおりに、足にぐいと傷をつけた。エロイは、血をしたたらせながら下宿にむかった。まだ力がないことで悲嘆にくれ、すっかりボーッとしていて転んでしまった。

　それで、痛くてイタくて、エロイが空の星を見上げると、星々の間から暈(かさ)をかぶって欠けた月が見えた。"月が欠けたんなら、何(なん)にもすんな"とつぶやいた。そして、そのままじっと心をなぐさめた。

　次の日、すっかり寒くなったので、ベンセズラウ・ピエトロ・ピエトラに殴り込みをかけて復讐し、暖まることにした。けれども、力がないので、巨人のことがこわいばかりだった。それで、何とかしようと汽車にのってリオ・デ・ジャネイロ391へ行くと決めた。次の日、悪霊エシュ392の威光のもとでマクンバが催されることになっていた。

　六月で、すっかり寒かった。マクンバはあのマンゲ393で、シアタおばちゃん394の住むズング395でとりおこなわれる。おばちゃんは当代一のまじない師で、名声の聖なる母、ギターと歌う歌人(うたびと)だった。マクナイーマは、みんなが持参することになっているキビ焼酎を小脇にかかえ、二十時にボロ家についた。そこにはもう大勢あつまっていて、真っ当な人、貧乏人、弁護士、ボーイ、石工、にせ石工、代議士、コソ泥、みんな勢揃いで、儀式がはじまろうとしていた。マクナイーマは、ほかと同じよ

390　リンドウ目、キョウチクトウ科の樹木で、学名は *Aspidosperma polyneuron*。幹がまっすぐに伸び、高さが20-30mに達する。
391　ブラジル南東部に位置するリオ・デ・ジャネイロ州の州都。サルヴァドールの後、1763-1960年までブラジルの首都。
392　マクンバの神。神と人間との間、自然界と超自然界とをつなぐ。神への願いと供え物、その返事のすべてを取り持つ。祈りも供え物も他の神に先立って捧げねばならず、祭壇は、別の部屋に設けられる。その息子は好色で直情的な支配者で、賢く、何物をも愛さない。儀式での生贄は、雄山羊と雄鶏。
393　リオ・デ・ジャネイロ市の市街地にあった赤線地帯。第一次世界大戦を逃れて、貧しい独身女性が東欧から逃れてきたことから始まった。
394　バイーア州サルヴァドール市で1854年に生まれ、1924年にリオ・デ・ジャネイロ市で没したイラリア・バチスタ・ジ・アウメイダの通称。リオ・デ・ジャネイロでのサンバの誕生に大きくかかわり、また、黒人文化の発達に中心的な役割を果たした。名歌手で、自宅には著名な作曲家その他あらゆる階層が集った。マクンバが禁じられていた当時、医師の手におえなかったベンセズラウ大統領（注189）の足の傷を祈祷で治療したことが知られている。
395　貧民層の集合住宅。ポルトガル語の「zungu」は、アンゴラのキンブンド語「*nzangu*（騒音、混乱）に由来。

うに靴と靴下をぬぎ、タツカバ大蜂[396]の蜜蠟とアサク木[397]の干した根とでこしらえたお守りを首にさげた。人でいっぱいの部屋にはいると、虫をはらいながら四ツ這いになってすすみ、三本脚の椅子にすわってピクリとも動かないマクンバ女をあおぎ見た。女は、一言も口をきかなかった。シアタおばちゃんは年とった黒人で、一世紀におよび苦しみに耐え、皺クチャで、ガリガリにやせ、小っちゃい頭のまわりに白い髪が光のようにちらかっていた。おばちゃんの目は、誰にも見えなかった。おばちゃんは、眠たそうにブラブラと地の床にたれさがるだけの骨の長さでしかなかった。

さあ、最後のマクンバが十二月にとりおこなわれた水の神オシュン[398]の、その子だという、あの我らが聖処女[399]の若き息子のお出ましだ。若者は、火のともった蠟燭を一人一人に手わたした。船乗りたち、指物師たち、新聞記者、大金持ち、女たち、そういう女たち、公務員、そして、本当に大勢の公務員たち！　これらすべての人々に。そして、小さな部屋を照らしているガスの灯を消した。

すると、聖なるものたちをたたえる祭礼から、いよいよマクンバが始まった。こんなふうに：先頭に、あばた面の本職のゴロツキ、オレレ・フイ・バルボザ[400]というアタバキ太鼓[401]の打ち手で、マクンバの守護者オガン[402]が立った。オガンは、戦の神オグン[403]の息子、黒人の大男で、列をつくった人々すべてが一つのリズムにあやつられ、乱れることがなかった。蠟燭は、幽霊のおそろしげに揺れる、のろわれた影を花柄の壁紙に投げ映していた。オガンのあとからシアタおばちゃんが現われて、

---

[396] ハチ目、スズメバチ科、学名 *Synoeca cyanea*。巣は木の幹に張り付いていて1m40cm程の大きさがあり、アルマジロの甲の形に似ている。猛毒を持ち、刺されると溶血性貧血を起こすことがある。ポルトガル語の「tatucaba」は、トゥピ語の「ta'tu（アルマジロ）」と「*kawa*（スズメバチ）」に由来。
[397] トウダイグサ目、トウダイグサ科の植物。学名 *Hura crepitans*。南北米原産の常緑樹。樹高60mに達し、実が弾けると大きな音とともに種を60m程も飛ばす。樹液には毒があり、漁獲に用いられる。
[398] ポルトガル語の「Ochum」は、ヨルバ語（注16）由来。ブラジルでは、水や滝などの淡水の神、富と愛、繁栄、美を司る女神。その子らは、情に脆くて、自惚れが強く、社交的で、常に恋をしている。
[399] オシュン（注398参照）のこと。
[400] マリオ・ジ・アンドラージはマクンバについて実在の人物、ピシンギーニャ（本名アウフレド・ダ・ホーシャ・ビアナ・フィーリョ、1897-1973）に取材している。ピシンギーニャは、リオ・デ・ジャネイロ生まれの著名な作曲家、フルート、サクソフォーン奏者で、オレレ・フイ・バルボザは彼をモデルとしたと言われている。
[401] マクンバの儀式には欠かせない、アフリカ文化の影響を強く受けたブラジルの太鼓。胴はブラジルのジャカランダ（注333）、皮は子牛。胴の頭と尻に金属の輪をはめ、その輪と胴との間にくさびが打ち込まれている。そのくさびをハンマーで打つことにより、音の高低を変えることができる。あるいは、マクンバで使われる太鼓一般。ポルトガル語の「atabaque」は、アラビア語の「*aṭ-ṭabaq*（皿）」に由来。
[402] 神に選ばれた司祭として、マクンバの力仕事を取り仕切る。神がかることはないが、霊的感性は常に持っている。ポルトガル語の「Ogan」は、ヨルバ語（注16）の「*ga*（目上の人）」に由来。
[403] ヨルバ族（注16）の神話で鍛冶の神、金属、戦、農業、技術を司る。

ほとんど身じろぎせず、口唇だけが単調な祈りのことばをきざんでいた。そして、弁護士、海兵隊員、もぐりのニセ医者、詩人、エロイ、ポルトガル野郎、ポルトガル女、上院議員、こんなみんなが踊り、おばちゃんの祈りにこたえて歌い、あとにつづいた。こんなふうに：

——さあ、サ・ラ・バ[404]！...

シアタおばちゃんは、讃えねばならない聖なるものの名を唱えた：

——オオ、天の神オロルンギ[405]！

すると、みんなこたえた：

——さあ、サ・ラ・バ！...

シアタおばちゃんは、つづけた：

——オオ、イルカのツクシ[406]！

すると、みんなこたえた：

——さあ、サ・ラ・バ！...

この祈りは、うんと気だるく懐かしく。

——オオ、イエマンジャ[407]！　アナンブルク[408]！　そして、オシュン！　三人の水の母！

——さあ、サ・ラ・バ！...

こんなふうに。すると、シアタおばちゃんはとまり、體を揺すって叫んだ：

——出て来い、エシュ！

というのは、エシュはびっこの悪魔で、災厄をまねく鬼、けれど、非道を行うにはそれこそが役に立つからだ。部屋は苦痛にのたうち、呻いた：

——ウウ〜ム！...ウウ〜ム！...エシュ！　我らが神父エシュ...！

悪魔の名は耳をつんざいて轟きわたり、闇に広がる夜をちぢめた。祭礼はつづいた：

——オオ、ナゴ[409]の王！

---

[404] マクンバの祈りのことばで、「salvar（救済する）」、「saudar（敬意を以って迎える）」が訛ったもの。
[405] ヨルバ族（注16）の最高神の三つの姿のうちの一つ。天を司る。ポルトガル語の「Olorung」は、ヨルバ語の「Olú-Òrún（天の支配者）」に由来。
[406] 鯨偶蹄目、マイルカ科、コビトイルカ属、和名コビトイルカ、学名 *Sotalia fluviatilis*。アマゾン川、南米の北部、東部の沿岸に棲息する。河川で体長150cm、海棲で210cm。明るい灰色か青みがかった薄い灰色で、個体によってはピンクに近い。水の母イアラ（注264）から人間を守ると言われている。
[407] ポルトガル語の「iemanjá」は、ヨルバ語（注16）の「*yeye*（母）」、「*omon*（動物を示す縮小辞）」、「*edja*（魚）」に由来する。アフリカ起源の水の神で、他の神の母。
[408] 最年長の水の母で、雨と静水、沼、湿原の女神。「Anamburucu」は、ヨルバ語（注16）に由来する。
[409] 注16を参照。

——さあ、サ・ラ・バ！...
　ひくく響く祈りを甘美に。
　——オオ、バルー410！
　——さあ、サ・ラ・バ！...
　突然、まったく突然にシアタおばちゃんはとまり、腕をふりあげて叫んだ：
　——出て来い、エシュ！
　というのは、エシュは悪の遣い、アマゾンに住む性悪悪魔のジャナナイラ411だったから。今また、部屋は苦痛にのたうち、呻いた：
　——ウウ〜ム！...エシュ！　我らが神父エシュ！...
　そして、悪魔の名は腹をゆさぶってトドロき渡り、夜の嵩(かさ)をちぢめた。
　——オオ、オシャラ412！
　——さあ、サ・ラ・バ！...
　こんなふうだった。神降しの儀式の聖なるものすべて、愛を生むシロイルカ413、稲妻と雷鳴の神シャンゴ414、男根の神オムル415、木の神イロコ416、狩りの神オショセ417、残忍なボイウナ・マンイ418、ムツび睦み合う力を授ける神オバタラ419、これら聖なるものすべてを讃え、祭礼はおわった。シアタおばちゃんは隅の三本脚にすわり、部屋のみんなは、医者もパン屋もエンジニアもニセ弁護士も警察も女中も駆け出しのブンヤも人殺しもマクナイーマも、三本脚をかこんで蠟燭を床においた。ロウソクは、じっと動かぬ聖なる母の影を天井にうつしだした。もうほとんどは何かしらを脱ぎすて、体臭とコティ420と魚のにおい421とみんなの汗

---

410 ヨルバ族（注16）の神シャンゴ（注414）の姿のうちの一つ。
411 アマゾンの神話にあらわれる精霊。
412 ヨルバ族（注16）における、世界を創造した神。
413 和名、アマゾンカワイルカ（注47）。注406「ツクシ（コビトイルカ）」同様、アマゾン川水系に棲息し、体長は雄約2.8m、雌約2.3m、体重100-160kg。現存するカワイルカでは、最も大きい種である。視力は良いが、目が極端に小さく、膨らんだ頬が下方向の視界を遮る。シロイルカの眼差しは、恋人たちの心をとかすと言われている。
414 ヨルバ族（注16）の正義と稲妻、雷鳴、火の神。嘘と泥棒、悪人を罰する。
415 医療と薬、転生の若い神オバラウエと天然痘と病の年老いた神オムルとで一神、マクンバ七大神のうちの一。オムルは、老黒人の長であり、よって、強大な力を持つ。
416 「イロコ」とは、バラ目、クワ科、イチジク属の樹木で、学名 *Ficus insipida*。この木に宿る神で、木の寿命が長いことから、長寿、物事の持続、時の流れを司るとされている。
417 ポルトガル語の「Ochosse」はヨルバ語の「oṣóòsi」に由来し、狩猟と森、動物、満ち足りた食事の神。瞑想と美しさを好む。
418 「マンイ (mãe)」は、ポルトガル語で「母」。「ボイウナ」は水の神で、この場合、「マンイ」も神であることを表わす。
419 ヨルバ族（注16）の神話で、この世、人間、動物、植物の創造主。最初に立ち顕れた神で、神々の中の神。
420 フランスの実業家フランソワ・コティ（1874-1934）が1904年に創立したコティ社の香水のこと。コティは、アール・ヌーヴォーのガラス工芸家ルネ・ラリック（1860-1945）がデザインした瓶に詰め、巨万の富を得る

とがいりまじった空気に息がキシった。そして、飲む時が来た。マクナイーマは、カシリ酒の身の毛もよだつやつ、その名はカシャーサ[422]を初めて飲んだ。ビチャビチャすると舌がしあわせで、エロイはケラケラと大声で笑った。

　飲んだあと、そして、飲んでから飲むまでの間、霊を呼びだす祈りがつづいた。みんなは、その夜マクンバに聖なるものが降りてくることに慄き、脅え、熱く願っていた。誰もが望んでいるのに、もうずいぶん何も降りてきていなかった。というのは、シアタおばちゃんのマクンバはそこいらへんのいかさまマクンバとはわけが違って、来たやつらを喜ばせるために祈祷師がシャンゴでもオショセでも何でもでてきたように見せかける類のマクンバではなかったのだ。本気のマクンバで、聖なるものが現われたなら、それは現われたのであって、インチキなんかではまったくなかった。シアタおばちゃんがおばちゃんのズングでそんな反道徳行為を許すことはなく、オグンもエシュももう十二か月以上このマンゲに降りてきていなかった。みんな、オグンが来ればいいと思っていた。マクナイーマは、ベンセズラウ・ピエトロ・ピエトラに復讐するためにどうしてもエシュが必要だった。

　キビ焼酎をひと飲み、ヒトのみ、ひざをついたり、四つん這いになったり、部屋にいる半裸の人々はみな呪い師をとり囲み聖なるものの出現を願って、祈った。夜中の十二時、奥へ行って雄ヤギを食べるときになった。頭と脚がすでに祭壇のエシュの首の像の前にそなえられていた。エシュの顔は、貝がら三つを目と口にならべたアリ塚だ。雄ヤギは悪魔への貢物で、殺されて牛の角の粉と闘鶏の蹴爪とで塩づけにされていた。聖なる母は、額と口元と心臓とで十字を切り[423]、そうして、むさぼらせた。みんな、売り子、愛書家、一文無し、アカデミー会員、銀行家、こんな人たちみんながテーブルの回りで踊り、歌った：

　　　　　バンバ　ケレ[424]
　　　　　出てこい　アルエ[425]

---

[421] インディオは、白人は魚のように臭い、インディオはいい香りがすると言う。
[422] サトウキビを原料として作られる、ブラジル原産の蒸留酒。サトウキビは、ポルトガル人がブラジルに持ち込んだと考えられている。
[423] 邪悪な考えから守り、祝福の言葉のみを発し、愛にみちた心を保てるようにという祈りの方法。
[424] 男女が輪を作り、手拍子と単純なメロディーで「バンバ　シニャ　バンバ　ケレ」と繰り返し歌うアフリカ起源の踊り。
[425] ブラジル中央部に住む先住民ボロロ族の言語で言うところの「死者」。

　　　　モンジーゴンゴ[426]
　　　　出てこい　オロボ[427]、
　　　　　　　エエ！…

　　　　オオ　ムングンザ[428]
　　　　おいしい　アカサ餅[429]
　　　　主は　イエマンジャ
　　　　父ゲンゲ[430]の、
　　　　　　　エエ！…

　そして、ワイワイ楽しく、神に捧げられたヤギをガツガツと喰い、一人一人がキビ焼酎を持ってきていた。というのは、人のを飲んではいけなかったからで、みんなキビ焼酎をグビグビ飲んだ、グビグビ！　マクナイーマは大きな声でゲラゲラ、ガラガラ笑い、突然、酒をテーブルに倒した。それはエロイに酔いが回ったからだけなのだが、みんなはマクナイーマがその聖なる夜に選ばれし者だからなのだと思った。ちっともそうではなかったのだけれど。
　祈りがふたたび始まるや、小さな部屋の真ん中で女がはねだした。泣くようなうめきであたりを静まらせ、聞いたことのない唄を歌いはじめた。部屋は身震いし、女の影は天井と壁の隅までよじ登って、灯影(ほかげ)に身をよじる怪物、エシュだった！　守護者オガンは、あらたな調(しらべ)、かたくなにとび跳ね、チグハグな音でみちた、とき放たれた音楽、その旋律と戦い、逃げまどうリズムをとらえてアタバキ太鼓をたたいた。爆発する高揚に畏れ戦き、抑えられて、狂ってしまったエクスタシー。厚化粧のポーランド女はスリップの肩ひもがひきちぎれ、せま苦しい部屋のまん中で身をふるわせている。たっぷりの脂は、もうほとんど剝き出しだった。女の胸はバランガランゆれ、肩や顔や、それから、腹をうった、ジュッキ！　轟いた。そして、赤毛女は歌ってウタった。しまいに、半開きの口唇から泡が一粒こぼれ落ち、叫び声が闇に溶ける夜の長さをひき

---

[426] おそらく、マリオ・ジ・アンドラージが実際のマクンバから聞き書きした歌の言葉。アフリカの言語であろう。
[427] キントラノオ目、オトギリソウ科の植物。マクンバの儀式に欠かせないアフリカ原産の果実。
[428] トウモロコシとココナッツミルクか牛乳とで作った粥。ポルトガル語の「mungunzá」は、バンツー語で「トウモロコシの料理」を意味する。アンゴラでは、通夜に食べる。
[429] マクンバの儀式に用意される食べ物。トウモロコシを引いた粉を水に溶いて火をとおし、小さく切って焼いて、バナナの葉に包んだ物。ポルトガル語の「acaçá」は、ヨルバ語に由来。
[430] 意味不詳。アフリカ起源の語の響きのある、知人の愛称を著者が引いたのではないかと考えられる。

ちぢめ、女は聖なるものとなってかたまった。

　神聖なしずけさが一時流れた。シアタおばちゃんが三本脚のイスから立ちあがり、すると、ポルトガル移民の娘が三本脚をまだ誰も坐っていないさらの腰掛けにサッとかえた。腰掛けが、その時立ち上がった女のものとなった。儀式の母は、ズンズン進み、すすみ出た。オガンも一緒に進みでた。みな、壁にへばりついて立っている。シアタおばちゃんだけが進みでて、前に来て、部屋のその中央でかたまったポーランド女のからだまで来た。呪い師は服をぬぎ裸になって、銀の玉がつらなった首飾りと腕飾りと耳飾りが骨にさがっているだけになった。オガンが手にしていたクイア椀[431]から今食べたヤギの凝固した血をつかむと、イタコの頭でスパゲティーとこねあわせた。その上から真緑の粉を散らすと、かたまった女は身悶え、うめきだし、ヨードの臭いがたちこめた。すると、聖なる母は、もの憂げな調子をつけて、エシュの神聖な祈りをゆっくりと口ずさみ始めた。

　終わると、女は目をひらき、今さっきの今日とはまるで違った身のこなしだった。もう女ではなく、オリシャ[432]の化身で、エシュだった。それはエシュで、みんなと一緒にマクンバにやって来た悪魔のホマオンジーニョ[433]だった。

　裸の二人は即興のジョンゴ[434]を踊り、マクンバはいよいよで、おばちゃんの骨のカラカラぶつかる音と太っちょの胸のジュッキとオガンの平べったい太鼓の音とが重なった。みなもう裸で、目の前にいる偉大な魔王エシュが誰をその息子に選ぶかが待たれた。ジョンゴは、すさまじかった...　マクナイーマは、ベンセズラウ・ピエトロ・ピエトラをぶちのめしてくれとカリアペンバ[435]の鬼に頼みたくてうずうずし、居ても立ってもいられなかった。エロイに一体何がおこったのか、部屋のまん中によろめきでてエシュを押し倒し、鬨の声をあげながらのしかかって、した。マクナイーマは新しいエシュの息子としてみんなに祝福され、居合わせた者たちは邪鬼イカ[436]のあらたな息子の栄誉に酔い痴れた。

　儀式がおわると、悪魔は三本脚へとみちびかれ、礼拝がはじまった。

---

[431] かわかした瓢箪を半分に切って作った椀。
[432] マクンバにおける神々のこと。ポルトガル語の「orixá」は、ヨルバ語の「òrìṣà」に由来。
[433] ブラジル民話の少年。農夫の息子で、性根が悪く、動物を殺し、作物に悪さをする。
[434] アフリカ起源のブラジルの踊り。太鼓などの打楽器を囲んで、奴隷が踊ったのが始まり。ポルトガル語の「jongo」は、バンツー語の「jihungu」に由来。
[435] アンゴラ、コンゴの神で、マクンバのエシュ、キリスト教の悪魔に相当する。
[436] カシナウア族の神話に現われる悪魔で、寒さと太陽と夜の主。

泥棒、上院議員、いなか者、黒人、ご婦人、サッカー野郎、部屋をオレンジ色に漂うほこりをかつぎ、みな足をひきずる。頭（こうべ）の左を床につけ、膝に口づけし、魔王ウアモチ437の體のいたるところに口づけた。赤毛のポーランド女はブルブルからだをふるわせ、口から泡粒をしたたらせた。我さきに親指を泡にぬらし、十字を切って祝福した。女は半ば泣き、半ば恍惚とかん高い叫び声をあげてうめき、もうポーランド女ではなかった。エシュだった。この宗教でもっとも猛々しい楽器の神ジュルパリ438だった。

みんながみなに口づけし、十字を切って心を一つにし、祝福し合ったあとは、願いと誓いの時だった。屠畜業者が、誰もが病気の肉を買ってくれるよう願い、エシュは受けた。牧場主が、牧場に蟻とマラリアがもう来ないように願うと、エシュは笑い、それは受けられない、ダメだと言った。ヒモが、二人が結婚できるよう、可愛いあの娘に公立学校の先生の仕事439をなんとかしてくれと頼み、エシュは受けた。医者は、一席ぶち、ポルトガル語の話しことばを思いっきりエレガントに書けるようにしてくれと願い、エシュは受けなかった。こんなふうだった。ついにマクナイーマ、邪神の新しい息子の番だった。マクナイーマは言った：

——私は、お父さんにお願いにきました。というのは、どうにもこうにも腹が立ってならないからです。

——名は何という？　エシュが聞いた。

——マクナイーマ、英雄です。

——ウウ〜ム... 主（あるじ）がブツブツつぶやいた、「マ」ではじまる名は悪運をよぶ...

だが、エロイをやさしく受け入れ、言うことはすべて聞くと約束した。マクナイーマは、息子だったからだ。エロイは、巨人ピアイマン、人間食漢のベンセズラウ・ピエトロ・ピエトラがもだえ苦しむよう頼んだ。

それから起こったことは、何ともおそろしかった。エシュは、信仰をすてた神父に清められた香水薄荷（はっか）440の茎を三本とり、高くほうりあげて交差させた441。そして、ベンセズラウ・ピエトロ・ピエトラの「私」を

---

437 トゥピ語由来の語で、悪魔、鬼を意味する。
438 アマゾンのインディオに楽器の演奏を教えた神、また、彼らの長い喇叭の名称。闇と悪の神としても知られ、悪夢に誘い、恐ろしいのに声を出させない。
439 当時、学校教員の給与は高かった。
440 シソ目、シソ科の草本で、和名コウスイハッカ、学名 *Melissa officinalis*。南ヨーロッパ原産で、檸檬のような香りがする。英語名レモンバーム。
441 ロレーヌ十字「✝」を形作ったのだろう。

こらしめるため、来て中にはいれと命じた。少しばかり待つと、巨人の「私」が来て、女の中にはいった。エシュは、ポーランド女のうちで肉体となった「私」をメッタ打ちにするよう息子に言った。エロイは、かんぬきの横木をつかむと目を血走らせてエシュに近づいた。殴りに撲った。エシュは叫んだ：

    ──打つならゆっくり
    何てこった、痛いたイタイ！
    オレにだって家族はあるんだ
    そんなに打つか、痛いたイタイ！

　打たれて、ついには紫色になり、鼻からと口からと耳とから血をほとばしらせて気をうしない、床にくずれた。それは、何ともおそろしかった...　マクナイーマは、塩をいれて沸騰させた湯に巨人の「私」がつかるよう命じ、エシュのからだは湯気をたててあたりを濡らした。さらにマクナイーマは、巨人の「私」がガラスを踏んで、イラクサとオナモミ[442]の森を横切り、真冬のアンデス山脈のくぼ地まで行くよう命じた。エシュは、ガラスの破片と棘のひっかき傷とイラクサのやけどで血だらけになり、疲れにあえぎ、酷い寒さにふるえた。何ともおそろしかった。そして、マクナイーマはベンセズラウ・ピエトロ・ピエトラの「私」を野生の若牛が角で突くよう、暴れ馬に蹴上げられるよう、ワニに咬まれ、四十の四万倍の火蟻[443]に刺されるよう命じた。エシュは、血まみれ、水ぶくれだらけで、地に身をよじった。脚に歯型がはしり、四十の四万倍の蟻のさし傷にもう肌は見えず、暴れ馬のひづめで額は割れ、腹にはするどい角で穴があいていた。たえられない臭いが小さな部屋に立ち込めた。エシュは、うめいた：

    ──角で突くならゆっくり
    何てこった、痛いたイタイ！
    オレにだって家族はあるんだ
    そんなに打つか、痛いたイタイ！

---

[442] キク目、キク科、オナモミ属の植物で、実や葉に鋭いとげがある。
[443] ハチ目、アリ科、トフシアリ属、学名 *Solenopsis invicta*。非常に攻撃的な性格で、針を持ち、刺されるとアルカロイド系の毒で重度のアレルギー反応を引き起こすことがある。

マクナイーマは次から次へといろいろ命じ、ベンセズラウ・ピエトロ・ピエトラの「私」はエシュのからだで堪えた。ついに、エロイの復讐はもう何も思いつけなくなり、やんだ。女は、地の床にぐったりし、浅く息をするばかりだった。疲れ切ったしずけさだった。それは、何ともおそろしかった。
　サンパウロ、マラニャオン通りのあのお屋敷は、休むことなくバタバタしていた。医者が来て、救急車が来たが、誰にも手のほどこしようがなかった。ベンセズラウ・ピエトロ・ピエトラはからだ中から血をふき出させ、吼えていた。腹には角の突き痕、若馬に蹴られて割れたとおぼしき額、火傷をし、凍りつき、咬まれ、棍棒でそらおそろしいほどに打たれてどこもかしこも痣だらけ、コブだらけだった。
　マクンバは、恐怖に静まり返っていた。そこにシアタおばちゃんがおもむろにあらわれ、悪魔の祈りで一番の祈りをはじめた。すべての中でもっとも神聖を冒瀆する祈りで、ひとことでも間違えると命がない、我らが神父エシュの祈りで、こうだった：
　——我らに崇められたる神父エシュ、汝、地の底、左からして十三番の地獄に存せらる。汝、我らにあらざるべからず。我らすべてに！
　——あらざるべからず！　あらざるべからず！
　——... 父なる我らのエシュ、どの日にも今日という日を我らに与えたまえ。我らが神父エシュのものである、この破れ家の儀式の場にもそのままに御意志のあらんことを、いつもいつまでもそのままにあらんことを、アーメン！...
　エシュの母なる国ジェジェ[444]に栄光あれ！
　——エシュの子に栄光あれ！
　マクナイーマは、礼を言った。おばさんは、このように終えた：
　——我らが神父エシュになりしジェジェの王子のごとく、世々にいたるまでいつもいつまでもそのままに、アーメン。
　——いつもいつまでもそのままに、アーメン！
　エシュは傷がなくなり、痣がなくなり、魔法ですべてが消えてなくなり、キビ焼酎が回されるころ、ポーランド女はもうすっかりもとにもどっていた。ドカンという音が聞こえて、こげたタールの臭いがあたりに満ちると、倒れている女の口から黒玉[445]の指輪がポロリと落ちた。する

---

[444] 「ジェジェ」とは、奴隷海岸（注16）の地域で話されていた言語、あるいは、その言語を話す人々にブラジルが与えた名称。
[445] 高圧のもと水中で化石化した樹木。漆黒で柔らかい光沢を持つ。古代ローマ時代から葬儀と関連が深く、ポルトガ

と、太った赤毛は失神から目をさまし、ただクタクタに疲れていた。もうそこにはポーランド女がいるだけで、エシュはすでにいなくなっていた。

マクンバのシメに、みんな一緒に上等のハムを食べ、思い切りサンバを踊って、そこにいる人たちすべてが喜びにあふれ、思い思いにドンチャン騒いだ。すっかりしまうと、いつもの生活にもどっていった。そして、マクンバの人たち、英雄のマクナイーマ、作曲家のジャイミ・オバリ[446]、作家のドドー[447]、詩人のマヌ・バンデイラ[448]とブレズ・サンドラル[449]、アセンソ・フェヘイラ[450]、詩人で外交官のハウル・ボッピ[451]、評論家のアントニオ・ベント[452]、こんなマクンバの人たちみんなが夜明けへ出ていった。

ルでは二十世紀初頭まで王家の喪の宝飾用に採掘されていた。
[446] ブラジルの作曲家、詩人（1894-1955）。マヌエル・バンデイラ（注448）詞の「アズラオン」が有名。
[447] ブラジルの詩人、小説家、エッセイスト、劇作家のオズヴァウド・ジ・アンドラージ（1890-1954）の愛称。1922年にサンパウロで催された「現代芸術週間」（「マリオの『マクナイーマ』とブラジル」の「近代芸術週間とモデルニズモ」を参照）の発起人の一人。ブラジル文学モダニズム推進者の中で最も先鋭的、革新的と言われた。雑誌『Contemporânea』の同人。
[448] ブラジルの詩人、評論家（1886-1968）、マヌエル・バンデイラのこと。マリオ・ジ・アンドラージとの交流が長く、「マヌ」はマリオがマヌエル・バンデイラにつけた呼び名。「現代芸術週間」は、彼の詩「蛙」で幕を開けた。
[449] 1916年にフランスに帰化したスイス出身の詩人、小説家、旅行家（1887-1961）。1920年代にブラジルを訪れ、文学、芸術のモダニズムに影響を与え、オズヴァウド・ジ・アンドラージ（注447）から影響を受けた。
[450] ペルナンブーコ州出身の詩人（1895-1965）。出身地をモチーフとした詩が「現代芸術週間」で注目され、1925年からペルナンブーコでのモダニズム運動に参加した。大きな麦藁帽がトレードマーク。
[451] リオ・グランジ・ド・スル州出身の詩人、外交官（1898-1984）。1928年、マリオ・ジ・アンドラージとともにブラジル・モダニズムの一つ「食人運動」を立ち上げた。
[452] アントニオ・ベント・ジ・アラウージョ・リマ、芸術評論家（1902-1988）。リオ・グランジ・ド・ノルチ州にある「ボン・ジャルジン」というエンジェニョ（「あとがき」の「三角貿易とアフリカ」を参照）で幼少期を過ごし、1920年頃からレシーフェでハウル・ボッピと友情を育む。第十六章「ウラリコエラ」で歌われるブンバ・メウ・ボイの「禿鷹はステップが」は、アントニオ・ベントの記憶によると言われている。

Ⅷ　ベイ、太陽

マクナイーマは、いつもアイピン餅を干して太陽ベイになめさせていた。
それで、ベイは彼を三人の娘のどれかの婿に、と考える。
しかし、彼は節操なしに、女と遊び、
結局、ベイにことわられる。

グアナバラ湾とリオ・デ・ジャネイロ市

マクナイーマが歩いていると、梢の高いボロマン蛙の木[453]にでくわした。枝にピチグアリ百舌鳥[454]がとまっていて、エロイを見るや――"だれが道をやってくる！　だれが道をやってくる！"と、歌いながら叫んだ。マクナイーマがあいさつしようと見上げると、ボロマン蛙の木は実が鈴なりだった。エロイは来る道ずっと腹がへっていたので、胃袋はガンとして動かず、なっているサポタ柿[455]にサポチリャ柿[456]、サポチ柿[457]、バクリ[458]にアンズ、ムカジャ椰子[459]やミリチ椰子[460]、グアビジュ[461]とスイカ、アリチクン釈迦頭[462]、一つひとつをジッとみつめた。
　――ボロマン、一つおくれ、マクナイーマは言った。
　木は、やりたくなかった。だから、エロイは二度大声で呼びかけた：
　――ボヨヨ、ボヨヨ！　キザマ、キズウ！[463]
　すべての実がおち、エロイはたらふく喰った。ボロマンは、腹にすえかねた。エロイの両足をつかみ、グアナバラ湾[464]のむこうの無人の小島に投げ飛ばした。そこには、むかし、オランダ人[465]とやってきたニンフのアラモア[466]が住んでいた。マクナイーマは疲れきっていて、飛んでい

---

[453] タウリパンギ族の神話にあらわれる蛙の名。ある時、アカリピゼイマが蛙のボロマンを捕まえると、蛙は「僕を捕まえたら、お前を海に捨ててやる」と言った。その通り、ボロマンはアカリピゼイマをある島の、禿鷹らの留まる木の下に置き去りにした。アカリピゼイマが寝ている間に、鳥は糞を落とした。明けの明星を見ると、空へつれて行ってくれ、暖めてくれと頼んだが、断られる。月も同じだった。太陽にはマンジョカ餅をやっていたので、アカリピゼイマは太陽のカヌーに乗せられ、娘たちに髪を切ってもらう。太陽は娘の婿にとろうと思っていたが、アカリピゼイマは禿鷹の娘にちょっかいをだし、太陽に「娘と結婚していたらいつまでも若く綺麗でいられたのに」と言われてしまう。翌朝起きると、アカリピゼイマは醜く老い、太陽と娘たちはもういなかった。
[454] スズメ目、モズモドキ科の鳥。和名アカミユカラシモズ、学名 *Cyclarhis gujanensis*。その囀りの音色から「gente-de-fora-vem（余所から人がやって来る）」とも呼ばれる。
[455] 注85を参照。
[456] 注86を参照。
[457] 注277を参照。
[458] キントラノオ目、フクギ科、学名 *Platonia insignis*。果実は直径10cm程で、果肉は白くて香りが良く、甘酸っぱい。パラ州、マラニャオン州、ピアウイ州を中心にブラジル北部、アマゾン流域によく見られる。
[459] 注248を参照。
[460] 注249を参照。
[461] フトモモ目、フトモモ科、エウゲニア属の植物で、学名が *Eugenia guabiju*。果実は丸く、暗い紫で、水々しく美味。
[462] モクレン目、バンレイシ科の果実の総称。日本で馴染みのあるのは釈迦頭（バンレイシ、シュガーアップル）、チェリモヤ、アテモヤ、ポーポーなど。
[463] 原文では「Boiôiô-boiôiô-quizama-quizu」で、ブラジルの民話に現われる木の名。名を知らぬものは、誰も実を食べることができない。
[464] ブラジルの南東部、大西洋に面した湾で、西岸にはリオ・デ・ジャネイロ市、北岸にマジェ市、東岸にはニテロイ市が位置する。130以上の島々が浮かぶ多島海である。ポルトガル語の「Guanabara」は、トゥピ語の「*gwanāba'ra*（海のような入り江）」に由来する。
[465] 注648を参照。
[466] ペルナンブーコ州のフェルナンド・ジ・ノローニャ島に住んでいたという金髪で残忍なニンフ。ポルトガル語の「alamoa」は、「ドイツ人の女性」を意味する「alemã」の古形。

るうちに寝入った。とても香りの高い小さなグアイロ椰子[467]の下に寝たまま落ちた。そのヤシの木のてっぺんに、ハゲタカが羽をやすめていた。

ちょうど鳥はしなくちゃならないことをする必要があって、した。エロイは、ハゲタカの汚いものをしたらせることになった。まだ夜が明けたばかりのころで、ガタガタ寒かった。ブルブルふるえながら目をさますと、マクナイーマはすっかりまみれていた。まみれているというのに、金が埋められた穴があるんじゃないかと、小っちゃな岩でしかない島をキョロキョロさがした。穴なんてなかった。オランダ人が宝を埋めるとそこに残しておくというめでたい細い銀の鎖もなかった。あるのは、トビ色のジャキタグア蟻[468]だけだった。

明けの明星カイウアノギがあらわれたとき、マクナイーマは生きるのにいい加減うんざりしていて、空に連れて行ってくれと頼んだ。カイウアノギは近づいてきたけれども、エロイは鼻が曲がるほど臭かった。

——シャワーを浴びろ！　明けの明星は言い、そして、行ってしまった。

こうして、ヨーロッパからの特定の移民についてブラジル人が言ういい方"シャワーを浴びろ！"が生まれた。

月のカペイが通りすぎようとした。マクナイーマは、大きな声で呼び止めた：

——お願いです、ねェ、カペイばあちゃん！

——ウウ～ム... と、月はこたえた。

それで、エロイは、マラジョ島に連れて行ってくれるよう月に頼んだ。カペイはよって来たけれども、マクナイーマの臭いはあまりにヒドかった。

——シャワーを浴びろ！　月は言い、そして、行ってしまった。

それで、この言い方は決定的となった。

マクナイーマは、せめて暖まるための火をおこしてくれとカペイに声を荒らげた。

——となりにお頼み！　太陽をさして月が言った。太陽は、もうあっちのずっとむこうの大海原を漕いで来ていた。そして、月は行ってしまった。

---

[467] ヤシ目、ヤシ科、学名 *Syagrus oleracea*。樹高が5-20mで、頂に2-3.6mの羽根状の葉をつける。樹形が美しく、街路樹、庭園に好まれる。

[468] ハチ目、アリ科、トフシアリ属の蟻の総称。アルカロイド系の毒を持っており、刺されると重度のアレルギー反応を起こすことがある。

マクナイーマは寒くて寒くてブルブルふるえ、ハゲタカは休むことなくエロイの頭の上から必要をした。島がとってもちっちゃいからだった。ベイはまっ赤で、ビッショリ汗をかいてやって来た。ベイは、太陽だった。マクナイーマのことは、とてもよく思っていた。というのは、太陽がなめて乾かすようにいつも家でアイピン餅をごちそうしてやっていたからだ。

　ベイは、ムルシ[469]で染めた鉄さび色の帆のジャンガダ 筏[470]にマクナイーマを乗せ、三人の娘にエロイのからだを洗わせ、ダニをとらせ、爪がきれいになっているかを見させた。そうやって、マクナイーマはまた身なりをととのえた。ベイが年をとっていて赤く、ビショビショに汗をかいていたので、エロイはこの年寄りがまさか太陽だ、お人好しの太陽、貧乏人の綿入れだとは思わなかった。それで、暖めてくれるようベイを呼んでくれと年寄りにたのんだ。すっかり身ぎれいになったものの、エロイはあまりの寒さにガタガタふるえていたからだ。ベイこそ太陽で、マクナイーマを娘ムコにしようかどうしようか迷っているところだった。ただ、まだ朝がはやくて、あまりに早く、力がないので、だれを温めることもできなかった。待つ間をまぎらせようと、ベイはたくみに口笛を吹き、三人の娘たちはエロイの耳たぶをプルンプルンはじき、からだのいたるところをコチョコチョくすぐった。

　エロイはくぐもった声でグフグフ笑い、くすぐったさに身をしぼり、よがってすごくヨガッタ。娘たちが手をとめると、今度はねだって身をよじり、もっともっととせがんだ。ベイはエロイの恥知らずを見て、怒った。からだから火をふく気をなくし、だれを温めようともしなくなった。それで娘っ子たちは母親を押さえ付け、しっかり押さえ込んで、マクナイーマがこの因業ババアの腹に拳固をガンガンぶちこんだ。すると、後ろから炎がでてくるわ、噴き出すわ、みんなホカホカ温まった。

　暑さがジャンガダをとりこみはじめ、水面にひろがり、冴え切ったあたりを黄金色に輝かせた。マクナイーマはジャンガダに寝ころび、陽をあびる気だるさにまったりトカゲになった。そして、明けのしじまにすべてがたゆたう...

---

[469] ヒメハギ目、キントラノオ科、学名 *Byrsonima crassifolia*。ブラジル北東部原産の果物で、メキシコからブラジルまで広く分布し、味と香りが独特で刺激的。
[470] ブラジル北東部の漁師が使う木製の船。通常、板六枚をつなぎ合わせて作られている。長さ5-7m、幅1.4-1.7mで、三角形の帆と舵を持ち、三人から五人が乗り込む。ポルトガル語の「jangada」は、南インドで話されているマラヤラム語の「changadam」が起源。大航海時代にアジアから持ち込まれたと考えられる。

──アア... かったるい...
　エロイは、つぶやいた。聞こえるのは、波のチャプチャプいう音だけだ。退屈がマクナイーマのからだを心地よくはいのぼって来て、アア、しあわせ。満ち足りている...　母親がアフリカから持ってきたウルクンゴ[471]を若い方の娘っ子がたたいた。見晴るかす海、空に盛り上がった砂原には雲一つなかった。マクナイーマは、頭のうしろに高く手首を交差させ、両手を枕にしていた。一番上の光の娘は大酒飲みの蚊の群れを追い散らし、三番目の嬢ちゃんは三つ編みの先っちょでエロイの腹をくすぐり、気持ちよさに身震いさせた。ゆったりと和んで、互いに笑い合い、エロイの歌う一節、一節にじっと聞きいった。こんなふうに：

> 私が死んでも泣くんじゃない、
> 思い残すことなんか何もない；
> 　　　──マンドゥ・サララ[472]、
>
> オレのおやじは、島流し
> オレのおふくろ、不仕合せ
> 　　　──マンドゥ・サララ、
>
> 父ちゃんはオレにむかってこう言った：
> ──人を愛しちゃいけない
> 　　　──マンドゥ・サララ、
>
> 母ちゃんはオレに
> 痛みをつらねた首輪をかけた
> 　　　──マンドゥ・サララ、
>
> アルマジロが穴を掘りますように
> 歯のないその歯で、
> 　　　──マンドゥ・サララ、
>
> ツキのないやつすべての中で

---

[471] ブラジルの民族楽器。弓に張った一本の絃を棒で叩く原始的な打弦楽器。共鳴器として中身をくり抜いたヒョウタンを使用し、石またはコインで音程を調節することができる。
[472] トゥピ族由来のフレーズ。ポルトガル語で「sarará」は、白人と黒人の間に生まれた金髪の混血。

　　　　イッチャン不幸なやつのため、
　　　　　　——マンドゥ・サララ、

　よかった...　エロイのからだは、塩の結晶で灰の黄金(こがね)にキラキラ光り、潮の香りがそよぐから、ベイの櫂がノロいから、女にくすぐられて腹がヒクヒクうずくから、アア！...　マクナイーマはよくって、良くって、アア！...　"何てこった！　この...　タマラねェ、最高だぜ！"大声を上げた。そして、やくざな眼をとじ、甘い心地ににやけて、口元にいやらしい笑みをニマニマうかべ、エロイはよがってヨガッテ、そして、寝についた。
　ベイの櫂がマクナイーマの眠りをゆらりゆらりゆすらなくなると、エロイはさめた。はるか遠くにバラ色の摩天楼が忽然とあらわれた。ジャンガダは、目の眩むリオ・デ・ジャネイロの部落の船だまりに舳先をつけた。
　その岸辺のそこにパウ・ブラジル473の木がいっぱい茂り、表と裏をとりどりにぬられた宮殿のならぶ長く伸びた大きな密生地があった。密生地は、リオ・ブランコ通り474だった。ベイ、太陽は三人の光の娘とそこに住んでいた。ベイは、マクナイーマをムコにとりたかった。つまるところ、エロイはひとかどの英雄で、太陽がなめて乾かすようにいつもアイピン餅を並べてくれていたからだった。言った：
　——ムコ殿：私の娘の一人と結婚しておくれ。持参金に欧ロッパのフランスとバイーア475をやろう。で、いいかい、堅くなくちゃならない。そこいらの娘たちと遊び歩いたりするんじゃない。
　マクナイーマは礼を言い、母親の名に懸けてそんなことはしないと約束した。そして、ベイは、そこいらの娘たちと遊び歩くことのないよう、ジャンガダで出かけるなともう一度くぎを刺し、三人の娘と一日をすごしに密生地へ向った。マクナイーマは、もう一度母親に誓って約束しなおした。

---

473 マメ目、マメ科、ジャケツイバラ属、和名ブラジルボク、学名 *Caesalpinia echinata*。ブラジル原産の常緑高木で、ポルトガル語の「pau brasil」の「pau」は「木」、「brasil」は「真っ赤におこった炭火」に由来する。国名のもととなった。ポルトガルのペドロ・アウヴァレス・カブラルは1500年にブラジルに漂着し、その後、赤い染料「ブラジリン」を抽出できるパウ・ブラジルが盛んに伐採された。
474 リオ・デ・ジャネイロ市の中心を走る通り。ロドリゲス・アウヴィス大統領（1902-1906）の時、市街の近代化が進められ、敷かれた。当初は「中央通り」と呼ばれていたが、1912年に「リオ・ブランコ通り」となる。
475 ブラジル北東部に位置し、ペドロ・アルヴァレス・カブラルが1500年に到着した地。バイーア州かその州都サルヴァドールの別称。

まだベイと三人の娘たちが密生地にはいるかはいらないかのうちから、マクナイーマは若い女と遊びに行きたくて、どうにも我慢ができなかった。タバコに火をつけると、気がムラムラ立ち上った。むこうの並木の下を、ハツラツと美しくからだをクネらせながら娘たちがおおぜい歩いていた。
　——チクショウ、何もかも燃えちまえ！　マクナイーマは吐き捨てるように言った。女の言いなりになるような腑抜けじゃねえ！
　と、その時、エロイの脳いっぱいに光がひらめいた。ジャンガダに立ちあがり、大きく腕をふりあげ、祖国をふみしめて、重々しく宣言した：
　——**わずかな健康、ありあまるアリ、ブラジルの悪（わる）だわさ！**
　イカダからサッととびおり、軍の隊長だったサント・アントニオ[476]の像の前で敬礼し、それから、あたりの若い女に片端から言い寄った。すぐに、おやじさんがちょっとばかりブラジルまでやってきたっていう、ポルトガルで魚売りだった女で、まだひどく臭っているのをみつけた。いやというほど魚臭かった。マクナイーマは目くばせをし、二人はジャンガダで遊んだ。した。たっぷり遊んだ。今は、お互いに笑い合っている。
　ベイが三人の娘と一日からもどってくると、もう宵の口で、先を歩いていた娘たちは、マクナイーマとポルトガル女がまた遊んでいるところに来た。それで、三人の光の娘は目をつり上げた：
　——一体どういうことだ、エロイ！　かあさんのベイが、ジャンガダから出るな、そこいらの女と遊ぶんじゃないって言わなかったかい？！
　——とってもさみしかったの！　エロイは言った。
　——さみしいもへったくれもない、エロイ！　母さんのベイに叱ってもらうから！
　そう言って、プンプンしながら年寄り女の方をむいた：
　——見て、かあさん、ベイ、あんたのムコったら！　アタシたちが密生地に行くか行かないかのうちに逃げ出して、女に言い寄った。母さんのイカダに連れ込んで、できなくなるまで遊んだのよ！　今じゃ、お互いに笑い合ってる！
　太陽は燃え上がり、こう叱りつけた：
　——アラ、アラ、アラ、私のボウヤ！　だから、どんな女にも絶対言い寄

---

[476] リスボン生まれのカトリック教会の聖人（1195-1231）。ポルトガル、フランス、イタリアの各地を巡り、活躍。死後、ブラジル、ポルトガル、スペインの数多くの都市から軍の称号、勲章、名誉が送られている。ブラジルでは、縁結びの聖人として尊ばれている。

るなって言わなかったかい？... 言っただろ！　なのに、その上、この私のジャンガダで遊んで、おまけにその女と笑い合ってる！
　——とってもさみしかったの！　マクナイーマはくり返した。
　——もしお前が言うことを聞いていたなら、私の娘のどれかと夫婦になって、いつまでも若く、きれいでいられたのに。でも、もうそうはいかない。ほかの男たちと同じで、今しか若くはいられない。じきに年をとってただの老いぼれだ。
　マクナイーマは泣きたくなった。ため息をついた。
　——知っていたなら...
　——"知っていたなら"ですむんなら、聖人様はいらないよ、ボウヤ！お前はなんてったってえげつないドスケベエだ、そうだよ！　私の娘はだれもお前にゃやらないよ！
　すると、マクナイーマも売りことばに買いことば、言ってやった：
　——そうですか。こっちだって、三人のどれもほしかない、いいか！三なんて数はな、サンザンなんだよ！
　それで、ベイと娘三人はホテルへ行って休ませてもらうことにし、マクナイーマをほうって、ポルトガル女とジャンガダで寝させておいた。
　夜明け前のいつもの時間、太陽は娘と湾を散歩していて、マクナイーマとポルトガル女がまだひっついてぐっすり眠っているのに出喰わした。ベイは二人をおこし、マクナイーマに火の石、バト477をやった。バトは、火が要る時におこしてくれる。そして、太陽は光の娘三人と去った。
　マクナイーマは、この日も魚売りと街をぶらぶらしてすごした。夜、二人がフラメンゴ478のベンチで眠っていると、おそろしい化け物がやって来た。ミアニケ・テイベ479で、エロイをひと飲みにしに来たのだ。指で息をし、へそで物を聞く。目は、乳にあった。口は二つあって、足の指と指の間の奥にかくれていた。マクナイーマは化け物のにおいに目を覚まし、クジをやりにフラメンゴをでた。それで、ミアニケ・テイベは魚売りを喰い、行った。
　次の日、マクナイーマは、共和国480の首都がちっともおもしろくなか

---

477 トゥピ語で「火打石」のこと。
478 リオ・デ・ジャネイロ市内の地区。市中心部のすぐ南に位置し、グアナバラ湾（注464を参照）に面する。ポルトガル語の「Flamengo」はかつて「オランダ人」を意味し、1599年にオランダの航海者 Olivier van Noort がここから上陸して、市を侵略しようとした。
479 先住民の言い伝えにあらわれる英雄。部族の長だったが、長の証を不当に使い、首を失ってしまう。
480 リオは、1763年からブラジル植民地の首府であり、1889年にそれまでの帝政から共和制に移行してから1960年にブラジリアに遷都するまで、ブラジル連邦共和国の首都であった。

った。火の石バトと交換に新聞に顔写真をのせ、チエテの流れの村にもどった。

IX アマゾンの女たち、イカミアバ[481]への手紙

アマゾンの女たちに無心する手紙。
古代ローマの詩人ウエルギリウス、
フロイト、
クレオパトラをのせてナイルを行く帆船のようなロブスター。
サンパウロの街の成り立ちとご婦人たち、
そして、その言語。
政治家はヒトのようだが、本物の怪物で、
ブラジルは文明のカオス。

---

[481] ブラジルの言い伝えに現われる厳格な母系制の部族。フランシスコ・ピサロとともにスペインによるインカ帝国の征服に参加したフランシスコ・デ・オレリャーナ（1511-1546）は、背が高く、白人、裸で弓と矢を持ち、石の家に住み、貴金属を集めていると記している。ポルトガル語の「icamiaba」は、トゥピ語の「*ikamaïaba*（割かれた胸）」に由来する。

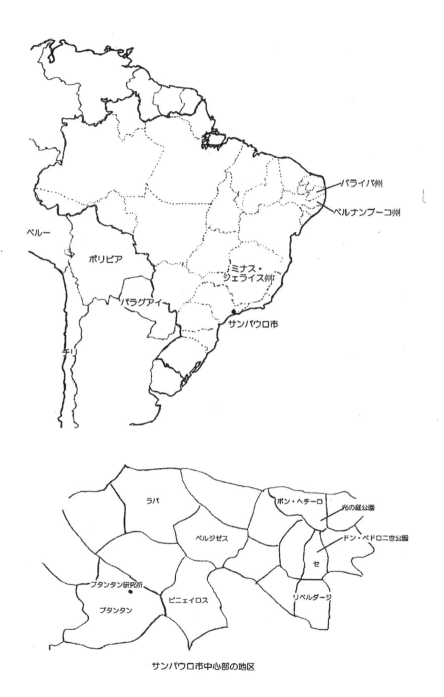

サンパウロ市中心部の地区

かくも親愛なる我が臣下たち、アマゾン[482]の淑女殿々。
壱千九百弐十六年皐月(さつき)参十日、聖保羅(サンパウロ)。

淑女殿々：
　必ずや、この書状の所書きと美文とに汝らは少なからず愕(おどろ)かれることでしょう。とは言え、余は、なつかしさと愛に満ちたこの手紙を愉快でない知らせからはじめなくてはなりません。すばらしき街サンパウロ――饒舌なその住人たちによれば世界最大の都市――では、汝らは"イカミアバ"ではなく、真正ではない言い方、アマゾンという一般名詞でしか知られていません；汝らについては、駿馬に乗った槍の戦士で、古代ギリシアに由来していると思われているのです；それで、そう呼ばれているのです。博識なばかりに生じるこのような馬鹿げた思い違いを、余、汝らの皇帝は惜しく思いますが、しかしながら、歴史があり、古来から代々引き継がれているからこそ尊ばれるのであり、汝らはさらに誉れ高く、さらに人の目に能うのです。
　ところで、汝らの荒ぶる時を無駄にしてはならない、あるいは、少なくともくだらぬ話で汝らを煩わせてはなりません。であるからして、早速にここから余がなしたることの報告にうつろうではありませんか。
　余が汝らのもとを離れ、わずかに五つの日がたったにすぎぬ頃、なんとも恐ろしい不遇が余を襲いました。過ぎ去りし五月のある美しき夜、ムイラキタンをうしなってしまったのです；ある人はムラキタンとつづり、学者によっては語末から三番目の音節を強く言う語源に固執してムイラーキタン、そして、ムラケーイタンとまでつづるのです。笑うなかれ！　この語、汝らの鼓膜にごくなじみのあるこの語は、こちらではほとんど知られておりません。ここもとにてはとても文化的で、戦士は、警官、巡査、警察、おまわり、サツ、マッポ、ポリ公、四角四面の法律屋、警棒打ちなどと呼ばれています；これらの語のうちのいくつかは新語主義[483]と言われる馬鹿げたもので、考えなしのやからや気取った連中が良きルジタニア[484]のことばを堕落させた忌わしいカスなのです。が、今、我々には、ウエルギリウス[485]が"牧歌[486]"でうたっているように"枝

---

[482] ギリシア神話に登場する女性だけの部族。黒海沿岸やアナトリア（小アジア）、北アフリカに住んでいた、実在した母系の狩猟騎馬民族をギリシア人が誇張した姿と考えられている。
[483] 新しい語が生み出される、あるいは、既存の語に新たな意味が付け加えられる言語現象のこと。軽蔑的な響きを持つことがある。
[484] ポルトガル語で「ポルトガル」を意味する雅語。古代ローマ時代の「ポルトガル」の古称「Lusitania」に由来する。
[485] 古代ローマの詩人（前70-前19）。「牧歌」（注486を参照）、「農耕詩」、「アエネイス」の詩を残し、のちの欧州の

を広げたブナの木陰"で、ルジタニアのことばとも称されるポルトガル語についてゆっくり検討するいとまがありません。汝らがもっと興味を持つであろうことは、疑いもなく、こちらの戦士たちは新枕の結合のためにマウォルス[487]のような女御(おなご)らを追うのではないということです；そうではなくて、むしろ、従順で、平民が金とよぶ小っさくて吹けば飛ぶような紙っぺらと易く交換できるのを選びます——この金というものは、私たちがそこに属していることで誇りを感じる"文明"においての人であることの証なのです。このように、ムイラキタンということばは、汝らの皇帝のラテンの耳にはすでに刻まれているのですが、戦士やここらあたりに生息しているものすべては一般的にこれを知りません。好々爺で古典作家のルイス・ジ・ソウザ師[488]が語ったところをフイ・バルボザ博士[489]が引いているように、数人の"徳にすぐれ、教養豊かな人物"が、磨くのに乱暴な汝らの指でではなく、きちんとした評価で価値を確固たるものにしようと、アジアで産出されたムイラキタンになお光をあてています。

　多分、何らかの超意識心理学的な作用によって、あるいは、誰が知るらむ、ゲルマンの賢人シギムンド・フレウヂ博士（発音は"フロイド"）が説明しているように、何らかの健康な性本能によって引き起こされて、余の夢にすばらしき大天使が突如現われた折り、余は、トカゲの形の我がムイラキタンをなくしてしまったことで、まだ打ちのめされていました。その大天使により、失われたお守りタリズマン[490]が、ペルー副王[491]の臣下で、ペルナンブーコのカバルカンチ家[492]と同じく、出(で)がまさしくフィレンツェであるベンセズラウ・ピエトロ・ピエトラ博士の親愛なる手にあることを知りました。博士は、ジョゼ・ジ・アンシエタ神父[493]の

文学に多大な影響をあたえた。
[486] ウエルギリウスの詩。「tu patulae recubans sub tegmine fagi（お前は枝を広げたブナの木陰に横になり）」で始まっている。
[487] ローマ神話の戦いと農耕の神"マルス"のラテン語での古称。
[488] ポルトガル人のカトリック修道士、文筆家（1555-1632）。ブラジル文学史上に名を残す著述家の一人。
[489] ブラジルの博学家（1849-1923）。法学者、政治家、外交官、文筆家、言語学者、翻訳家、雄弁家、ジャーナリスト、弁護士。当時の最も著名な知識人の一人で、共和国憲法立案者の一人。ブラジル文学アカデミー（1897-）設立に尽力し、第二代会長（1908-1919）を務めた。
[490] 不思議な力を持つお守りで、それを信ずる者が念を込める。ポルトガル語の「talismã」は、アラビア語の「*tilasm*（お守り、魔法）」に由来。
[491] 副王は君主の代理人として植民地や属州を統治する官職で、ペルー副王領は南米のスペイン植民地のほとんどを占めていた。
[492] イタリア、フィレンツェに発するブラジルの名家。フィリッポ・ディ・ジョヴァンニ・カヴァルカンティ（1525-1614）が、1560年頃に砂糖産業で繁栄していたペルナンブーコに移住した。
[493] スペイン人のイエズス会神父（1534-1597）。インディオへの布教のためにポルトガル王ドン・ジョアオン三世（在

築かれた気高い街に住んでおられるので、余は躊躇することなく、奪われた黄金の羊皮[494]を求めてこちらにおもむいたのです。目今、余とベンセズラウ博士との関係は、ありうべき限り甚だ良好で、疑いもなく、ごく近々に、汝らは、余がタリズマンをとりもどしたという善き知らせを受けることになりましょう：そして、余は吉報をとどけた者に対する感謝の礼を汝らに請うでしょう。

なぜなら、親愛なる臣下らよ、余、汝らの皇帝が心もとない状況にあることは疑義をはさむ余地がないからです。そなたより持ち来たりし宝は、こなたにて流通している貨幣にかえねばならず、かくの如き変換が、為替相場の変動、および、カカオの安値と相俟って余の維持、管理を困難にしているのです。

さらに、御存知でしょうか、こちらの御婦人たちは棍棒の一撃にたおれることはなく、遊ぶためだけにタダで遊ぶこともしません。そうではなくて、おゼゼの雨や、紋章型に組み上げたシャンペンの噴水や、俗にラゴスタという名が与えられている食すことのできる怪物と交換で遊ぶのです。そして、この怪物の素晴らしいことよ、アマゾンの淑女殿々！！！　バラ色がかったつややかな甲につつまれ、大船舶の威容のごとくあれこれ意匠が凝らされて、櫂のような腕や触覚や尾がつきだしています；セーブル製の磁器の皿にのせられた、ゴテゴテの巧緻の結晶は、図り知れず美しいクレオーパトラの遺体を船底に運んで、ナイルの水面をジグザグに航行する三橈漕[495]の帆船を彷彿とさせます。

この語のアクセントには気をおつけください、アマゾンの淑女殿々。もし汝らが由緒ある伝統を受け継ぐ発音を余とともに選択せず、近代的な言い方であるクレオパートラという発音を選んだとしたら、余は大いに残念に思うことでしょう；語彙学者の中には、どれがいやしむべきゴミか分からず、フランスから大量に死にぞこないのフランス語なまりを持ち込むことを軽はずみに認めてしまう輩(やから)がいます。

そう、だから、こちらの御婦人方は、小宮殿のベールのうちでもっとも繊細なベールぐらいに繊細なこの怪物があれば、初夜のシトネにとびこむのです。これで余の言う感謝の礼が理解できたことでしょう；とい

位1521-1557)によってブラジルへ派遣され、1554年に宣教村を創設。これが現在のサンパウロ市の起源である。
494 ギリシア神話で、テッサリアのネペレ王妃がアタマス王に離縁され、二人の子供を逃がす時に、ヘルメス神が与えた金色の毛の羊の皮。数奇な運命の後、英雄イアソンの手に渡る。
495 紀元前五世紀頃から地中海のフェニキア人、ギリシア人によって使用された軍船。櫂の漕ぎ手60-170名を上中下三段に配置し、かつ、帆も備えていた。

うのは、ラゴスタはとびきり高価で、とびきり高雅なる臣下らよ、六十コント以上するものもありました；我々の伝統的貨幣に換算すると、合計でナント八千万粒に達する量のカカオです...　だからして、これまでにどれほど費やしたかを思い計ることができましょう；そう、このような手のかかる御婦人たちと遊ぶのにいかに余がおゼゼに不足していることか。もちろん、汝らの出費を軽減するため、悲痛ではあるけれども、余の燃え上がる炎に禁欲を課すことも真剣に考えました；さあれど、あれほど感じのよい羊飼いたちの魅力と献身をあきらめることなど、余の強き魂にはかないません！
　御婦人たちはいつもキラキラ輝く宝石をつけ、極上の布地のドレスを纏っていて、それがものごしの優美を引き立てるのです。そして、魅力をあまり覆わず、その丸みの美しさや、その艶はほかの何物にもゆずることがありません。こちらの御婦人方は、みな真っ白です；遊びの際に示される熟練の数々は質も量も申し分なく、今その数を数え上げたならば、蓋し嫌になってしまうことでしょう；そして、皇帝と臣下との関係で言えば、余が汝らに求めている控え目の戒律をやぶることになるであろうことは確かです。なんと美しい！　何と優雅な！　何と魅力的な！　何とみだらな、火を吐いて目を眩ませる男食い！　余があのムイラキタンをなおざりにするなどということがないのはもちろんですが、この御婦人方のことを考えないわけにもいきません。
　御婦人らに学べば、輝けるアマゾンの淑女殿々もつつましやかさを、そして、愛の精髄と免許皆伝を充分に身につけられるだろうと、余には思えてなりません。接吻が崇高なものとなり、性の快楽が赤々と燃え上がるところの、そして、イタリア人がオドール・ディ・フェミーナ[496]と表現する繊細な力が"ウルビ・エト・オルビ[497]"にその栄光をしめすところの、もっとも愛すべきお仕事のため、まずは、汝らの誇る一人身の掟をうち捨てるべきでしょう。
　しばしこのデリケートな問題に拘泥しましたが、汝らに役立つであろうから、さらにいくつかの点に言及せずにこの問題をうちやることはせずにおきましょう。サンパウロの御婦人方は、たいへん美しく聡くある

---

[496] フランスの作家エドアール・ドゥマルシャンが1900年に発表した官能小説のタイトル。当時、センセーショナルな物議を醸した。「オドール・ディ・フェミーナ」は、イタリア語で「女の香り」。
[497] ラテン語「urbi et orbi」で、「都市と周円に」という意味。ローマ帝国において、「ローマと属領へ」という意味で勅令や布告文の冒頭に使用されていた。今日では、カトリック教会の教皇が「ローマ市と全世界へ」行う公式な祝福のことをいう。

上、自然によって与えられた才能や卓越に満足することがありません；そして、自分のことで切りが無く、地球上のあらゆるところから、先祖伝来の文明のオナラしい、じゃない、オンナらしい科学が研ぎ澄ましてきた崇高で高貴なものすべてを取り寄せなくては気がすまないのです。彼らは、古きヨーロッパ、ことに、フランスを手本としてこの文明をむさぼり、汝らとはまったく異なる時のすごしかたを学んでいます。さあ、お手入れだ、この細密な作業に何時間もかけ、さあ、社交界の芝居仲間とお付き合いだ、さあ、何にもしないんだ；御婦人方は、一日、これだけの仕事に織り込まれ、疲れ果て、夜にたどり着くと遊ぶ余力も残っておらず、世に言うように、あわててオルペウス[498]の腕の中、寝ちまいます[499]。そして、知っておいていただきたいのは、わが淑女殿々よ、こちらでは昼と夜とが汝らの戦いの時とはまるっきり違っているということです；一日は汝らにとっての正午に始まり、汝らが部屋で眠りについているころ、しかも、その眠りの終わりのころ、人々はもっとも活発にしているのです。

　サンパウロの御婦人方は、これらすべてをフランスにならっているのです；それに爪の光沢やその生育、まさに"語っていると身震いがする[500]"で、結婚した連れ合いの爪以外の角質[501]についてもです。華やかなる皮肉は、これくらいにしておきましょう。

　汝らに言いたいことは、まだ多くあります。それは髪の切り方で、その髪型[502]は優美で、かつ、男っぽく、ラテンの血筋をじかに受け継いだ気品ある女性というより、背徳が記憶に残る古代ギリシアの青年やアンティノウス[503]のそれに似ています。とにかく、先にすでに申し上げたことを思い出していただければ、そなた方の長い[504]三つ編みが見当違いであると、余に同意してくださることでしょう；何となれば、サンパウロの男性諸氏は力づくで口説き落とすようなことはせず、金(きん)かロブスター

---

[498] ギリシア神話に現われる吟遊詩人。妻エウリュディケーを連れ戻すために冥界におり、その竪琴の調べで番犬ケルベロスを鎮め、王ハーデースに願いを聞き入れられる。
[499] 西洋世界には、「モルペウスの腕に落ちる」と唱えるとぐっすり眠れるという言い伝えがある。「モルペウス」とは、ギリシア神話に登場する夢の神。「オルペウス」もギリシア神話に登場するが、「モルペウス」とは別の吟遊詩人。
[500] ウェルギリウス（注485）の詩「アエネイス」で、木馬に槍を投げつけたトロイアの神官ラオコーンが大蛇に首を絞められた経緯をアエネイスが語り出す際の言葉。
[501] 「角（つの）」のこと。ブラジルの俗言で、妻に浮気された夫には角が生えると言われる。自分の爪だけでなく夫の「角」の手入れも怠らない。つまり、上手に浮気する。
[502] 第一次世界大戦以後、それまで女性に求められていた社会的規範にとらわれない生き方の一つとして、長くのばし結い上げていた髪を短く切るスタイルが流行した。
[503] ローマ皇帝ハドリアヌスに寵愛を受けた男性（111-130）。皇帝と訪れたナイル川で溺死した。
[504] 旧約聖書に登場する古代イスラエルの英雄サムソンは怪力の持ち主で、その力の秘密は長い髪にあった。

と交換に手に入れるのだから、髪を切るなどというのは大したことではなく、むしろ、このような長髪がきわめて有害な虫の住み処、そして、その日々の食料の供給源となり、また、お互いの間でうつし合うことによって引き起こされる災厄を、今、申し上げた髪型がおさめてくれることでしょう。

そして、フランスにルイ十五世のころのもてなしの細やかさや免許皆伝を学んだだけでは満足せず、サンパウロの御婦人方は遠く辺境の地から日本のゾーリやインドのルビー、北アメリカの放縦など、思いつきで何でも輸入するのです；そして、そのほかもっとたくさんの世界中の賢しらや宝を。

さあ、いよいよ、次は、ポーランドに産してここに住み、心広く君臨する光輝く御婦人方の群れについて、おおまかではあるけれども汝らに話しましょう。この女御らはたっぷり大柄で太洋の真砂（まさご）より数が多く、汝らアマゾンの淑女殿々と同様に一塊のメシベを形成しています；そして、女御らの家に一緒に住む男たちは、奴隷に身を落とし、くだらぬ仕事につかえさせられているのです。それだから、男とみなされず、真正でない言い方「ギャルソン[505]」と呼ばれ、かしずきます；礼儀正しく物静か、常に同じ窮屈な衣服に身を包んでいます。

この女御らは同じ一つの場所、こちらの言い方では区画、同様に宿町（やどまち）、あるいは、"ふしだら地区"と呼ばれるところに城砦をつくって暮らしています；サンパウロのことごとに関する知識に照らし、これらの名称の最後は妥当でない、是とされるべからずと確然と結論付けることは、緻密で多識でありたいという余の切望するところではありません。ところで、これらの愛すべき御婦人方が汝らのような女の氏族を作ったとしたら、それは体つきも、生活の様式や理想の在り方もずっと異なっていることでしょう。そう、サンパウロの御婦人方は夜に生きているのであって、戦の神マルス[506]につくし、献身することも、右の胸を焼くこともなく、商いの神メルクリウス[507]にばかり媚び諂（へつら）うのです；胸と言えば、巨大でしなびた果実のようにして余を取り込み、美貌には関与しませんが、素晴らしき徳があり、超自然的なエクスタシーを与えてくれる幾多の、そして、骨の折れる仕事の役に立ちます。

---

[505] ポルトガル語で「garçon（ウエイター）」。フランス語「garçon（男の子、少年）」がブラジルでポルトガル語化したもの。
[506] 注487を参照。
[507] ローマ神話で、商人や旅人の守護神。

体つきの何がさらに違うかと言うと、何というか怪物的なのです。恋歌で「両手の中の心[508]」と歌うのと同じように、脳が恥ずかしいところにある、愛すべき怪物らしさではありますが。

女御らは、幾多の言語をたいへんな早口で話します；旅行経験が豊富で教養のあることこの上ない；どの御婦人もみな等しく従順でありながら、それでいて、金髪だったり、小麦色の肌だったり、やせていたり、ポッチャリしていたりとそれぞれがしっかりそれぞれです；それで、数の多さにおいても見た目の違いにおいてもこれほどに豊かなので、だれもがみなただ一つの国から来ているというのはどういうことなのだろうと、気になります。しかも、御婦人方はどなたもご自分たちのことを、何ともおかしなことに、扇情的な「フランス女性」という言い方で名のっています。余の疑念は、これらの女御らすべての出身がポーランドというわけではないのではないか、そうではなくて、本当はイベリア、イタリア、ドイツ、トルコ、アルゼンチン、ペルー、そのほか、この両半球のあらゆる富み肥えた地域から来ているのではないかということです。

余の疑念を汝らと共有できたとしたら至上の喜びとなりましょう、アマゾンの淑女殿々；サンパウロの御婦人を幾人か招待し、汝らの皇帝の富をいや増すであろう近代的なより利益の上がるその生き方を学ぶために、汝らの土地、余の帝国に滞在してもらうならば、なおさらです。一方で、汝らが一人身の掟を捨てたくないのであれば、汝らの中に幾百人かのサンパウロの御婦人方が常駐することは、余が「処女密林（Mato Virgem）の帝国」に帰還した際に、"ものごとには頃合いがある"[509]と余を安からしめんでしょう。ところで、処女密林には mato（密林）と virgem（処女）が並んでいます。余は、mato を女性名詞の mata（大密林）にし、この名称を「処女**大**密林の帝国」に変えんことを提案するものです。この方が、より古典の教えにそっているからです。

そして、そして、この枢要な問題についての考察をおわらせるにあたり、余が我が国をはなれている間、我が国のはずれの地域に有能な成人男子を汝らが何人か置かないのだとしたら、この女御らの受け入れが引き起こすであろう危難を汝らにしっかり警告しておかねばなりません。これらの女御らは火のように激しく、何にもとらわれないのであるから、汝らの暮らす環境に無分別に閉じ込めたなら、過度に負担になるかもし

---

508 「心の底から」、あるいは、「不安で」を意味するポルトガル語の成句。
509 ラテン文学黄金期の詩人クィントゥス・ホラティウス・フラックス（65-8）の『風刺詩』の一節「modus in rebus」。

れません。汝らに糧をあたえる科学と秘密を御婦人方が失わぬよう、い
ざとなったら、獰猛な獣やホエザルやバク、悪賢いカンチル泥鰌を利用
することも考えられます。そして、さらに、なお余は気がかりで、高潔
な義務感を感じています；というのは、汝ら忠実なる臣下が、バラ色の
レスボス島で心優しい朗読詩人であったサッポーの仲間たちがそうであ
ったような、ある種のやりすぎを女御らから見習ってしまうかもしれな
いからです——あのような悪癖は、人としての許容の見地から許される
ものではありませんし、ましてや厳格で健全な人の道からメスを入れて
みたら、なおさらです。

　すでに申し上げましたように、余は素晴らしき奥地探検隊の地[510]での
滞在を存分に活用し、余のタリズマンを慮らざることなく、永遠なるこ
のラテン文明の主要となる事々を学ぶために、間違いなく努力もおゼゼ
も惜しんではおりません。と申しますのは、処女密林に余が帰還した暁
には、余がより良くいられ、かつ、もっとも文明化した国々の中の一つ
である余の国家の文化の誇りをさらに世に知らしめる、一連の改革を押
し進めようと考えているからです。つまり、他でもない、汝らの領地、
余の帝国に同様の街を築こうと企てているからであり、だからして、汝
らにこの高貴なる街について少しばかり語ろうと思うのです。

　サンパウロは、余がそこから生じてきたところのラテン文化の"みや
こ"、シーザーの街である、ローマの伝統を受け継ぎ、七つの丘[511]の上
に築かれています；そして、チエテの華奢でそぞろな流れがその丘の麓
に口づけています。水（Água）は秀で、気候（Ar）はドイツのアーヘン
かベルギーのアントワープほどに穏やかで、環境（Área）もこれらの都
市と同様に健康的で豊かです。コラムニストの洒落た書きぶりをするな
ら、都会の住人どもが自然と集まってくるようなトリプルAだと言い切
ることができます。

　街は美しく、みなが恙無く暮らしています。街全体がうまい具合に狭
い通りに仕切られ、その通りは美しくエレガントな銅像や街灯、それに、
貴重な彫刻に場所をとられています；ずるがしこい都市計画でスペース
はどんどん縮んでいくのです。それで、これらの街区に人々はおさまり

---

[510] サンパウロのこと。十七世紀の初めから、金や銀、奴隷にするためのインディオを求め、また、逃亡奴隷の隠れ家を根絶するために奥地に入って行ったヨーロッパからの移民やその子孫は奥地探検隊と呼ばれ、サンパウロを拠点とした。
[511] 古代都市ローマの基礎を作ったと言われる、アウェンティヌス、カピトリヌス、カエリウス、エスクイリヌス、パラティヌス、クイリナリス、ウィミナリスの七つの丘。これらの丘の集落が一つになって都市を形成し、七丘を囲むように城壁が作られた。

きれません。その結果、人口が過剰に集積し、人口の推定数は意のままに増やせます。これは、他の追随を許さないミナス・ジェライス州512人の、その発明である選挙の際に好都合です；同時に、市会議員たちはあらゆる機会に、栄誉ある日々とすべての人々からの讃辞、賞讃をほしいままに、ひたすら見せかけだけの高尚なお仕事でもって、弁じたいという強い欲求を爆発させます。

先に述べた街区は、すべて巻き上がる紙片ととびちらかる果物の皮で覆い尽くされています；その中で最も注目すべきがクルクルと舞い踊るごく細かいホコリであって、御長寿を食い荒らすあらゆる種類の細菌を毎日千と一もまき散らし、それが人口の十分の一を死に至らしめているのです。そうやって、我々の最大の問題の一つである人口の循環を解決しています；というのは、このような黴菌は下層民のみじめな命を貪り喰うからです；そして、職なしと貧乏人の累積を防ぎます；そうやって、人々の数を常に一定に保つのです。通行人が歩くことによって、また、"自動車"とか"電車"（人によっては間違った言い方でトレインと言うが、これは言うまでもなくイギリス起源の言葉です）とか呼ばれる唸り声をあげるマシーンによって先のホコリが巻き上げられるのに飽き足らず、きまじめな市会議員らが、清掃局マシーンの名のもとに集結した人間モドキの青みがかった物憂げな怪物、ケンタウロスどもと契約をかわしています；街の動きが静まり、ほこりがおさまって害をなさなくなったころ、"月の沈黙を友として"513、怪物どもはそれぞれの邸宅を出て、円筒形の箒のごとき尾をグルグル回しながら驢馬に引かれ、アスファルトからホコリを掻き上げて、黴菌を眠りから目覚めさせ、でっかい図体と空恐ろしい雄叫びで、行けとばかりに駆り立てるのです。この夜間の作業は、悪漢や泥棒の仕事の邪魔をせぬように全体としては暗闇となるべくポツリ、ポツリとおかれた小っこい明りのもとでひっそり行われています。

悪漢、泥棒の多さは、余にはまったくもってひどすぎのように思われ

---

512 ブラジルの南東部に位置し、南西でサンパウロ州に隣接する州。1693年に金が発見され、それ以降ダイヤモンドなどの鉱山の開発が進んだ。ポルトガル語の「Minas Gerais」は、「すべての鉱山」の意。
　ブラジルの君主政は1889年に倒された。その理由の一つは、国王と地方の経済的・政治的有力者との対立であった。共和政になっても地方政治家の力は強く、ブラジル政府はサン・パウロ州とミナス・ジェライス州の政治家が交互に大統領となることを許した（注125参照）。サンパウロ州（コーヒー経済の中心）とミナス・ジェライス州（酪農業が盛ん）が大統領を出すこの体制はカフェ・コン・レイチ（「カフェオレ」の意）と呼ばれ、1930年まで続いた。
513 古代ローマの詩人ウエルギリウス（注485）の詩「アエネイス」で、トロイアを攻めようとテネドスの島影からギリシアの船団が出る様子。

ます；伝統的習わしのうち、ただ一つ、彼らの存在だけが生まれつき穏やかで平和な余の気質に合いません。いかなることがあっても、余はサンパウロの行政をとがめるようなことはしませんし、勇猛果敢なサンパウロっ子にとって先の悪漢やその技が楽しみの一つであることを余はよくよく承知しています。サンパウロっ子は熱く、力にあふれ、戦争の辛さなど慣れっこです。生きることは、一人で、あるいは、集団で戦うことであり、すべての人が頭のてっぺんからつま先まで武装しています；であるから、こちらでは騒乱が頻繁で、奥地探検隊と呼ばれる何十万人もの英雄らが闘技場に降りてくることも珍しくありません。

まさにこの理由から、サンパウロはとても好戦的で嵩の大きな警察に恵まれ、技術の粋を集めた値の張りそうな白い御殿に住んでいます。さらに、この警察は、国庫に収められた計り知れない量の金の価値を損なわぬよう、人民の富の余剰を加減しなくてはなりません；これには勤勉で、精を出し、あらゆる場面で国の財政を貪るのです。たとえば派手なパレードや衣裳、たとえば評判のエウジェニア女史[514]の体操——余は未だこれを知る機会にあずかっておらぬのですが——から、また、たとえば、芝居や映画の帰りで油断している金持ちとか、この都市を取り囲んでいる平和な果樹園から自動車でもどる不注意なブルジョアに袖の下をせびることにまで余念がありません。また、警察はサンパウロの女中ちゃんたち階級を楽しませなければなりません；警察の名誉のため、ドン・ペドロ二世公園[515]であるとか、光の庭公園[516]であるとか、"アド・ホク[517]"に建設せられた公園で日々のサービスにつとめているのです。この警察の人員がふえてしまったら、彼らは祖国で最も不毛な辺境の台地[518]に派遣され、我らの地理にはびこって、すぐれて公正な政府を転覆しようと恥ずべき行為にくれている人喰い巨人[519]の一党にガツガツ喰われま

---

[514] 原文では「a Eugênia」で、女性の名。これは、マクナイーマが「eugenia（優生学）」と混同した結果であろう。ブラジルでは、20世紀の前半まで、文化的、経済的な遅れは有色人種の存在によるという考えが知的エリートにまであり、白人至上主義が優生学によって科学的に認知されていた。一方で、近代国家が成立するにつれて公衆衛生の重要さが叫ばれ、国民の健康のために体操やスポーツの実践が推奨された。
[515] 1922年にサンパウロ市の中心市街地、セ地区に設置された公園。ドン・ペドロ二世（1825-1891）は、ブラジル帝国の第2代かつ最後の皇帝。
[516] 十九世紀の終わりにサンパウロ市のボン・ヘチーロ地区に設置された公園。二十世紀に入って、売春と麻薬売買の場となっていた。
[517] ラテン語で「ad hoc（そのために）」。
[518] セルタオン（注195参照）のこと。
[519] ギリシアの詩人ホメロスの叙事詩「オデュッセイア」で、一つ目の巨人キュクロプスがオデュッセウス一行を喰おうとする。また、原文で「人喰い巨人」は、「gigantes antropófagos（人肉食の風習のある巨人）」。1920年代、オズヴァウド・ジ・アンドラージ（注447を参照）が提唱し、理論づけた芸術運動を「Movimento antropofágico」といった。この運動では、ブラジルの文化的なアイデンティティーを模索し、北米、ヨーロッパといった外部の文化、そして、先

す；国民は大満足ですっかり受け入れ、投票箱も政府主催の晩餐も監察しません。彼ら兇徒は警察官をつかまえると、火にあぶり、ドイツ人のようにきっちり食べます；やせた土地におちた骨の山は、あすのコーヒー農場の最高の肥料です。

このようにすっかりきちんとした生活をし、サンパウロっ子は全き完璧な秩序と進歩[520]のもとで繁栄しています；さらにサンパウロっ子には、ミナス・ジェライス州からも、パライバ州からも、ペルー、ボリビア、チリ、パラグアイからも、南アメリカのすべてのハンセン病の患者をひきつけるだけのりっぱな病院を建設する時間も充分にあります。患者たちは、これらのすばらしく美しいハンセン病病院にはいって、あやしげで退廃的な美しさの御婦人——いつだって御婦人です！——に世話してもらう前に、それを見ると古代ローマの英雄があやつった二輪や四輪の戦闘馬車の血がさわぎ、余のスポーツの血筋の誇りが湧きあがるところの、めかしこんで馬に乗った随行団や本格的なマラソンで、州の街路や都市の通りをにぎわすのです！

それでも、余の淑女殿々よ！　この偉大な国には、他にも気をつけねばならぬ病気や虫が多くあります！...　何もかもが節度のない災厄にうちすすみ、我々は病とムカデに滅ぼされてしまいます！　遠からず、今度は英国か北米の植民地になってしまうことでしょう！...だからこそ、そして、国で唯一役立つ人々であり、役に立つということで機関車と呼ばれるサンパウロっ子の永久(とわ)の記憶のために、余は語呂の良い金看板をものすことに身を捧げ、ここにその災いの謂れをひそかに込めました：

"わずかな健康、ありあまるアリ、ブラジルの悪(わる)だわさ"

ヨーロッパにまで名を馳せている施設である、ブタンタンの生物医学研究所[521]をおとずれた時には、その VIP 訪問帳にこの金看板を大きく記した次第です。

サンパウロっ子は五十階、百階建て、そして、それ以上の見上げる宮

住民、アフリカ系、ヨーロッパ系、東洋系といった内部の文化、すべてを受け入れ、呑み込み、かつ、まねをしないという方針が貫かれた。
[520] 原文では、「ordem e progresso」。ブラジル国旗の中央にある帯に記されている言葉で、フランスの実証主義哲学者オーギュスト・コント（1798-1857）がモットーとした。
[521] サンパウロ市ブタンタン地区にある研究所。1898 年にサンパウロ州サントス港でペストが発生、広まったことを受け、サンパウロ州がブタンタンにある農園を買い取って研究所を設けたのが始まり。1901 年に血清とワクチンを開発し、生産する研究所として開所した。

殿に住み、繁殖期には、長足蚊や、あらゆる種類の蚊の柱が侵入してきます。殿方たち、女御らのそれぞれの持ち物を刺すのですが、サンパウロっ子はすこぶるこれが好きで、というのは、森の住人たちがやっているようにイラクサでなでて、皮膚をただれさせ、興奮させるという必要がないからです。蚊がこの大仕事をやってくれるのです；ですから、蚊は、毎年数えきれないほどの数のイタリアちゃんと呼ばれる騒がしい若者と娘たちを貧しくみじめな地区に生まれさせるという、奇跡をおこします；イタリアちゃんたちは、金ピカの権勢家が持つ工場をふとらせ、お大尽さま[522]のかぐわしき安息につかえる奴隷となる運命(さだめ)です。

　これらの、そして、ほかの幾百万長者が一千ダースの絹工場を都の周囲に立ちあげ、その奥まった場所には、浮彫のジャカランダ材を金箔でおおい、海亀の甲羅で象嵌をほどこした内装の、世界でも有数の大きさを誇るすばらしいカフェをいくつもかまえました。

　そして、役所の宮殿は何もかもが金でできていて、アドリア海の女王、ベニスの数多(あまた)の宮殿のようです；大統領は妻を何人もめとっており、夕暮れどきになると、素晴らしく上等の革が内にはられた銀の馬車にのって、ゆったりとほほえみながら、外の空気を吸うのです。

　まだまだお話しすべき並外れた事々が数多くあります、アマゾンの淑女殿々よ。と言っても、決してこの書簡を徒に引き伸ばそうというのではありません；むしろ、ここが疑いもなく地球上で最も美しい都市であることを余が汝らに明らかにすることは、大いに、この傑出した人々、サンパウロの市民のためになることなのです。一方、ここで余がこの人たちの独特で興味深い質(たち)を沈黙でおおい隠したなら、余は面目をなくすことでしょう。さあ、汝らは、サンパウロっ子たちの知的表現力の豊かさは超自然的で、話すときは一つの、そして、書くときには別のことばをあやつるということを知るでしょう。だから、この大きな病院のごとき地にやって来て、余はこの地の民族学をきわめることに没頭しました。そして、余の目にした驚愕と驚嘆の数々の中で、間違いなく最小ではなかったのが言語的な特異性でした。サンパウロ市の人の会話は野蛮で乱れ、ことばづかいが粗雑で、言語としての真正さが損なわれていますが、だからと言って、強く語りかけたり、また、遊ぶときの言い方に味わいや力がないということにはなりません。余は、あれやこれやを真剣に学

---

[522] 原文では、「Cresos」。紀元前七世紀から同547年にアナトリア半島（現在のトルコのアジア側）のリュディア地方に栄えたリュディア国の最後の王（前595-547、在位前560-547）。莫大な富で有名。

びました；そちらにまいったときに汝らに教えんことは、余の喜びとなりましょう。しかし、あのような忌わしいことばを会話でつかっているこの地の原住民が、ひとたびペンを持つと、そんな愚劣さが消え去り、古代ローマの賢人や植物学者のリンネがたち現われ、あるほかのことば、ウエルギリウスの言語にごく近い、賞讃者の言う、「あまやかなもの言い」、永遠の優美と称される、そう、カモンイス[523]のことばで語りはじめるのです！　このように特別であること、豊かであることを知るのは汝らにとって喜びでありましょうが、さらに汝らが知って驚くであろうことは、多くのあるいはほとんどすべてのサンパウロっ子にとって、この二つのことばでも充分でなく、さらに本物のイタリア語をもってして豊かにせしめているということです。イタリア語は、とても音楽的で心地よいからなのです。そして、都のどのような片隅であっても語られています。神々のおぼしめしにより、余は何でも心ゆくまで調べ、知ることができます；Brazilという語のzのつづり[524]や人称代名詞の"se"に関する疑問についてたっぷり時間をかけ検討しました。同じように、通称"愚か者"と呼ばれるいろいろな二言語の本、つまり、辞書、それとプチ・ラルース[525]を手に入れました；余は、すでにラテン語で書かれた古典から数々の哲学者の名言やチン定訳聖書の節[526]を引用できるだけの環境にあるのです。

　つまるところ、アマゾンの淑女殿々よ、汝らは、進歩と輝ける文明へとこの偉大なる街を築きあげたのは、政治家と呼ばれる優れた方々だということを知らなければなりません。この政治家という部類名詞は、汝らはこれまで見たこともなく、もし目にすれば怪物というであろう、まったくもって高尚な種族の先生を意味します。怪物というのは本当ですが、勇猛果敢であることや博識、また、正直さや人の道を貴ぶ、これらにおいての壮大さは怪物とくらべることなどできません；そして、たとえどこかしらヒトに似ているように見えても、政治家というのはホンモノの大扇鷲[527]から生まれているのであって、ヒトとはほとんど関係があ

---

[523] ルイス・ヴァス・デ・カモンイス（1524-1580）は、ポルトガル文学史上最大の詩人。「ウズ・ルジアダス」は古代ギリシア詩人ホメロスの「イリアス」と「オデュッセイア」を模し、ヴァスコ・ダ・ガマによるインド航路の開拓を称賛、世界貿易で繁栄を極めたポルトガル黄金時代の航海者達を格調高く謳っている。
[524] ヴェンセズラウ・ブラス・ペレイラ・ゴメス（1868-1966、注189）が第9代大統領在任中の1916年の法律で国名の綴りは「Brazil」から「Brasil」となった。
[525] 1905年に初版が出版されたフランス語の辞書。
[526] 原文では、「testículos da Bíblia（聖書の睾丸）」。これは、マクナイーマが「versículos da Bíblia（聖書の節）」と取り違えたのであろう。
[527] タカ目、タカ科、オウギワシ属の和名オウギワシ、学名 *Harpia harpyja*。オスは全長100cm、翼開長200cm、体

りません。政治家は、親しみを込めてグランド・パパと呼ばれ、大西洋の街、リオ・デ・ジャネイロ——外国人はみな世界で一番美しいと言い、余もこの目で確かめてきました——に住む一人の皇帝にみな従います。

　最後に、最愛の臣下であるアマゾンの淑女殿々よ。余は、余の置かれた状況が課するつとめによって処女密林の帝国から遠くわかたれてよりこの方、絶えず余を苦しめ悩ます心の痛手にあえぎ、耐えてきました。この地は、すべてが甘美で冒険にみちています。けれども、失われたタリスマンを取り戻すまで、いささかも心うき立つことなく、また、癒しもありません。しかしながら、もう一度くり返しますが、余とベンセズラウ博士との関係はまったくもって良好であり、交渉はすでに始まっていて、申し分なくすすんでいます；ですから、先に申し上げた感謝の礼を前もって送っていただいて結構です。汝らの皇帝は酒を呑まず、礼はわずかで充分です；もし、カカオの実でいっぱいのイガラ船を二百艘送るのがならないなら、百、最低で五十送ってください！

　汝らの皇帝の祝福を受けよ、そして、さらなる健康と同胞愛を。敬いと恭順をもってこの拙い文(ふみ)を貴び、尊びたまえ；そして、くれぐれも余が入り用の感謝の礼とポーランド女のことを忘れぬように。

　シイが汝らを見守らんことを。

マクナイーマ、
皇帝。

重7.5kg、メスは4.75kg。学名の *harpyja* は、ギリシア神話に登場する女面鳥身ハルピュイアに由来。老婆のような顔、禿鷲の羽根、鷲の爪を持ち、食糧を見ると意地汚く貪り喰う上、食い散らかした残飯の上に汚物を撒き散らかして去っていく、この上なく不潔で下品な怪物。原文の「uirauaçu」は、トゥピ語の「*gwi'ra*（鳥）」と「*açu*（大きい）」とから成っている「*ura'çu*（オウギワシ）」に「*gwi'ra*」を重ねた著者の造語。

X　パウイ・ポドリ[528]

背広の襟についている穴の名称がわからなくて腹立たしかったが、
人に尋ねるのはもっと業腹なので、
口から「プイート」と言ってしまった。
輝く四つの星をさして南十字星だと言う若者に対し、
マクナイーマは否定する。
あれは、パウイ・ポドリ、鳳冠鳥の父なのだ。

---

[528] ブラジル先住民にとって、自然界の万物には精霊がいて、それがそれぞれの父、そして、神である。トゥピ語で「*pauí*」は「鳳冠鳥」、「*pódole*」は「父」。「*pauí-pódole*」は、南の空に輝く巨大な「鳳冠鳥の父」。

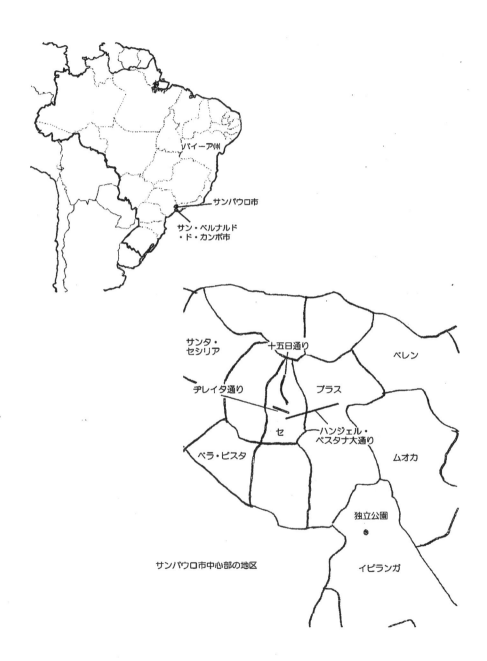

サンパウロ市中心部の地区

ベンセズラウ・ピエトロ・ピエトラは袋叩きにされてすっかり弱り、全身を包帯にグルグル巻きで、つり床に何か月もいた。ムイラキタンをうばい返したくても、マクナイーマは一歩も近づけなかった。というのは、石は巻き貝の中にいれられ、巨人のからだのその下におさめられていたからだ。ヤツの部屋履きにクピン大蟻529をひそませようとも考えた。死をもたらすと聞いたからだ。でも、ピアイマンは足が後ろ向きについていて、部屋履きをはかなかった。マクナイーマは、はっきりしないグズグズにムカッ腹を立て、焼酎を生(き)でズルズルすすっては、くんにゃりしたメンベカ餅530をクチャクチャやって、つり床で一日すごしていた。そんなとき、下宿でやすませてくれと、インディオのアントニオがあらわれた。有名な聖人で、連れ合いの、神の母をつれていた。魚のような形でも獏のような恰好でもなく、マクナイーマをおとずれ、説教をし、これから来るであろう神の前でエロイに洗礼をさずけた。そうして、マクナイーマはバイーア州のセルタオンで熱狂をよびおこしていたカライモニャガ教531に入信した。

　マクナイーマは、あいた時間を使って、この地の二つの言語にみがきをかけることにした。話しことばのブラジル語と書き言葉のポルトガル語だ。もうモノの名は、すべて知っていた。その日は、花の日だった。ブラジル人が人を思いやる心を持つようにともうけられたお祭りで、カラパナン蚊532があまりに多く、マクナイーマは勉強をなげだして、頭をスッキリさせに街へ出かけた。行ってみると、やたらにたくさんモノがあった。ショーウィンドー一つ一つの前でたちどまり、のぞきこみ、大洪水が世界を呑み込んだときに逃げだしたものすべてがむかったエレレ山533に見まごうほどの化け物的な量をためつすがめつ眺めた。マクナイーマはあっちをウロウロ、こっちにブラブラ、バラの花どっさりの籠をかかえた娘っ子にであった534。娘っ子はエロイを呼びとめ、えりの折り

---

529 ハチ目、アリ科、オオアリ属の蟻の総称。捨てられたシロアリの塚や倒木などに巣を作る。巣に髪を置くと、その主が死ぬという言い伝えがある。
530 原文では、「beiju membeca」。「beiju」はマンジョカの澱粉を固めた餅のことで、「beiju membeca」は温める程度で焼いておらず、軟らかい。ポルトガル語の「membeca」は、トゥピ語の「me'mbeca (軟らかい)」に由来。
531 インディオ達によって形作られ、信仰されたカトリックとの混合宗教。インディオのアントニオとその妻「Mãe de Deus (神の母)」は実在の人物。
532 ハエ目、カ科、ハマダラカ属、あるいは、ヤブカ属の蚊。デング熱、マラリア等のウイルス病原体を媒介する。
533 セアラ州にある山で、先住民の言い伝えによると、そこにある何もかもが大きい。ポルトガル語の「Ererê」の語の響きがトルコの「Ararate (アララト山)」に似ていることから、大洪水の時にすべてが向かったと言っている。「アララト山」は、ノアの方舟が流れ着いたとも言われる山。
534 1920年から1930年にかけて、親善団体への募金のために娘が花を背広の折り返しに挿す習慣が見られた。

返しに花をさして、言った：
　——千ヘイスです。
　マクナイーマは、ひどくむかついた。というのは、娘っ子が花をつきさした服マシーンの、その穴をなんというかがわからなかったからだ。穴は、カーネーション・ホール（botoeira）という。頭の中をグルグルかき回してみたが、その穴の名を聞いた覚えはまったくもって全然なかった。穴と呼びたかったが、この世のほかの穴のことを言っているのと思い違いをされるかも知れないと咄嗟に気づき、娘っ子を前にしてはずかしかった。書くときには"開口部"ということばがあるが、話すときに"開口部"なんて誰も絶対言わない。その名を見つける方法はないものかと考えに考え、気づくと、娘っ子にぶちあたったヂレイタ通り[535]からもうサン・ベルナルド[536]の先に来ていて、コスメ先生[537]の住居あとをすぎていた。仕方なくもどって、払い、鼻の穴をおっぴろげて娘っ子に言った：
　——あなた様は、私に人生最悪の日をくだすった！　二度と私のこの... プイート[538]に花をささないでくれ、いいですか！
　マクナイーマは、つい口にしてはいけないことばを言ってしまった。キタない、本当に穢いことばだ！　娘っ子は、プイートが醜いことばだということを知らなかった。マクナイーマは、もんちゃくのおかげで頭がゆるみ、下宿への道々、娘の言う"プイート"がおかしくて、クスクス笑った。娘は"プイート"が気に入り、"プイート... プイート..."とくり返していた：はやっていると思ったのだ。それで、行きかう人すべてにプイートに花をお挿ししましょうかと声をかけはじめた。さしてくれと言う人もいれば、挿してくれるなという人もいる。ほかの娘っ子たちも耳にして、"プイート"と使いだし、そうなった。もう誰もカーネーション・ホールとか言わなくなって、プイート、プイートとばかり聞こえだした。
　マクナイーマは、一週間苦虫をかみつぶした気分だった。この地のこ

---

[535] サンパウロ市のセ地区にある通り。貴族や国会議員の住む住宅街で、ショーウィンドーを導入し、顧客への接遇を高めることによって二十世紀初頭から高級な店が立ち並んだ。セ地区にはサンパウロ大聖堂があり、十一月十五日通りとサン・ベント通りとで囲まれた地区が旧市街の中心だった。
[536] サンパウロ市の南に隣接する市、サン・ベルナルド・ド・カンポのこと。さらに南下すると、ポルトガル人が南米で最初に建設した居住地サン・ヴィセンテにいたる。
[537] 多分、コスメ・フェルナンデス・ペッソーア（注161参照）のこと。
[538] 「肛門」のこと。インディオの伝説で、まだ動物と人間にこの器官がなかったころ、*Puíto*はみんなを嘲っていた。ある日、八つ裂きにされ、みんなは肛門を持つようになった。

とばというものが知りたいばかりに、何も食べず、遊ばず、寝もしなかった。あの穴を何というか誰かに聞こうとも思ったが、物を知らないと思われたくなかったので口をつぐんでいた。ついに日ようびがやって来ようび。南十字星[539]の日で、ブラジル人がもっとゆっくり休むようにと思いつかれた新しい祭日だ。午前中はムオカ地区[540]でパレードがあり、昼はイエスの御心教会で野外ミサ、ハンジェル・ペスタナ大通り[541]では十七時に車のパレードと猛烈な紙ふぶきがあり、夜は、代議士と台無シとが十五日通り[542]を行進し、イピランガ地区[543]で花火があった。マクナイーマは気晴らしに公園[544]へその花火を見に行った。

下宿を出たそこに、色白の金キン髪の可愛いまったくのマンジョカの娘がとおりかかった。何もかもが真っ白で、マーガレットの花の盛られた赤いシュロの帽子をかぶっていた。フロイライン[545]と呼ばれ、常に守られていなければならない娘だ。二人で一緒に行き、ついた。公園は、きれいだった。あちこちの噴水マシーンが電気の光マシーンとまじりあい、みんな暗がりでよりそって手と手をつなぎ、美しさにうちふるえる己をささえようと互いの手にしっかりしがみついていた。娘もそうして、マクナイーマは甘くささやいた：

――美しい... 可愛いマンジョカの娘！...

するとドイツ娘はグッときて涙をながし、マクナイーマの方にむきなおって、エロイのプイートにあのマーガレットを一本つき挿してもいいかとたずねた。それを聞いたとき、マクナイーマはびっくり、本当にビックリ仰天した！ 叱りつけようとしたが、エロイは頭がよかった。アレとコレとをむすびつけ、大声でゲラゲラ笑った。

事態はすすみ、"プイート"は書きことばと話しことばを科学的に研究する学術雑誌にとりあげられ、すでに、欠節詩行[546]、省略、語中音消失、

---

[539] 「南十字星」のポルトガル語「Cruzeiro」の原義は、「大きな十字架」。南十字星は、1889年に帝政から共和制に移行して以来、ブラジル国旗に描かれている。
[540] サンパウロ市の中心部に近い地区。ポルトガル語の「Mooca」は、トゥピ語の「mūoka（親類の家）」に由来。
[541] サンパウロ市の中心部、セ地区からセ地区に隣接したブラス地区を走る通り。
[542] サンパウロ市、セ地区を走る通り。ポルトガル語では、「Rua Quinze de Novembro（十一月十五日通り）」。1889年の11月15日にブラジルの帝政が崩壊し、共和制が樹立された。
[543] サンパウロ市、セ地区の北東に位置し、独立記念公園、サンパウロ博物館、イピランガ博物館等がある。ポルトガル語の「Ipiranga」は、トゥピ語の「y（川）」、「piranga（赤）」に由来。
[544] 現在の独立公園。1822年にブラジルの初代皇帝、ドン・ペドロ一世（注577、618）がポルトガルからの独立を宣言したイピランガの丘にあり、サンパウロ博物館と独立記念碑とを擁している。記念碑は高さ約40mの巨大な建造物で、制作途中の1922年に除幕式が執り行われ、完成はその四年後だった。
[545] ドイツ語で「Fräulein」、「未婚の女性、令嬢」の意。
[546] 一定のリズム、韻律を持った詩で、その韻律が欠けて、形式がみだれている行のこと。

換喩[547]、母音変異、音位転倒[548]、後接要素へのアクセント依存、語頭音添加、語頭音消失、語尾音消失、重音脱落、民間語源の法則でもって、ラテン語の語形の"rabanitius"[549]が中間的な語としてあって、"botoeira"が"puíto"になったのだ（botoeira – rabanitius – puíto）というのが定説になっていた。rabanitiusというのは中世の文書にはあらわれないものの、確かに存在し、民衆の日常言語[550]では通用していたと博学たちが言い切った。

 とその時、誰が見てもはっきりわかる、まさに白人黒人混血[551]そのものの青年が一人、銅像によじ登り、炎のいきおいで南十字星の日というのが何なのかマクナイーマに説明しはじめた。雲一つなく晴れわたった夜の空には、月さえなかった。みながみんなを見ていた。木の父、鳥の父、狩の父、親類、兄弟、父、母、おば、義理の姉妹、女、若い女、そんな星がみんなわざわいのないあの地で、健やかでアリのいないあの天空で、ピスカピスカとすごく幸せにきらめいていた。マクナイーマはありがたく聞き入り、エロイにむけられた力強く燃えあがる熱弁にずっとうなずいていた。と、男が何度も指さし、一生懸命に説いている南十字星というのが、エロイのよく知るあの四つの星、広がる空にある、パウイ・ポドリ、鳳冠鳥の父だと気づいた。混血男のたわごとに怒り、うなった：

——違う、ちがうぞ！

——... ここにおいでのみなさん、別の青年が声高にはじめた、あの焼けつく涙のようにキラキラ光っている四つの星は、至高の詩人の言に俟てば、神聖で歴史ある十字架で...

——チガウ、違うぞ！

——シッ！

——... さらなる象徴...

——ちがう、チガウぞ！

---

[547] 作品名のかわりに作家名を使ったり、「王」のかわりに「王冠」と言ったりするように、あるものを表すのにその属性またはそれと密接な関係のあるもので表現する技巧。
[548] 「シタツヅミ」と「シタヅツミ」のように、互いに隣接する音や音節がその位置を転換すること。
[549] ポルトガル語で「rabo」は、「尾、尻」のこと。「nitius」があると、いかにもラテン語っぽい。
[550] 原文では、「sermo vulgaris」。「日常の言葉」の意味のラテン語で、古代ローマから文献によって受け継がれてきた「古典ラテン語」に対し、ローマ帝国内で話されていた口語のこと。帝国崩壊後、その民衆の言語が地方ごとに分化して、現在のポルトガル語、イタリア語、スペイン語、フランス語などのロマンス諸語になった。
[551] ポルトガル語では、「mulato」。第二次世界大戦後、「人種民主主義国家」であるという主張がなされ、国際的にも認知されたが、それまでは有色人種、特に黒人に対する偏見が強かった。その一人が銅像の上から主張を述べるということはすでに可能であったのか、あるいは、著者の願いが込められているのか。マリオ自身、mulatoである。

——そうだ！
——うせろ！
——シッ！... シッ！...
——... よ、夜空に明滅する神秘の十字架は、わが愛する祖国のさ、さらに卓越したすばらしい...
——違う、違うぞ！
——... ほ、ほら、そこに見える...
——騒ぐんじゃねえ！
——... その... 四... つの輝ける銀のスパンコー...
——チガウ、違うぞ！
——違うぞ、ちがう！ 他の連中もどなった。

ついには、たいへんな騒ぎに混血男は色を失い、いあわせた群衆はエロイの"違う、ちがうぞ！"に血の気が騒いで、あばれたくてたまらなかった。一方、マクナイーマは怒り心頭に発して何が何だかどうでもよかった。銅像のてっぺんにとびのり、鳳冠鳥の父の話を語りはじめた。こんなふうに：

——チガウ、違うんだ！ 紳士、淑女のみなさん！ あの空の四つの星は、鳳冠鳥の父です！ 誓って、鳳冠鳥の父なのです、みなさん、果てしのない空の広がりにとどまっている！... それは、動物がもうすでにヒトではなくなっていたころのこと、ある大きな森でのことでした。むかし昔、二人の義理の兄弟が互いに遠くはなれて住んでいました。一人はカマン・パビンキ[552]といい、イタコでした。あるとき、カマン・パビンキの義理の弟は、どっさり狩ろうと森にはいりました。狩っているとパウイ・ポドリとその名付け親のホタルのカマイウア[553]をみつけました。パウイ・ポドリは鳳冠鳥の父で、アカプ豆[554]の木の枝の先にとまって休んでいました。それで、まじない師の義理の弟は村にもどり、その連れ合いにパウイ・ポドリと名付け親のカマイウアを見たことを告げました。鳳冠鳥の父も名付け親もずっとずっと大むかし、私たちと同じヒトでした。男は吹き矢でパウイ・ポドリをしとめたかったんだけれども、鳳冠鳥の父がとまっているアカプの木の枝があまりに高く、とどかなか

---

[552] インディオの伝説で、ある夜、木が眠れずに啜り泣き、サルノコシカケ科の茸になってしまう。そうやって生まれた茸の名。
[553] インディオの伝説で、ケンタウルス座のα星になったスズメバチの名。
[554] マメ目、マメ科の熱帯雨林に分布する樹木で、学名が *Vouacapoua americana*。樹高20m以上に達し、良質の建築、土木資材となる。ポルトガル語の「acapu」は、トゥピ語の「*aka'pu*（マメ科の樹木）」に由来。

ったとつづけました。そして、タボカ竹[555]の矢じりのプラクウバ[556]の木で作った矢をつかみ、カラタイ鯰[557]をとりに行きました。入れ違いでカマン・パビンキが義理の弟の村につき、言いました：
　——妹よ、お前の連れ合いは何と言った？
　そこで、妹は、まじない師にすべてを語り、パウイ・ポドリがその名付け親の蛍のカマイウアとアカプの木にとまっていたことを話しました。次の日、朝はやくカマン・パビンキは小屋をでて、パウイ・ポドリがアカプでウイーユ、ウイーユとさえずっているのをみつけました。するとイタコは大蟻のイラギ[558]に身を変え、木を登っていきました。けれど、鳳冠鳥の父はアリに気づき、ひと笛強くピュイーユとふきました。大風がブワッとおきて、まじない師はたまらず木から真っ逆さまに、カヤツリ草の腐葉土におちました。今度は、少し小さいオパラ塚蟻[559]に身を変え、また登っていきました。けれども、パウイ・ポドリはこのアリにも気づきました。ピュユと吹くとそよ風がフワッときて、オパラはムラサキツユクサの腐葉土に振り落とされました。そこで、カマン・パビンキはメギという名の小っちゃこいラバペス蟻[560]に身を変えました。アカプを登り、鳳冠鳥の父のちょうど鼻の穴を刺しました。腰を振りふり何度も刺す間に、ジュッキ、小さなからだをよじって蟻酸をそこいらにしぼりまきました。シッ！　いいですか、みなさん！　それでパウイ・ポドリは痛みにたえかねてバタバタと飛びたち、メギをクシャミで吹き飛ばしました！　まじない師はびっくりして、メギのからだから出ることもままなりませんでした。だから、小蟻のラバペスのわざわいは、私たちにもふりかかるのです...　でしょ！

"わずかな健康、ありあまるアリ、
　　ブラジルの悪だわさ！"

　そう言ったよネ...　次の日、パウイ・ポドリはもうこの地でアリに

---

[555] イネ目、イネ科の南米原産の竹で、学名が *Guadua macrostachya*。高さ6-9mに達する。ポルトガル語の「taboca」は、トゥピ語の「ta'woka」に由来。
[556] マメ目、マメ科の樹木で、学名 *Mora paraensis*。花は白く、香り高い。ポルトガル語の「pracuuba」は、トゥピ語の「pracuíba」に由来。
[557] ナマズ目、アウケニプテルス科で、体長15cm程の魚。学名 *Pseudauchenipterus nodosus*。
[558] トカンデイラ蟻（注97を参照）の別称。
[559] トカンデイラ蟻の仲間で、少し小さい。
[560] ジャキタグア蟻（注468）の別称。

苦しめられたくなくて、空に住もうと思いたち、そうしました。名付け親のホタルにたのみ、チカチカ光る緑色の小ランタンでその行く道を照らしてもらいました。カマイウアのおいっこホタルのクナバ561はカマイウアのために行く道に光ってすすみ、クナバは自分のために前を照らして行ってくれないかと兄ボタルにたのみました。兄は父にたのみ、父は母にたのみ、母は一族みんなにたのみました。警察署長も街区の巡査も、みんなみいんな、たがいの道を照らすホタルの雲が行きました。空まで飛ぶと、そこが気にいりました。いつもだれかがだれかのあとを追い、果てしない空の広がりから戻ってくることは二度とありませんでした。宇宙をわたって、ここから見える、あれがその光の道なんです。パウイ・ポドリはそうやって空まで飛び、そこにとどまりました。いいですか！あの四つの星は十字架なんかじゃない、何が十字架だ！　鳳冠鳥の父なんです！　鳳冠鳥の父なんです、いいですか！　鳳冠鳥の父、果てしのない空の広がりにいるパウイ・ポドリなんです！...それだけです。"

　マクナイーマは、疲れ果ててことばを切った。すると、どいつもこいつもからザワザワ、ボソボソ、満ちたりたざわめきが立ちあがり、みんなを、鳥の父たちや、魚の父たち、虫の父たち、木の父たち、こんな空の広がりにいるすべての仲間たちをひときわ煌めかせた。空のみんなに、空にあってキラキラと輝いている生きもののこれらすべての父たちに、驚嘆の視線をおくるサンパウロっ子どもの満足があたりにみちた。あの空の存在たちは、初めはヒトだった。それがすべての生き物を生れさせる神秘の力を持った魂となり、今は空にまたたく星だ。

　人々は心を 理(ことわり) でみたされ、キラめく星々にみたされ、幸せで胸打たれて帰っていった。南十字星の日のことも、電気の光マシーンとまじりあった噴水マシーンのことも、もうだれも気にかけるものはいなかった。家にもどり、シーツの下に羊皮をしいた。その夜は、花火であそんだからで、間違いなくベッドでオネショをしてしまう562。みなが眠りについた。そして、帳(とばり)がおりた。

　マクナイーマは銅像のてっぺんにいて、そこに一人いた。エロイも、心みたされていた。空を見上げた。何が十字架だ！　パウイ・ポドリがそこからよく見えた...　すると、パウイ・ポドリはエロイに笑いかけ、感謝していた。突然、機関車の汽笛のような音が尾を引いた。汽車じゃ

---

561 トゥピ族の伝説で、ケンタウロス座のβ星になった蔓植物の名。スズメバチのカマイウアがパウイ・ポドリの後を行くとき、道を照らしたという。
562 ブラジルにも、「火遊びをすると寝小便をする」という言い伝えがある。

なかった。鳴き声だった。その息が公園のあかりを一つのこらず吹き消した。それから、鳳冠鳥の父は片方の翼をゆっくりかざし、エロイに別れをつげた。マクナイーマは礼を言おうとしたけれども、鳥は靄をけぶらせ、果てしのない空の広がりへバサバサと飛びたって、行った。

XI　セイウシ[563]ばあさん

ピアイマンの妻のセイウシにとらえられ、
危うく食べられそうになるが、
セイウシの末娘の謎かけに答えて逃げのびる。
娘は、彗星となる。

---

[563] 注312を参照。

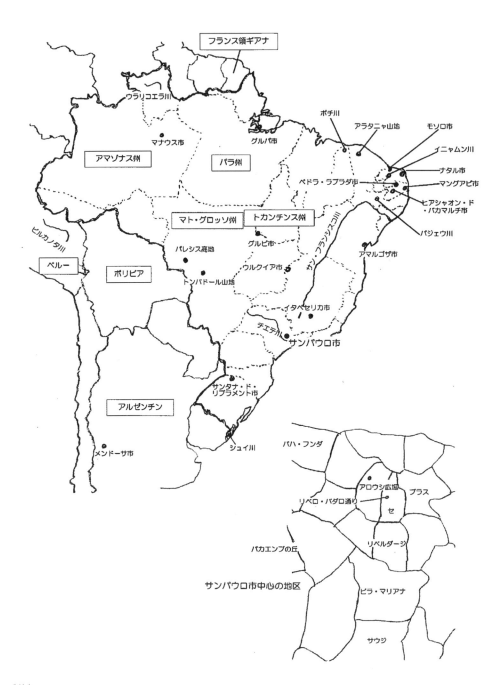

次の日、目を覚ますと、エロイはひどい風邪をひいていた。裸で寝ているやつを見つけるとつれ去ってしまうというカルビアナ[564]のことがこわくて、夜、暑かったのに、服を着たまま寝たからだった。でも、前の晩に語ったことがうまく伝わり、まだ興奮冷めやらなかった。治ったら、また民衆に語りかけると決め、ジリジリして病気の十五日間をすごした。ところが、よくなったと感じたのは朝はやくだった。だれが朝っぱらから聴衆を集めて語ったりするだろうか。それで、兄たちを狩にさそい、行った。
　サウジの森[565]につくと、エロイがつぶやいた：
　――ここがいい。
　兄たちを待たせておいて、茂みに火をつけ、マテイロ鹿[566]か何かがでて来たら狩ろうと、自分も隠れて待った。けれども、そこに鹿なんて一頭もいなくて、すっかり燃えちまってから、ワニが出て来た？　そう、マテイロ鹿だって、カチンゲイロ鹿だって出て来ず、毛焼きになったネズミが二匹だけ。それで、エロイは毛焼きになったネズミを獲って食べ、兄たちに何も言わず、下宿にもどった。
　下宿にもどるとお隣さんたち、女中や女大家や娘、タイピスト、学生、お役所づとめ、大勢のお役所づとめを呼び集め、これらお隣さんたちみんなにアロウシ広場[567]の市に狩りに行って二頭しとめたと語った…
　――…マテイロ、マテイロ鹿じゃなくて、カチンゲイロ鹿を二頭。兄ちゃんたちと食べた。みんなにも食べてもらおうと肉を持って帰ったんだけど、そこの角で足をすべらせて、包みを投げだした。犬にすっかり喰われっちまった。
　居合わせた人々はみなできごとに目を丸くし、エロイを疑った。マアナペとジゲが帰ってくると、お隣さんたちは、マクナイーマがアロウシの市でカチンゲイロを二頭しとめたというのは本当かと問いかけた。兄たちは口裏を合わせるなんてしたことがないから大いにとまどい、イライラして叫び返した：
　――一体何がカチンゲイロだ！　エロイは、鹿なんてしとめちゃいな

---

[564] ポルトガル語の「caruviana」は、夜明け近くの冷え込みのこと。「明け方は、カルビアナが来るから気をつけろ」と言われた男が武器を手に夜をすごしたという小話がある。
[565] 十九世紀から二十世紀にかけて、サンパウロ市南部に位置するサウジ地区にあった公園。
[566] ウシ目、シカ科、マザマ属の鹿。学名 *Mazama americana*。ブラジル南部からアルゼンチン北部まで南米大陸に広く分布。肩までの高さ65cm、重さ30kgで、茶色、四肢の内側が白い。群れをなさず、明け方と夜に草を食む。
[567] サンパウロ市セ地区にある広場。陸軍大将、弁護士、政治家であったジョゼ・アロウシ・ジ・トレド・ヘンドン（1756-1834）の名から命名された。1914年、市公認の青空市場が立つようになった。

い！　狩にゃ鹿はぜんぜんいなかった。ミューと鳴く猫にゃ、獲物はニャー、そうだろ！　かわりに毛焼きのねずみが二匹いて、マクナイーマがとって喰った。
　それで、お隣さんたちは何もかもエロイのでまかせだと知って怒り、腹の虫がおさまらぬとばかりに部屋にはいっていった。マクナイーマは、パパイアの茎で作ったよこ笛を吹いているところだった。吹くのをやめ、口唇をよこ笛の吹き口にそえたまま落ち着きはらって目を見張った：
　――なんで、また、僕の部屋にこんなに大勢！...健康に良くないよ、そうでしょ！
　みんながエロイに問いただした：
　――一体全体何をしとめたって、エロイ？
　――マテイロ鹿を二頭。
　そこで、女中と娘と学生とお役所づとめと、お隣さんたちみんなが口々にエロイをあざけりはじめ、マクナイーマは、ずっと口唇をよこ笛の吹き口にそえていた。女大家は腕ぐみをして、声を荒らげた：
　――で、坊や、どういった料簡で毛焼きのねずみ二匹だったのを鹿二頭だったと言ったんだい！
　マクナイーマは女大家の目をじっと見つめ、答えた：
　――嘘ついた。
　お隣さんはみんなアンドレの顔になり、それぞれシラーッと出て行った。アンドレというのもお隣さんで、いつ見てもオロオロしていた。マアナペとジゲは弟のかしこさに舌を巻き、顔を見合わせた。マアナペは、それでも弟に問いかけた：
　――それにしてもなんで嘘をついたんだ、エロイ！
　――つきたくって嘘をついたわけじゃない...　起こったことをみんなに話そうとして、気がついたら嘘をついていたんだ...
　よこ笛をほうりだすと、ガンザ[568]を手にとり、咳払いをして、歌った。ガンザに合わせて午後いっぱい、陰鬱に、ひと節、ひと節を涙して、陰鬱に歌った。嗚咽で歌えなくなるまで歌った。ガンザをほうりだすと、もう外は濃い霧にとっぷり日が暮れた寂しさだった。マクナイーマは不幸せをかみしめ、シイがなつかしかった。忘れられなかった。みんな一緒にいてくれと兄たちを呼んだ。マアナペとジゲはエロイのわきにすわ

---

[568] 中に砂や小石をいれた円筒形の楽器で、振ってリズムを刻む。ポルトガル語の「ganzá」は、アフリカのキンブンド語「*nganza*（瓢箪）」に由来。

り、三人は寝床で密林の母のことを思い返し、ハナシ話した。そうやって、森とまばらに木の生えた草原、暗闇、神々、そして、乗ってはならないウラリコエラ川の浮島のことを語り、思う気持ちをまぎらせた。そこで三人は生まれ、そこではじめて笑い合ったのだ、揺り籠で...つり床に寝そべっていると、森にポッカリあいた小さな庭で日がな一日鳥が唄いつづけた。五百種以上の鳥たちが...千種類の十五倍近くの生き物が幾百万もの数えきれない木々の森を影でおおう...　むかし、イギリスの地からある白人がゴシック式の食料袋に伝染性の感冒を持ち込んだ。その風邪が今マクナイーマをなつかしさでこんなにも泣かせている。カゼは、ずっとまっ黒なムンブカ蟻[569]の巣穴にひそんでいたのだ。日が落ちると、暑さは水の中からわき出すかのようにやわらいだものだ；何をするにも、四六時中歌を口ずさんでいた；三人の母は、トカンデイラ蟻の父と呼ばれる地でこんもりした丘になっている...　アア、かったるい...　そして、三人の兄弟には、すぐそばにウラリコエラの河のささやきが聞こえる！　おお！　今すぐ帰りたい...　エロイはベッドの上にあおむけに身を投げ、泣いた。

　泣きたい気持ちがおさまると、マクナイーマは蚊をはらい、気をまぎらせようと思い立った。オーストラリアから着いたばかりのきたない言葉で巨人に母親の悪口を言うことにし、ジゲを電話マシーンに変えたけれども、兄はエロイの嘘事件でまだグルグル混乱していて、つなぐことができなかった。電話機は、こわれていた。仕方なく、マクナイーマはいい夢の見られるパリカ豆[570]を吸って、ぐっすり眠った。

　次の日、兄たちに仕返しをしなくちゃいけないことを思い出し、だましてやることにした。朝はやく起きて、大家の部屋へ行き、かくれた。時間をつぶすために遊んだ。それからもどり、兄たちにあわてたようすで話した：

　——おい、兄貴、商品取引所[571]の真ン前にタピル獏[572]の足跡があった。まだ新しいぞ！

　——なんてこった、テラコッタ！

　——そうネ。誰も言わなさそうなコッタ！

---

[569] ハチ目、ミツバチ科、*Trigona* 属の小型の蜂。針を持たないが、危険を感じると人や動物の耳や鼻の孔を攻撃する。
[570] マメ目、マメ科の樹木で、学名 *Anadenanthera peregrina*。カリブ、および、南米原産で、樹高20mに達する。幻覚作用があり、実を粉にして鼻から吸う。癒しの儀式に用いられる。
[571] ブラジルで最初の先物商品取引所として、1917年にサンパウロに開設された。
[572] アンタ獏の別称。注29を参照。

街では、まだ誰もタピル獏をしとめたやつはいなかった。兄たちは驚き、マクナイーマをつれて獲物を狩りに行った。商品取引所につくと、足跡をさがしはじめた。あの群衆が、商売人、小売商、株サギ師、マタラゾ家[573]の労働者が、兄弟三人がアスファルトに身をかがめて探しているのを見て、あの人の山も残らずがさがしはじめた。さがして、探して、みつけたか？　みつかるはずがない！　それで、マクナイーマに問うた：
　――どこでタピル獏の足跡を見たんだ？　ここには足跡なんて全然ない！
　マクナイーマは探すのをやめず、その度にいつもこう答えた：
　――テタピ、ゾナネイ、ペモネイチ、エエ、ゼテネ、ネタイチ[574]。
　そして、兄たちと行商人、鼻つまみ、テキ屋、街のマダム、ハンガリー人[575]は、また足跡を探しはじめた。疲れると、手をやすめて聞いた。すると、マクナイーマは探しながらいつもこう答えるのだった：
　――テタピ、ゾナネイ、ペモネイチ、エエ、ゼテネ、ネタイチ。
　そして、あの人の山も探しつづけた。やる気が失せて探すのをやめたのは、もう夜に近かった。それで、マクナイーマはあやまった：
　――テタピ、ゾナネイ、ペモ...
　エロイが言い切らぬうちに、みんなその意味は何なのかと聞いた。マクナイーマは、答えた：
　――知らない。小さいころ家で覚えたんだ。
　みんながカーッと火をふいた。マクナイーマは、落ち着きはらい、出まかせを言った：
　――みんな、落ち着け！　テタピ　エエ！　タピルの足跡があるとは言っちゃいない、あったと言ったんだ！　今は、もうない。
　余計に悪かった。商売人の一人が本当に怒りだし、その近くにいたリポーターも、商売人のおこっているのを見てカンカンになりだした。
　――こんなことがあっちゃアならない！　だって、食い扶持を稼ぐためにみんな汗水たらして働いているのに、誰か一人がタピルの足跡を見

---

[573] ブラジルの大富豪。1881年にフランチェスコ・アントニオ・マリア・マタラッツォがイタリアから移民し、行商人から身を起して、数多くの工場を有する財閥を形成。第一次世界大戦の時、イタリア政府に多額の援助をし、伯爵に叙された。一家は、政治、経済、行政、司法、芸術等あらゆる分野のエリートとして活躍している。
[574] ドイツの民俗学者、探検家のテオドル・コッホ・グリュンベルグ（「マリオの『マクナイーマ』とブラジル」の「マリオ」を参照）は、インディオの物語「嘘つきのカラウンセギ」を記録しており、そこで主人公は、「エ　エ、エ　セテニ　ネタイチ　ペモネイチ、テタピ　ゾナネイ　ネイチ（この場所で見つけた、ここには人がいて、足跡を隠せるんだ）」と唱えている。
[575] ハンガリーからの最初の移民は、1890年から。新天地を求め、第一次世界大戦後は、1920年から。

つけるためだけに仕事の一日が丸々取り上げられるなんて！
　——でも、ボクは誰にも足跡を探してくれなんてたのんでないよ、ごめんなさい！　兄さんのマアナペとジゲがたのんで回ったんだ、ボクじゃない！　悪いのは兄さんたちだ！
　もうカンカンにおこっていた人々はマアナペにいきり立ち、ジゲを睨めつけた。一人残らず、大勢だった！　なぐりかかる気満々だった。すると、学生が車のボンネットにとびのり、マアナペとジゲとを非難しはじめた。人々は、激怒していた。
　——お集まりのみなさん、サンパウロのように巨大な都会での生活は、毒にも薬にもならぬ人間がこの進歩の素晴らしい調和を瞬間通りすぎるだけのことも許さぬ、絶大なる緊張を強いる。今、ここで、われわれの社会組織を堕落させる有害なる瘴気に対して声を上げよう。政府が見て見ぬふりをし、国庫を浪費するばかりであるなら、我々こそが刑を執行せねばならない...
　——リンチ！　リンチ！　と人々が叫びはじめた。
　——何がリンチだ！　マクナイーマは、兄たちの痛みを思って叫んだ。
　すると、みんなまたエロイの方に向きなおった。もうみんな爆発していた。学生は己に酔ってつづけた：
　——...そして、正直者がどこの馬の骨ともわからぬ人間に仕事の邪魔をされたら...
　——何だって！　だれが馬の骨だ！　マクナイーマは侮辱にキレて、吐いた。
　——お前だ！
　——冗談じゃネェ。！
　——そうだ、お前だ。
　——とっとと鶏に粟やって乳離れさせて来な、坊ズ！　馬の骨はお前の母ちゃん様だ、いいか！——そして、人々の方をむいた：一体、何を考えているんだ、エイン！　俺はこわかない！　一人でも、二人でも、一万でも、今すぐコテンパンにやっつけてやる！
　エロイの前にいた街のマダムがうしろにいた商売人をふりむくと、気色ばんで：
　——さわるんじゃない、この恥知らず！
　頭に血がのぼって目がくらみ、エロイは自分が言われていると思った。
　——何が“さわるんじゃない”だ！　誰にもさわっちゃいない、お上品ぶりやがって！

——痴漢にリンチ！　ぶったたけ！
　——かかって来い、クソ野郎ども！
　マクナイーマは、群衆におそいかかった。逃げようとする弁護士の背に蹴りをぶちこみ、メッタヤタラに足を引っ掛け、頭で突きまくった。と、いきなり眼の前に背が高くて金髪の超ハンサムな男があらわれた。男は、お巡りだった。マクナイーマは美形を憎んでいたから、そのオマワリの鼻面におもいっきり平手打ちをくらわした。オマワリはうめき、聞きなれないことばで何か言いながら、エロイのえり首をつかんだ。
　——タイホー！
　エロイは、凍りついた。
　——逮捕、なんで？
　警官は聞きなれないことばでゴチャゴチャと何か言い576、つかんだ手をはなさなかった。
　——何もしちゃいない！　とエロイは怯えてつぶやいた。
　けれども、お巡りは聞く耳を持たず、群衆すべてをしたがえて小さな坂をおりていった。もう一人オマワリがやってきて、二人はペチャクチャと話しだした。聞きなれないことばでペチャクチャと！　エロイを坂の下へと押しながら。はじめからずっと見ていた女が果実のなる家の戸口に立っていた男に何がおきたか話すと、男は気の毒に思い、群衆の中をかきすすみ、オマワリをとめた。そこは、もうリベロ通り577だった。男はお巡りにむかって、マクナイーマをショッピイちゃいけない、エロイは何もしちゃいないと説いた。そこにはお巡りがひとかたまり集まってきていたが、男が何を言っているんだか誰にもわからなかった。オマワリは、だれもブラジル語がわからなかったからだ。女たちは、エロイに同情して泣いた。オマワリたちは聞きなれないことばをいつまでもしゃべりやまず、だれかが叫んだ：
　——ダメだ！
　すると、人々はまた言い募る気満々になり、だれもがみないたるところから叫びはじめた："はなせ！"．"連れて行くな！"．"ダメだ！"．"ダ

---

576 現われた警察官はドイツ移民で、話していたことばはドイツ語だろう。
577 サンパウロ市内セ地区にあるリベロ・バダロ通りのこと。通りの名は、1830年11月、この通りでジャーナリストで政治家、医師のイタリア移民ジョヴァンニ・バチスタ・リベロ・バダロが暗殺されたことに因む。ブラジルは、1822年にポルトガルから独立し、ドン・ペドロ一世による君主制が敷かれていた。バダロは、1826年にブラジルに移住し、1828年に国籍を取得、新聞社を起こす。フランスの七月革命に湧くサンパウロで、四人のドイツ人の銃弾に倒れた。二十世紀初頭、この通りでマリオ・ジ・アンドラージを始めとする当時の知識人たちが集まる紳士クラブをオズヴァウド・ジ・アンドラージ（注447を参照）が運営していた。

メだ！"、混乱し、"自由にしてやれ！"。農場主が警察をののしって、演説をはじめていた。お巡りは何もわからず、アタフタしながら身ぶりまじりで聞きなれないことばを話していた。そりゃあもうたいへんなことになった。その時、マクナイーマはこの騒ぎをもっけのさいわい、スタコラサッサと逃げだした！　路面電車が鐘をならしてやってきた。マクナイーマは電車にとびのり、巨人のようすを見に行った。

　ベンセズラウ・ピエトロ・ピエトラは、マクンバで受けたメッタ打ちからもう快方にむかいはじめていた。モロコシ粥をつくっていて、家の中はムシムシ暑く、外は南風のおかげで心地よく涼しかった。それで、巨人は年寄りのセイウシ、二人の娘、それに、女中たちと椅子を持ち出し、通りに面した門にすわって涼んだ。巨人はまだグルグル巻きからでておらず、歩く荷包みのままだった。すわっていた。

　こぬか雨小僧が小雨をふらせながらブラついていると、マクナイーマがどうにかしてやろうと、角からイカクしているのにでくわした。とまって、エロイをじっと見ていたら、マクナイーマがふりむいて、言った：
　——オレの顔に何かついてるか！
　——一体全体何してんだい、おじさん！
　——巨人のピアイマン一家をおどかしてやろうってんだ。
　こぬか雨は、あざけって：
　——何だって！　巨人があんたを怖がるはずがない！
　マクナイーマはふやけた顔の小僧にむきなおって、目をつりあげた。なぐってやりたかったけれども、ふっと思い出した："切れそうなときは、服のボタンを三度数えろ"、数えておちついた。そして、答えた：
　——賭けるか？　俺は、いつだって石橋をたたいてわたる。間違いなくピアイマンは、俺にビビッて中にはいる。近くに隠れて、あいつらが何というか聞いていろ。
　こぬか雨は、言ってきかせた：
　——アノねぇ、おじさん。巨人には油断するな！　あいつの力は知っているだろう。ピアイマンは弱って弱ってフラフラだけど、トウガラシのはいっていたさやはやっぱり辛い...　あんたが本当に怖くないと言うんなら、賭けようか。

　小僧はしずくになって、連れ合いと娘、女中たちと一緒にいるベンセズラウ・ピエトロ・ピエトラの近くにしたたった。すぐに、マクナイーマは汚いことばのコレクションから最初の悪口をとりだし、ピアイマンの顔に投げつけた。ことばはバシッとあたったが、ベンセズラウ・ピエ

トロ・ピエトラはピクリともこたえなかった、ちっとも象さん。マクナイーマは、もっと汚いひどいことばを森の住人、カアポラにくらわした。悪口がビシッと命中して、誰かがムッとしたか、いいや誰もへっちゃらだった。それで、マクナイーマは悪口のコレクションを一つのこらず、悪口千個を千回投げつけた。ベンセズラウ・ピエトロ・ピエトラは、年寄りのセイウシにものしずかに告げた：
　——今までに聞いたことのないのがいくつかあったから、娘たちにとっておきなさい。
　それから、小ぬか雨は角にもどった。エロイは、カラカラと笑った：
　——怖がっていたか、いなかったか！
　——コワガッてなんかいるもんか、おじさん！　巨人は、娘があそぶのに新しい悪口をとっとけと言うぐらいだ。あいつらがこわがるのは僕の方だ、賭けるか？　そばに行って、聞いててみろ。
　マクナイーマはオスのハキリアリのカシパラ[578]に身を変え、巨人が詰め込まれている包帯のかたまりの中にもぐりこんだ。小ぬか雨は小さな霧にうち乗って一家の上までやって行き、宙にションベンをした。ジンワリ、シンネリ降らせ始めた。しずくが滴りだすと、巨人は手のひらに落ちた水滴を見て、ビビった。
　——中にはいろう！
　みんなおそれをなして中へ走っていった。それから、小ぬか雨はおりてきてマクナイーマに言った：
　——見てた？
　こうやって、今日まで、巨人の一家は小ぬか雨はこわがるが、汚いことばはこわがらない。
　マクナイーマはすごくくやしくって、ライバルに問うた：
　——ひとつ聞くが、お前はこ・ポ・と・ポ・ば・パを知っているかい？
　——そんなの聞いたこともない！
　——それじゃあ、ライバル：く・プ・そ・ポ・く・プ・ら・パ・え・ペ！
　下宿まで一目散に逃げかえった。
　賭けに負け、ムシャクシャクシャしていたので、釣りに行くことにした。けれども、弓ででも、チンボ草をつかってでも、クナンビ草[579]でも、

---

[578] 羽のある雄のハキリアリのこと。ポルトガル語の「caxipara」は、トゥピ語の「caxipará」に由来。
[579] キク目、キク科、学名 *Ichthyothere cunabi*。花が臭く、樹液は毒性が強い。アマゾンでは、魚を麻痺させたり、矢じりに塗ったりして使う。

チギ580の毒でも、マセラ罠581でも、パリ築582ででも、釣り糸をたらしても、銛でも、ジュキアイ筌583でも、サララカ矢584でも、ガポンガ漁585ででも、引っ掛け鉤でも、カスア籠586をつかっても、イタプア箞587でも、ジキ籠588ででも、グロゼラ釣り589ででも、ジェレレ網590ででも、ゲ591、三枚網、小網、グンガ籠592、カンバンゴ釣り593、流し釣り、水打ち漁、グラデイラ漁594、カイカイ網595、ペンカ漁596、釣り針、釣竿、コボ籠597、このどの道具でも罠でも毒ででも獲れなかった。どれも何も持っていなかったからだ。マンダグアリ蜂598の蠟で針をつくったが、ナマズがくいつき、そっくり持っていってしまった。ところが、ちょうどそのすぐ近くでイギリス人が本物の針でアイマラ599を釣っていた。マクナイーマは家に戻り、マアナペに言った：

　——どうしなくちゃいけないと思う！　イギリス人の釣り針をとらなくちゃ。にせもののアイマラになってビフテキ野郎をだましてやる。オレをつりあげて頭を一発なぐったら、そしたら、"ジュッキ！"と言って死んだふりをする。ヤツは俺をサンブラ籠600にほうりこむだろう。兄貴は、食べたいから一番大きい魚をくれと頼んでくれ、それが俺だ。

　そうした。アイマラに身をかえ、湖にとびこんで、イギリス人につり

580　サクラソウ目、テオフラスタ科、学名 *Jacquinia armillaris*。毒性の強い植物で、水に投げ入れると、魚を麻痺させるか死なせ、手で摑み採ることができる。
581　木を刳りぬいて作った、魚を獲るための罠。
582　川や湖からの流れに柵を設けて魚を獲る漁具。簡単な築（やな）。
583　蔓を編んで作った、魚を獲る道具。円筒形で両端が開いており、中に漏斗状の仕掛けがある。
584　亀や大型の魚を獲るためのインディオの弓矢。
585　先に木の玉のついた釣竿。玉が落ちた音を木の実だと思い、呑み込んだところを捕まえる。
586　堅い蔓で編んだ細長い籠。台を組んで、そこから提げて使う。
587　長い柄の先に数本に分かれた鉄製の刃物をつけ、魚を突いて捕らえるための道具。
588　しなやかな枝や細く裂いたヤシで作った漁具。口が広く奥にとがっている。
589　ブラジルの川で用いられる漁法の一つ。
590　ツクマン椰子（注250）の繊維で作られた簡単な網。
591　バイーア（注119）で用いられる、ピンで作った小さな釣り針。
592　蓋のついた小さな籠。
593　原文では、「cambango」。この語は、存在しない。著者による造語であろう。ポルトガル語の「cambão（家畜が逃げないように首に下げさせておく木片）」を連想させる。
594　原文では、「gradeira」。この語は、存在しない。著者による造語であろう。ポルトガル語の「gradear（柵をめぐらす）」を連想させる。
595　エビ獲り用の小さな網。
596　ポルトガル語で「penca」は、「バナナの房」、あるいは、「大量」を意味する。
597　竹や蔓で編んだ漁猟用の籠。
598　ハチ目、ミツバチ科、ハリナシミツバチ属の蜂の総称。巣は、全体が樹脂でできている。
599　カラシン目、エリュトリヌス科の魚。和名タライロン、学名 *Hopilas aimara*。南米の北部に棲息し、体長120cm、重さ40kgに達する。
600　蔓や竹でできた口の狭い籠で、提げるための紐がついている。魚籠（びく）。ポルトガル語の「samburá」は、トゥピ語の「*samu'ra*」に由来。

上げられ、頭をなぐられた。エロイは"ジュッキ！"と叫んだ。けれども、イギリス人は魚ののどから針をはずしてしまった。マアナペがやって来て、素知らぬふりでイギリス人に頼んだ：
　——魚をくれないか、ミスター・イエス？
　——オーライ、と言って尾の赤いランバリ[601]をくれた。
　——腹がへって死にそうなんだ、イギリス人さん！　大物をくれないか！　そのカゴからでっかいのを！
　マクナイーマは左眼で眠っていたけれども、マアナペはすぐに見分けがついた。マアナペは、まじない師だった。イギリス人はマアナペにアイマラをやり、マアナペは礼を言って、行った。一里半行くと、アイマラはマクナイーマにもどった。これを三度、イギリス人はいつも針をエロイののどからはずしてしまう。マクナイーマは、兄にそっとささやいた：
　——何をしなくちゃいけないと思う！　イギリス人の針をとらなくちゃ。にせもののピラニアになって、竿から針をかじりとってやる。
　エロイは獰猛なピラニアに身を変え、湖にとびこんで、釣り針をかじりとり、一里半ほどはなれたポソ・ド・ウンブ[602]というところでヒトにもどった。そこには、フェニキア人[603]が書いた肉色の絵でおおわれた岩があった。のどから針を引き抜くと、すっかり満足だった。これでコリマン鯔[604]やピライバ鯰[605]、アロワナ[606]、亀喰い鯰[607]、ピアバ[608]、このどの魚だって釣れる。兄弟二人は、イギリス人がウルグアイ人[609]に言っ

---

[601] カラシン目、カラシン科、*Astyanax* 属の魚の総称。体長は大体 10-15cm。
[602] リオ・グランジ・ド・ノルチ州にある地名で、赤い岩絵がある。
[603] 現在のレバノンの領域に居住し、前十五世紀頃から前八世紀頃に海上交易で繁栄を極めた。紫、あるいは、赤い染料で有名。
[604] トゥピ語でのボラ目、ボラ科の魚の総称。体長 80cm 以上に達する。雑食。
[605] ナマズ目、ピメロドゥス科、学名 *Brachyplathystoma filamentosum*。アマゾン流域に棲息し、体長 3m、重さ 300kg に達する。成魚の肉は、食用に適さない。ポルトガル語の「piraíba」は、トゥピ語の「pirá (魚)」と「aíba (ひどい)」に由来。肉食。
[606] アロワナ目、アロワナ科の魚。南米、オーストラリア、東南アジアに棲息する。南米の個体は、体長 1m になる。肉食。
[607] ナマズ目、ピメロドゥス科、学名 *Phractocephalus hemioliopterus*。アマゾン流域に棲息し、体長 1.5m、重さ 60kg に達する。背は暗い灰色、腹は白、尾と背びれに赤。雑食。
[608] ポルトガル語の「piaba」は、トゥピ語の「pi'awa (斑点のある)」に由来し、ブラジルの川や湖でよく見る、カラシン目の何種かの魚を言う。代表的には、Anostomidae 科の学名 *Leporinus friderici*、体長 40cm、重さ 1.3kg ほどの魚で、雑食。
[609] ラプラタ川の東岸に位置したウルグアイは、植民地時代、ブラジルのポルトガル人とブエノス・アイレスを拠点とするスペイン人との争奪の対象となっていた。アルゼンチンの勢力が伸張することを望まないイギリスの仲介により、ブラジルとアルゼンチンの間でモンテビデオ条約が結ばれ、1828 年に「ウルグアイ東方共和国」として独立を果たした。

ているのを通りしなに聞いた：
　——さあ、どうしよう！　ピラニアに持って行かれてしまって、針がない。あなたの国へまいりましょう、御仁。
　すると、マクナイーマは両腕を大きくひろげて、大声で呼んだ：
　——お待ちなさい、白いお方！
　イギリス人がこちらへ来ると、マクナイーマはちょっとした冗談でロンドン銀行マシーンに変えた。
　次の日、チエテの流れへ大漁を釣りに行くと兄たちに言った。マアナペは、たしなめた：
　——行くんじゃない、エロイ！　老いぼれセイウシ、巨人の女房にでくわして、喰われちまうぞ、エイン！
　——大滝をこいだやつに地獄はない！　とマクナイーマは大声で返し、出て行った。
　釣台の上から糸を投げる間もなく、年寄りのセイウシがタハファ網[610]を打ちながら、やって来た。カアポラは、水面にうつったマクナイーマの影をみつけると、サッとタハファを投げ、あっさり影をからめとった。エロイは、よかったなどとは思わず、こわくて、まだブルブルふるえていた。で、礼のつもりでこう言った：
　——おはよう、おばあさん。
　年寄りはあたりを見上げ、釣台の上のマクナイーマを見つけた。
　——おいで、お若いの。
　——行くもんか。
　——なら、スズメバチをお見舞いだ。
　そうした。マクナイーマはパタケラ[611]を根ごと引き抜き、それで飛び交うスズメバチをやっつけた。
　——おりといで、お若いの、さもないとノバタ蟻[612]をお見舞いだ！
　そうした。ノバタ蟻は隊をなしてマクナイーマにかみつき、エロイは水に落ちた。すると、年寄り女はタハファを打ち、エロイを網にからめとって家に帰った。家につくと、血色のランプ・シェードのある客間に荷をおき、働きものの上の娘を呼びに行った。狩ったカモを二人で食べ

---

[610] 小型の投網。円形の網で、縁に均等に重しがついている。
[611] シソ目、ゴマノハグサ科、学名 *Conobea scoparioides*。香りがよく、入浴剤として広く用いられる。ポルトガル語の「pataqueira」には、「安い売春婦」の意もある。
[612] ハチ目、アリ科、クシフタフシアリ属の蟻。木に巣を作り、凶暴。不用意に巣のある木を切ろうとすると雨のように落ちてきて、ひどく刺す。

るのだ。カモは、マクナイーマで、エロイだった。けれど、上の娘はまさに働きものだったから、もう手一杯だった。それで、年寄り女はやることをやっておこうと自分で火をおこすことにした。カアポラには娘が二人いて、下のは働きものでも何でもなく、ため息をつくことしか知らなかった。年寄り女が火をおこすのを見て、思った：〝母さんは釣りからもどったら、すぐにどれだけ釣ったか数えるけれど、今日は数えない。見てみよう〟。タハファ網をほどくと、中からぴったり好みの男があらわれた。エロイは言った：

——かくまってくれ！

それで、ずっと一人で生きてきて、とても気のいい娘は、マクナイーマを部屋にまねきいれ、遊んだ。今は互いに笑い合っている。

火がメラメラと燃え上がると、年寄りのセイウシは働きものの娘と毛をむしりにカモのところへやって来た。けれど、あったのは網だけだった。カアポラは、いきりたった：

——これは、下の、気のいい娘に違いない...

娘の部屋をノックし、大声で言った：

——私の下の娘、今すぐカモをよこしなさい。さもないと、金輪際家にいれてやらないよ！

娘はこわくなり、大喰い女が満足するかどうか、戸の下に二十ミルヘイスを投げるようマクナイーマに言った。マクナイーマもおびえて、すぐに百を投げた。百ミルヘイスは何羽ものヤマウズラとラゴスタ、魚のアカメ[613]、ガラス瓶にはいった何本もの香水、キャビアになった。年寄りの大喰い女は何もかもひと呑みにし、もっとほしがった。それで、マクナイーマは、戸の下に千ミルヘイスを投げた。千ミルヘイスは、何匹ものラゴスタとウサギとパカ鼠[614]、たくさんのシャンペン、レース、きのこ、蛙に変わり、年寄り女は喰って、食べては、もっとほしがった。それで、気のいい娘は人気(ひとけ)のないパカエンブの丘に面した窓をあけ、言った：

——なぞなぞを三つ言うわ。あてたら、逃がしてやる。これって何だ：長くて筒で、穴があいてる。入るときはかたくて、出るときはやわらか、みんなを満足させて、淫らなことばでないものは？

——ああ！　そりゃ、ミダラだわなあ！

---

[613] スズキ目、アカメ科、アカメ属の魚で、大型肉食。
[614] ネズミ目、パカ科、パカ属の鼠の総称。中南米の熱帯、亜熱帯地方に棲息し、体重は6-12kg。美味。

——馬鹿ヤロウ！　マカロニよ！
——アアン...　そうだ！...　おもしろいね？
——さあ、これって何だ：女たちが一番毛のちぢれているのは、どこだ？
——オオ、いいぞ！　そりゃ知ってる！　そこだろ！
——犬畜生！　アフリカだよ！
——頼む、見せてくれ！
——これが最後よ。これが何だか言ってごらん：

　　　　　　兄弟、一緒にやろう
　　　　　　神がお認めになるあれを：
　　　　　　毛と毛をあわせ、
　　　　　　中はツルンと毛をなくす。

　すると、マクナイーマは：
——アラ！　そんなのわからんやつはない！　誰にも言えないここだけの話、お前も本当に恥知らずだな、お嬢さん！
——あたり。寝てるときはまつ毛をあわせて、目は中でツルンとしてるって考えてるんじゃないの？　少なくとも一つはなぞなぞをあてなかったら、私の母さんの大喰らいに引き渡してやったんだけど。さあ、あわてず騒がずお逃げなさい。私は追い出される、私は空へ飛んでいくわ。そこの角に馬がいるわ。黒鹿毛615を選んで、どこでもよく走るいい馬よ。もし、"バウウア616！　バウウア！"と鳥がさけぶのが聞こえたら、それは年寄りのセイウシが近づいてきてるのよ。さあ、あわてず騒がずお逃げなさい。私は追い出される、私は空へ飛んでいくわ！
　マクナイーマは礼を言い、窓からとびだした。角には、馬が二頭いた。黒鹿毛と黒ブチだ。"黒ブチ馬は神が走るために作ったもうた"マクナイーマは、つぶやいた。これにとびのり、駆けだした。走って、ハシッて、ハシッテ、馬がひづめで地面を蹴り抜いてとまったときにはもうマナウス617の近くを走っていた。マクナイーマが穴をのぞくと、何かキラキラ

---

615 「黒鹿毛」は、ポルトガル語で「castanho-escuro」。ブラジルには、「Cavalo castanho escuro, pisa no mole e no duro, mas traz o dono seguro」という諺がある。「escuro、duro、seguro」で韻を踏んでいて、「黒鹿毛は、軟らかいところでも堅い (duro) ところでも進み、主を安全に (seguro) 運ぶ」の意。
616 原文では「baúa」。ブラジル北東部でグアシ鳥（注66参照）のことを「baúa」と言う。
617 アマゾン川の河口から約1500km上流に位置するアマゾナス州の州都。十九世紀に天然ゴムやコーヒー豆などの集積地として開かれ、アマゾン内部の経済、交通、流通の要衝都市として繁栄。

光るものが見えた。いそいで掘ると、マルス神の像だった。まだ君主制[618]だった頃のエイプリル・フールに、アレンカル・アラリピ[619]が、そのあたりからギリシア時代の彫刻が出てきたと、アマゾナス貿易[620]という新聞に引っかかった[621]像だった。みごとなトルソに見ほれていると、"バウウア！　バウウア！"と聞こえてきた。年寄りのセイウシが近づいているのだ。マクナイーマは黒ブチに拍車をあて、アルゼンチンのメンドーサ[622]をすぎたあたりで、やっぱりフランス領ギアナ[623]から逃げて来ていたガレー船[624]の漕役囚にぶちあたりそうになったあと、神父が何人かで酔っぱらっているところにやって来た。叫んだ！

——かくまってくれ、神父様！

神父たちがマクナイーマを空の甕（かめ）に隠しおえるか終えないうちに、カアポラがタピル獏にまたがってやって来た。

——地をける馬にのった私の孫がこのあたりをすぎるのを見なかったかい？

——もうすぎた。

それを聞いて、年寄り女はタピル獏からおり、何の役にも立たないし、立ちっこない白子の馬に乗ってすすんだ[625]。女がパラナコアラ[626]の山並みをまがると、神父たちはエロイを甕からひっぱりだし、見た目も脚も頭もすばらしい栗毛の馬にのせて、送りだした。マクナイーマは礼を言い、栗毛を駆った。少し行くと鉄条網の柵にさえぎられた。けれども、エロイには馬術の心得があった：手綱を引いて馬をとめ、横倒しにして四つの足をしっかりしばり、ぐるりと回して、鉄条網の下をとおした。それから、エロイは柵をとびこえ、また馬にまたがった。走らせ、はし

---

[618] 1822年ポルトガルから独立してドン・ペドロ一世が皇帝に即位してから、1889年ドン・ペドロ二世が退位するまで、ブラジルは君主制だった。
[619] トリスタオン・ジ・アレンカル・アラリピ（1821-1908）、ブラジルの文筆家、法律家、政治家。リオ・グランジ・ド・スル州、パラ州の長官などを歴任、ブラジル歴史地理学院、リオ・デ・ジャネイロ地理学会の会員だった。
[620] ブラジルで最も古い新聞の一つで、1904年に創刊された。
[621] エイプリル・フールに「アマゾナス経済」紙が「マナウス近郊の農民が大理石像の一部を発見した。マルス神だと思われる」と書いたのをアレンカル・アラリピが真に受け、著述にこのニュースを引用した。
[622] アルゼンチン、メンドーサ州北部、アンデス山脈の東側に位置する州都。アンデス山脈を越えてチリ側に向かう鉄道や道路の要地で、1861年の大地震により大きな被害を受けた。
[623] 十七世紀初頭にフランスからの入植がはじまる。革命直後の十八世紀末に流刑地の建設に着手、十九世紀から二十世紀半ばまで政治犯を中心に囚人がギアナに送られ「呪われた土地」などと呼ばれていた。
[624] 紀元前三千年頃に現われた櫂を漕いで進む軍艦。時代により、囚人が漕ぎ手に利用された。
[625]「um cavalo gazeo-sarará：白子の馬」は、「que nunca prestou nem prestará：何の役にも立たないし、立ちっこない」と韻を踏んでいる。
[626] 地名であることは間違いないが、実在しない。原書の「Paranacoara」の発音は、「Paraná com ará（アラ属のコンゴウインコのいるパラナ州）」、あるいは、「Paraná com ara（生贄を供える聖壇のあるパラナ州）」を連想させる。

らせ、ハシラセタ。セアラ州[627]をすぎるとき、アラタニャ[628]にあるインディオの落書きを読み解いた；リオ・グランヂ・ド・ノルチ[629]では小はげ山脈にそって進みつつほかのを解いた。パライバ州[630]では、マングアピ[631]からバカマルチ[632]の街へ行く途中、ペドラ・ラブラダ市[633]をとおった。そこには碑文がたくさんあって、一編の物語になっていた。いそいでいたので読まなかった。ピアウイ州[634]のポチ川[635]の岸辺の碑文も、ペルナンブーコ州のパジェウ川[636]のも、イニャムン川[637]の急流のも。もう四日目で、"バウア！　バウア！"がすぐの空から聞こえたからだ。年寄りセイウシが近づいてきていた。マクナイーマは、ユーカリの森をかけぬけた。けれど、鳥はドンドン迫ってきて、マクナイーマは年寄り女に追われ、おわれた。とうとう魔王の手下のスルクク蛇[638]の巣穴まで来た。

　——かくまってくれ、スルクク！

　スルククがエロイを肥つぼに隠しおえるか終えないうちに、年寄りのセイウシがやって来た。

　——地をける馬にのった私の孫がこのあたりをすぎるのを見なかったかい？

　——もうすぎた。

　大喰い女は、何の役にも立たないし、立ちっこない白子の馬をおりて、びっこの鼻白馬[639]に乗り、すすんだ。

---

[627] ブラジル北東部にある州。北は、大西洋に面している。ポルトガル語の「ceará」は、トゥピ語の「céará（オウムの歌声、または、話し声）」に由来。
[628] セアラ州の北部にある山地。密林となっていて、最高地点の標高が735m。インディオによると思われる岩絵が知られている。
[629] ブラジル北東部で、セアラ州の東に隣接している州。
[630] ブラジル北東部で、セアラ州の東、リオ・グランヂ・ド・ノルチ州の南に隣接している州。
[631] パライバ州の東沿岸部にある市。十九世紀に砂糖産業で栄えた。原文の「Manguape」は、トゥピ語の「mamã-guaba-pe（水を飲みに集まるところ）」に由来。
[632] パライバ州の東部にあるヒアシャオン・ド・バカマルチ市のこと。近郊に、動物、果実、人、星座等や絵文字が250m²に渡って刻まれた高さ3.8m、長さ46mの石組があることが知られている。
[633] パライバ州の中央北部にある市。ポルトガル語の「Pedra Lavrada」の意味は、「浮き彫り細工のされた石」。
[634] ブラジル北東部、セアラ州の西に隣接している州。
[635] ピアウイ州の北部を流れる川。
[636] ペルナンブーコ州の中央部を北から南に流れ、サン・フランシスコ川に注ぐ川。ポルトガル語の「Pajeú」は、トゥピ語の「paié（祈祷師）」と「y（水、川）」に由来。
[637] セアラ州の南西部に「イニャムン（Inhamum）」の複数形「Inhamuns」という地域があるが、「Inhamum」という川はない。
[638] 有鱗目、クサリヘビ科、ブッシュマスター属、和名ブッシュマスター、学名 Lachesis muta。中南米に棲息する蛇で、体長200-250cm、重さ3-5kg。猛毒。ポルトガル語の「surucucu」は、トゥピ語の「suruku'ku」に由来。
[639] ブラジルに、「鼻白馬は、いつ出るかいつ着くか誰も知らない」という諺がある。

一方、マクナイーマには、スルククがエロイを格子網640でどう焼こうか女房と話しているのが聞こえた。小部屋の穴からとびだすと、むかし小指にプレゼントしてやった、大きなダイヤの指輪を平原に投げた。大きなダイヤは、四コント分、荷車何台ものモロコシと、ポリズ社製の肥料と中古のフォードになった。スルククがどれもこれもにスッカリ満足そうに見とれているスキに、栗毛をやすませ、灰色斑641のあばれ馬にまたがった。とまれ止まらぬ灰色斑は、肥えた野をこえ山を越え、つきすすんだ。瞬く間に、パレシス大高地642に広がる砂の海と山の斜面や荒れた傾斜地をつきぬけた。北東部のカアチンガにはいり、ナタル市643近くのカムテンゴ644の金のヒナをつれた雌鶏たちをおどろかせた。一里半ほど行って、復活祭の洪水で濁ったサン・フランシスコ川645の岸を打ち捨て、高い丘にあいた隘路にはいっていった。進んでいくと、若い女の"プスィウ"646が聞こえた。死ぬほどおそろしくて、立ちすくんだ。すると、カチンガ・ジ・ポルコ647の藪の真ん中から三つ編みを足元までたらした背の高い醜女が出てきた。そして、女は、エロイにささやき声で問うた：
　——もう行った？
　——行ったって、誰が！
　——オランダ人よ648！
　——ボケてんのか、何がオランダ人だってんだ！　オランダ人なんていやしない、御婦人！
　それは、ポルトガル女のマリア・ペレイラ649だった。オランダ人との戦争以来、丘の割れ目にかくれているのだ。マクナイーマは、ブラジル

640　1592年に出版されたテオドル・ド・ブリ（1528-1598、ベルギーの彫版工、編集者、出版者。新大陸の文化、習慣についての本を制作、出版した）の『Grandes Viagens（大旅行）』には、格子網で焼かれた人肉をトゥピ族の男女が喰らう場面が描かれている。カトリック教徒には煉獄が連想され、この図版は広く流布した。
641　ブラジルに、「灰色斑は、鞍のための生き物だ」という諺がある。
642　マト・グロッソ州に広がる高地。
643　リオ・グランジ・ド・ノルチ州（注121を参照）の州都。
644　原文で「Camutengo」。文脈から地名だと思われるが、存在しない。ポルトガル語で「やらせる女中」の意を持つ。
645　ブラジルを南から北へミナス・ジェライス州、バイーア州、ペルナンブーコ州、アラゴアス州を流れ、大西洋に注ぐ大河。
646　両口唇を破裂させると同時に前歯の間から強く息をもらして出す音。人の注意を引く時に発せられる。
647　マメ目、マメ科、ジャケツイバラ属の植物で、学名 *Caesalpinia pyramidalis*。ブラジル北東部の半乾燥地帯に広く見られる樹高4-16m程の樹木で、杭や薪に利用される。木片がカシャーサの香りづけに用いられる。これを飲むと、膚が強く臭うので「catinga-de-porco（豚の体臭）」と呼ばれるのであろう。
648　砂糖で巨利を得ていたオランダは西インド会社を設立、1624年ブラジル北東部の中心都市バイーア州サルヴァドールを、次いで1630年ペルナンブーコ州レシーフェを攻撃、ここに本部を置いてオランダ領ブラジルを形成した（1630-1654）。
649　オランダ侵入時代（十七世紀前半）の伝説上のポルトガル移民。オランダ人から逃れて、人里離れた地に身を隠したと言われている。アラゴアス州のサン・フランシスコ川近くに「ペレイラの穴」と呼ばれる岩陰がある。

のどこにいるのかもわからなくなっていたので、聞くことにした。
　——一つ教えておくれ、オポッサムにはキツネの子をくれ、ここはどこだい！
　女は上から目線で答えた：
　——ここはマリア・ペレイラの穴よ。
　マクナイーマはカラカラと笑い声をあげ、女がまた身を隠す間に、あわてて逃げた。エロイはとっとと進み、やっとの思いでシュイ川[650]のむこう岸までたどりついた。そこでツイウイウ 鸛[651] が魚をとっているのに出くわした。
　——いとこのツイウイウ、家までおくってくれないか？
　——いいとも！
　すぐさまツイウイウは飛行機マシーンに身をかえ、マクナイーマは空のアツリア籠[652]にまたがった。二人は飛び立ち、ミナス・ジェライス州の大高原にあるウルクイア[653]の上をすぎ、イタペセリカ市[654]を一回り、そして、北東部にむかった。モソロ市[655]の砂丘に来たところで、マクナイーマが地上に目をやると、バルトロメウ・ロウレンソ・ジ・グスマオン[656]が僧衣のすそをまくりあげ、必死の形相で丘をのぼっているのが見えた。エロイは叫んだ：
　——一緒に来いよ、高貴なお方！
　けれども、神父は大きく腕を振りかざしてさけび返した：
　——おことわりだ！
　マト・グロッソ州[657]のトンバドール山地[658]を飛び越えたあと、サンタ

---

[650] リオ・グランジ・ド・ノルチ州を流れ、ブラジル最南端でウルグアイとの国境となって、大西洋に注ぐ。
[651] コウノトリ目、コウノトリ科、ズグロハゲコウ属、和名ズグロハゲコウ、学名 *Jabiru mycteria*。アンデスの西をのぞいて、メキシコからアルゼンチンにまで分布する。特にブラジル、マト・グロッソ州の湿地帯とパラグアイの平原地帯東部に多い。空を飛ぶ鳥としては中南米で最も背が高く、翼長はコンドルの次に広い。体長120-140cm、重さ4.3-9kgで、翼を広げると2.3-2.8m。羽は白く、頭と頸には羽がない。頭と頸は黒く、頸の付け根に赤い袋がある。見た目は不恰好だが、飛翔は力強い。学名の「*jabiru*」は、「腫上った頸」を意味するトゥピ語に由来。
[652] 四本脚の籠。特に、マンジョカ芋の運搬に使われる。
[653] ミナス・ジェライス州（注512）の北部に位置する標高430mの市。市の南側の境界をウルクイア川が流れている。ポルトガル語の「Urucuia」は、「澄んだ水」の意味のトゥピ語に由来する。
[654] ミナス・ジェライス州中央部に位置する市。同州南部のチラデンチス市からゴイアス州（注750）に抜ける、奥地探検隊（注510）の通過点として十七世紀の終わりに成立。十八世紀初め、金が豊富なことがわかり、村から町へと発展していった。ポルトガル語の「Itapecerica」は、「つるつるした石」を意味するトゥピ語に由来。
[655] リオ・グランジ・ド・ノルチ州の北西端に位置する市。北西にホザード砂丘環境保護地区がある。黄金法の成立よりも5年早く、1883年に奴隷が解放されたこと、300人ほどの女性が徴兵制に反対して1875年に抗議デモ行動を起こしたことで有名。
[656] ブラジルで生まれたポルトガル人のカトリック僧、科学者、発明家（1685-1724）。飛行機を発明したことで知られ、通称「空飛ぶ神父様」。
[657] 南米大陸中央、ボリヴィアに隣接する州。「Mato Grosso」は、ポルトガル語の「mato（森、原生林）」、「grosso（大

ナ・ド・リブラメント[659]の丘を左に見やり、ツイウイウ飛行機とマクナイーマは世界の屋根までのぼって、ビルカノタ川[660]の新鮮な水でかわきをいやした。旅路の最後は、バイーア州のアマルゴザ市[661]をながめ、グルパ市[662]を見下ろし、グルピ市[663]とその美しい街を目にして、ついに、ふたたびチエテの流れの素晴らしき村にもどった。ほどなく、エロイとコウノトリは下宿の戸口にいた。マクナイーマは何度も礼を言い、駄賃をやろうとしたが、やりくりが苦しいのを思い出し、ツイウイウにむきなおって、言った：

——なあ、いとこ、礼をしたいができない。だが、金(きん)の値打ちの助言をやろう：この世には、罪深き魂をまどわす三つのbarraがある：川の岸、金の延べ棒(barra)、スカートのヘリ(barra)だ、へらすんじゃない！

ところが、金遣いの荒いのにすっかりなれていたので、緊めるのを忘れちまい、ツイウイウに十コントやった。いい気になって部屋にあがり、待ちくたびれて不機嫌な兄たちにこまごまと話して聞かせた。結局、いい加減の札束がでていった。マアナペはジゲを電話にかけ、年寄りの大喰いを国外追放するよう警察に通報した。けれども、ピアイマンにはたいへんな影響力があり、大喰いはオペラ劇団の歌手となって戻ってきていた。

追いだされた娘は、あっちに行ったりこっちに来たり、気ままに空を駆けている。彗星になったのだ。

きい、濃い)」に由来。
[658] マト・グロッソ州中央部にある高地。ポルトガル語の「Tombador」は、「転ぶ人」の意。
[659] リオ・グランジ・ド・スル州西部、ウルグアイに隣接している市。最初に入植したスペイン人が独立を宣言し、1810年にポルトガル軍が入る。それを契機に、「Santana do Livramento」となる。「Santana」は「聖アンナ（聖母マリアの母）」、「livramento」は「解放」の意。リオ・デ・ジャネイロ、モンテビデオ、ブエノス・アイレスを結ぶブラジル初の国際鉄道建設のため、1912年にサンタナ・ド・リブラメントに駅舎を建設することになった。
[660] ペルー、アンデス山脈を流れるアマゾン川の源流の一つ。
[661] バイーア州東部に位置する市。
[662] パラ州の北部にある市。砂糖産業で力を得ていたオランダ人に対抗するため、1623年にポルトガル人が建設した要塞が起源。
[663] トカンチンス州南部にある市。ポルトガル語の「Gurupi」は、「煌めくダイヤモンド」の意のトゥピ語に由来。

XII テキテキ[664]、シュピンザウルス[665]と人間の不条理

ピアイマンがヨーロッパに行っていて
ムイラキタンを取り返すことはできなかった。
それで、画家に化けて政府の奨学金をとり、
ヨーロッパに行くことにしたが、
画家はすでに百万人。
行商人から銀貨をひるオポッサムを買うが、
ひるのはくそばかりだった。

---

[664] アマゾン地方で言う行商人のこと。また、スズメ目、タイランチョウ科、ハシナガタイランチョウ属、和名ハシナガシラタイランチョウ、学名 *Todirostrum poliocephalum* の体長9cm程の小鳥の名でもある。
[665] 原書では「chupinzão」。これは、「chupim」に拡大辞の「-zão」がついたもので、「大シュピン」といった意味の語。「chupim」は、スズメ目、ムクドリモドキ科、コウウチョウ属の小鳥で、学名 *Molothrus bonariensis*。体長18cm、重さ31-40gで、全身黒く、雄は陽を受けて青黒く光る。飛翔もさえずりも美しく、鳴き声で親子間の愛情を交感する。他の鳥、特にチコチコ（注684）の巣に托卵する。

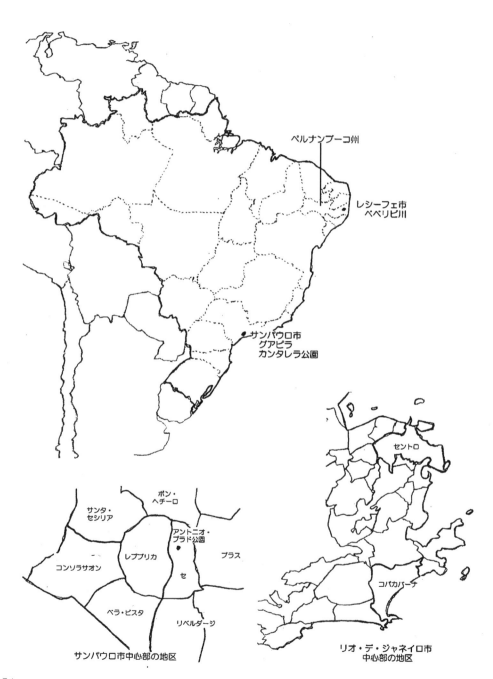

次の日起きると、マクナイーマは熱があった。一晩中うわごとを言い、船の夢を見ていた。
　——あんたは、海をわたるんだ、下宿の女主人が言った。
　マクナイーマは礼を言い、すっかり上機嫌で、ベンセズラウ・ピエトロ・ピエトラの母親をののしってやろうと、すぐにジゲを電話マシーンに変えた。でも、交換手という名の幽霊666は、誰も出ないと言う。マクナイーマはおかしいと思い、どうしたのか見に行こうと起き上がろうとした。けれども、体中かゆくて熱っぽく、ぐったりダルかった。つぶやいた：
　——アア...　かったるい...
　部屋の隅に顔をむけ、汚いことばをはきはじめた。兄たちが様子を見に行ったら、ハシカだった。マアナペは、インディオの魂と甕の水とで治療する有名ないかさま祈祷師667のベネディクト会士668をベベリビ川669へ呼びに行った。ベネディクト会士はちょっとばかりの水をやり、うさんくさい祈りをあげた。一週間もすると、エロイは、もうかさぶたがとれはじめた。それで、起き上がり、巨人がどうなっているのか見に行った。
　御殿には誰もおらず、隣のメイドが言うには、ピアイマンは家族みんなをつれて打ち身を癒しにヨーロッパへ行った。マクナイーマは膝から力が抜け、もう自棄っパチだった。メイドとガツガツ遊んで、ガックリ下宿にもどった。マアナペとジゲは通りの戸口でエロイを待ちうけ、こう問うた：
　——誰に犬を殺されたんだい、おチビちゃん？
　それで、マクナイーマはどうだったか話し、泣きだした。兄たちはそんなエロイの様子を見て悲しくなり、グアピラ670のハンセン病病院を歩きに連れ出した。けれども、マクナイーマは気が晴れず、散歩はちっとも楽しくなかった。下宿にもどったのはもう夜で、みんなドッと打ちの

---

666 話をするし、電話をつないでくれもする。しかし、目に見える実体がないので、幽霊なのだ。
667 1909、1910年頃、レシーフェにベベリビ川の水でどんな病も癒すベネディクト会修道士だという祈祷師があらわれた。
668 ベネディクト会は、現代も活動するカトリック教会最古の修道会。
669 ペルナンブーコ州を流れ、大西洋に注ぐ川。ベベリビ川は、カピバリビ川とレシーフェで合流して、大西洋を作ったという言い伝えがある。ポルトガル語の「Beberibe」は、トゥピ語の「*iabebyrype*（エイのいる川）」に由来する。
670 サンパウロ市北部に位置する地区。広大な農園であったところに、1904年、グアピラ・ハンセン病病院が設立された。

めされていた。ツカノ鳥のクビの形をした牛の角製のタバコ入れからどっさりつまみ、モクモクはいた。ようやく頭がはたらくようになった。
　——だから、おチビちゃん、お前はグズグズしすぎたんだ。鶏を煮込んで、鶏を煮込んで[671]、巨人は待っちゃくれない、行っちまった。今は、我慢だ。
　その時、ジゲは額を打ち、大声で言った：
　——わかったぞ！
　兄弟は、のけぞった。ジゲは、自分たちだってムイラキタンを追ってヨーロッパへ行けることに気づいたのだ。金は、カカオを売った四十コントがまだ残っていた。マクナイーマはそれを聞いてうなずいた。けれども、マアナペはまじない師だった。考えて、考えて、決然と言った：
　——もっといいことがある。
　——なら、さっさと言えよ。
　——マクナイーマがピアニストになりすまして、政府の奨学金をとればいい。そして、一人で行くんだ。
　——でも、なんでそんな面倒なことを。たっぷり金があるんだから、兄貴たちはヨーロッパでも助けてくれよ！
　——馬鹿な考え、休むに似たり！　金があるのはあるさ、けど、お上のおアシがもらえるなら、その方がいいだろう？　え、違うか！
　マクナイーマはじっと考え込み、ハタとひたいを打った：
　——わかった！
　兄たちは、のけぞった。
　——どうした！
　——だったら、絵描きにばける。その方がかっこいい！
　ベッコウの眼鏡マシーンと小型の蓄音機、ゴルフ靴下、手袋をさがしてきて、絵描きっぽくなった。
　次の日、選ばれるのを待つ間、絵を描いて暇をつぶすことにした。こんなふうに：エッサ・ジ・ケイロス[672]の小説をたずさえて、カンタレラ公園[673]へ散歩に行った。そこで、小間物行商人のテキテキがエロイの横をとおりかかった。行商人は、やたらに運が強かった。キツツキの羽を

---

[671] 鶏肉がやわらかくなるまでには、時間がかかる。
[672] ポルトガルの誇る写実主義小説家、弁護士、ジャーナリスト、外交官（1845-1900）。
[673] サンパウロ市の北部とその近隣地帯に広がる自然公園で、大西洋岸森林の一部。水源が多くあり、サンパウロ市の水瓶として保護されている。「Cantareira」は、ポルトガル語で「水瓶を置く台」の意。

持っていたからだ。マクナイーマは、腹ばいになってタピピチンガ蟻の巣をつぶしてあそんでいた。テキテキがあいさつした：
　——おはようさん、だんなさん。もうかりまっか？　おおきに。お仕事でっか？
　——働かザルモノ、喰うべからザルモノ。
　——さいでんな。ほな、さいなら。
　テキテキは、行った。一里半ほど行くと、ブラジル袋鼠のオポッサム[674]がいて、ひと稼ぎ思いついた。小ちゃなフクロネズミをつかまえると二千ヘイスの銀貨を十枚飲みこませ、脇にかかえて戻った。マクナイーマのところまで寄って、商売だ：
　——おはようさん、だんなさん。もうかりまっか？　おおきに。わてとこのオポッサムを見いひんかな思て。
　——そんな臭い生き物をどうしようってんだ！
　マクナイーマは手で鼻をおさえて、こたえた。
　——臭いますけど、ものは絶品でんがな！　用を足すときにゃ、銀がでてきますねん！　お買い得でっせ！
　——馬鹿も休み休み言え、このスットコドッコイ！　どこにそんなオポッサムがいるもんか！
　そこで、テキテキがフクロネズミの腹をおさえると、そいつは銀貨を十枚ひった。
　——ほら、このとおり！　用を足すのは銀ばかり！　積もれば大金持ちでんがな！　お買い得でっせ！
　——いくらなんだ？
　——四百コント。
　——ダメだ。三十しかない。
　——ほな、お得意さんということで、三十コントにしときまひょ。
　マクナイーマはズボンのボタンをはずし、シャツの下から金をおさめてある帯をひっぱりだした。けれども、四十コントの小切手とコパカバーナ[675]のカジノのチップ六枚しかなかった。小切手をわたしたが、恥ずかしくて、ツリはとらなかった。心付けにカジノのチップまでやり、テキテキの親切に礼を言った。

---

[674] オポッサム目、オポッサム科、オポッサム属の動物の総称、有袋類。尾を除いた体長が40-50cm。群れを作らず、動きが鈍い。腋の下の腺から悪臭を放つ液を分泌する。
[675] リオ・デ・ジャネイロ市南東部に位置する地区で、大西洋に面しており、全長約4kmにわたる白い砂浜のビーチで有名。富裕層が住み、ホテル、レストランなどが立ち並ぶ世界有数の観光地でもある。

もの売りがサプピラ[676]とグアルバ[677]、パリナリ[678]の木の間をぬけて茂みに融けルか溶ケないか、早速オポッサムはまたもよおした。エロイがポケットをしっかり広げると、そこにボタボタ落とした。ようやくマクナイーマはペテンに気づき、下宿への道、ブチ切れてどなりちらした。角をまがると、ダテ男のジョゼに鉢合わせ、どなりつけた：
　――ダテ男のジョゼ、スナノミ[679]つまんでお茶のみだぜ！
　ダテ男のジョゼは目をむいて、エロイの母親をののしった。けれども、エロイは顔色もかえず、カラカラと笑ってその場をさった。少し行って、腹を立てて家へ帰るところだったと思い出し、また喞鳴りちらしだした。
　兄たちは、まだお上のところからもどっていなかった。女大家が部屋に来てマクナイーマをなぐさめ、二人は遊んだ。遊んだあと、エロイは泣きだした。兄たちがもどって来たとき、みな度肝をぬかれた。二人は、身長5メートルにもなっていたのだ。お上には千人の千倍もの絵描きがヨーロッパへの奨学金に申請しようとつめかけていて、マクナイーマの名前があがるのは聖アリエナアイの日でしかないに違いなかった。いつになることやら、思いつきはむくわれず、兄たちはガッカリして伸びてしまった。弟が泣いているのを見ると、おどろいて、どうしたのか聞いた。そんなこんなでガッカリしていたのを忘れ、元の大きさにもどった。マアナペはもう年寄りで、ジゲは男盛りだ。エロイは、答えた：
　――ツイィッツイィッィー！　テキテキにひっかけられた！　ツイィッィッィー！　オポッサムを買わされて、四十コントだった！
　もちろん兄たちは、髪を逆立てて怒りくるった。ヨーロッパに行くことは、もうかなわない。だって、あるのは日と夜だけだもの。二人は嘆き悲しみ、エロイは虫除けにアンジロバ[680]のオイルをからだにすりこんでぐっすり眠った。
　次の日、夜明けにひどい暑さで、マクナイーマはお上のやり方に腹わたが煮えくり返り、汗をかき汗をかいてアッチへコッチへ寝返りをうった。気晴らしにでかけたかったが、服を着るだけで暑くなる...　　むか

---

[676] マメ目、マメ科、ツルサイカチ属、学名 *Hymenolobium petraeum* の植物。森の中や野の縁に分布する。
[677] ムクロジ目、ミカン科、学名 *Galipea multiflora* の常緑樹。樹高は低く4-6mで、樹皮には解熱効果がある。
[678] キントラノオ目、クリソバラヌス科、パリナリ属の木。熱帯雨林に生育し、葉は革のように堅い。
[679] ノミ目、スナノミ科、学名 *Tunga penetrans* で、砂上に棲息する大きさ約1mmのノミ。動物やヒトに咬着し、皮膚に深く潜り込んで吸血する。その部位から細菌感染のおそれがある。
[680] ムクロジ目、センダン科、学名 *Carapa guianensis* で、アマゾン原産の樹木。樹高30mに達する。種から産する油は、打撲、傷、炎症に効果があり、虫よけ、虫下しになる。ひどく苦い。ポルトガル語の「andiroba」は、トゥピ語の「ãdi'roba（苦い油）」に由来する。

っ腹が立って、あんまり腹が立って、おこりすぎの病気のブチキレ・カイアナ[681]になってしまうのではないかと気がかりになった。それで、言った：

――ああ！　イカって熱くなってたら、イカだって厚くなっちゃう！

頭を冷やすためにズボンをぬぎ、上から踏みつけた。とたんに、マクナイーマの怒りはおさまり、兄たちにこう言うほどに心おちついた：

――辛抱だ、兄さんたち！　行かない。もうヨーロッパへは行かない。ボクはアメリカ人で、ボクの居場所はアメリカだ。ヨーロッパの文明は僕らの心のボクラシサを、間違いなく、ダメにする。

三人は、一週間、ブラジル全土を見て回った。海辺の砂州を、まばらにはえた川ぞいの茂みを、支流を行く浮島、森にポッカリ空いたそこだけ木の生えていない地、急流、痩せ地、カラカラの荒野に不毛の地、低湿原にあらわれた砂地、峡谷、柵に囲われた放牧地に毎年霜のおりる奥地、あふれだした川幅、たたきつける滝、岩だらけの難所、流れが山をうがってできた裂け目、水のはじまり、谷奥の隘路、そして、浅瀬、あらゆるところすべてを回り、金のつまった鍋でも埋まっていないかと、打ち捨てられた修道院や十字架の土台をさがした。何もみつからなかった。

――辛抱だ、兄さん！　マクナイーマは、うかない顔でくり返した。動物クジ[682]を買おう！

それで、アントニオ・プラド公園[683]へ行って、人間の不条理について思いをめぐらせた。公園のプラタナスにゆったりもたれた。あらゆる商売人と数えきれないほどのマシーンが、人間の不条理についてグルグル考えているエロイのかたわらを行き交っていた。うしろでだれかが"ッイィッイィーッ！"と泣いているのが聞こえたとき、マクナイーマはすでに金看板をこう変えようと考えていた："わずかな健康、ありあまる絵描き、それがブラジルの悪だわさ！"。ふりかえると、地面にチコチコ雀[684]とシュピン鳥がいた。

---

681 原書では「butecaiana」。著者による造語か。
682 券に動物の絵と番号が書いてある富くじ。動物と番号を自分で選ぶ。庶民の娯楽として広くおこなわれているが、非合法。
683 サンパウロ市セ地区にある公園。サンパウロ市長在任時（1900-1910）に市中心部の街区の整備を行ったアントニオ・プラドの名が冠せられた。
684 スズメ目、ホオジロ科、ミヤマシトド属、学名 *Zonotrichia capensis*。体長 14-15cm 程で、茶に黒と灰の縞があり、黒い羽冠を持つ。メキシコから南米大陸最南端のティエラ・デル・フエゴまでの密林以外、平原、サバンナ、山地、森や林、農地、街中にも広く分布する。

チコチコ雀は小っちゃこくて、シュピン鳥はでっかかった。チコチコ雀ちゃんは喰い物をくれと泣きせがむシュピン鳥をつれてあっちへウロウロ、こっちへヨロヨロ。シュピンは、つむじをまげていた。チコチコちゃんはシュピンザウルスのことを自分のお子ちゃまだと思っていたけど、そうじゃなかった。あちこち飛んでは、食べられるものをなんとかみつけ、シュピンザウルスの口ばしにつっこんでいた。シュピンザウルスは丸呑みにし、マルノミにしてはむずがった："ツィィッイィッイー！かあちゃん...おなかチュいた！...おなかチュいた！..."こども言葉で。チコチコちゃんは、どうしたらいいかわからなかった。お腹はペコペコだし、シュピンはニェンニェンはりついてせがんでばかりだし、うしろから"おなかチュいた！...おなかチュいた！..."愛しているのに限(きり)がなく、苦しいばかりだった。己を捨て、小さな虫、モロコシの粒、そんなものを何でも飛んで探して、シュピンザウルスの口ばしにつっこんだ。シュピンザウルスは、呑み込んではまたチコチコちゃんのあとを追うのだった。人間の不条理をつきつめていたマクナイーマは、シュピンザウルスの不条理がはてしなく苦々しかった。小鳥たちも初めは私たちと同じヒトだったことを知っているからだった...　だから、エロイは棍棒をつかみ、チコチコちゃんを叩きつぶした。
　その場を去った。一里半ほど行くと、暑さを感じ、しのぐためにキビ焼酎を飲もうと思った。上着の隠しには、銀の鎖でプイートにつなげたキビ焼酎の小瓶をいつもいれていた。蓋をとり、ちびちび飲んだ。と、いきなりうしろで"ツィィッイィッイー！"と泣く声がした。ふり返って、ギョッとした。シュピンザウルスだった。
　──ツィィッイィッイー！　父ちゃん...おなかチュいた！...おなかチュいた！...　こども言葉で。
　マクナイーマは、目をつり上げた。袋鼠が落としたポケットをあけて、言った：
　──なら、これを喰え！
　シュピンザウルスはポケットのヘリにとびのり、何も知らずにすっかり食べた。太りだし、もっとフトッて、とても大きな黒い鳥になり、"アフィンカ[685]！　アフィンカ！"大声で鳴きながら森へと飛んでいった。ビラ[686]の父だ。

---

[685] 原文では、「afinca」。ポルトガル語には「afincar」という動詞があり、意味は「突き刺す」。
[686] シュピン（注665）の別称。他に、「vira-bosta（糞を引っくり返す）」ともいう。

マクナイーマは、先にすすんだ。一里半ほど行くと、ペテン猿がバグアス椰子[687]の実を食べていた。ココナツをつかんでは、すわってひらいた股の間におき、石をジュッキ！　とたたきつけた。実は、割れた。マクナイーマは近づいて、ヨダレがとまらず、腹ペコだった。言った：
　——こんにちは、おじさん、お元気ですか？
　——おかげさまで、見ての通り、おいっ子。
　——ご家族のみなさんも、お元気ですか？
　——いかにも。
　そして、ムシャムシャロにはこんだ。マクナイーマはそこに立って、見ていた。猿はムッとして、声を荒らげた：
　——そばから見てるんじゃない、オレはそばがらじゃない！　じっと見てるんじゃない、オレはトランジットじゃない！
　——で、一体何をしているんだい、おじちゃん！
　ペテン猿は、ココナツを手のひらにかくし、答えた：
　——コオンガランを喰おうと、つぶしているところさ。
　——嘘をつくなら、きのうつけ！
　——ウアイ、おいっ子、信じないなら聞くんじゃない！
　マクナイーマは好奇心いっぱいで、さらに聞いた：
　——おいしいですか？
　猿は、舌打ちをした：
　——チッ！　ためしてみな！
　見えないようにココナツを割り、コオンガランの一つのふりをして、マクナイーマに食べさせた。マクナイーマは、気に入った
　——本当においしい、おじさん！　もっとある？
　——もうねえよ。ワシのがうまかったんなら、お前のはなおさらだろう！　喰えばいいだろう、おいっ子！
　エロイは、こわかった：
　——痛くない？
　——何言ってんだ。気持ちいいくらいだ！
　エロイは、舗道の敷石をつかみとった。ペテン猿は心のうちでほくそ笑み、さらに言いつのった：
　——お前さんにできるかね、おいっ子？

---

[687] ヤシ目、ヤシ科、学名 *Orbignya phalerata*。アマゾン流域に多く、樹高20m、葉の長さ8mに達する。実は、縦6-12cm、幅4-10cmの楕円形で房になり、果肉はでんぷん質で油性である。ポルトガル語の「baguaçu」は、トゥピ語の「*wawa'su*」に由来。

――タピオカ、マカシェイラ、これよか、まかせいな！　エロイはうそぶいて言い切った。敷石をしっかり握り、コオンガランをジュッキ！　死にくずれた。ペテン猿は、こうあざけった：
　――だから、坊ヤ、死んじまうって言ったろ！　言ったじゃないか！　聞かないから！　人の言うことを聞かないやつがどうなるか、わかっただろう。そう、「かくのごとくなりき」688だ！
　そう言ってバラタ・ゴム689の手袋をはめると、行ってしまった。少しすると、大雨が来て、今息絶えたエロイの肉を冷たく打ち、くさらせなかった。じきに、グアジュグアジュ690とムルペテカ691の蟻の大河のような隊列がカバネめがけてあらわれた。何とかいう弁護士が隊列につられ、軀（むくろ）を見つけた。かがんで遺体の財布を見たけれども、名刺しかなかった。それで、むくろを下宿まで運ぶことにし、運んだ。マクナイーマを背負い、歩いて行った。けれども、ムクロはあまりに重く、弁護士はとても持たないと思った。それで、遺体をそっと横たえて、小枝でくすぐった。むくろはフワフワ軽くなり、何とかいう弁護士は無事に下宿に運ぶことができた。
　マアナペは弟の上に身を投げだし、泣きに泣いた。そして、圧し潰されているのに気がついた。マアナペは、まじない師だった。すぐに女大家からバイーア椰子692のココナツを二つかりて、つぶれたコオンガランの場所にしっかりくくりつけ、軀にパイプの煙をふきかけた。マクナイーマは、フラフラしながら起きあがった。グアラナをあたえられて少しすると、咬みに来るアリを一人でつぶすようになった。大雨のおかげで突然ひえこみ、ガタガタふるえた。マクナイーマは隠しから小瓶をとりだし、キビ焼酎ののこりを飲んであたたまった。それからマアナペに数字クジをねだり、売り場まで行って動物クジを買った。午後になって見ると、数字クジは大当たりだった。こうして、上の兄のクジ予想で暮ら

---

688 原文では「sic transit」。ドイツのケンペンで生まれた中世の神秘思想家、トマス・ア・ケンピス（1380-1471）の信心書『キリストに倣いて』に現われているラテン語の成句「Sic transit gloria mundi（かくの如く世界の栄光は過ぎ去りぬ）」の前半部。この書は、キリスト教の世界で広く読まれている。
689 ツツジ目、アカテツ科、学名 *Manilkara bidentata*、または、*Mimusops amazonica* から採れる堅く、良質なゴム。ブラジルでゴムを産する木には、他に、トウダイグサ目、トウダイグサ科のパラゴムノキ、学名 *Hevea brasiliensis* やバラ目、クワ科の学名 *Castilloa ulei* 等がある。
690 ハチ目、アリ科、グンタイアリ属のこと、あるいは、その一種。ポルトガル語の「guaju」は、トゥピ語の「gwa'ju（刺す、焼く）」に由来。
691 ハチ目、アリ科、グンタイアリ属、あるいは、その一種の学名 *Eciton burchellii* のこと。
692 ヤシ目、ヤシ科、ココヤシ属、和名ココヤシ、学名 *Cocos nucifera*。ポリネシアから熱帯アジアが原産とされるが、現在では世界中の熱帯地方で栽培されている典型的な椰子。樹高30mに達し、幹は真っ直ぐ、先端から羽根状の葉を茂らせる。果実は、やや先がとがった楕円形で、30cm程になる。

すことになった。マアナペは、まじない師だった。

XIII　ジゲのシラミ女

ジゲは、スージーを娶った。
スージーは、シラミだらけのかつらをかぶっていた。
マクナイーマは、果樹の近くに動物がいるのを見たから狩りに行けと言い、兄たちを出してスージーと遊ぶ。

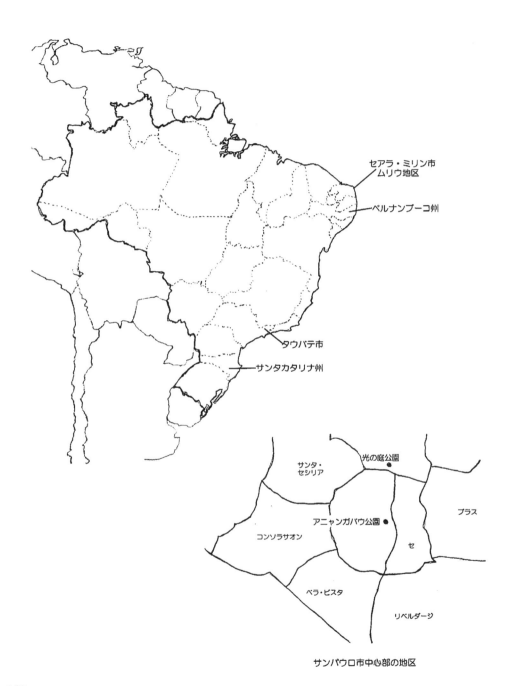

次の日、マクナイーマが目をさますと、叩き潰したものだから、からだ中がただれていた。みんなで診てもらいに行くと、トビヒだった。時間のかかる病気だ。兄たちは弟を心配し、お隣さんやら知り合いやら、そんなブラジル人がすすめてくれる薬をかたっぱしから毎日、毎日買って来た。エロイは一週間、床ですごした。毎晩、夜になると必ず船の夢を見た。下宿の女主人は、エロイが心配で毎朝様子を見に来るたびにいつも、船は間違いなく海を旅することを意味しているんだと言った。その後、病人のふとんの上に『サンパウロ州』をおいて、出ていくのだった。『サンパウロ州』は、新聞だった。それで、マクナイーマは日がな一日、トビヒの薬の広告すべてを読んですごした。広告は、いっぱいあった！
　週末にはエロイのかさぶたもとれ、ポリポリかくための疥癬をもらいに街にでて行った。ブラブラ、ザラザラあてもなく歩き、弱っていたので、アニャンガバウの公園[693]に来たときにはぐったり疲れていた。たどりついたのは、とても有名な音楽家で、今は空の星になっているカルロス・ゴメス[694]の記念碑の真下だった。夕暮れどきに噴水がささやくその物音は、エロイに海の水面を見えさせた。マクナイーマは噴水の縁(へり)にすわり、水をしたらせて泣いている海馬らのブロンズを仔細にながめていた。すると、馬の群れのむこうの洞窟の暗がりに光が見えた。目をこらすと、すごくきれいな船が水面に浮かんでやってくるのがわかった。"帆つきカヌーだ"エロイはつぶやいた。けれども、船は近づくにつれて大きくなった。"蒸気機関のガイオラ船[695]だ"、つぶやいた。ガイオラ船は近づくにつれ、もっと巨大になった、もっと！　それを見て、エロイは仰天して跳び上がり、さけび声が宵の口にこだました、"アマゾンのバチカン船[696]だ！"。船舶は竜の落とし子のブロンズのうしろまで来て、もうはっきり見えた。銀の船体は速度を落とし、後方にかたむいた帆柱は走る風にパリバラハリパラとひるがえる旗で埋めつくされていた。さけび声は、広場にいた運転手たちの耳にとどいた。エロイがかたまって

---

[693] 1910年、サンパウロ市の中心に設置された公園。ポルトガル語の「Anhangabaú」は、トゥピ語で「有害な魂の水、あるいは、川」の意。
[694] アントニオ・カルロス・ゴメス（1836-1896）、ブラジルの誇るオペラ作曲家。代表作に「オ・グアラニ（グアラニ族：現在のブラジル、アルゼンチン、ボリビア、パラグアイ、ウルグアイに住んでいた民族。ほとんど絶滅したが、その文化はブラジル文化の一部となっている）」がある。
[695] 1870年代からブラジルの河川で使われている蒸気船。一説に、甲板に下げられたハンモックの揺れる様子が鳥籠(gaiola)に下げられた鳥用のブランコに似ていることから「ガイオラ」と呼ばれる。
[696] アマゾン川を航行する乗合船。ガイオラ船より大きく、**900-1000**トン。

いるのを不思議に思い、みんな、泉の暗がりに打ちつけられたその眼の先を追った。
　——どうした、エロイ！
　——あそこを見ろ！．．どでかいバチカン船が大海原をやって来る。
　——どこだ！
　——面舵の馬のうしろだ！
　すると、面舵の馬のうしろから、船が近づくのがはっきり見えた。もうすぐ近くで、馬と石の壁の間をすぎるところ、洞窟の口に来ていた。それは、本当に巨大な船だった。
　——いいや、バチカン船じゃない！　海を旅する大西洋横断船だ！
すでに海を何度も航海していた日本人の運転手が叫んだ。それは、堂々たる大西洋横断船だった。金と銀とにキラキラきらめき、すっかり旗に飾られて、パーティーが明かりをともしてやって来た。船室の丸窓は船体の首飾り、高々と積み上げられた五段の甲板にはクルルウ[697]を踊る乗客がひしめき、男女の間を音楽が流れる。運転手たちが口々に言った：
　——ロイド運輸[698]の船だ！
　——いいや、ハンブルグ[699]だ！
　——でてくるぞ！　見えてきた！　そうだ！　イタリアの蒸気船、ベルデ伯爵号[700]だ、間違いない！
　そう、蒸気船ベルデ伯爵号だった。それは、エロイをたぶらかすために水の母がフリをしているのだった。
　——みんな！　さようなら、みんな！　ボクはヨーロッパへ行く、決めたんだ！　巨人のピアイマン、人喰いベンセズラウ・ピエトロ・ピエトラを探し出してやる！　と、エロイはつげた。
　運転手たちはみなマクナイーマを抱きしめ、別れをおしんだ。汽船はそこに待っていて、マクナイーマは蒸気船ベルデ伯爵号のタラップをのぼろうと、噴水の船着き場にとびあがった。乗組員は全員、音楽が奏でられ、マクナイーマにむかって手をふった。それはたくましい船乗りた

---

[697] サンパウロ州で生まれ、マト・グロッソ州、マト・グロッソ・ド・スル州に特徴的な民俗舞踊。ブラジルのジャーナリスト、文筆家、民俗文化研究家のコルネリオ・ピレス（1884-1958）によって紹介され、広く知られるようになった。
[698] 1857年に開業したドイツを代表する海運会社、ノース・ジャーマン・ロイドのこと。十九世紀末から二十世紀初頭にかけて大きく成長した。
[699] 1847年に開業したドイツを代表する海運会社、ハンブルグ・アメリカ・ラインのこと。ドイツから、のちには、東ヨーロッパから米国への移民を運んだ。
[700] 1923年にスコットランドで竣工したイタリア船籍の豪華客船。同年には、ジェノヴァを出港してブエノス・アイレスへ航行した。南北米の富裕層をイタリアへ、イタリア移民を南北米へ運んだ。

ち、それはアルゼンチンのやさ男、そして、それは波にゆられて気分が悪くなっていても一緒に遊ぶ大勢の、そして、とびきりきれいな御婦人たち。

　——タラップを降ろしてくれ、キャプテン！　とエロイは声を張り上げた。

　その時、キャプテンは徽章に飾られた船長帽をとり、宙に合図を描いた。すると、船乗りやアルゼンチンのやさ男、マクナイーマと遊ぶはずのとびきり綺麗な女たちがみんな、これらの乗組員が一斉にエロイを罵倒し、ひどく嘲りだした。そして、船はとまることなく向きをかえ、艫を陸にむけて、また洞窟の奥へとつき進んでいった。エロイのことをひどくなじったせいで、乗組員はみなトビヒになっていた。蒸気船が洞窟の壁と取舵(とりかじ)にある竜宮の馬との間のすきまをこすりそうになりながらぬけるとき、大煙突が足長蚊とブユ、ポルボラ蚊[701]、アブ、スズメバチ、カバ蜂[702]、ハネカクシ[703]、そして、ウマバエ[704]をひと吐きし、これらの蚊や虫に運転手たちは逃げだした。

　エロイは泉のふちに腰かけ、からだ中虫にくわれ、トビヒが広がり、もっとひどいトビヒになり、うち沈んでいた。寒気がして、熱がでてきた。それで、両手で虫をはらい、下宿にむかって歩きだした。

　次の日、ジゲは家に若い女をつれてきた。子ができぬよう鉛を三粒のませ、つり床で二人寝た。ジゲは、嫁をとったのだ。ジゲは勇者で、一日かけて銃の手入れをし、短剣の刃をといでいた。ジゲの連れ合いは、四人が食べるマカシェイラ芋を毎朝買いに行き、名をスージーといった。けれども、マクナイーマはジゲの連れ合いの恋人で、毎日ラゴスタを買ってジャマシ籠[705]の奥につっこみ、だれにも気づかれないようにマカシェイラ芋でバラバラおおった。スージーは、充分まじない師だった。家にもどると居間に籠をおき、床にはいって夢を見た。夢を見ながらジゲに言った：

　——ジゲ、私の旦那のジゲ、夢の中のマカシェイラ芋の下にラゴスタがある。

　ジゲが見にいくと、あった。毎日そうだったので、ある朝ジゲは焼き

---

[701] ヌカ蚊「maruim」（注57）の別称。
[702] ハチ目、ベッコウバチ科の蜂。ポルトガル語の「caba」は、トゥピ語の「kawa（スズメバチ）」に由来。
[703] コウチュウ目、ハネカクシ科に属する昆虫の総称。種によっては、分泌した体液が首筋や太もものような皮膚の角質の薄い箇所に付着すると、かぶれて蚯蚓腫れを引き起こすことがある。
[704] ハエ目、ウマバエ科の昆虫で、馬の皮膚や粘膜に卵を産みつける。
[705] 主にマンジョカ芋を運ぶのに使う縦長の籠。額に掛ける一本か、両肩に掛ける二本の帯がついている。

餅で目がさめ、怪しんだ。マクナイーマは兄の疑心に勘づき、まじないをかけて様子を見た。瓢箪椀を持ってきて、一晩テラスにだしておき、低く祈った：

"天の水
この瓢箪椀にやどれ、
水の主パチクル[706]、この水にやどれ、
モポゼル、この水にやどれ、
シブオイモ、この水にやどれ、
オマイシポポ、この水にやどれ、
水の主たちよ、嫉妬の心をはらってくれ！
アラク、メクメクリ、パイイ、この水にやどれ、
気に病むものがこの水を飲んだなら、嫉妬の心をはらってくれ
この水に主らは酔いしれる！"

次の日ジゲに飲ませたが、まったく効かず、怪しんだままだった。
着がえて市場にでかけるとき、スージーは口笛ではやりのフォックストロット[707]をふき、恋人もでかけるよう合図した。恋人はマクナイーマで、でかけた。ジゲの連れ合いが家をでて、マクナイーマがあとから家をでた。そこいらで遊び歩いて、帰る時間になると、市場にはもうマカシェイラ芋がなくなっていた。仕方なく、スージーは人目につかぬよう家の裏へ行き、ジャマシ籠にすわって子袋からマカシェイラをたっぷりひっぱりだした。みんなよく食べたが、マアナペだけはぶつぶつ言った：
——タウバテ[708]の街のカボクロ[709]、黄金色の馬の気苦労、立ちションする女のホクロ、結び目をといてクロ！　と食事をおしもどした。
マアナペは、まじない師だった。そのマカシェイラは口にしたくなかったので、腹ペコですごし、イパヅ[710]の葉をかんでごまかした。夜にな

---

[706] 原文の表記で、Paticl、Moposêru、Sivuoímo、Omaispopo、Aracu、Mecumecuri、Paí。すべて「水の神」の名。このうち、Aracu は、カラシン目、アノストムス科、*Leporinus* 属の魚の名でもある。骨が多いが、美味。
[707] 十九世紀末アメリカでジャズの前身であるラグタイムと呼ばれる音楽が生まれ、これに合わせて生まれた社交ダンス。1910年代後半から1940年代にかけて一世を風靡した。
[708] サンパウロ州南東部にある市。1620年代から、奥地探検隊の拠点として発展した。
[709] インディオと白人の混血、あるいは、田舎者のこと。古くは、インディオのことを指した。ポルトガル語の「caboclo」は、トゥピ語の「*kari'boka*（白人の血を引く）」に由来する。
[710] アマ目、コカノキ科、コカ属、和名コカノキ、学名 *Erythroxylum coca*。南米原産の常緑低木。葉を炙って口に含むと、胃の筋肉を麻痺させ、空腹を和らげる。

って、ジゲがつり床にとびこもうとすると、連れ合いはピトンバ[711]の種を呑みこんで、腹がはるとうなりはじめた。ただジゲと遊びたくないだけだった。ジゲは、腹をたてた。
　次の日も、スージーは市場にでかけるとき、口笛ではやりのフォックストロットをふいた。マクナイーマがあとからでてきた。ジゲは、本物の勇者だった。でっかい棍棒をつかむとこっそりあとから家をでた。さがして、捜して、光の庭公園を手をつないで歩くスージーとマクナイーマをみつけた。二人見つめ合って、笑っていた。ジゲは棍棒を二人にうちおろし、連れ合いを下宿にかついで帰り、弟は池のふちの白鳥の中にグッタリおきざりにした。
　次の日から先、ジゲが買い物をした。連れ合いは、部屋にとじこめておいた。スージーはすることもなく、人の世の理(ことわり)にプリプリしていた。と、そこへ聖アンシエタ[712]が世をあゆみ、スージーの家を通りかかった。あわれに思い、シラミをとることを教えた。スージーは赤毛を前髪で切りそろえていて、シラミがたくさんいた、たくさん！　もう、マカシェイラの下にラゴスタがある夢は見なかったし、いけないこともしなかった。ジゲがいなくなると髪をとり、連れ合いの棍棒にぴったりかぶせてシラミをつぶした。それにしてもシラミがたくさん、たくさんウヨウヨ！それで、捕ってるところを連れ合いに見とがめられるのがこわくて、こう言った：
　——ジゲ、私のだんなのジゲ、市場からもどったらまず戸をたたいて、私の気がすんで、マカシェイラを料理する気になるまで毎日ずっとたたきつづけて。
　ジゲは、たたくと言った。毎日マカシェイラを買いに市場へ行き、家にもどるとずっと戸をたたいた。戸をたたく音を聞くと、女は髪を頭にかぶり、ジゲを待った。
　——スージー、俺の女房のスージー、戸を何度もたたいた。うれしかったか？
　——もちろん！　女は返した。そして、マカシェイラを料理するのだった。
　毎日、そうだった。それにしてもシラミがたくさん、たくさんウヨウヨ！　とったのを一匹いっぴき数えるものだから、だから、シラミはま

---

[711] ムクロジ目、ムクロジ科、学名 *Talisia esculenta* で、実の大きさは 3cm 程。一つか二つの種があり、包んでいる層が甘酸っぱく、美味しい。
[712] ジョゼ・ジ・アンシエタ神父（注493参照）のこと。列福は1980年、聖人となったのは2014年である。

すます増えた。あるとき、ジゲが市場に行っている間連れ合いは何をしているのだろうと考え、スージーをおどろかせてやろうと思って、おどかした。足を宙にひっくり返してバタバタさせ、手のひらをついて歩いて帰った。とびらをあけ、スージーをおどろかした。さあ、スージーは大声をあげてあわてふためき、かつらを頭にかぶった。ひたいの髪がうなじにきて、うなじの髪が眼にたれた。ジゲはスージーをメス豚とののしり、ひどくたたいた。だれかが階段をのぼってくるのが聞こえるまで、叩いた。それは豚で、下からやってきたのだった。で、ジゲはなぐるのをやめ、肉切り包丁をとぎだした。

　次の日、マクナイーマは、またジゲの連れ合いと遊びたくなった。兄たちに遠くへ狩りに行くと言ったが、けれども、行きはしなかった。サンタ・カタリナ[713]産のブチア椰子[714]のリキュールを二瓶とサンドイッチを一ダース、それに、ペルナンブーコ産のパイナップルを二つ買い、部屋にひそんだ。しばらくしてから部屋をでて、包みを見せながらジゲに言った：

　——ジゲ兄さん、通りをいくつも行ったずっとむこうだ。たっくさん実のなった大きな木があるからすぐわかる。獲物がどっさりいた、見て来いよ！

　兄は疑心暗鬼でエロイをジッと見たけれども、マクナイーマは平気でごまかした：

　——いいかい、パカ鼠にアルマジロ、コチア鼠…いや違う、コチア鼠はいない、ぜんぜん見なかった。パカ鼠とアルマジロ、コチア鼠はいない。

　ジゲは聞いたことは何でも想像妊娠してしまうので、すぐに銃をとりに行き、言った：

　——じゃあ、俺は行く。いいか、弟よ、オレのカミさんと遊ばないと固く誓うんだ。

　マクナイーマは、スージーの方を見ることもしないと母親の思い出にかけて誓った。ジゲは、ジュジュ銃と先のとがったナナイフ、フフフを手に取りなおし、家をでた。ジゲが角を曲がるか曲がらないうちに、マ

---

[713] ブラジル南部の州。大西洋に面しており、十六世紀初頭から西欧各国の航海士が訪れていた。
[714] ヤシ目、ヤシ科、ブテア属のヤシの木の総称、あるいは、ブテア属の和名ブラジルヤシ、学名 *Butia capitata* のこと。*Butia capitata* は、樹高 7m 程で、ミナス・ジェライス州からリオ・グランジ・ド・スル州のブラジル、パラグアイ、アルゼンチン、ウルグアイ原産。実は、リキュール、蒸留酒、酢、ゼリーなどの原料となる。

クナイーマはスージーが包みをあけ、"ハチの巣[715]"と呼ばれる名の知れたレース布を広げるのを手伝った。そのレースは、化粧箱ごと赤線地帯のとっつきのやり手ジェラシーナがセアラ・ミリン[716]のムリウ地区[717]で盗んだものだった。すべてがととのうと、二人はつり床にとびこみ、遊んだ。ほら、互いに見つめ合って笑っている。うんと笑い合ったあと、マクナイーマが言った：
　　——栓をぬいて、二人で飲もう。
　　——うん、女は言った。そして、ブチア椰子のリキュールの一本目を飲んだ。すごくおいしかった。二人は舌をならし、またつり床にとびこんだ。遊びたいだけ遊んだ。ほら、互いに見つめ合って笑っている。
　ジゲは一里半歩き、いくつもの通りのずっとむこうまで行き、実のなった木を、行ったり来たり、何度もさがしたが、ワニは見つけた？　ジゲだって！　実をつけた木なんかまるっきりなくて、ジゲはすべての通りの端から端まで探しながら戻ってきた。ようやく着いて部屋にあがると、弟のマクナイーマとスージーが笑い合っているところに出喰わした。ジゲは、カンカンになって連れ合いをなぐった。ほら、女が泣いている。ジゲはエロイをとらえ、棍棒をつかむと気のすむまで、打って、打って、マヌエルがやって来るまで[718]打った。マヌエルは下宿の使用人で、島の住人だった。ほら、エロイはぐったりしている。ジゲは腹がへってフラフラしてきて、サンドイッチとパイナップルを食べ、ブチア椰子のリキュールを飲んだ。
　なぐられた二人は、なぐさめ合って夜をすごした。次の日、ジゲは不機嫌で、吹き矢をつかむと、例の木がないかでかけた。ジゲは、本当にまぬけだった。スージーは、男がでるのを見ると目をぬぐい、恋人に言った：
　　——泣くのはやめましょう。
　それで、マクナイーマは気持ちをほどき、マアナペ兄に話しに行くしたくをした。ジゲは、下宿にもどると、スージーに聞いた：
　　——エロイは、どこへ行った？
　けれども、女は頭に血が上っていて、口笛をふきはじめた。すると、ジゲは棍棒をつかんで、連れ合いのもとへ行き、肩をおとして言った：

---

715 幾何学模様が盛り上がった、ワッフル編みのこと。
716 リオ・グランジ・ド・ノルチ州の北東部にある市。大西洋に面している。
717 セアラ・ミリン市の大西洋に面した街区。
718 ブラジルで「マヌエルがやって来るまで」には、「非常にたくさん、強く」の意味がある。

——出て行きなさい、ふしだら女！
　それを聞いて、女はしあわせで笑みをうかべた。数をかぞえずに、残っていたシラミをすべてとった。たいへんな数のシラミだった。ゆり椅子につなぎ、そこにすわると、シラミは跳ね、スージーは空にのぼって、はねる星になった。流れ星だ。
　エロイが遠くからマアナペに気づくか気づかぬうちに、マアナペにはエロイがうち沈んでいるのがわかった。エロイは兄の胸に身を投げ、あんなにジゲにぶたれなきゃならない理由はどこにもないと悲しそうに話して聞かせた。マアナペはいきどおり、ジゲのところへ話しに行った。その時、ジゲももうマアナペのところへ話しに来ていた。二人は廊下で一緒になった。マアナペはジゲに語り、ジゲはマアナペに語った。それで、マクナイーマがどれほど破廉恥でふぬけかがわかった。二人がマアナペの部屋にもどると、エロイがふさぎ込んでいた。元気づけるため、兄たちは自動車マシーンでエロイをドライブに連れだした。

ⅩⅣ　ムイラキタン

ピアイマンが帰ってきた。
ピアイマンの家で、
煮え立つスパゲッティの鍋の上のブランコに乗れと言われたが、
乗ったことがないからまずやり方を教えてくれと言い、
マクナイーマはピアイマンを突き落として、殺す。
ムイラキタンを取り戻す。

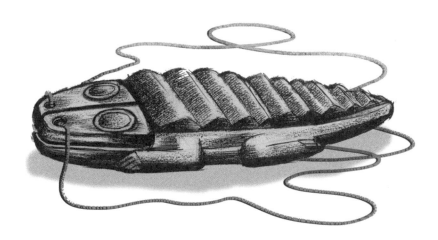

次の日の朝、マクナイーマが窓をあけきらぬうちに、みどり色の小鳥が目にとびこんできた。エロイはうれしくて、すっかり満足し、マアナペが部屋にはいってきて、どの新聞マシーンにもベンセズラウ・ピエトロ・ピエトラが戻ってきたとあると聞いたときには、なおさらだった。そこで、マクナイーマは、いつまでもジックジク思っていないで、さっさと巨人をかたづけることにした。街をでて、ナントカ森へ行って力をためした。一里半ほど探して、とうとう根が地から路面電車ほど大きく盛り上がったペロバの木をみつけた。"これは、いい"とつぶやいた。根に腕をいれ、思いっきり引っぱると、木は跡も残さず地からぬけた。"よし、いいぞ。力は、ある！"　マクナイーマは、一人ごちた。さらに満足し、街へ向かった。けれども、ダニがいっぱいで歩くこともできなかった。マクナイーマは、ゆっくりと言い聞かせた：
　──さあ、ダニたち！　いなくなれ、みなさん。お前さんたちに借りはないよ！
　すると、エロイの魔法でダニは一匹のこらず地に落ち、行ってしまった。ダニはかつて私たちと同じ人間だった...　むかし、道のはたに店開きしたことがある。掛け売りをいとわなかったので、よく売れた。掛けで売り、掛けで売り、ブラジル人は誰も払わず、とうとう店はつぶれ、ダニは商売を追われた。それで、勘定をとりたてるためにあれほど人につきまとうのだ。
　マクナイーマが街についたときには、もう夜もふけていた。エロイは、いそいで巨人の家の様子を見に行った。地上には霧雨がかかり、家には人の気配がなく、真っ暗だった。マクナイーマは女中をみつけて遊ぼうと思ったが、角にタクシー・マシーンのたまりがあり、娘たちはそこらあたりでもう遊んでいた。マクナイーマは、クリオ鳥[719]をつかまえるアラプカ罠[720]をしかけようとも思ったが、肉切れがなかった。することもなく、眠気がおそった。けれども、寝るわけにはいかなかった。ベンセズラウ・ピエトロ・ピエトラを待っていたからだ。思った："眠気が来るか見張って、来たら絞め殺す"。ほどなく人影が近づいてくるのが見えた。エモロン・ポドレ[721]、眠気の父だった。マクナイーマは、眠気の父をおどかさず、殺せるようシロアリの巣の間でじっと息をつめた。エモロン・

---

[719] スズメ目、ホオジロ科、コメワリ属、学名 *Oryzoborus angolensis* で、ブラジル原産の小鳥。体長15cmで、体色は黒、腹は赤茶、翼の内側は白。囀りが美しく、競技会が催される。
[720] 小動物を捕えるための罠。大小の木枠をピラミッド状に組み、つっかえ棒で支えて、獲物が来るのを待つ。
[721] トゥピ族の神話に現われる眠りの神。

ポドレがやって来て、ヤッテキテ、すぐ近くまで来たとき、エロイはコックリ、あごを胸に打ちつけ、舌をかんで、叫んだ：
　——ビックリしたあ！
　眠気は、あわてて逃げた。マクナイーマは、すっかり落ち込んでトボトボ歩いた。"なんてこった！　もうちょっとで捕まえられたのに... あきらめるもんか。今度こそ、もし眠気の父を捕まえて、絞め殺せなかったら、猿の群れになめられてやる！"エロイは、思った。そばに小川が流れていて、上に倒れた木が丸太橋になっていた。もう雨もすっかりあがり、はるか遠く湖が月影に白くけぶっていた。あたりはひっそりと静まり返り、水のうたう貧乏人の子守歌で何とも心地よかった。眠気の父は、その辺りにひそんでいるに違いなかった。マクナイーマは腕を組み、左目で眠って、シロアリの巣の間にじっとした。ほどなくエモロン・ポドレがやって来るのが見えた。眠気の父は、やって来て、ヤッテキテ、いきなり止まった。マクナイーマは、眠気の父が言うのを聞いた：
　——こいつは死んじゃいない。死んでたらゲップしないはずがない！
　それを聞いて、エロイはゲップした"ジュッキ！"
　——死人がゲップするはずがない、そうだろう！　眠気はからかって、とっとと逃げた。
　それだから、眠気の父は今もいて、人間は罰があたって立っては眠れない。
　マクナイーマがエモロン・ポドレにしてやられて、気落ちしていると、何やら騒がしく、小川の向こう岸から運転手が手招きするような身ぶりをするのが見えた。びっくり仰天、声を荒らげて言った：
　——オレのことか、兄さん！　オレはフランス女じゃねえ！
　——ご冗談でしょう！　若者がこたえた。
　その時、タタジュバ[722]の汁でそめた黄色いリネンの服を着たメイドちゃんがマクナイーマの目にはいった。ちょうど丸太橋で小川をわたるところだった。通りおわったあと、エロイは丸太に大声で聞いた：
　——何か見えたか、丸太？
　——あの子のイイモノが見えた！
　——クワッ！　クワッ！　クワッ、クワクワッ！...
　マクナイーマは、大声をあげて笑った。そして、二人のあとを追った。二人はもう遊んだあとで、湖のほとりになごみに来たのだ。娘は、浜の

---

[722] 注44を参照。

浅瀬によせられたカヌーのふちにかけていた。水を浴びたまますっかり裸で、生きたタンビウ[723]を食べながら、若者に笑いかけていた。男は娘の足のそばにうつぶせに浮かび、娘に食べさせるランバリ[724]を湖にさがしていた。波は小さな子どもたちで、男の背によじ登り、濡れた裸のからだをすべって、ケラケラ笑いながらまた湖にしたたり落ちていくのだった。娘は足を水に打ちつけ、すると、月あかりをぬすんできたようにほとばしり、上手にけりあげて、若者の目を見えなくした。男は湖に頭をもぐらせ、口いっぱいに水をふくんで浮かんだ。娘は足先で男のほおをはさみつけ、噴き出すいきおいを、そう、たっぷり腹にうけた。そよ風が娘の長い髪をつむぎ、まっすぐな一本一本をその顔にピンとはりつけた。若者はそれを見て、水から胸をあげ、その人のひざにあごをのせて体をささえた。腕を高くのばし、娘がタンビウを食べやすいよう、顔にかかる髪をのけはじめた。娘はおかえしに男の口にランバリを三匹くわえさせ、にっこり笑ったかと思うとサッとひざをはずした。若者の胸はささえをなくし、ザブンと水の底までもぐりおち、その上、娘は足で男の首をおさえこんだ。女は、生きて味わえるかぎりのこの喜びに、バランスを崩すことなど考えなかった。すべり落ちそうになって、そのままカヌーはひっくり返った。そう、ひっくり返らせておけばいい！　娘ははしゃぎながら若者の上にころげ落ち、男は幹まきツルのアプイゼイロ[725]のようにいとおしく女にからまりついた。二人はもう一度水の中で遊び、タンビウはみなチリヂリになった。

　マクナイーマがやって来た。ひっくり返ったカヌーの底に腰かけて、待った。遊びおわったところを見て、運転手に言った：

　　　　——もう三日何(なん)にも食べてない、
　　　　　一週間痰も吐いてない、
　　　　　アダムは粘土でつくられ、よるべない、
　　　　　おいっ子、たばこを一本くれないか。

　運転手はかえした：

---

[723] カラシン目、カラシン科、学名 *Astyanax bimaculatus*。体長15cm程のアマゾン川流域に豊富な魚で、色は銀、尾びれが黄味がかった金。
[724] カラシン目、カラシン科、*Astyanax* 属の魚の総称。体長10-15cm、銀色で、鰭が黄、赤、黒味がかっている。
[725] バラ目、クワ科、イチジク属、*Urostigma* 亜属の植物で、宿主となる木や建物の割れ目などに着生し、根を地に伸ばして成長する。根は幹として太くなって宿主の表面を覆うようになり、着生植物と宿主との別がわからなくなる。

──ごめんなさい、おじさん、
　　たばこをあげられなくて；
　　藁[726]とマッチとゴイアス煙草[727]
　　水に落として、吸えなくて。

　──気になさらずに、持ってるから、マクナイーマはこたえた。パラ州[728]のアントニオ・ド・ロザリオ[729]が作った鼈甲のシガレット・ケースをとりだし、若者に、そして、メイドちゃんにタウアリ[730]の木の皮でまいたタバコをすすめ、二人に一本、自分にもう一本マッチを擦った[731]。それから、蚊をはらい、一つ語りはじめた。そうして、夜はサラサラながれ、闇に時を告げるスルリナ[732]のさえずりも気にならなかった。それは、こんなお話だった：

　──昔、むかし、お若いの、自動車は今のようなマシーンではなかったんだ。うす墨色のピューマだった。ピューマは、パラウアという名で、なんとかいう大きな森にいた。行け、パラウアは眼に言った：

　──海の浜へお行き、私の碧色の眼よ、いそいで、急いで、イソイデッ！

　眼は行き、ピューマは盲（めしい）になった。けれども、鼻先をもたげ、その鼻に風をかがせ、アイマラ・ポドレ[733]、牙魚トライラ[734]の父がはるか遠くの海にやって来ているのを知った。そして、叫んだ：

　──海の浜から戻っておいで、私の碧色の眼よ、いそいで、急いで、イソイデッ！

　眼はもどって来て、パラウアはまた目が見えるようになった。そこに黒いジャガーが通りかかった。それはそれは獰猛で、パラウアに話しか

---

[726] 原書では「palha」で、刻み煙草を巻くための藁状の物のこと。
[727] 干した煙草の葉を束ねて、縄状に固めた物。10cm 程切りとって水に浸し、液を殺虫剤として使う。
[728] ブラジル北部に位置する州。アマゾナス州から流れて来たアマゾン川は、この州で大西洋に注ぐ。
[729] 著者の知人であろう。
[730] ツツジ目、サガリバナ科の樹木で、学名 *Couratari oblongifolia*。樹高50mに達する。アマゾン流域で、その内皮が煙草の巻紙として利用される。
[731] マッチ一本で三人の煙草に火をつけると三人目が死ぬ、という俗言がある。マッチ会社の宣伝によるという説と、第一次大戦時マッチを灯していると敵の標的になったからという説がある。
[732] シギダチョウ目、シギダチョウ科、ヒメシギダチョウ属で、学名 *Crypturellus soui*。中南米に広く分布。高く始まり、「フィーイ、イ、イ」と下がっていく囀りは、間をおいてゆっくり繰り返す。
[733] ポルトガル語の「Aimará」、「Pódole」は、タウリパンギの言葉で「トライラ」、「父」の意。
[734] カラシン目、エリュトリヌス科、*Hoplias* 属の魚。体長69cm、重さ2kg以上に達し、肉食で強暴。ブラジルで最もよく見る魚のうちの一種で、河川、湖に広く分布している。

けた：
　——何をしてるんだい、おっかさん！
　——海を見に眼をやったんだ。
　——具合は、どうだい？
　——そりゃあ、犬がぶったまげるほど。
　——じゃあ、私のも遣ってくれ、おっかさん！
　——遣らないよ。アイマラ・ポドレが海の浜にいるからね。
　——遣らないならひと呑みにするからね、おっかさん！
　すると、パラウアはこう言った：
　——海の浜へ行け、ジャガーのおっかさんの黄色い眼よ、いそいで、急いで、イソイデッ！
　眼は行き、黒いジャガーは盲になった。アイマラ・ポドレはそこにいて、ジュッキ！　ジャガーの眼を呑みこんだ。トライラの父のにおいがひどく強くなっていたので、パラウアはすべてを察した。逃げようとした。けれども、黒いジャガーはすごく獰猛で、逃げるのを見とがめ、うす墨色のピューマに言った：
　——ちょっと待って、おっかさん！
　——こどもたちに晩ご飯を見つけてやらなきゃならないんだよ、おっかさん。じゃあ、またの日まで。
　——私の眼に戻るよう言ってからにしとくれ、おっかさん。もう目が
　　見えないのにはうんざりだ。
　パラウアは大声で：
　——海の浜から戻っておいで、ジャガーのおっかさんの黄色い眼よ、
　　いそいで、急いで、イソイデッ！
　けれども、眼は戻ってきやしなかった。それで、黒いジャガーはいきり立った。
　——さあ、ひと呑みにしてやる、おっかさん！
　言って、うす墨色のピューマを追って走った。森を追いつ追われつすさまじく、シイッ！　小鳥たちはおびえて小っちゃこく、ちいっチャコクなり、夜はびっくりたまげて金縛りになってしまった。それだから、木々の上に目がさしているときも、森の中はいつも夜なのだ。かわいそうに、夜は固まって、動けない...
　パラウアは一里半走り、疲れ切って振り返った。黒いジャガーは、す

ぐそこに来ていた。さあ、パラウアはイビラソイアバ[735]と呼ばれる丘まででやって来て、どでかい鉄床(かなとこ)を見つけた。ブラジルの創成期に建てられたアフォンソ・サルディーニャ[736]の鎔鉱所のものだ。鉄床と一緒に車輪が四つ置き去りにされていた。そこで、パラウアはシャカリキにならなくてもうまくすべるよう、車輪を足にくくりつけ、何と言うか：尻に帆かけて一目散、追いつ追われつすさまじく！　ピューマは、あっと言う間に一里半を駆け抜けた。けれども、はしって、走って、ジャガーにせまられる。とてつもない騒ぎにおびえて小鳥たちは小っちゃこく、チッチャコクなり、夜は身動きとれずに重さをました。ヨタカのうめきに、騒ぎはいやが上にもおそろしく...　ヨタカは夜の父で、お若いの、娘が遭ったわざわいに泣いていたんだ。

　パラウアを空腹がおそった。ジャガーが尾にふれそうだ。けれども、腹が背にくっついていて、もう走れない。さあ、もっと行って祟(たた)りが住むというボイペバ[737]の浜をすぎようとしたとき、とおりがかりにエンジンがあったので、呑み込んだ。エンジンが胃袋に落ちたとたん、あわれなピューマに新たな力がわき、走った。一里半行って、ふり返った。さあ大変、黒いジャガーにおおいかぶさられそうだった。夜がうち沈んでいるおかげで、闇は見てみねばわからぬほど暗く、ピューマは何かデカいものをよけそこなって小さな丘の斜面にオモイキリ鼻から突っ込んだ。でも大丈夫、パラウアはパラウアだから！　さあ、ピューマは大ボタルを二匹くわえ、歯にはさんで道を照らし、先をいそいだ。もう一里半行くか行かないところで、ふり返った。ジャガーは、すぐそこだった。うす墨色のピューマはひどく臭く、そして、盲のごろつき女はうずら狩の猟犬の鼻だった。さあ、パラウアはトウゴマ油[738]の腹くだしを飲み、ガソリンという名の缶入りエキスをつかんで x に流しこんだ。すると、そこらにいるヘコキ驢馬とおんなじにフオンフオン！　フオン！　とどろく音はすさまじく、あのゴロゴロ丘[739]からひびくガチャンガチャン皿の割れる不吉な音がかき消されるほどだった。黒いジャガーは、目が見え

---

[735] 1601年、親と子のアフォンソ・サルディーニャの息子の方が金と銀を発見したと宣言した鉱山。
[736] 親子で同名。1589年に親子でアラソイアバ（注735参照）の丘の麓に鉄鉱を発見した。父は、1591年に製鉄所を開業、ブラジル製鉄業の創設者と呼ばれている。
[737] バイーア州にある島。州都サルヴァドールから南へ約100km。地上の楽園で、引退した鬼が余生を過ごすと言われるほど美しい。島名「Boipeba」は、「海亀」を意味するトゥピ語「m'boipewa（平べったい蛇）」に由来する。
[738] トウダイグサ目、トウダイグサ科、トウゴマ属、和名トウゴマ（唐胡麻）、ヒマ（蓖麻）、学名 Ricinus communis。種子から得られる蓖麻子油は便秘薬、下剤として広く使われる。
[739] 頂から雷鳴がとどろくような音がする山には、鉱物が眠っていると言われる。

ないし、おっかさんの体臭をかぎわけられなくなって、すっかりまごついた。パラウアは走りにハシッて、ふり返った。ジャガーは、見えなかった。それに、鼻づらが熱くなって湯気をだし、もう走れなかった。すると、柵にかこわれた広大なバナナ園が見えてきた。パラウアは、もうサントス[740]港に着いていたのだ。さあ、生き物は音をあげる鼻づらに水をぶちまけ、熱をさました。それから、フィゴ・バナナ[741]の大きな葉を切りとり、外套のように頭からかぶって身をかくした。そうやって休んだ。黒ジャガーはキリキリと獰猛で、すぐそこまで来たとき、ピューマは身じろぎ一つしなかった。ジャガーは、おっかさんに気づかず通りすぎた。そう、ピューマはこわくて、逃げるのに助けになるものはどれも片時もはなさない。足に車輪、腹にエンジン、のどに腹くだしの油、つらに水、尾骶骨にガソリン、口に二匹のホタル、フィゴ・バナナの葉を外套にかぶって、アイ、アイ！　突っ走るぞ。肝心なのは、タシー[742]って名のアリの大隊列か何かをふむことだ。そしたら、そのタシーだか何だかがツヤッツヤの毛並みをよじ登って耳をかむ、何てこった！　神も仏もあるものか、行くゾ！　そして、その上、素性をごまかすためにおかしな名を使った。ジドーシャ・マシーンだ。

　音をあげているときに水をグビグビ飲んだので、パラウアは身動きがとれなくなった。だから、マイカーを持つと家の身動きがとれなくなるんだ、お若いの。

　のちにピューマはひと腹でたくさん子を産んだという。男の子も女の子も。何匹かはオスで、何匹かはメスだった。だから、人は"逞しいフォード"とか、"優しいシボレー"とか言うのだ…

　めでたし、めでたし。"

　マクナイーマは、ことばを切った。動かされた心が、二人の口から声をあげて泣いた。涼やかさがあおむけに腹を見せ、水面をただよっていた。若者は頭を沈めて涙を隠し、ピチピチあばれるタンビウを歯にくわえてきた。娘と魚をわけ合った。その時、どこかの家の戸口でピューマのフィアットがのどをあげ、月にむかって吼えた：

　――バウーア、バウーア！

　すさまじい雄叫びが轟き渡り、息のつまる魚の臭いがあたりにみちた。ベンセズラウ・ピエトロ・ピエトラが戻ったのだ。運転手はすっくと立

---

[740] サンパウロ州南部にある港湾都市。1543年にポルトガル人によって開かれ、外港として栄えた。
[741] 調理用のバナナで、主に揚げ物にする。
[742] ハチ目、アリ科、クシフタフシアリ属の蟻。注612、862を参照。

ち上がり、女中もそうした。二人はマクナイーマに手をさしのべ、いざなった：
　——巨人が旅からもどりました。みんなで様子を見に行きますか？
　行った。ベンセズラウ・ピエトロ・ピエトラは、通りに面した門でリポーターと話しているところだった。巨人は三人に微笑みかけ、運転手に言った：
　——中に入ろうか？
　——はい！
　ピアイマンは、耳にピアスの穴をあけていた。若者の片足を右耳に、もう一方を左耳にとおして背負い、庭園をぬけて、家にはいった。ホールにはアカプの木でしつらえた家具とマナウスに住むドイツ生まれのユダヤ人[743]が編んだチチカ蔓[744]のソファーがならび、その真ん中には、ジャペカンガ[745]の蔓のブランコがさがるでっかい穴があいていた。ピアイマンは、若者をジャペカンガにすわらせ、少しばかり揺らしたいか聞いた。若者は、「はい」とこたえた。ピアイマンはゆらして、揺らして、いきなりドスンとついた。ジャペカンガにはトゲがある... 棘が運転手の肉にささり、血が穴にしたたりだした。
　——もういい！　充分だ！　と運転手が叫ぶと、
　——揺らすゾって言ったろ！　ピアイマンは、こたえた。
　血はしたたりつづけ、巨人の連れ合いは穴の底にいた。血はポタポタ、カアポラが旦那にゆでるスパゲティーの鍋にしたった。若者はブランコで呻いた：
　——父さん、母さんが今ここにいたら、こんな人で無しの手にかかって苦しむことはなかったのに...
　それを聞いて、ピアイマンは思いきり強く蔓をひと突きし、若者はスパゲティーの海におちた。
　ベンセズラウ・ピエトロ・ピエトラは、マクナイーマを連れに行った。エロイは、もうメイドと笑い合っていた。巨人は言った：
　——中に入ろうか？
　マクナイーマは、伸びをしてつぶやいた：

---

[743] ユダヤ人のブラジルへの移住は、1502年にポルトガル国内で許されたのが最初。マナウスには、第一次大戦から1930年までの間に20,000人以上が暮らすようになっていた。
[744] オモダカ目、サトイモ科、学名 *Heteropsis jenmani*。家具や笊、籠などを作るのに用いられる。
[745] ユリ目、サルトリイバラ科、サルトリイバラ属、学名 *Smilax goyazana*。棘のある蔓植物で、根は胆嚢の病を癒し、利尿効果がある。カシナウア族の言い伝えで、クフピラ（注68）、カアポラ（注311）はジャペカンガを鞭にする。

——アア！...　かったるい！...
　——さあ、はやく！...　さあ？
　——じゃあ...
　ピアイマンは運転手にしたと同じように、足を耳の穴につっこんで、逆さ吊りにエロイを背にかついだ。マクナイーマは逆さ吊りのまま吹き矢をつきだし、さながらサーカスの曲芸師のように的がわりの小さな玉子[746]にあてた。巨人はイライラさせられて、ふり返り、エロイを見とがめた。
　——そんなことするんじゃない、高貴なお方！
　吹き矢をとりあげると遠くにほうり、マクナイーマは次々あたる庭樹の枝を手につかんだ。
　——何をしているんだ？　巨人は、いぶかって問うた。
　——枝が顔にあたっているのがわからないの！
　ピアイマンは、頭を上にエロイをひっくり返した。すると、マクナイーマは、枝々で巨人の耳をくすぐった。ピアイマンは身をよじって大笑いし、我慢できずにはね回った。
　——手をやかせるんじゃない、高貴なお方！　と言った。
　ホールにつくと、階段の下に歌う小鳥の金の籠がさがっていた。そう、巨人の小鳥は、蛇とトカゲだった。マクナイーマは籠にとびこみ、誰にも気づかれないようコッソリ蛇を喰らいはじめた。ピアイマンはブランコに来いとさそったが、マクナイーマは数えながら蛇を呑みこむばかりだった：
　——あと五匹...
　と言って、もう一匹のみこんだ。とうとう蛇はいなくなった。エロイは怒りでふくれあがり、右足から[747]おりた。目をつり上げてムイラキタンの盗っ人をにらみつけ、独りごちた：
　——フーンム...　かったるい！
　それでも、ピアイマンは、エロイにブランコにのるよう幾度もすすめた。
　——ソンナモン、のり方がわからねェ...　先にのって見せてくれ、とマクナイーマはボソボソ言った。
　——何てことはない、エロイ！　水を飲むぐらいにたやすいことだ！

---

[746] ピアイマンの睾丸であろう。
[747] 右足から歩きはじめると運がいいと言われている。

ジャペカンガに乗っかるだけで、OK。ワシが揺らしてやる！
——よし、わかった。けれども、あんたが先だ、巨人。
　ピアイマンは言いつのったが、エロイも巨人がまず乗れと言いはった。それで、ベンセズラウ・ピエトロ・ピエトラは蔓にのり、マクナイーマは次第、シダイに強く揺らした。うたいながら：

　　　　"サン・サ・ソリ
　　　　船長さん、
　　　　おびに剣
　　　　手にカミソリ！"

　思いきりおした。トゲが巨人の肉に喰い込み、血が噴き出した。カアポラは、血の雨が連れ合いの巨人のものだとは知らず、穴の底でスパゲティーの大鍋にボタボタうけた。汁が濃くなった。
　やめろ！　やめろ！　ピアイマンは、わめいた。
　——揺らすゾと言ったろ！　マクナイーマは、こたえた。
　巨人がグルグル目を回すまで揺らし、それから、ジャペカンガを飛び切り強くひと突きした。蛇を食べて、気が荒くなっていたのだ。ベンセズラウ・ピエトロ・ピエトラは、歌うようにうなりながら穴に落ちていった：
　——わん、わん、わん...　助かったなら、もう絶対誰も喰わん！
　穴の底でスパゲティーが湯気をたてているのが見えたので、鍋にどなった。
　——どかないと、お前をひと飲みにしちまうぞ！
　けれど、ワニはどいたかな？　大鍋だって！　巨人はたぎるスパゲティーにおち、皮の煮えるひどく強いにおいがあたりにたちこめた。あまりの臭いに街のチコチコ雀はみな息絶え、エロイは、気を失った。ピアイマンはジタバタもがき、死ぬゾ生きるゾ、まさに巨人の馬鹿力で、何と、鍋に立ちあがった。顔にかかるスパゲティーをはらいのけ、三白眼に目をむいて、自慢の口ひげをなめた：
　——チーズがたりない！　大声で言った...
　そして、逝った。
　これが巨人のピアイマン、人間食漢ベンセズラウ・ピエトロ・ピエトラの最後だった。

マクナイーマは、意識がもどるとムイラキタンを探しだし、電車マシーンで下宿にむかった。そうして、悶えながらこう泣くのだった：
　——ムイラキタン、私の女のムイラキタン。お前はこの手に、女はどこに！...

ⅩⅤ 大ミミズ、オイベの臓物

三人は故郷へ向かった。
大ミミズの家に厄介になり、
オイベの焼いていた臓物を食べてしまう。
マクナイーマはオイベに追いつ追われつ。
逃げ切ってカヌーにとび乗る。

そして、兄弟三人は心の地にむかった。
　満足だった。中でもエロイは、他の二人より心満ちていた。英雄にしか感じることのできない心持ちがあったからだ：わきあがる喜び。発った。ジャラグア山[748]のてっぺんまで来たとき、マクナイーマはふり返り、途方もなく大きなサンパウロの街をじっとながめた。目をふせてずっと長い間黙りこみ、そして、首をふってつぶやいた：
　――わずかな健康、ありあまるアリ、ブラジルの悪だわさ...
　涙をぬぐい、わななく唇をキリリとむすんだ。そして、術をはなつ：両腕を宙にふって、巨大な部落を石でできた一匹のナマケモノにかえ、すすんだ。
　マクナイーマは、よくよく考えてから、手元に残った金をサンパウロの文明でどうしても手に入れずにはいられないものを買うのにつかった。スミス・アンド・ウエッソンのリボルバーとパテック・フィリップ[749]の時計、それに、白色レグホンの番いだった。マクナイーマは、リボルバーと時計を一つずつ耳に飾り、手にオンドリとメンドリを入れた籠を持った。動物クジでかせいだ金は、もう一銭も残っていなかったが、穴をあけた唇にはムイラキタンが揺れていた。
　お守りのおかげですべてがうまくいった。流れにまかせてアラグアイア川をくだり、ジゲが漕ぐとき、マアナペは舵をとった。三人は、ツキがもどったと感じていた。それだから、マクナイーマは舳先にひかえ、ゴイアス州[750]の人の暮らしをよくするために架けなくてはならない橋と手を入れる必要のある橋とをメモにとっていた。帷(とばり)がおりると、大水でのこされた湖沼に、おぼれて果てた人々をさがす光[751]がゆったりとサンバを踊っているのが見えた。マクナイーマはじっと見て、もっと見て、そして、ぐっすり眠った。次の日、すっきり目覚め、左腕に鳥かごの大きな環をとおし、カヌーの舳先に身をおこした。カバキーニョ[752]をつまびき、声をはりあげて、ふるさとへの郷愁を詠った。こんなふうに：

---

[748] サンパウロ市の北西に位置し、市で一番高い山、標高1135m。1580年頃アフォンソ・サルディーニャ（注735、736）が金を発見し、先住民と十年争った。一獲千金を求めて奥地へと向かう夫や息子、父親を見送るため、女たちが木の棒にくくりつけた白いシーツを風にかかげたと言われている。
[749] 1839年に二人のポーランド人、アントニ・パテックとフランチシェック・チャペックによって創業されたスイスの高級時計メーカー。
[750] ブラジル中部の州で、二十世紀初頭、交通、通信の整備が遅れていた。
[751] 溺れた人の遺体は、蠟燭を立てたお椀が停まったところにある、また、水面に灯る火は溺れた人の魂だ、という言い伝えがある。
[752] ポルトガルから渡ってきた移民たちが持ち込んだ民族楽器を起源とする弦楽器。ギターに似た形をしていて、ギターより小さい。

　　　　　鷗のアンチアンチ[753]は、水先案内人
　　　　　　　──ピラ・ウアウアウ、
　　　　　錐嘴(きりはし)のアリランバ[754]は、料理人
　　　　　　　──ピラ・ウアウアウ、
　　　　　燕のタペラ[755]、打ち捨てられたあばら家は
　　　　　ウラリコエラのどこの河っぺりに？
　　　　　　　──ピラ・ウアウアウ...

　そして、エロイの目差(まなざ)しは子どものころのふるさとをさがして川面をくだり、水面を下(のぼ)って、のびていった。くだるにつれて、魚のにおい、クラグワタ鳳梨[756]の茂み、すべてすべてにこみあげて、エロイは気のふれたように大声をはりあげ、意味のない飾りうたをくり返し、繰りカエスのだった。

　　　　　燕のタペラ、道標(みちしるべ)
　　　　　　　──カボレ梟(ふくろう)[757]
　　　　　鬼木走(おにきばしり)のアラパス[758]、パソカ料理[759]
　　　　　　　──カボレ梟
　　　　　兄弟よ、さあ、行こう
　　　　　ウラリコエラの河っぺりへ！
　　　　　　　──カボレ梟

　アラグアイアの流れは、小さくきしむカヌーを一直線にのせてヒタヒ

---

[753] アマゾン川流域の水辺にいる、チドリ目、カモメ科、カモメ属の鳥の総称。アマゾン川とその支流の川沿いに棲息。
[754] キツツキ目、キリハシ科の鳥の総称。ポルトガル語の「ariramba」は、トゥピ語の「ari'rãba」に由来。中南米の森林に棲息し、アマゾンの水辺にはどこにでもいる。体長15-31cm、嘴が長く細く尖っており、羽に瑠璃色の美しい光沢がある。枝にとまって水面を見詰め、あがってきた魚を捕える。
[755] スズメ目、ツバメ科、学名 *Progne tapera*。体長17.5cmで褐色、喉、腹、尾の先が白。明け方「ピピ、ピリリリ」と囀る。
[756] イネ目、パイナップル科、学名 *Bromelia pinguin*。葉は長く、縁に鋭いとげがあり、花の咲く時期には赤くなる。実も根茎、花も食用となり、実から採れる繊維は布となる。実から作るシロップは、咳に効く。
[757] フクロウ目、フクロウ科、学名 *Glaucidium brasilianum*。非常に小さく、体長16.5cm、重さ63g程の梟。
[758] スズメ目、カマドドリ科、オニキバシリ亜科の鳥の総称。メキシコ南部からアルゼンチン中央部の熱帯林、都市部に分布。体長13-36cm、重さ11-160g。爪を引っ掛けて木の幹を垂直に上り、硬い尾羽で体を支える。
[759] マンジョカとナッツ、干し肉などを臼ですりつぶしてペースト状にしたブラジルの料理。ミナス・ジェライス州では、カトリックの聖人をまつるフェスタ・ジュニーナ「六月の祭り」にパソカ祭りが催される。原文の「passoca」は、トゥピ語の「pa'soka」に由来する。

夕とゆく。はるか遠くから水の母、ウイアラ[760]たちの歌う声がかすかに聞こえた。ベイ、太陽は、櫂をこぐマアナペとジゲの汗でぎらぎら光る背と、スックと立つエロイの毛深い体を、ビシビシむち打った。息苦しい暑さは、気のくらむ三人を火責めにした。マクナイーマは、処女密林の皇帝であることを思い出した。太陽にむかって天空を掻き、叫んだ：

――エロピタ　ボイアモレボ[761]！

すると、たちまち空が暗くなり、あかね色の雲が地平線から湧きあがって、日の静けさを暮れさせた。夕焼けは空に広がり、空にひろがって、赤いアララ鸚哥とジャンダイア鸚哥の群れだった。これらすべてのやかまし屋は、トランペット鸚鵡に、クハレイロ鸚鵡[762]に、クタパド鸚哥[763]、シャラン[764]、ペイト・ホショ[765]、アジュル・クラウ[766]、アジュル・クリカ[767]、アラリ[768]、アラリカ[769]、アララウナ[770]、アラライ[771]、アラグアイ[772]、アララ・タウア[773]、マラカナン[774]、マイタカ[775]、アララ・ピラン

---

[760] 「イアラ」（注264を参照）の別称。
[761] 17世紀のイエズス会士、シマオン・デ・ヴァスコンセロスの著作『ブラジル州でのイエズス会のジョアン・ダルメイダの生涯』で、ジョアン・ダルメイダも「エロピタ　ボイアモレボ」と唱え、鳥に太陽を遮らせている。
[762] オウム目、インコ科、アマゾナ属、和名ブドウイロボウシインコ、学名 *Amazona vinacea*。ブラジル南部とパラグアイ、アルゼンチンの一部に棲息。全長30cm、色は緑。嘴基部から目の間は赤、頭は青、胸は赤紫、尾の先端は黄で、虹彩と嘴は赤。
[763] ツイン鸚哥（注111を参照）の別称。
[764] オウム目、インコ科の鳥で、和名アカソデボウシインコ、学名 *Amazona pretrei*、全長32cmで、リオ・グランジ・ド・スル州に分布。全身緑色で、顔と腿は赤い羽毛で被われる。尾羽の先端は黄緑、風切羽先端は青紫。虹彩はオレンジで、嘴は黄白色、上嘴基部の色彩はオレンジがかる。主に標高300-1000mにあるパラナマツの森林や河畔林に棲息し、非繁殖期には30-50羽の群れを作る。
[765] クハレイロ鸚鵡（注762を参照）の別称。「peito-roxo」は、ポルトガル語で「紫色の胸」の意。
[766] オウム目、インコ科、アマゾナ属、和名ワキアカボウシインコ、学名 *Amazona xanthops*。ブラジルとパラグアイ、ボリビアの一部に棲息。全長26-27cmで黄緑、頭と頸、腹は水色、尾羽と尾引下面が水色。
[767] オウム目、インコ科、学名 *Amazona amazonica*。南米に多く棲息し、ブラジルではアマゾンからサンパウロ北部の森林、平野、マングローブによく見られる。8羽程の群れを作り、夜は数百羽でユーカリの木で休む。繁殖期に長く、強く囀り合う。
[768] オウム目、インコ科、コンゴウインコ属、和名ルリコンゴウインコ、学名 *Ara ararauna*。全長76-86cm、体重900-1300g。羽と尾は青、胸と腹、翼と風羽の下面は黄、前頭部が緑で顎が黒、目の回りは白い。
[769] オウム目、インコ科、コンゴウインコ属、学名 *Ara militaris*。尾の長い大型の鳥で、黄緑色。黒い嘴の上に赤い房状の羽根があり、風切羽が水色、尾羽は上面が赤、その先端は水色、下面が水色でその基部が水色。
[770] オウム目、インコ科、*Anodorhynchus*属、和名スミレコンゴウインコ、学名 *Anodorhynchus hyacinthinus*。全長98cm、体重1.5kg。尾が長く、全身濃い青紫。ブラジルのアマゾン、サバンナ、湿原に棲息する。ポルトガル語の「araraúna」は、トゥピ語の「a'rarauna（黒い金剛鸚哥）」に由来。
[771] アラリ（注768）の別称。
[772] オウム目、学名 *Aratinga leucophthalma*、全長30-32cmで、黄緑。尾は長く、頸に赤い斑点、翼の中は黄で肩は赤、目の回りは白く、虹彩はオレンジ。30-40羽で群れをなし、森から街中まで広く分布。
[773] 原文で「arara-taua」。おそらく著者の造語。「tauá」は、トゥピ語で黄の染料の採れる粘土のこと。
[774] オウム目、インコ科、コンゴウインコ属、学名 *Ara maracana*。尾は長く、全長41cm、ブラジル、パラグアイ、アルゼンチンに棲息。黄緑で、頭と翼の先が水色、額、背と腹の一部が赤、尾の上面が錆色、目の回りは白く、嘴は黒。
[775] オウム目、インコ科、アケボノインコ属、学名 *Pionus maximiliani*。ブラジル、ボリビア、パラグアイ、アルゼンチン北部に棲息、全長25cm、体重260g。体色は緑、頭と頸が水色、翼の下面が黄、尾羽の下面が赤。ポルトガル語

ガ[776]、カトハ[777]、テリバ[778]、カミランガ禿鷹[779]、アナカ[780]、アナプラ[781]、カニンデ[782]、インコ、オウム、みんなみな皇帝マクナイーマの彩あやなすお伴だった。これらすべてのシャベリ止まずは翼とさけび声の天幕をはり、いまいましい太陽の腹いせからエロイをまもった。水の流れと神々と小鳥がどよんで何も聞こえず、カヌーは気が遠くなって、進みをとめてしまいそうだった。そこで、マクナイーマはレグホンが怯えるのにかまわず、時にきざむ大きな身ぶりで、みんなにむかって叫んだ：

　——昔むかし、黄色い雌牛がありました。最初に口をひらいたやつは、そいつの落としたクソ喰らえ！　めでたし、メデタシ！

　この世に音はなくなり、誰も話さず、水面のしじまがカヌーにひそむ影のぬるさをひきつぶしてゆく。ずっと遠くから、そのもっと向こうから、ウラリコエラのさざめきが低く、小さく聞こえてくる。エロイの昂ぶりはさらにまし、カバキーニョの爪弾きはふるえた。マクナイーマが何度も咳払いをして河にツバをはき、つばがしずんで吐き気をもよおすほど醜いマタマタ亀[783]の群れに身をかえると、エロイは何を歌っているのかもわからず気がふれたように大声を張り上げた、こんなふうに：

　　　　パナパナア[784]蝶の雲　　パア・パナパナア、
　　　　パナパナア蝶の雲　　パア・パナ不運なア：

の「maitaca」は、トゥピ語の「*mba'étaka*（騒々しい物）」に由来。

[776] オウム目、インコ科、コンゴウインコ属、和名コンゴウインコ、学名 *Ara macao*。メキシコ東端から南米アマゾン流域に棲息し、体長85-91cm、体重1.2kgで、先のとがった尾が非常に長い。体色は赤、翼は肩から風切羽にかけて赤、黄、緑、水色、青、目の回りと頬と上嘴が白く、下嘴が黒。群れをなさない。絵や彫刻に残されていたり、羽が宗教儀式で重要な役割を果たしたり、インディオの文化に大きな影響を与えている。ポルトガル語の「arara-piranga」は、トゥピ語で「赤い金剛鸚哥」の意。

[777] オウム目、インコ科、オキナインコ属、和名オキナインコ、学名 *Myiopsitta monachus*。南米原産で、全長28-30cm、体重100g程で、15-20羽の群れを作る。黄緑色で、額、頬、胸、腹にかけて淡灰色、風切羽は青、嘴はオレンジで、虹彩は黒。樹木上部の枝の間に小枝などで群れ共用の巣を作る。個々の巣が隣り合っており、全体の重さが200kgに達することもある。

[778] オウム目、インコ科、ウロコメキシコインコ属の鳥の総称。南米の森林地帯に棲息し、体長22-30cm、体色は主に緑。尾は長く、胸に鱗模様がある。群れをなし、とまっている時は静かだが、驚いて飛び立つときに騒がしく鳴く。

[779] タカ目、コンドル科、ヒメコンドル属、和名ヒメコンドル、学名 *Cathartes aura*。カナダ南部から南北米大陸に棲息し、暗いこげ茶で、頭と顔に羽毛がなく皮膚が赤い。体長62-81cm、翼長160-183cm、体重0.8-2.3kg。嗅覚が鋭く、しばしば死肉に最初に群がる。ポルトガル語の「camiranga」はトゥピ語の「*kami'ranga*（猛禽）」に由来。

[780] オウム目、オウム科、和名アカファンオウム、学名 *Deroptyus accipitrinus*。アマゾン原産で体長35cm程。頸の回りに水色の縞があり、大きく広がる赤い羽根がとりまいている。

[781] オウム、あるいは、インコの一種。

[782] アラリ（注768）の別称。

[783] カメ目、ヘビクビガメ科、マタマタ属、和名マタマタ、学名 *Chelus fimbriatus*。体長45cm程で、南米の流れの穏やかな川、湖、沼沢地に棲息する。水底にじっとしていることが多く、移動する時は、這う。甲羅にも皮膚にも突起があり、頸は引き込めない。

[784] 雲のようになって、季節的に移動する蝶の群れのこと。

マンマでマンモなモンマねえちゃん、
　　──ねえちゃん、
ウラリコエラの河っぺりで！

　宵の口が騒ぎと物音をすべて呑み込んでしまうと、世は眠りについた。カペイだけ、ふとって大きな大きな、あの夜のうちのひと夜のあとの商売女の顔のように丸ぽちゃな月だけがあった。チクショー！　しあわせなフシダラ、あまたのかわいい女たち、あふれるマンジョカのカシリ酒...そして、マクナイーマはサンパウロの大集落での出来事を思い出し、切なくなった。肌の白いあの女たちみんなと、夫と妻のように遊んだ、よかった！...　甘くささやいた："マニ！　マニ！　マンジョカの娘たち！"...　胸がふるえ、口唇がふるえて、ムイラキタンが河におちそうになった。マクナイーマは、口唇にテンベタ[785]の飾りをはめなおした。そして、ムイラキタンの主のことを、けんかっ早い女のことを、エロイをさんざん打った愛しい悪魔のことを息をつめて考えた、シイ。ああ！シイ、密林の母、その髪で織ったつり床にエロイを寝かせ、忘れられなくさせたロクデナシ！..."ひたすらに愛するものは、三年仕事をやりとおす..."じっと考えた。ロクデナシの何て魔法だ！...あの果てしのない空の広がりにいて、すっかり着飾り、身をととのえてでかけていく。ブラブラ歩き回り、誰とも知らぬやっと遊んで...　胸がしめつけられた。白色レグホンをおどろかせ、両腕を高くかかげて、愛の父に祈った：

フダア[786]！　フダア！
なんじ空にありて、
雨に命じる。
フダア！　私の愛する女が
ほかの誰かと出合ったなら
どいつも腑抜けと思わせてくれ！
ロクデナシ女には
ロクデナシ男のいない切なさを！
女に私を思い出させてくれ

---

[785] ブラジルのインディオの男性が舌唇に穴をあける習慣のこと。宗教的な意味がある。
[786] トゥピ族の神話で、愛の神。女性の心に愛を呼び起こす。すべての生命に繁殖を促す、戦士の姿であらわされる。

あした陽が西へと沈むとき！...

　空をじっと見つめた。シイはいなかった。カペイだけ、丸々とふとり、空をひとりじめ。エロイはカヌーに身をのばし、鳥かごを枕にヌカ蚊とブユ、長足蚊にたかられながら眠りについた。
　夜が黄になりはじめ、マクナイーマは竹林で鳴くビラ鳥の叫びで目が覚めた。あたりに目をこらし、浜にとびおり、ジゲに言った：
　——ちょっと待っていてくれ。
　森の奥へ一里半はいっていった。きれいなイリキを、エロイの連れ合いでその前はジゲの連れ合いだった女を捜しに行った。イリキは身づくろいをし、ムクイン蜱[787]をかきながらサマウマの木の根に腰掛けて待っていた。二人ははしゃぎ、ジャレ合いながらカヌーにやってきた。
　正午のころになるとオウムの大群がまた空に広がり、マクナイーマを見守るのだった。そうして何日も。ある日の午後、エロイはもううんざりしていて、しっかりした土の上で寝ようと思い、そうした。浜を踏むか踏まないうちにエロイの目の前に怪物が立ちあらわれた。ポンデ[788]という生き物で、ソリモンイス川[789]に住むジュクルツ木菟[790]だった。夜はヒトになり、ヨタモノどもを丸呑みにしていた。マクナイーマは、クルペ[791]という名の蟻の頭を先につけた矢をつかみ、ねらいもさだめず放った。クルペの平べったい頭は、絶対的をはずさない。見事に射抜き、ポンデはやぶれ裂けて、フクロウにもどった。さらに進み、平地を横切ってからデコボコだらけの峰をのぼっているとき、森をうろつき、娘に悪さをする猿人間、怪物のマピングアリ[792]に出くわした。怪物はマクナイーマに襲いかかった。けれども、エロイはコオンガランを一つひっぱりだしてマピングアリに見せ、
　——お門違いだよ、相棒！
　怪物は笑い、マクナイーマを通した。エロイは一里半あるいて、アリ

---

[787] ダニ目、ツツガムシ科のダニの総称。
[788] 民間説話に現われる怪物で、子を喰らう。
[789] ペルー国境からマナウスまでのアマゾン川上流の名称。アマゾン川の源流は数多くある。そのうちの一つがペルーのマラニョン川で、ブラジルとの国境を越えると、ソリモンイス川となる。マナウス（注617）でネグロ川（注195）と合流する。
[790] 注134を参照。
[791] ハチ目、アリ科の蟻で、学名 Cephalotes atratus。頭が平たく、ジャプラ族の間では、矢の先に付けて射ると的を外さないと言われている。ポルトガル語の「curupê」は、トゥピ語の「ku'ru（頭）」と「pewa（平らな）」に由来。
[792] アマゾンの熱帯雨林に住んで人を喰うという、全身を赤く長い毛で覆われた生き物。身長は2m程で、口が胸から腹にかけて縦についている。オポッサムのような酷い匂いを発する。

にわずらわされずに休めるところを捜した。四十メートルもあるクマル[793]の木のてっぺんにのぼり、キョロキョロ、キョトキョト見回して、やっとのことではるか向こうに小さなあかりを見つけた。行くと、粗末な小屋があった。オイベの小屋だった。マクナイーマが戸をたたくと、中から甘くかわいい声がもだえた：
　——どちらさまで！
　——あやしいものではございません！
　すると、戸があき、どデカイ生き物がでてきて、エロイは度肝を抜かれた。怪物のオイベで、身の毛もよだつ大ミミズだった。エロイは身のうちに寒気を感じたが、スミス・アンド・ウエッソンがあるんだと思い、勇気をだして、休ませてくれとたのんだ。
　——どうぞ、ごゆっくり。
　マクナイーマは中にはいり、革行李にすわって、じっとしていた。たまらず、口をひらいた：
　——何か話しましょうか？
　——話しましょう。
　——何を話しましょうか？
　オイベは、まばらなヤギひげをかきながら考え、突然思いついて、満足げだった：
　——くだらないことを話しましょうか？
　——ワォ！　そりゃあ、いい。ワクワクするな！　エロイは、大声で言った：
　そして、一時間くだらないことを話した。
　オイベは、自分のおやつを料理していた。マクナイーマは腹なんてへっていなかったけれども、鳥かごを床におき、ふりだけで腹をさすり、言った：
　——ジュッキ！
　オイベは、ぶつぶつ言った：
　——何だってんだ、オイ！
　——腹がへって、ハラガヘッテ！
　オイベは飼い葉桶をつかむとフェイジャオン豆[794]と煮込んだカラア

---

[793] マメ目、マメ科の樹木で、学名 *Dipteryx odorata*。中南米原産で、樹高 25-30m、直径 1m。種はトンカ豆と呼ばれ、香料となるクマリンを多く含んでいる。
[794] ポルトガル語で「feijão」。豆類の総称。ブラジルでは、煮込んだ豆を飯かファロファ（炒めて調理したマンジョカの粉）にかけたものが常食。

芋[795]をつぎ、半分切りの瓢箪にマンジョカの粉をいっぱいにして、エロイにすすめた。けれども、サッサフラス[796]の木の香料ぐしにさして焼いている臓物はこれっぽっちもよこさなかった。いいニオイがした。マクナイーマは、何もかも嚙まずに丸呑みにした。まったく腹がへっていなかったが、焼いている臓物のおかげで、口によだれがあふれていた。手で腹をさすり、言った：

——ジュッキ！

オイベは、ぶつぶつ言った：

——何だってんだ、オイ！

——喉が渇いて、ノドガカワイテ！

オイベは水桶をつかみ、井戸へ汲みに行った。行っている間（ま）に、マクナイーマは炭火にかざしたサッサフラスの香料ぐしをとり、臓物をかまずに全部一呑みにした。ようやく落ち着き、待った。大ミミズが水桶を持ってもどると、マクナイーマはヤシ殻一杯飲んだ。それから、伸びをして、ものほしそうに：

——ジュッキ！

怪物は、ビックリした：

——ほかに何だ、オイ！

——眠たくて、ネムタクテ！

それで、オイベはマクナイーマを客用の寝室に案内し、おやすみを言って、外からドアをしめた。夜食を食べるのだ。マクナイーマは鳥かごを部屋のすみにおき、番いのニワトリに綿布をかぶせた。部屋の様子をうかがった。床からも壁、天井からもひっきりなしにカサコソと音がした。マクナイーマがライターの石をこすり、見ると、ゴキブリだった。気にせずつり床にもぐりこみ、白色レグホンが不自由していないかだけもう一度たしかめた。二羽ともゴキブリを食べ、いたってゴキゲンだった。マクナイーマは一人笑い、ゲップをして眠りについた。少しすると舐めるゴキブリにおおわれた。

オイベは、マクナイーマが臓物を食べてしまったのに気づき、腹を立てた。鈴をとり、白い敷布をかぶり、お化けになって客のところへ行った。それは、ふざけているだけだった。戸をたたき、鈴をならした、リンリン！

---

795 ヤマイモ目、ヤマイモ科、ヤマイモ属の総称。
796 クスノキ目、クスノキ科、サッサフラス属の総称。木全体に柑橘系の芳香がある。

──ハイ？
　──もらいに来た、オレの臓物、ナイゾオ、ナイゾオ、ナイゾオ、ナイゾオ、リンリン！
　戸をあけた。エロイはお化けを見ると、あまりの恐ろしさに身動きひとつできなかった。オイベだということがわからなかったのだ。物の怪がせまってきた：
　──もらいに来た、オレの臓物、ナイゾオ、ナイゾオ、ナイゾオ、ナイゾオ、リンリン！
　そこで、マクナイーマはお化けなどではなく、怪物のオイベで身の毛もよだつ大ミミズだということに気がついた。勇気をだして左の耳飾りに手をのばした。リボルバー・マシンだ。そして、物の怪に一発お見舞いした。けれども、オイベは平気の平左、せまってきた。エロイは、またこわくなった。つり床からとびおり、鳥かごをひっつかんで、ゴキブリをバラバラまきながら、窓から韋駄天走りに逃げだした。オイベがあとを追った。けれども、怪物がエロイを食べたいというのは、ただふざけているだけだった。マクナイーマは北東部の痩せ地をツッパシリ、突っ走ったが大ミミズにせまられた。それで、人さし指をのどにつっこんで、ひっかき回し、呑みこんだマンジョカ芋の粉をはきだした。マンジョカ芋は大砂丘になり、怪物がその砂の世界を横切ろうと足をすべらすうちに、マクナイーマは走った。右にまがって、七年ごとに鳴るトドロキの丘[797]をかけおり、あっちゃらこっちゃらの茂みをたどって、そして、波立つ岩場をわたったあと、セルジピ州[798]の端から端まで行って、ゴツゴツした岩の間の細いすき間でとまり、息をはずませた。目の前に大きな洞窟があり、穴がうがってあって、小さな祭壇がそこにまつられていた。ほら穴の入り口には修道僧。マクナイーマは、修道僧に聞いた：
　──お名前は何とおっしゃいますか？
　修道僧は冷ややかな目でエロイを見、もったいぶって答えた：
　──わたくしは、絵描きのメンドンサ・マール[799]。人間の不条理にう

---

[797] リオ・グランジ・ド・ノルチ州、ナタル市のポンタ・ネグラ海岸にある丘。浜の植物の育ちが悪くなる程の音が轟いたという言い伝えがある。
[798] ブラジル東部、北でアラゴアス州、西と南でバイーア州に接するブラジルで一番小さい州。ポルトガル語の「Sergipe」は、トゥピ語の「siri'ype（蟹のいる川で）」に由来。
[799] フランシスコ・ジ・メンドンサ・マール（1657-1722）、画家、金銀宝石細工師、カトリック聖職者のポルトガル人。リスボン生まれ、1679年までにブラジル、ナタル市へ渡る。工房を設けて名声を得、サルヴァドール政府の宮殿の内装を請け負ったが、支払われることなく投獄される。ポルトガル王に直訴して放免されて後、すべてを捨てて流離（さすら）い、サン・フランシスコ川（注645）近くの岩山の洞窟に教会堂を作って、インディオに伝道する。この行いが教会に知れ、1705年に神父となる。

んざりし、もう三世紀、人の世をはなれて、この荒れ野にゾッコンです。このほら穴を見つけ、ボン・ジェズス・ダ・ラパ800の祭壇をこの手で築き、ここに暮らして、荒野のフランシスコ師801となって人々に赦しをあたえているのです。

　――いいですね、マクナイーマは言って、そして、あわてて駆けだした。

　とにかくあたりは洞窟だらけで、少し行くともう一人見知らぬ男が何とも馬鹿げたことをしていた。マクナイーマは、あっけにとられて立ち止まった。エルキュール・フロレンス802だった。ごく小さな穴にガラスをはめこみ、タロ芋803の葉でそのガラスに蓋をしたりはずしたりしていた。マクナイーマはたずねた：

　――アラ、アラ、アラ！　一体何をしているのか教えてくれないんですか、旦那！

　見知らぬ男はエロイの方にむきなおり、うれしそうに目を輝かせて言った：

　――この日付をご覧ぜよ：一九二七！　身共はやっと写真術を発明したところダビンチ！

　マクナイーマはカラカラと笑った。

　――チッ！　もう何年も前に発明されてるでしょ、旦那！

　すると、エルキュール・フロレンスは正気を失ってタロ芋の葉の上にたおれ、歌いながら小鳥のさえずりに関する科学的な覚え書きをメモしはじめたのだった。気がふれていた。マクナイーマは、疾駆した。

　一里半走ったところでふり返った。見ると、オイベはもうすぐそこだった。ヒトさし指を喉につっこみ、呑み込んだカラア芋をすべて地面にはきだすと、モゾモゾ、ワラワラ身をよじる亀の大群になった。オイベはその群れの亀をひっくり返したがキリがなく、マクナイーマは逃げた。一里半行ってふり返った。さあ、オイベはエロイにはりつきそうだった。それで、またひと差し指をのどにつっこみ、吐き出した。フェイジャオンと水しかなかった。一面牛ガエルだらけのぬかるみになり、オイベが通り抜けようとジタバタしている間に、エロイは雌鶏にやるミミズをと

---

800 バイーア州の市で、州都サルヴァドールから796km内陸にある。ポルトガル語の「Bom Jesus da Lapa」は、「洞窟の善きイエス」の意。
801 フランシスコ会は、カトリック教会の修道会のひとつ。清貧の精神を重視する。
802 1804年フランス、ニース市生れ、1879年サンパウロ州カンピナス市没の発明家、素描家、写真技術開発の先駆者。
803 オモダカ目、サトイモ科、サトイモ属の植物で、食用に栽培されている種の総称。くさび型の葉が非常に大きい。

って、アタフタ走った。間をかせいだところで、とまって休んだ。オイベの小屋の戸の前に戻ってきていて、よく走ったものだと我ながらほれぼれした。果樹園にかくれることにした。スターフルーツの木[804]があり、その下に身をひそめようと枝をもぎはじめた。もがれた枝は涙のしずくを落としやまず、スターフルーツの木からはエレジーが聞こえてきた。

   とうさんの庭師、
   私の髪を切らないで、
   私はロクデナシにうめられた
   小鳥がイチジクの木の実を
   食べちまったせいで.,.. [805]
   ——シッ、シッ、小鳥さん！

　かわいそうに思って、鳥という鳥が巣の中でさえずり泣き、エロイはおどろいて凍りついた。首のチャームの間にさげていた魔除けをにぎり、術をかけた。スターフルーツの木は、とってもシックな王女様になった。エロイは王女様とクラクラするほど遊びたかったのだけれども、オイベがもう近くに来ているらしく、地響きがしていた。ほどなく：
　——もらいに来た、オレの臓物、ナイゾオ、ナイゾオ、ナイゾオ、ナイゾオ、リンリン！
　マクナイーマは王女様の手をとり、走りにハシッタ。先にすすむと、むきだしの根が地からでっかく盛り上がったイチジクの木があった。オイベはもうエロイたちのかかとにとどきそうで、マクナイーマはどうすることもできなかった。それで、王女様とふたり根の陰にひそんだ。けれども、大ミミズは腕をつっこみ、なんとエロイの足をつかんだ。引っぱろうとしたとき、マクナイーマはケラケラと大きな抜け目のない笑い声をあげ、言った：
　——オレのアンヨをつかんだと思ってンだろ、つかんじゃいない！それは根っこだ、間抜け野郎！
　大ミミズは、手をはなした。マクナイーマは、叫んだ：
　——本当は足だったんだよ、この大間抜け！

---

[804] カタバミ目、カタバミ科、ゴレンシ属、ゴレンシ（五歛子）、学名 *Averrhoa carambola*。樹形が良く、高さ 8-10m に達する。樹勢がつよく、枝も葉も多く茂る。
[805] この歌は、イチジクを見ておらず、実を鳥についばまれてしまった義母が生き埋めにされた物語に想を得ている。墓から草が生え、これを切ると、歌声が聞こえた。

オイベはもう一度腕をつっこんだが、エロイはもう足をひっこめていて、大ミミズは根っこしか見つけられなかった。そこに鷺がいた。オイベは、言った：

——サギのおっかさん、エロイを見ていてくれ。鍬をとってきて穴をあけるから、出させないでくれ。

サギは、じっと見ていた。オイベが遠くへ行ってしまうと、マクナイーマが言った：

——まったく、この愚図が。それで英雄を見ているつもりかよ！ 近くによって目をおっぴろげろ！

鷺は、そうした。マクナイーマは、すかさずその目に火蟻を一つかみ投げ、サギは目が見えず、さけび声をあげた。その間に、エロイはプリンセスと穴からでて、また逃げに逃げた。マト・グロッソ州のサント・アントニオ[806]の近くでバナナの木を見つけた。腹ペコで死にそうだったので、マクナイーマは王女様に言った：

——よじのぼって青いのを食べなさい、おいしいから。私には黄色いのを投げなさい。

王女様は、そうした。エロイは食べあき、王女様はお腹をおさえて踊り、英雄はそれをながめた。そこへオイベがやってきて、二人はまた尻に帆かけて走り出した。

もう一里半走ったところで、ついにゴツゴツしたアラグアイア河畔にたどりついた。けれども、マアナペとジゲときれいなイリキを乗せたカヌーは、もっとずっと下流の向こうの岸につけてあって、三人の連れはみな寝ていた。マクナイーマは振り返った。オイベは、もうすぐそこだ。とっさにこれが最後と人さし指をのどにつっこみ、ひっかき回し、臓物を川にはきだした。臓物は、フワフワした草の浮島になった。マクナイーマは、鳥かごをそっとそのやわらかいのにおき、王女様をそこに放り投げて、岸を足で思いきりけった。浮島は浜からはなれ、流れにのった。オイベが来たとき、二人は遠く逃げていた。大ミミズは、あの狼男[807]だった。だから、ブルブルふるえだして尾をはやし、密林の犬[808]になった。魔法をとかれ、のどを大きくあけると、腹から青い蝶が一羽あらわれた。

---

[806] マト・グロッソ州西部、トカンチンス州との境、アラグアイア川の上流にある市で、バナナル島（注382）に近い。
[807] 魔法にかけられた男で、金曜の夜になると大きな犬となり、人家の近くをうろついて、吼えたり、他の犬と喧嘩したりすると信じられている。
[808] ネコ目、イヌ科、カニクイキツネ属で南米に多い。体長65cmで、明るい灰色。腹は黄味がかり、頸筋から背、尾の先にかけて黒っぽい。

イポランガ[809]の洞窟に住むおそろしい小鬼、カハパツ[810]のいたずらでオオカミのからだに閉じ込められていた、ヒトの魂だった。

マクナイーマと王女様は遊びながら、川の流れをくだった。ほら、二人は互いに笑い合っている。

カヌーの近くまで来たとき、マクナイーマは兄たちを大声でおこし、兄たちはエロイのあとについた。エロイはイリキに目もくれず、王女様と遊んでばかりだったので、じきにイリキは、嫉妬に苦しんだ。エロイをとりもどせないかと泣きつのった。それを見て、ジゲは心から憐れに思い、イリキのところへ行って少しばかり遊んでやれとマクナイーマに言った。ジゲは、本当にまぬけだった。けれども、イリキにもう嫌気が差していたので、エロイは兄にこう答えた：

――イリキにはいい加減うんざりだ、兄さん。でも王女様は、ウーパ！イリキには油断がならない！　オイ、冬のお日さま、夏の雨、女の涙、こそ泥の言い種、エイエイエイ...　だれもその手にゃのらない！

そう言って、王女様のところへ遊びに行った。イリキは哀しくて、かなしくて、モノスゴク悲しくて、カニンデ鸚哥を六羽よび、インコと一緒に空にのぼった。光の涙をはなち、星になった。黄色いカニンデも星になった。北斗七星だ。

---

[809] サンパウロ州の南端近くにある市。360を数える美しい洞窟があることで知られている。ポルトガル語の「Iporanga」は、トゥピ語の「美しい水」に由来。
[810] ツツ・マランバ（注126）と同様、言うことを聞かない子供を脅すための架空の生き物、お化けの一種。

ⅩⅥ　ウラリコエラ

故郷につく。
ジゲがツァロから盗んだ魚をよぶ魔法の瓢箪を、
マクナイーマは川に落としてなくしてしまう。
ジゲにこっぴどくやられたマクナイーマは、
毒針でジゲを殺す。
ジゲは幽霊となり、マアナペを丸呑みにする。

次の日、マクナイーマはひどい咳で朝をむかえ、微熱がつづいた。マアナペは、心配してアボカドの若芽を煎じた。結核だと思ったのだ。そうではなくて、マラリアだった。咳がひどいのは、だれもがサンパウロでもらってくる喉頭炎が原因だった。仕方なく、マクナイーマはカヌーの舳先に腹ばいになり、時をすごした。そんなんじゃ治りっこなかった。王女様が我慢しきれず、エロイのところへ遊ぼうと来ても、一度などはため息をついてことわった：
　──アラ...　かったるい...
　次の日、とある川の水源までやってきて、近くにウラリコエラの川音を聞いた。すぐそこだった。ムングバ811の木にとまった気取った小鳥が、一行を見るなりこう叫んだ：
　──港の御婦人、ちょっと通してくださいな！
　マクナイーマは、うれしくなって小首をさげた。立ちあがり、すぎる景色をみつめた。偉大な侯爵812の弟813によって築かれたサン・ジョアキンの要塞814が近づいてきた。マクナイーマは、隊長と兵士に別れの手をふった。二人の持ち物はボロボロにちぎれて端切れになった半ズボン815と、頭にのせた軍帽だけで、大砲にむらがる蟻の番をして暮らしていた。ようやくすべてがなつかしいところにやってきた。かつて母だったなだらかな丘がトカンデイラの父と呼ばれる地に見え、オオオニバスでまだらになっている沼が見えた。この沼には触れると危ない電気ウナギと頸のひっこめられないピチウ亀816とがひそんでいて、詐欺っぽい。獏の水飲み場のむこうには、収穫がおわって打ち捨てられたかつての開墾地と廃屋になった昔のわが家が見えた。マクナイーマは、泣いた。

---

811 アオイ目、パンヤ科、パキラ属、和名カイエンナッツ、学名 *Pachira aquática*。アマゾン一帯に分布し、樹高6-10m。長さが20cm程の艶やかな長楕円形の葉を掌状に並べ、下向きに繁らせる。
812 近世ポルトガル王国の政治家、セバスチアン・ジョゼ・ジ・カルヴァリョ・イ・メロ（Sebastião José de Carvalho e Melo、1699-1782）のこと。国王ジョゼ1世の全面的信任を得て1755年に宰相に就任、長年独裁権力を振るい、啓蒙的専制を行った。ブラジル運営にも積極的にかかわり、経済的発展に尽力した。
813 ブラジルの政治家、フランシスコ・シャヴィエル・ジ・メンドンサ・フルタード（Francisco Xavier de Mendonça Furtado、1700-1769）のこと。1751-1759年に現在のパラ州、マラニャオン州にあたる地域の総督で、1752年にポルトガル王からサン・ジョアキン要塞建設の命を受けた。
814 ブラジルは、北端のロライマ州でベネズエラとガイアナに接している。十六-十八世紀のベネズエラはスペインの、十七-十八世紀のガイアナはオランダの植民地だった。河川によるスペイン、オランダの侵入に対処するため、ウラリコエラ川（注3を参照）とタクツ川の合流地点に1778年に完成した要塞。
815 原文では「culote」。十四世紀から十九世紀の初めまで欧州、その他で履かれた膝丈の半ズボン。もともと貴族などの上層階級の男性が用い、軍隊や学校の制服としても広まった。
816 カメ目、ヨコクビガメ科、ナンベイヨコクビガメ属の亀。南米に分布し、甲長30-90cm。甲羅の中に頸を引き込むことができず、横にむけて甲の縁につける。ポルトガル語の「pitiú」は、トゥピ語の「*piti'u*」に由来。

カヌーを岸にあげ、廃屋にはいった。宵の口になった。マアナペとジゲは何かしら魚をとろうとたいまつ釣りをすることにし、王女様は何か食べられるものを探しに行った。エロイは、休んでいた。そうしていたら、肩に手の重さを感じた。首を回し、見た。すぐそこにひげ面の年寄りがいた。年寄りが言った：
　――お前は誰だ、見かけぬお方？
　――よそ者ではありません、御仁。私はマクナイーマ、英雄で、また私の地に住むためにもどってきました。あなたは？
　年寄りは悲痛な面持ちで蚊をはらい、答えた：
　――ジョアオン・ハマーリョ[817]だ。
　すると、ジョアオン・ハマーリョは指を二本口にくわえ、笛を吹いた。その妻と年子の子どもたちが十五人あらわれた。そして、そこから誰も人のいない新しい故郷を求めてうつって行った。
　次の日の朝、みなうんとはやくから仕事にでた。王女様は開墾地に行き、マアナペは森に行き、ジゲは河に行った。マクナイーマは一言言って、小さなカヌーにのり、マラパタ島においてきた良心をさがしにネグロ川の口まで行った。ワニはみつけたか？　エロイだって。だから、スペイン系アメリカ人の良心をとり、頭にいれた。ぴったりだった。
　ジャラキ魚[818]の群れがとおった。マクナイーマは、手でつかみとり、楽しくて、楽しくて、夢中になって、見たら、オビドス[819]まで来ていた。小さなカヌーは、とれたばかりの魚で一杯だった。けれども、エロイは全部ほうらなければならなかった。オビドスでは"ジャラキざかなを喰うやつは、遠ざかるな"と言われていて、けれども、エロイはウラリコエラに帰らなくてはならなかったからだ。帰った。まだ日ざかりの正午だったので、インガ[820]の木陰で横になり、ダニをとって寝た。日が暮れて、みんな廃屋にもどってきたが、マクナイーマだけはもどらなかった。みんな迎えに出た。ジゲはしゃがんで、エロイの足音が聞こえやしないか地に耳をつけた、聞こえなかった。マアナペはエロイの耳飾りの光る

---

[817] ポルトガル生まれの探検家、搾取者（1493-1580）。1513年頃ブラジルに到着し、数多くの部族の長の娘と婚姻関係をむすび、数多くの子弟を儲けた。子弟を使ってインディオを狩り、奴隷として売った。帆船を造って売りさばき、ブラジルボク（注108、473を参照）で商売をした。
[818] カラシン目、Prochilodontidae 科の魚で、学名 *Semaprochilodus insignis*。南米原産で、体長20-27cm。非常に豊富で、美味しく、一度食べたらそこから動きたくなくなると言われている。
[819] 注131を参照。
[820] マメ目、マメ科、インガ属の樹木の総称。属する種の多くがアマゾン原産。樹高15m程で、樹冠が大きく広がるため、コーヒー園の日除けとして利用される。鞘の長さは0.1-1mで、種を包む果肉は薫り高く美味。

のが見えないか、イナジャ椰子の枝にのぼった、見えなかった。それで、原生林と再生林にでかけ、叫んだ：
——マクナイーマ、オレたちの弟！...
返事はなかった。ジゲはインガの木の下に行き、叫んだ：
——オレたちの弟！
——何だ！
——お前は、ずっと寝てたんだろう！
——寝てなんかないよ、まったく！　イナンブ駝鳥[821]をおびき寄せて、もうちょっとだったのに。うるさくするから、イナンブは逃げちまった！
みんな戻った。そして、こうして毎日。兄たちは、信じなくなっていった。マクナイーマは勘づいて、うまくごまかした：
——狩をしてるけど、何もみつからない。ジゲは狩もしていないし、漁もしていない。一日中寝ているだけだ。
ジゲは、苛立った。魚はどんどん少なくなっていき、漁はなおさらだったからだ。何か釣れないか川の浜へ行ったら、一本足のまじない師ツァロ[822]がいた。祈祷師はジェリムン南瓜[823]の皮の半分でつくった魔法の鉢を持っていた。鉢を河にくぐらせ、半分まで水でみたし、浜にあけた。思いもよらぬほどの魚がはねてでた。ジゲは、まじない師がどうやったか目に焼きつけた。ツァロは、鉢を放りだし、棍棒で止めを刺しはじめた。その間に、ジゲは一本足のツァロの鉢をかすめた。
それから、見たとおりにすると、大量だった。ピランヂラ[824]がとれ、パク[825]がとれ、カスクド鯰[826]がとれ、バグリ鯰[827]がとれ、ジュンヂア鯰[828]、ツクナレ、こんな魚が全部とれて、ジゲは鉢をシポ[829]蔓の根にかく

---

[821] シギダチョウ目、シギダチョウ科、ヒメシギダチョウ属で、学名 *Crypturellus obsoletus*。体長28-32cmで、大西洋森林地帯（注275を参照）の標高400m以上に棲息。体色はくすんだ茶で目立たない。
[822] タウリパンギ族の神話には、不思議な櫂で魚を獲るツァロという名の獺（かわうそ）が現われる。
[823] ポルトガル語の「gerimum」は、トゥピ語の「*yuru'mũ*（南瓜）」に由来。
[824] カラシン目、キノドン科、ハイドロリックス属の魚で、学名 *Hydrolycus scomberoides*。アマゾン川流域に分布し、体長1mに達する。銀色で、下顎に大きな牙が二本あり、口を閉じた時の為に上あごに穴があいている。
[825] カラシン目、カラシン科、Serrasalminae亜科に属する魚で、ピラニアを含む。南米原産で、体重8kgまで、種によっては25kgに達する。
[826] ナマズ目、ロリカリア科の魚の総称。中南米の川や湖、水深30mまでの水底に棲息する。甲に覆われたほっそりした体と大きな頭が特徴で、種によっては口の回りに髭がある。
[827] ポルトガル語の「bagre（バグリ）」は、鯰の総称。
[828] 鯰の総称、あるいは、ナマズ目、ヘプタプテルス科、学名 *Rhamdia sebae*。アマゾン川流域に棲息する体長1m、体重10kgの鯰で、感覚器官として機能する髭がある。ポルトガル語の「jundiá」は、トゥピ語の「*yundi'a*（鯰）」に由来。
[829] 土中で発芽し、光を求めて他に絡まりついて登っていく植物の総称。つる、かずら。ポルトガル語の「cipó」は、トゥピ語の「*isi'pó*」に由来。

してから、廃屋にかついで帰った。みな大量の魚に目を丸くし、喰った。マクナイーマは、あやしんだ。

　次の日、左の目で眠って、ジゲが釣りに行くのを待ち、あとをつけた。すべてを知った。兄が行ってしまうと、マクナイーマは白色レグホンの籠を地におき、隠してあった鉢を手にとって、兄と同じようにした。やはり大漁だった。アカラ川雀[830]がとれ、ピラカンジュバ[831]がとれ、アビウ蝦[832]がとれ、グリジュバ鯰[833]、ピラムタバ鯰[834]、マンヂ鯰[835]、スルビン鯰[836]、こんな魚が全部とれた。マクナイーマは鉢をそこらにほうり投げ、いそいですべてに止めを刺した。鉢は岩のでっぱりにあたり、ジュッキ！　河に沈んだ。パヅァ[837]という名のピランヂラが泳ぎかかり、カボチャだと思って鉢を呑み込んだ。鉢は、パヅァの浮き袋になった。それを見て、マクナイーマは鳥かごを腕にさげ、廃屋にもどり、できごとを語った。ジゲはおこって、言った。

　――お若い娘のお姫様、釣ったのは私です。あなたの連れ合いはインガの木の下で寝てばかりで、その上みんなの足をひっぱります！

　――嘘だ！

　――だったら、今日は何をした？

　――シカを狩った。

　――シカはどこへ行っちまったんだ！

　――喰った、ウワイ！　道にそって歩いていたら、そうしたら、カチンゲイロ…じゃなかった、マテイロ鹿の足跡にぶちあたったんだ。気づかれないようにかがんで、たどった。足跡を見て、うんとよく見て、どうしたと思う、なんだかやわらかいものに頭をぶっつけたんだ。笑っ

---

[830] スズキ目、シックリッド科、エンゼルフィッシュ属の淡水魚。アマゾン流域原産で、15cm 程になる。体型が三角で、背びれ尾びれが長く伸び、色のバリエーションが美しい。産卵期には番となり、縄張りに他の魚を入れない。ポルトガル語の「acará」は、トゥピ語の「aka'ra」に由来。

[831] 注203を参照。

[832] エビ目、サクラエビ科、アキアミ属の蝦、学名 *Acetes americanus*。アマゾン流域の雨季の最初の増水の後、特にトカンチンス川の河口域で水面に多い。美味で、スープ、煮込み、揚げ物等にして食用にされる。

[833] ナマズ目、ギギ科、*Tachysurus* 属の鯰で、ブラジル沿岸によく見られる。黄褐色で30kg 程の重さになる。美味。

[834] ナマズ目、ピメロドゥス科、学名 *Branchyplatystoma vaillant*。体長 1m、体重 10kg 程になり、尾鰭まで届く長い髭が特徴。属の中でこの種だけが何千匹もの群れをなし、増水が始まるとソリモンイス川（注789）の上流へ移動する。美味で栄養価も高い。

[835] ナマズ目、ピメロドゥス科の小型、中型の鯰の総称。体長20-50cm 程で、アマゾン流域、アラグアイア川、トカンチンス川、サン・フランシスコ川等の河岸のよどみに棲む。

[836] ナマズ目、ピメロドゥス科、学名 *Pseudoplatystoma corruscans*。パラナ川、サン・フランシスコ川、アマゾン川流域の川底に棲む。体長 1m、重さ 60-80kg 程で、2m、100kg に達するものもあり、美味。頭が大きく平らで、灰褐色、腹が白、鰭も含めて全身に黒くて丸い斑点がある。鰭には棘がある。ポルトガル語の「surubim」は、トゥピ語の「*suru'bi*」に由来。

[837] タウリパンギ族の言葉で、ある種の魚のこと。ここでは、一匹のピランヂラの固有名詞。

ちゃうネ！　何だと思う！　シカのケツだよ、シカのケツ！（マクナイーマはカラカラと笑った）。シカはオレに聞いたんだ：――そこで何をしているんですか、近しいお方！――お前を探してたんだ！　と答えたよ。そして、そう、カチンゲイロをしとめて、はらわたから何から喰ったんだ。少しばかり残したんだが、そう、泉をわたろうとして足をすべらし、転んじまって、肉は遠くに落ちて、ケツのデッカイ雌の羽蟻に汚された。

あまりにひどいデマカセで、マアナペは信じなかった。マアナペは、まじない師だった。弟のすぐそばまで来て、聞いた：

――狩りに行ったんだな？

――って言うか...　行った。

――何をしとめた？

――シカだよ。

――どこにある！

マアナペは迫った。エロイはこわくなって目をパチクリ、すべてはつくり話だと白状した。

次の日、ジゲが鉢を探していると、オオアルマジロのまじない師、快感知らないカイカンイにでくわした。カイカンイは巣穴の戸口にすわり、魔法のかぼちゃの残りの半分でつくったカバキーニョをはじいて、憑かれたようにこう歌っていた：

  "チェッ、こん畜生　ヤマアラシのコアンドゥ[838]！
  チェッ、こん畜生　ハナグマのクアチ[839]！
  チェッ、こん畜生　ペッカリー[840]のタイアス[841]！
  チェッ、こん畜生　ヤシの葉籠のパカリ[842]！
  チェッ、こん畜生　ジャガーのカングス[843]！
    エエ！..."

---

[838] ネズミ目、アメリカヤマアラシ科、*Coendou* 属の針鼠の総称。中南米の樹上に棲息し、全身が針に覆われ、ボール状に丸まることができる。

[839] ネコ目、アライグマ科、ハナグマ属の動物の総称。アマゾンからアルゼンチン北部に棲息し、体長は40-140cm。優れた嗅覚と細長く尖った鼻を持ち、樹上で丸まって眠る。ポルトガル語の「cuati」は、トゥピ語の「*akwa'tim*（尖った鼻）」に由来。

[840] ウシ目、ペッカリー科の哺乳類の総称。米国南部から南米まで分布し、体長 90-130cm、体重 20-40kg、猪に似る。背中に臍のような構造物が見られる。

[841] ポルトガル語でペッカリー（注840参照）のこと。ポルトガル語の「taiaçu」は、トゥピ語の「*taiwa'su*」に由来。

[842] ツクン椰子やツクマン椰子の葉で作った籠。彩色された背負い帯がついている。

[843] ネコ目、ネコ科、ヒョウ属、和名ジャガー、学名 *Panthera onca*。北米南部から南米に分布し、頭胴長 120-185cm、尾 70-91 cm、体重 45-158 kg。黄色で、背に黒い斑紋に囲まれたオレンジの斑紋があり、中に黒点がある。ポルトガル語の「canguçu」は、トゥピ語の「*akãgu'su*（大きい頭）」に由来。

その通り、獲物が次々やって来た。ジゲは、見ていた。カイカンイは魔法のカバキーニョをそこいらにほうり投げ、棍棒をつかむと、ほうけたようになっている獲物の群れすべてに止めを刺した。その間に、ジゲは快感知らないカイカンイのカバキーニョをかすめた。
　そのあと、聞いたままを歌うと、獲物がジゲの前に山になった。ジゲは、ちがうシポ蔓の根にカバキーニョをかくすと、かついで廃屋へもどった。みなまた目を丸くし、喰った。マクナイーマは、またあやしんだ。
　次の日、左目で眠って、ジゲが家を出るのを待ち、あとをつけた。すべてを知った。兄が廃屋にもどると、マクナイーマはカバキーニョを手にとり、見たことをやった。すると、獲物がひきも切らずにやって来た。鹿、コチア鼠、アリクイ、カピバラ[844]、アルマジロ、アペレマ亀[845]、パカ鼠[846]、グラシャイン狐[847]、カワウソ、ムスアン泥亀[848]、カテト豚[849]、モノ猿[850]、テジュ蜥蜴[851]、ペッカリー、アンタ獏[852]、サバチラ獏[853]、ジャガー、ピニマ豹[854]、パパ・ビアド豹、オセロット[855]、ススアラナ豹[856]、カングス[857]、ピシュナ鼠[858]、本当にひきも切らずにやって来た！　生き

---

[844] ネズミ目、カピバラ科、カピバラ属、和名カピバラ、学名 *Hydrochoerus hydrochaeris*。カピバラ属唯一の種。齧歯類の中で最大、南米東部アマゾン川流域を中心とした温暖な水辺に棲息する。
[845] 注169を参照。
[846] 注614を参照。
[847] ネコ目、イヌ科、クルペオギツネ属、学名 *Pseudalopex gymnocercus*。南米の湿潤な草原に棲息し、体長1m、黄褐色で頭頂が錆色、耳が大きく、鼻面が尖っている。
[848] 学名 *Kinosternon scorpioides* の亀。南米の淡水に棲息し、体長25cm程。豊富に漁獲、食用にされる。
[849] ウシ目、ペッカリー科、クビワペッカリー属、和名クビワペッカリー、学名 *Tayassu tajacu*。南北アメリカ大陸に棲息し、体長75-100cm、体高約46cm、尾長1.5-5.5cm、体重14-18kg。頭部は鼻先が尖った楔形で、眼は小さく、また外耳も小さく丸みを帯びている。胴体は樽型で、四肢は細く長い。ポルトガル語の「cateto」は、トゥピ語の「*kaiti'tu*」に由来。
[850] サル一般、あるいは、チンパンジー、オランウータン、ゴリラ、テナガザルなどの類人猿のこと。
[851] 有鱗目、テユー科、*Tupinambis* 属の蜥蜴の総称で、南米に棲息。大きい種では、体長2mになる。
[852] ウマ目、バク科、バク属、学名 *Tapirus terrestris*。南米の水辺に棲息し、体長240cm、体重300kgに達する。長い鼻を使って植物を食べ、種を広める役割を果たす。注29を参照。
[853] アンタ獏（注29、852）のこと。
[854] ネコ目、ネコ科、ピューマ属、和名ジャガランディ、学名 *Puma yaguarondi*。中南米に棲息し、毛の色は黒、灰、鈍い赤。体長65cm、尾長45cm、体重6kg程。ポルトガル語の「pinima」は、トゥピ語で「色の付いた」の意。
[855] ネコ目、ネコ科、*Leopardus* 属、和名オセロット、学名 *Leopardus pardallis*。主に南米熱帯雨林に棲息し、夜行性、行動範囲が広い。体長65-120cm、尾長27-61cm、体重9-16kgで、黒い斑紋に縁取られたオレンジの斑紋がある。虹彩は褐色。
[856] ネコ目、ネコ科、ピューマ属、和名ピューマ、学名 *Puma concolor*。雄は頭胴長1-1.8m、体重65-100kgに達し、メスは一回り小さい。黄褐色の毛で覆われ、無紋、耳の縁と長い尾の先だけが黒い。瞬発力に優れ、高さ4m、幅12m程の跳躍が記録されている。ポルトガル語の「suçuarana」は、トゥピ語の「*susua*（鹿）」、「*rana*（似ている）」に由来。体色が鹿に似ている。
[857] ジャガーの別称。注843を参照。
[858] ネズミ目、キヌゲネズミ科、学名 *Necromys lasiurus*。南米に分布する鼠で、耳も目も小さく、頭胴長10.3cm、尾

物のあまりの多さにエロイは怖くなり、カバキーニョを遠くに投げ飛ばして一目散に駆けだした。腕にさげた鳥かごが木々にあたり、オンドリとメンドリは耳をつんざくようにコケコッコー。生き物たちの声だと思ったエロイは、びっくりダッシュで突っ走った。

カバキーニョはへそが背中にあるペッカリーの牙にあたって十の十倍にくだけ、生き物たちがジェリムン南瓜だと思って飲みこんだ。くだけた破片は、獲物らの膀胱になった。

エロイは口から肺を飛び出させ、死に物狂いで廃屋につっこんだ。息もつけぬままできごとを語った。ジゲはいきり立って、言った：

——もう狩もしないし釣りもしない！

寝てしまった。みな飢えに苦しみ始めた。みんなで頼んでも、ジゲはつり床にもぐり込み、目を閉じるのだった。エロイは、復讐を誓った。スクリ蛇[859]の毒牙を釣り針にしたて、呪いをかけた：

——まやかしの釣り針よ、ジゲ兄がお前をためそうとしたら、手にくいこんでやれ。

ジゲは腹がへって眠れず、釣り針を見て弟に言った：

——弟よ、この針はつれるか？

——神も仏も！ マクナイーマはそう言って、鳥かごの掃除をつづけた。

ジゲは、飢えに飢えていたので釣りに行くことにし、言った：

——針の具合を見てやろう。

呪いをとり、手のひらにのせてみた。スクリの牙は肌にくいこみ、一滴のこらず、毒を流しこんだ。ジゲは近くの森にかけこみ、マンジョカを嚙み砕いて、その汁を飲み込んだ。が、何の役にも立たなかった。それで、ヘビに咬ませたツノサケビ鳥[860]の首を取りに行き、手にあてた。何の役にも立たなかった。毒はただれた傷になり、ジゲをむさぼりはじめた。まず腕をむさぼり、次に胴体の半分を、そのあと足を、それから胴体のもう半分を、次にもう一本の腕、その次に首、そして、頭。ジゲは、影だけになった。

長7.5cm、重さ35g。
[859] 有鱗目、ボア科、アナコンダ属、和名オオアナコンダ、学名 *Eunectes murinus*。世界最大の蛇で、全長4-6m、9mに達するものもあり、重さ100kgを越えることも珍しくない。アマゾン川流域に分布。毒はない。
[860] カモ目、サケビドリ科、ツノサケビドリ属、和名ツノサケビドリ、学名 *Anhima cornuta*。南米北部から中部に分布する。全長80-84cmで、額に15cm程の角質の突起がある。光沢のある黒で、腹は白。ポルトガル語の「anhuma」は、トゥピ語の「ña'um」に由来する。ゴイアス州（注750）の州鳥で、チエテ川の旧称は「Rio das Anhumas（ツノサケビドリの川）」であった。

お姫様は、いきどおった。そのころは、ジゲと遊んでいたからだ。マクナイーマは気づいていたけれども、思っていた："マンジョカ芋を植えたらマンジョカの苗がはえてきた、家にいる泥棒からは誰も逃れられない、辛抱だ！..."　そして、肩をすくめた。お姫様は怒りに目をつりあげ、影に言った：
　――エロイが腹をすかして家を出たら、カシューの木とバナナの木とシカ肉のシュラスコ[861]になるのよ。
　影は、傷のただれのせいで毒を持っていた。お姫様は、マクナイーマをなきものにしたかった。
　次の日、エロイは腹がへって、ハラガヘッテ、目が覚めた。気をまぎらすために散歩にでた。実を一杯につけたカシューの木をみつけた。食べたかったけれども、ただれた影だと気づき、そのまま歩をすすめた。一里半行ったところでジュージューいってるシカ肉のシュラスコを見つけた。もう飢えに押しつぶされそうだったけれども、シュラスコはただれた影だと見てわかり、先へすすんだ。一里半行ったところで熟れた房を重そうにつけたバナナの木をみつけた。ところが、今度はあまりの空腹にやぶにらみになっていた。ヤブニラミのおかげで、片側に兄の影が、もう一方にバナナの木が見えた。
　――チクショウ、喰うぞ！　そうした。
　そして、房をすべてむさぼり喰った。バナナは、ジゲ兄のただれた影だった。マクナイーマは、果てようとしていた。その時、一人ぼっちで逝かないよう、ほかに病をうつそうと思った。サウバ蟻をつかまえ、鼻の傷にしっかりこすりつけた。蟻は昔、私たちと同じヒトだった。サウバもただれた。そして、エロイはジャグアタシ蟻[862]をつかまえ、同じことをした。ジャグアタシ蟻もただれた。それから、種をむさぼり喰うアケキ蟻[863]の、そして、ギケン蟻[864]、トラクア蟻、まっ黒なムンブカ蟻の番で、みなただれた。エロイのすわっている回りに、蟻はもうなかった。からだがだるくて、腕をひろげて伸びをすることさえめんどうだった。もう息絶えかけていたのだ。それでも助かるんじゃないかと思って力を

---

861 南米の肉料理。鉄串に挿したソーセージ、鶏、豚、牛肉に岩塩を振り、炭火で焼く。
862 ポルトガル語で「jaguataci」という蟻は、存在しない。著者の造語であろう。「jagua」はジャガーを連想させる。「taci」は、ポルトガル語でハチ目、アリ科、クシフタフシアリ属の蟻のこと。
863 ポルトガル語で「aqueque」という蟻は、存在しない。
864 ポルトガル語で「guiquém」という蟻は、存在しない。ただし、語形から「guicó」が連想される。「guicó」とは、サル目、オマキザル科、ティティ属の猿のこと。

ふりしぼり、ビリグイ蚊[865]がひざをさしているのをつかまえた。ビリグイ蚊にも病がうつった。だから、今はこの蚊がヒトをさすと肌にくいこみ、体をつきとおして反対側にでてくる。そして、さされたところはひどくただれ、バウル[866]の傷と呼ばれるのだ。

　ほかの七人にタダレをうつした途端、マクナイーマはいきなり元気になり、廃屋にもどった。ジゲの影は、マクナイーマがとても賢いことを知り、家族のもとにもどりたくて胸がつぶれた。もう夜になっていて、闇にとまどい、影はいつもの道もわからなかった。石にこしかけ、大声でがなった：

　——火だ、お若い娘のお姫様！

　お姫様はひどくびっこを引いて、燃えさしの薪で道を照らしながらやって来た。ザンパリーナ病[867]にかかっていたのだ。影は、火と娘を呑み込んだ。もう一度大声でがなった：

　——火だ、兄のマアナペよ！

　マアナペは、やはり燃えさしで道を照らしながらすぐにやって来た。ジゲの兄は、ぐったり身を引きずっていた。バルベイロ亀虫[868]に血をすわれ、肥まけ[869]になっていたのだ。影は火と兄のマアナペを呑み込み、大声でがなった：

　——火だ、弟のマクナイーマよ！

　エロイも呑み込みたかったが、マクナイーマはマアナペ兄とお姫様に何が起こったか察し、戸にはりついて、家の中で息をひそめた。影は火を頼み、セガんだけれども、返事がなく、夜が明けるまでどうしようもなかった。そして、カペイがあらわれ、地を照らし、ようやくタダレは家までやって来た。戸口の敷居のカンジェラナ[870]の木にすわり、弟への復讐のときを待った。

　午前中、ずっとそこにうずくまっていた。マクナイーマは目覚め、耳をそばだてた。まったく物音がしなかったので、思った：

　——アアヒ！　行っちまった！

---

865 タツキラ蚊（注58）の別称。感染症の皮膚リーシュマニア症の原因である原虫リーシュマニアを媒介する。
866 サンパウロ州中西部の都市。かつて多くのハンセン病患者が出た。
867 1780年にリオ・デ・ジャネイロで猛威を振るった病気。運動神経に混乱をきたす。
868 カメムシ目、サシガメ科、オオサシガメ属、学名 *Triatoma infestans*。南米に分布し、恒温動物の血を吸う。
869 寄生虫の鉤虫による病気。重症の場合、貧血を起こす。
870 ムクロジ目、センダン科の樹木で、学名 *Cabralea canjerana*。コスタリカ、ギアナ、ペルー、ボリビア、アルゼンチン、パラグアイ、ブラジルに分布し、樹高30m、幹の直径100cmに達する。木質は赤く、虫に強い良質の材となり、土木工事、鉄道の枕木、家具、彫像などに多用される。

外にでた。戸口をでるとき、影はエロイの肩にとりついた。エロイは、何も気づかなかった。マクナイーマは飢えに苦しんでいて、そして、ジゲの影はエロイに食べさせなかった。マクナイーマが手にとったものは、すべてを呑み込んだ。タモリタ・ジュース[871]、マンガリト芋[872]、イニャメ芋[873]、ビリバ[874]、カジュイ[875]の実、ギアンベ芋[876]、グアカ[877]、ウシ[878]の実、インガ豆、バクリ、クプアス・カカオ[879]、ププニャ椰子、タペレバ[880]の実、グラビオラ、グルミシャマ桜桃[881]、森のこれらの食べ物すべてを。仕方なく、マクナイーマは釣りに行った。エロイのために釣りをしてくれる人は、もう誰もいなかったからだ。けれども、魚を釣り針からはずし、魚籃に投げ入れるたび、影は肩からとびおり、魚を呑み込んでは止まり木にもどった。エロイは思った:"見てろよ、片をつけてやる!"魚が釣れると、英雄の力でもって竿をビュンと強くふり、そのいきおいで遠い遠いあのギアナまでとばした。影は、魚を追って走った。そして、マクナイーマは、反対の方向へ森を駆けた。影がもどったときに、弟はおらず、足跡があるだけだった。少しばかり走り、白アルマジロ族[882]の土地を横切ったあと、二つの影の間を失礼とも言わずに通ろうとして、エロイは肝をつぶした。二つの影は、ジョルジ・ベーリョ[883]とズンビ[884]

---

[871] インディオの飲み物。
[872] オモダカ目、サトイモ科、*Xanthosoma* 属の芋の総称で、中米原産。栄養に富み、熱帯地域で栽培されている。
[873] オモダカ目、サトイモ科、の *Alocasia* 属と *Colocasia* 属、そして、ユリ目、ヤマノイモ科、ヤマノイモ属で、塊根を食用とする種の総称。
[874] モクレン目、バンレイシ科、学名 *Rollinia mucosa*。ブラジル原産で、熱帯、亜熱帯に生育。樹高6-18mで、果実は三角錐状の突起に覆われており、300-1,300 g、長さ10-14cm、直径6-16cmで甘く、特徴的な香りがする。
[875] ムクロジ目、ウルシ科、カシューナット属、学名 *Anacardium giganteum*。南米原産で、樹高40mに達する。果実は、皮も果肉も鮮やかな赤で、美味。
[876] オモダカ目、サトイモ科、フィロデンドロン属、学名 *Philodendron bipinnatifidum*。大西洋森林地帯産で、葉に毒があり、浸しておいた水を川に投げ入れて、浮いた魚を獲る。芋は、美味。
[877] カキノキ目、アカテツ科、和名カニステル、学名 *Pouteria campechiana*。メキシコから中米原産。樹高10m程に成長し、7cm程のオレンジ色の果実をなす。
[878] キントラノオ目、フミリア科、学名 *Sacoglottis uchi*。アマゾン原産で、果実はオレイン酸に富む。
[879] アオイ目、アオイ科、カカオ属、学名 *Theobroma grandiflorum*。アマゾン原産で、沼地や水際に分布。樹高10-15m、果実は長さ20cm程の長円形で、重さ1-2kg、種子を包む果肉が非常に美味。ポルトガル語の「cupuaçu」は、トゥピ語の「kupua'su (カカオ類の植物)」に由来。
[880] カジャ(注273)の別称。ポルトガル語の「tapereba」は、トゥピ語の「tapera (廃屋)」、「i'wa (果実)」に由来。
[881] フトモモ目、フトモモ科、フトモモ属、学名 *Eugenia brasiliensis*。ブラジル原産で、樹高15m程。果実は球形で、鳥、ヒトの食料となる。
[882] 奥地探検(注510)が盛んだった頃、サンパウロからミナス・ジェライス州(注512)へ進むあたりに出没したと言われるインディオの部族。背が低く、凶暴で、食人の習いがあった。
[883] ドミンゴス・ジョルジ・ヴェーリョ (1641-1705)、ブラジル生まれのポルトガル人で、もっとも著名な奥地探検家(注510)。当時のペルナンブーコ政府の依頼で、パルマーレスにあったキロンボ(逃亡奴隷の村)を攻撃、リーダーだったズンビを殺害した。
[884] パルマーレスのキロンボ(注883)のリーダー (1655-1695)。長年にわたり攻撃に耐え、パルマーレスのキロンボを逃亡奴隷の象徴としたが、1695年に殺害される。ポルトガル語の「zumbi」は、アフリカのキンブンド語「*nzumbe*

がやりあっていたのだ。へとへとになって振り向くと、影はもうすぐそこに来ていた。パライバ州だった。もう逃げる気力などなく、歩をとめた。エロイは、マラリアにかかっていたのだ。そばに何人か人夫がいて、堰を築くためにアリ塚をつぶしていた。マクナイーマは、水をくれとたのんだ。水は一滴もなかったけれども、ウンブの根をくれた。エロイは白色レグホンに飲ませ、礼を言って、叫んだ：
　——悪魔は、働くやつを連れて行く！
　人夫たちは、犬の群れをエロイにけしかけた。のぞんだことだった。怖くて逃げ足がはやくなるから。行く手にあるのは、牛の道だった。マクナイーマは、そう、影に迫られ、急かされて、迷うことなくその牛道につっこんだ。少し行くと、ピアウイ州[885]から来たエスパシオ[886]という名のマラバル種[887]の雄牛がやすんでいた。エロイは、雄牛に思い切りげんこを見舞った。そう、雄牛はおどろいて走り出し、目から火、踏み慣らされた道をヤミクモに突進した。それで、マクナイーマは已む無く森に逃げ込み、ムクムコ芋[888]の陰に身を隠した。影は暴れ牛の疾駆する音を聞きつけ、マクナイーマだと思って、あとを追った。雄牛に追いつくと、振り切られないようその背にとりついた。そして、満足げに歌った：

　　　　"私のかわいい雄牛、
　　　　喜びの雄牛アレグリア、
　　　　さよならをしておくれ、
　　　　家族みんなに！

　　　　　オオ...　エエ　ブンバ[889]、
　　　　私の雄牛を休ませろ！
　　　　　オオ...　エエ　ブンバ、
　　　　私の雄牛を休ませろ！"

（死者の霊）」。
[885] ブラジル北東部の州。西でマラニャオン州、東でセアラ州とペルナンブーコ州、南でバイーア州と接していて、植民地時代から牧畜が盛ん。北東部で歌い継がれる四行詩に、ピアウイ州から牛を連れてくる、という文言がある。
[886] 北東部で歌い継がれる四行詩に出て来る牛の名で、角の間が広く開いている。
[887] 牛の品種。コブ牛の雄と南米大陸の在来種とを掛け合わせたもの。
[888] オモダカ目、サトイモ科、アルム属の芋。
[889] ブラジル北東部伝統の祭り、ブンバ・メウ・ボイでの掛け声。ピアウイ州が起源だとの説がある。この祭りでは、ビロードのリボンで飾られた牛の被り物、農場主、使用人、カチリーナという黒人女性と母親、牧童、インディオ、驢馬その他大勢の人物と多くの動物が陽気に歌い、踊る。牛の死と蘇生を通して、牛の野性と人間の脆さを表現する。

そう、雄牛はもう何を食べることもできなかった。食べたくても、影がすべてを呑み込んでしまうのだ。それで、暴れ牛はジュルジュルと気がふさぎ、やせこけて、ぐったり弱くなった。グアラペス[890]の街の近くのアグア・ドスィとよばれる牧草地のあたりを通ったとき、大砂原の真ん中にうっとりするほど美しい光景を見た。木陰のひろがるオレンジ園で、メンドリが一羽砂地をついばんでいた。死のサインだった... 影はハッとして、こう歌った：

　　　　　"私のかわいい雄牛、
　　　　　もう仕方がない、
　　　　　さよならをしておくれ、
　　　　　今、この時に！

　　　　　　オオ... エエ　ブンバ、
　　　　　私の雄牛を休ませろ！
　　　　　　オオ... エエ　ブンバ、
　　　　　私の雄牛を休ませろ！"

　次の日、暴れ牛は死んでいた。緑色になり、ミドリになり... 影は悲しんで、哀しんで、こう歌って心をなぐさめた：

　　　　　"ああ、私の雄牛が死んだ、
　　　　　私は、どうなるんだろう？
　　　　　他のを捜すよう言ってくれ、
　　　　　　——妹よ、
　　　　　あのボン・ジャルジン[891]にいる...

　ボン・ジャルジンというのは、リオ・グランジ・ド・スルの大牧場だった。その時、その暴れ牛と遊ぶのが好きだった大女がやって来た。雄牛が死んでいるのを見ると、ワンワン泣き、かばねを連れて帰りたがった。

---

[890] リオ・グランジ・ド・ノルチ州の州都ナタル市西部にある地区。
[891] 注452参照。

影はいきどおり、歌った：

"消えちまえ、大女、
こりゃあヤバいぞ！
愛する人が逝っちまったあとは
心を広く、寛大に！"

大女は礼を言い、踊りながら行った[892]。すると、そこをマヌエル・ダ・ラパ[893]という男がカシューの木の葉と綿の木を一株かついで通りかかった。影は、この男にあいさつした：

"先週から来たマヌエ[894]さん、
先週から来たマヌエさん、
カシューの葉っぱをかついで来たの！

渡して来たマヌエさん、
渡して来たマヌエさん、
綿の木一株かついで来たの！"

マヌエル・ダ・ラパはあいさつされて有頂天になり、礼にタップをおどって、かばねをカシューの木の葉と綿の一株でおおった。

年寄りがもう穴から夜をとりだしていて[895]、影はすっかりうろたえ、綿と葉にかくれた雄牛がもうわからなかった。雄牛をさがして、踊りはじめた。ホタルが一匹、踊りに見ほれ、歌でたずねた：

"美しい羊飼い
お前はここで何してる？"

"私の羊をつれに来た、
お姉さん、
ここで私は見失ったの"

---

[892] ブンバ・メウ・ボイの登場人物が去る時、いつも踊りながら感謝の歌をうたう。
[893] ブンバ・メウ・ボイ（注889）に登場する人物の一人。
[894] ポルトガル語の「Manuel」の親称。
[895] カシナウア族の言い伝えによると、夜は、魔法使いが空にあいた穴の蓋を開けて、そこから取り出す。

影は、歌でこうこたえた。すると、ホタルは尻を下にして舞い飛び、影に雄牛を照らして見せた。影はむくろの緑色の腹にのり、そこで泣いた。
　次の日、雄牛は腐っていた。ハゲタカが何羽もあつまった。カミランガ禿鷹が来た、ジェレグア禿鷹[896]が来た、ペバ禿鷹[897]、大臣禿鷹[898]、目と舌しか喰わないチンガ禿鷹[899]、頭の禿げたこんなのがすべて集まって、上機嫌で踊りはじめた。一番大きなのが踊りを引っぱり、歌った：

　　　"禿鷹はステップがミニクイ、醜い、みにくい！
　　　禿鷹はステップが清い、きよい、キヨイ！"

　それは、フシャマ禿鷹[900]、禿鷹の王、ハゲタカの父だった。禿鷹の父は、小っちゃな子禿鷹に、雄牛の中にはいって、もうしっかり腐っているか見て来るように言った。子禿鷹はそうした。一方の口からはいり、他方から出て、はいと言い、みんな一緒に踊って歌ってお祭りさわぎ：

　　　"私のかわいい雄牛、
　　　雄牛のゼベデウ[901]、
　　　鳥がとんでる、
　　　雄牛は死んでる。

　　　　オオ．．．エエ　ブンバ、
　　　　私の雄牛を休ませろ！
　　　　オオ．．．エエ　ブンバ、

---

[896] タカ目、コンドル科、クロコンドル属、学名 *Coragyps atratus*。北米南東部からアルゼンチン北部に分布し、翼長133-167cm、体重1.6-2.75kg、黒く、頭と顔、頸は羽毛がなく、皺が寄っている。死肉を求めて一日中高高度を滑空しているため、よく目撃される。
[897] タカ目、コンドル科、ヒメコンドル属、学名 *Cathartes burrovianus*。中南米に分布し、翼長150-165cm、体重0.95-1.55kg。黒く、頭と顔に羽毛がなくオレンジ色。
[898] タカ目、コンドル科、ヒメコンドル属、学名 *Cathartes melambrotus*。南米の標高の低い熱帯、亜熱帯雨林に分布し、翼長165-210cm、体重3.5kgで、黒い。頭と顔には、羽毛がなくオレンジ色。
[899] タカ目、タカ科、カニクイノスリ属、和名オオクロノスリ、学名 *Buteogallus urubitinga*。メキシコからアルゼンチン、ブラジル全土の沼地や水辺、森林縁部に棲息。体長55-64cm、体重1.1kgで、黒く、尾羽が白、嘴の付け根が黄。群れを作らない。ポルトガル語の「tinga」は、トゥピ語の「tinga（白い）」に由来。
[900] タカ目、コンドル科、トキイロコンドル属、和名トキイロコンドル、学名 *Sarcoramphus papa*。メキシコからアルゼンチン北部の熱帯雨林やサバンナに分布し、翼長240cm、体重3-5kg。頭、顔、頸は羽毛がなく、黒と黄とオレンジ、体と脚の羽毛は白く、頸の付け根と風切羽、尾が黒い。いつも同じ、一番高い木にとまって眠る。
[901] 新約聖書に登場するガリラヤ地方の漁師。イエスの弟子、使徒ヤコブと使徒ヨハネの父。

私の雄牛を休ませろ！"

　こうして、ボイ・ブンバという名でも知られる、あの有名なブンバ・メウ・ボイ[902]のお祭りが始まったのだ。
　影は自分の雄牛が喰われているのに腹を立て、フシャマ禿鷹の肩にとまった。禿鷹の父はおおいに喜び、声を張った：
　――モノドモ、私の首に相棒ができた！
　そして、高く翔び上がった。この日から、フシャマ禿鷹、禿鷹の父には首が二つある[903]。ただれた影が左の首だ。昔、禿鷹の王は首が一つだけだった。

---

[902] 注889を参照。
[903] 「双頭の鷲」は、紀元前二十世紀から七世紀の間のシュメール文明や、十一、十二世紀のセルジュク朝で使用された紋章で、十三世紀の東ローマ帝国でも採用された。東ローマ帝国の「双頭の鷲」は、ローマ帝国の継承を自負する神聖ローマ帝国とハプスブルク家の紋章となり、更にオーストリア帝国、オーストリア＝ハンガリー帝国、ドイツ国などに継承された。1472年にはロシア帝国も「双頭の鷲」を採用した。

ⅩⅦ 大熊座

兄ふたりは、もう死んだ。
病気になって、崩れた村にひとりのマクナイーマは、
オウムに自分の過去を毎日語る。
陽に照らされ、渇きに湖に飛び込むと、
ピラニアに喰いちぎられ、口唇飾りにしていたムイラキタンも失う。
この世に嫌気のさしたマクナイーマは、
空にのぼって大熊座となる。

マクナイーマは、今はもうヒトの誰もいない廃屋へ身を引きずった。物音のないのが腹にすえかね、不機嫌だった。たとえ死んでも、誰も泣いてくれない。すっかり見捨てられてしまった。兄たちはフシャマ禿鷹の左の首に身を変え、逝ってしまったし、このあたりで女を見ることなどあるはずがない。静けさがウラリコエラの川岸でこっくりコックリ居眠りしている。うんざりだ！　そして、とにもかくにも、アア！...　かったるい！...

　マクナイーマは、廃屋を捨てなければならなかった。カトレ椰子[904]の葉で編んだ、残った最後の壁も崩れかけていた。けれど、マラリアのおかげで、葉で葺いた小屋をたてる気力すら出なかった。下に金（かね）の埋まった石のある水の来ない高台に、つり床を持って行った。ワサワサ葉のしげったカシューの木二本につり床をさげ、何日もの間そこから出ずに、むくれて眠り、カシューの実を食べてすごした。一人っきりだ！　エロイのための色とりどりの随行もチリ散リニなった。ヘコキ鸚鵡[905]がバタバタとそこを通りかかった。どこへ行くのかと、ほかのオウムたちがそいつに聞いた。

　――イギリス人の地[906]にモロコシが実った。だから、あそこへ！

　それを聞いて、オウムはみんなイギリス人の地へモロコシを食べに行ってしまった[907]。それでも、かつてはもどって来ていた。食べて、そして、様子を持ち帰った。今では、ものすごくおしゃべり好きのアルアイ鸚鵡[908]が一羽いるだけ。マクナイーマは、考え深げに独りごちた：〝急いては鬼にさらわれる...　辛抱だ〟。何をする力もなく日々を過ごし、小さかったころからエロイの身にふりかかってきたことを部族のことばでアルアイ鸚鵡にくり返させ、気を紛らせた。アアア...　マクナイーマは、あくびをした。つり床にカシューの汁をジュルジュルしたらせ、両手をうしろに回して枕にし、白色レグホンの番いを両足に、オウムを腹にとまらせていた。夜になった。カシューの木の実が香り、エロイはぐっすり眠った。日の光がさすと、オウムはつばさから口ばしをあげ、

---

[904] ヤシ目、ヤシ科、シアグルス属、学名 *Syagrus cearensis*。大西洋森林地帯の特産で、湿潤な熱帯を好む。樹高30mに達する。
[905] 原文で、ポルトガル語の「ajuru-catinga」は、トゥピ語の「臭いオウム」に由来。コリカオウム（注112参照）の別称。
[906] 英領ギアナのこと。
[907] 「マリオの『マクナイーマ』とブラジル」の「資源としてのブラジルとヨーロッパ人たち」を参照。十八世紀から十九世紀にかけて、イギリスへの経済的な従属は、ブラジルの自立をさまたげた。
[908] アラグアイ（注772）の別称。

夜、あちこちの枝からエロイのからだに巣を紡いだクモと蜘蛛々々をガツガツ食べて朝食にした。そして、言った：
　——マクナイーマ！
　眠りこけて身じろぎもしなかった。
　——マクナイーマ！　オオ、マクナイーマ！
　——寝かせておくれ、アルアイ...
　——起きろ、エロイ！　もう朝だ！
　——アア... かったるい！...
　——わずかな健康、ありあまるアリ、ブラジルの悪だわさ！...
　マクナイーマはカラカラと大笑いをし、ニワトリ虱(じらみ)のピシリンガ[909]がいっぱいの頭をかいた。そして、オウムは前の日に覚えた件(くだり)を語り、マクナイーマはすぎし日の数々の栄光を誇った。エロイは昂ぶり、オウムにもう一つのできごと、さらなる大ボラを語りはじめるのだった。そして、日々がすぎた。
　宵の明星のパパセイアがみな眠りにつくよう告げながらその姿をあらわすと、オウムはお話が途中だと腹を立てた。ある時、オウムはパパセイアの星を罵った。すると、マクナイーマは、語った：
　——"パパセイアを悪く言うんじゃない、アルアイ！　タイナ・カンはいいやつだ。タイナ・カン[910]はパパセイアの星で、この地をあわれに思い、世界中のすべてのものが心やすめるよう、眠りという癒しを与えてくれと、エモロン・ポドレに命じるんだ。なぜなら、私たちと同じように、世の中のすべてのものも考えることをしなくなるから。タイナ・カンもヒトだ... あの果てしのない空の広がりにいて輝き、それを見て、カラジャ族[911]の長、ゾゾイアサの一番上の娘、イマエロという名の売れ残りはこう言った：
　——お父さん、タイナ・カンはあんなにきれいに光ってる。あの人に女にしてもらいたい。
　ゾゾイアサは苦笑いをした。星のタイナ・カンに娘をそわせることなどできないからだ。そう、夜になると、銀の細舟が川をくだってきた。こぎ手の男がそこからとびおり、戸口をたたき、イマエロに言った：

---

[909] 学名 *Dermanyssus gallinae*（ダニ目、ワクモ科、ワクモ）、あるいは、*Lyponissus bursa* のダニのこと。ともに体長1mm以下で、ニワトリ、七面鳥、ハトなどの家禽や鳥類に寄生し、貧血、衰弱、産卵所低下や失血死を引き起こす。
[910] カラジャ族の伝説に現われる人物。「タイナ・カン」は、カラジャ族にとっての金星でもある。
[911] アラグアイア川（注193参照）沿いとバナナル島（注382参照）に居住するブラジル先住民の部族。大家族制で、結婚後は夫が妻の家に住む。カラジャ族にとって、宇宙は、祖先や守り神の住む水の下、現実のカラジャ族の住む地、力とシャーマンの魂の住む雨、この三層から成っている。

——私は、タイナ・カン。お前の願いを聞いて、銀の小舟でやって来た。一緒になってくれるかい？
　——はい、娘は跳び上がって喜んだ。
　イマエロは許婚につり床を与え、デナケという名の妹のところで眠りについた。
　次の日、タイナ・カンがつり床から出て来ると、みんなが驚いた。皺クシャクシャの老いぼれで、パパセイアの星の光そのままにワナナいている。そう、イマエロが言った：
　——出て行け、老いぼれ！　誰がお前みたいな年寄りと一緒になるものか！　私には勇敢で逞しい、カラジャ族の若い男でなきゃならない！
　タイナ・カンはがっかりして、ガッカリし、ヒトの不条理を思わずにいられなかった。けれども、酋長ゾゾイアサの若い娘が年寄りをかわいそうに思い、言った：
　——私があなたと一緒になります...
　タイナ・カンは、うれしさに輝いた。二人の気持ちは、すっかりととのった。デナケは、夜も昼もうたいながら嫁入り仕度をした：
　——あすの今頃、フフン・フン・フン...
　ゾゾイアサがこたえて：
　——わたしもお前のカアさんと、フフン・フン・フン...
　デナケは、花婿を待つその手の指でつり床を織った。織り上がると、アルアイよ、そこで二人は愛のダンスを楽しんだ、フフン・フン・フン。
　朝の光がほとばしったと思うと、タイナ・カンはつり床から跳び出し、連れ合いに言った：
　——私は森をひらいて、畑をつくりに行く。お前はこの小屋にいて、決してオレを見に来るんじゃない。
　——はい、女は言った。
　そして、つり床に残り、想像していたのとまったく違う、愛にあふれる夜に導いてくれたあの不思議な老人のことをうっとりと思い返した。
　タイナ・カンは森を切りひらき、すべてのアリ塚に火をはなって、地をととのえた。その頃、カラジャの民は、まだ豊かな作物を知らなかった。口にしていたのは魚とケモノだけだった。
　次の日の明け方、タイナ・カンは、まく種をさがしに行くと連れ合いに言い、してはいけないことをくり返した。デナケはつり床に残り、まだしばらく横になったまま、老いぼれが良がらせてくれた雄々しい夜にみなぎる愛の快楽を思った。そして、機を織った。

タイナ・カンは空へむかい、ベロのせせらぎまでやって来た。祈りをささげ、せせらぎをまたいで足をおき、水面をみつめてじっと待った。しばらくして、黍(きび)、タバコ、マンジョカ、これらすべての豊かな作物の種が水にのって、流れて来た。タイナ・カンは流れすぎるところをすくいあげ、空からおりて、畑に植えた。デナケが来たとき、男は陽のもとで働いていた。女は男を思い、あれほど雄々しい夜にみなぎる愛の快楽をヨガラセてくれた連れ合いを見たくなったのだ。デナケは、喜びの声をあげた！　タイナ・カンは、老いぼれなんかじゃなかった！　タイナ・カンは、勇敢で逞しいカラジャ族の若者だった。二人はタバコとマンジョカでしとねを作り、陽に跳ねて遊んだ。
　互いに笑い合い、こけつまろびつ家に戻ると、イマエロはいきり立って、がなった：
　――タイナ・カンは私のものだ！　空からやって来たのは、私のところだ！
　――このバチ当たり！　とタイナ・カンは言った。私がのぞんだとき、お前はのぞまなかった。いい加減にしろ！
　言うと、デナケとつり床にはいった。イマエロは肩をおとし、こうつぶやいた：
　――ワニはほっとけ、湖は干上がる！...
　そして、わめきながら森に走っていった。森のあり得ぬ昼の静けさに嫉(そね)みの黄色い叫びをはなつ、アラポンガ飾鳥912になった。
　その時から、タイナ・カンが採って来てくれたおかげで、カラジャ族はマンジョカ芋とモロコシを食べ、一服するためのタバコを持つようになった。
　どんなものでもカラジャにないものは、タイナ・カンが空にのぼって持って帰って来た。なのに、デナケは満たされることを知らず、空の星すべてに色目をつかい、した！　そう、すべての星と。タイナ・カンはパパセイアの星で、すべてを見ていた。だから、あまりの悲しさに露で濡れ、身の回りの物をもって果てしのない空の広がりへ行ってしまった。そこにとどまり、もう何かを持ってくることはなかった。もし、パパセイアがあのあちら側から持って来つづけていたら、空はここにあり、何

---

912 スズメ目、カザリドリ科、スズドリ属、学名 *Procnias nudicollis*。ブラジル、パラグアイ、アルゼンチンに棲息し、雄は体長27cm程で全身白く、顔の側面と喉が鮮やかな瑠璃、雌は少し小さく、全身オリーブ。鉄床に槌を打ちつけるような「カーン」という高く鋭い声で啼く。ポルトガル語の「araponga」は、トゥピ語の「ara（鳥）」、「ponga（音を出す）」に由来。

もかもが私たちのものだった。でも、今あるのは、もっとほしがる心だけ。

　これで、おしまい"。

　オウムは、眠りについた。

　一月になって間もなくのある朝おそく、マクナイーマはチンクアン郭公[913]の不吉なさえずりに目を覚ました。すでに日は昇り、もう闇は穴にとりこまれていた...　エロイは見ぶるいし、首にさげたお守りをさぐった。死んだ異教徒の少年の骨だった。アルアイを探したが、見つからなかった。ただ、雄鶏と雌鶏が最後のクモを取り合って喧嘩しているだけだった。くらむ暑さがジットリとおおいかぶさり、イナゴがガラスの鈴音を響かせていた。ベイ、太陽がマクナイーマのからだをなでおろし、若い娘の手になって、愛撫した。エロイが光の娘の誰をも娶(めと)らなかったからだけの邪まな仕返しだった。娘の手がゆっくりとやわらかくエロイのからだをなで回し、すべりおりた...　ひさかたぶりに体中の筋肉がたぎる渇きにつらぬかれた！　マクナイーマは、ずいぶん遊んでいなかったことを思った。渇きをはらうには、冷たい水がいいと言う...　エロイはつり床からすべりおり、体中にからみついたクモの巣のうぶ毛をはらい、涙の谷までおりて行った。そして、雨の時期の大水で大きくなった近くの三日月湖へ浴びに行った。

　マクナイーマは、番いのレグホンをやさしく浜におくと、湖水によった。湖は金と銀とにすっかりおおわれていたが、底に何があるか見えるよう面をひらいた。白く輝く美しい女が湖底に見え、さらに渇き、マクナイーマは身をもんだ。輝く女は、水の母ウイアラだった。

　誰がのぞまぬものか、激しく踊りながらやって来て、エロイに目くばせをした——"こっちへおいで、お若いお方！"と言っているのだ。そして、誰がのぞまぬものか、身をくねらせながら遠ざかっていった。渇きははてなく膨れ上がり、エロイは身をつのらせ、口を濡らした：

　——女よ！...

　マクナイーマは、ほしかった。親指を水につけたその時、湖水の面は金糸、銀糸に織り上げられた。水は冷たく、マクナイーマは足を引いた。

　幾度も、なんども。真昼に近づき、ベイは猛り狂っていた。マクナイーマを湖底の娘の不実な腕に落そうとし、エロイは冷たい水をいやがっ

---

[913] カッコウ目、カッコウ科、学名 *Piaya cayana*。メキシコからアルゼンチンにかけて棲息し、街中の公園や住宅の庭にも見られる。体長60cm程、赤鏽色で胸は灰、尾が長く尾羽の先は白、嘴は黄、虹彩は赤。死を予知すると言われ、弱った人がいると「ピー、ピー」という鳴き声が「シンクアン、シンクアン」に変わる。

た。ベイは、娘が娘でないことを知っていた。ウイアラだった。そして、ウイアラはもう一度激しくくねらせながら近づいて来た。何と美しいのだ！... 小麦色の肌、太陽のように輝くバラ色の頬。おもては昼、夜にいだかれ息づく光。女は、グラウナ椋鳥[914]のつばさのごとく黒く短い髪でそのかんばせをふちどっていた。凛とした横顔には、息をすることなどできなさそうに華奢で小さな鼻が見えた。けれども、女はこちらしか見せない。あちらを向くことなく遠ざかり、背信が息づくうなじの穴をマクナイーマが見ることはなかった。エロイは迷った、行くか行かぬか。太陽はジレた。暑さの鞭をつかむと、エロイの背をピシリ、ピシッと打った。女は、そう、そこにいて、腕をひろげて媚び、ぐったり目をとじていた。マクナイーマは背骨が炎と燃え上がり、身を揺すると、狙いをさだめ、女めがけて跳び込んだ、ジュッキ！　ベイは、勝利に泣いた。涙は金の雨となって、キラキラ、キララ、湖にふりそそいだ。正午だった。

　浜にあがると、水底(みなそこ)でひどく争ったことがわかった。絶えだえの息に命がぶらさがり、エロイはしばらくじっと腹ばいになっていた。喰いちぎられ、体中から血が流れていた。右足がなく、足の指がなく、バイーアのヤシの実がなく、耳がなく、鼻がなく、かけがえのないものすべてを失った。そして、やっと立ち上がった。失ったものを見つめ、ベイを憎んだ。雌鶏がコッコと鳴き、浜に卵をうんだ。マクナイーマはそれをつかむと、勝ち誇った太陽の顔に投げつけた。タマゴは太陽の頬でぐしゃりと潰れ、顔は黄色く汚れた。午後になっていた。

　マクナイーマは、ずっと昔、かつては陸ガメだった岩にすわり、水の底で失ったかけがえのないものを数えていった。たくさんあった。足がない、指、バイーアのヤシの実もない、耳もない、パテック・マシーンとスミス・アンド・ウエッソン・マシーンの二つの耳飾りも、そして、鼻、これらすべてのかけがえのないもの...　エロイはとび跳ね、叫び、日の長さをちぢめた。口唇もピラニアに嚙み切られ、そして、ムイラキタンも！　マクナイーマは、正気を失いそうだった。

---

[914] スズメ目、ムクドリモドキ科、学名 *Scaphidura oryzivora*。メキシコ南部からアルゼンチン北部、ブラジルでは特に北東部に分布し、雄は体長36cm、体重180g、雌は28cm、135g、尾が長い。漆黒で、光沢があり、虹彩は緑がかっているか、明るい茶。「ピヨ、ポ、ピヨ、ポ、ピルルル」と愛らしく囀る。ポルトガル語の「graúna」は、トゥピ語の「gwa'ra (鳥)」、「una (黒い)」に由来する。ブラジルのロマン主義文学を代表する作家、ジョゼ・マルティニアーノ・ジ・アレンカール (1829-1877) は、その作品「イラセマ」で、主人公のインディオ女性、イラセマの髪を「グラウナの翼のように黒い」と言っている。

チンボと蓖麻(ひま)とチンギ[915]とカナンビ[916]、これらすべての草を山のように引きぬき、湖を永遠に消えぬ毒でみたした。魚という魚はすべて死に、腹を見せて浮いていた。青い腹、黄の腹、バラ色の腹、あらゆる色の腹がとりどりに湖の面を彩った。夕方だった。
　それから、マクナイーマはすべての魚の腹をさいた。すべてのピラニアとすべてのイルカ。腹の中にムイラキタンを探した。血が流れ、海となって地を走り、何もかもがまっ赤に染まった。宵の口だった。
　マクナイーマは探して、さがした。二つの耳飾りをみつけた、足の指をみつけた、耳をみつけ、キインタラマン、鼻、これらすべてのかけがえのないものをみつけ、サペ薄(すすき)[917]と魚の膠ですべてをもとのところにくくり付けた。けれども、足とムイラキタンはどうにもみつからなかった。水の怪物ウルラウ[918]が呑み込んでしまっていたのだ。ウルラウはチンボの毒でも、殴っても、死なない。血は黒く固まり、浜と湖をおおった。夜になっていた。
　マクナイーマは、さがしに探した。悲嘆にくれてうめき声をあげ、その音で生き物たちの身をちぢめた。なかった。エロイは、片足[919]で飛び跳ね、野を切った。叫んだ：
　　——思い出！　オレのロクデナシ女の思い出！　思い出も、お前も、
　　　何もかも。みんなナクナッちまった！
　そして、さらに跳ねた。涙が、エロイの青い目から野に咲く白い花々におちた。小さな花は青く染まり、忘れな草になった。エロイはもう疲れ切ってしまい、止まった。マクナイーマは、絶望と憤怒に腕を組んだ。英雄だった。のたうつ苦悩は静まり返り、その静寂をつつみ込んですべてが宙に広がっていった。背の曲がった小っちゃな蚊が一匹とんできて、"ミナス・ジェライス...　ミナス・ジェライス..."とかすかな羽音をたて、エロイのみじめをさらに落としめた。
　もうマクナイーマは、この地に何の未練もなかった。鏡のような空には、生まれたばかりのカペイが輝いていた。マクナイーマは、空に住もうか、マラジョ島[920]にしようか心が決まらず、考え込んだ。ふと精力的

---

[915] マメ目、マメ科、ナンバンクサフジ属の毒のある種。インディオが栽培し、漁猟用の毒を採取する。
[916] ブラジル原産のキク目、キク科の植物で、学名 *Ichtyothere cunabi*。葉に毒があり、魚を麻痺させる。
[917] イネ目、イネ科、カヤ属の草本で、学名 *Imperata brasiliensis*。乾燥させた茎は、屋根を葺くのに使われる。
[918] 注210を参照。
[919] 注159を参照。
[920] 注387を参照。

なデルミロ・ゴウベイア[921]の作ったあのペドラ[922]の街に住もうかと本気で思ったけれども、エロイは踏ん切りがつかなかった。かつて生きたようにあそこで暮らすのは、無理だった。だからこそ、この地に未練がなくなってしまったのでもある... 過ぎ去ったことごとは、すべてエロイの生きた証し。いろいろなことがあって、あんなに遊び、あんなに夢を見、あんなに苦しみ、あんなに雄々しく昂ぶったのに、そして、結局、ただ生きるだけの人生だった；デルミロの街やマラジョの島はこの地にあって、そこに住むことに意味をみつけることができなかった。それに、エロイは物事をつきつめるだけの強い心をなくしていた。決めた：

——もういい！... 禿鷹が悪霊のカイポラ[923]にとりつかれたら、下のが上にフンをする。この世は、もうどうしようもない。空に行くぞ。

空にのぼってロクデナシ女と暮らそうと思った。きれいなばかりで役に立たない輝きでも、新しい星座の一部となろう。役に立たない輝きだとしても悪くはない。少なくともすべてのあの親類縁者たちも、あの地で生きているすべての親たちも、母さんたち、父さんたち、兄弟、娘、娘っ子、女たちも、役に立たない星の輝きを今この時に生きているあのすべてのヒトたちも同じなんだから。

マタマタ[924]の蔓は月の子で、エロイはその種を一つ植えた。蔓が大きくなる間、とがった石を手に取り、ずっと昔かつてはジャボチ陸亀だった平らな石に書いた：

石になるために生まれて来たんじゃない

蔓はもう大きくなり、カペイの先にからみついた。エロイはびっこを引き、白色レグホンの鳥かごを腕にさげて、空にのぼっていった。ひくく歌いながら：

——"別れをつげよう、

---

[921] ブラジルの実業家、デルミロ・アウグスト・ダ・クルス・ゴウベイア（1863-1917）のこと。1913年にバイーア州、パウロ・アフォンソ市にブラジルで最初の水力発電所を建設、翌年、アラゴアス州のペドラ市（注922）に南米で最初の繊維工場を開いた。その他、ペドラ市を中心に道路網を整備、労働者の住宅を建設し、ブラジルの工業化、産業化に貢献した。
[922] アラゴアス州は、ブラジル北東部に位置し、北をペルナンブーコ州、南をセルジーペ州、西をバイーア州に接している。そのアラゴアス州の西端にある市。1952年にデルミロ・ゴウベイア市へ改称。
[923] 「カアポラ（注311）」のこと。
[924] ツツジ目、サガリバナ科、学名 *Eschweilera coriacea*。アマゾンの熱帯雨林に分布し、樹高35m、幹径90cmに達する。白く薫る花を咲かす。

——タペラ燕、
　　お前ののぞむままに、
　　　——タペラ燕、

　つばさをひろげ、行ってしまった、
　　——タペラ燕、
　羽を巣に残して。
　　　——タペラ燕..."

　のぼりきると、カペイの住まいをたたいた。月が庭にでてきて、言った：
　——何だい、サシ？
　——あなた様に祝福を、マンジョカ・バターをぬったパンをください。
　その時、カペイはサシなどではなくて、英雄のマクナイーマだと気づいた。昔エロイがひどくくさかったことを思い出し、恵んでやりたいと思わなかった。マクナイーマはカッとなって、月の顔にゲンコを何発もみまった。だから、顔に暗い斑があんなにあるのだ。
　仕方なく、マクナイーマは明けの明星カイウアノギの家をたたいた。カイウアノギは誰だろうと小窓まで来てのぞき、夜の闇にエロイの跛(ちんば)を見間違えて、聞いた：
　——何だい、サシ？
　けれど、すぐにマクナイーマ、エロイだと気づき、ひどくくさかったことを思い出して、返事を待ちさえしなかった。
　——シャワーを浴びな！　言って小窓をしめた。
　マクナイーマは、またカッとなってどなりつけた。
　——出て来い、このクズやろう！
　カイウアノギは驚き、怯え、震えながら鍵穴をのぞいた。だから、星のキレイはあんなにおちびちゃんで怖がりなのだ。
　それで、マクナイーマはパウイ・ポドレ、鳳冠鳥の父の家をたたいた。パウイ・ポドレは、マクナイーマのことが大好きだった。というのは、南十字星の祭りのとき、あの白人黒人の混血の中の混血男からかばってくれたからだ。けれども、聞こえるようにはっきり答えた：
　——ああ、エロイ、もう少し早かったなら！　この私のあばら家に、すべての血の始まり、ジャボチ陸亀の子孫をお迎えできたなら、たいへんな光栄だったのですが...　世の始まりにそこにあったのは、大きな

ジャボチ陸亀だけでした...　ジャボチ陸亀が闇のしじまに、腹からヒトとその女とをとりだしたのです。この二人が最初にうまれたヒトで、あなたの種族のはじまりでした...　そのあと、ほかのヒトたちがやって来ました。来るのがおそかった、エロイ！　もう十二人いて、あなたをいれたらテーブルに十三人になってしまいます。申し訳ありませんが、泣くわけにもいきません！

　——ザンネンですが、カンネンです！　とエロイは大声でこたえた。

　その時、パウイ・ポドレは、マクナイーマの気持ちがわかった。魔法をつかった。木の棒を三本つかみ、ほうりあげ、十字に交差させて、すべての持ち物、雄鶏、雌鶏、鳥カゴ、リボルバー、時計といっしょにマクナイーマを新しい星座にかえた。大熊の星座[925]だ。

　ある先生[926]が、もちろんドイツ人で、片足で立っているから大熊は実はサシなんだと吹いてまわったらしいが...　そんなことがあるものか！　サシは今もこの世界にいてたき火を散らし、暴れ馬の尾をブチ切ってイタズラしている...　大熊座は、マクナイーマだ。健康のないアリばかりの地に苦しみ、悩んで、何もかもにうんざりし、果てしのない空の広がりにのぼって、一人あてどなく行くびっこのエロイなのだ。

---

[925] ギリシア神話で、神ゼウスが森のニンフ、カリストーに恋をし、二人の間にアルカスという男の子が生まれた。これを知ったゼウスの妻の女神ヘーラーは怒り、カリストーを熊にしてしまった。やがてアルカスは青年となり、ある日、熊に弓を引いた。熊は、カリストーだった。ゼウスは驚き、矢がカリストーを射殺す前に、二人とも天にあげて、カリストーを大熊座、アルカスを小熊座とした。母は息子の周囲を回転する。

[926] アルゼンチン、ラプラタ大学の教授、ロバート・レーマン・ニーチェ博士のこと。博士は、雑誌『Revista del Museo de La Plata』第28号、1924-1925に「南米の神話」という論文を発表し、ここで大熊座をサシだとしている。

ⅩⅧ　エピローグ

　　もう誰もいなくなった。
息をつめた静けさがウラリコエラの川辺にまどろんでいる。

　　　　我らがエロイ。
　　　　これでおしまい。

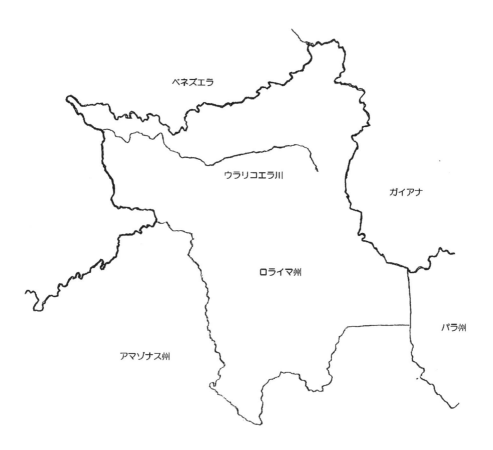

お話（イストリア）はおしまい、輝き（ビクトリア）は絶えた。
　もう誰もいなくなった。タパニュマスの部族にタンゴロ・マンゴロ[927]の病がはやり、むすこたちが一人また一人たおれていった。もう誰もいなくなった。そこにもどこにも、あの原にもどの原にも、川をつなぐあちこちの流れ、すべての滝、踏み分けられた道々、いくつもちぎれそうに水に浮く草島、あの昼なお暗く深い森、ヒトはどこにもおらず、荒れ果てた... 息をつめた静けさがウラリコエラの川辺にまどろんでいる。
　地上の誰も部族のことばで話すことはできず、あのまるででたらめなできごとを語れる人もいない。誰がエロイのことを知っているだろう？ ただれた影になった兄たちは、今は、ハゲタカの父の二番目の頭だし、マクナイーマは大熊の星座になっている。もうだれもあれほどに美しいお話と失せた部族のことばを知ることはできぬだろう。息をつめた静けさがウラリコエラの川辺にまどろんでいる。
　ある時、男が一人やって来た。夜が明けようとする時、ベイが娘たちに星々の通行証をたしかめさせていた。寂寞(せきばく)は凄まじく、魚と鳥とをおそれで死なせ、そもそも自然からが気を失って、そこいらにうち捨てられ、倒れていた。そのしじまには果てがなく、あたりの大木をさらに大きく引き延ばした。突然、途方に暮れる男の胸に木陰から声が落ちて来た：
　──クルルル・パク、パパク！　クルルル・パク、パパク！...
　男は、少年のようにおどろき、おびえた。すると、羽ばたきながらグアヌンビ[928]が飛んできて、男の口唇で腰をふった：
　──ビロ、ビロ、ビロ[929]、ラ... テテイア[930]！
　そして、サッと梢に舞い上がった。男はグアヌンビのあとを追い、見上げた。
　──なんて枝ぶりだ、スゲエ！　ハチドリは笑い、あわてて飛び去った。
　その時、男は金色の口ばしの緑色のオウムが枝葉の間からこっちを見ているのに気づいた。言った：
　──ここに止まれ、オウム。
　オウムは、飛んで来て男の頭に止まった。二人はたがいによりそった。

---

[927] 呪（まじな）い、黒魔術、妖術などによる病気。
[928] ハチドリのこと。ポルトガル語の「guanumbi」は、トゥピ語の「*guainu'mbï*（ハチドリ）」に由来。
[929] 子どもの口唇を指で弾いてあやすこと、あるいは、あやす時のことば。
[930] ポルトガル語の「tetéia」は、「子どものおもちゃ、小さいアクセサリー、魅力的な娘」の意。

そして、オウムはやさしく響く耳新しい、まったく聞いたことのないことばで話しはじめた、まったく聞いたことのない！　ことばは歌であり、蜂蜜入りのカシリ酒であり、人知れず密林に生る裏切りの果実のように心地よかった。
　部族は果て、家族は影になり、村はアリに喰われて崩れ去り、マクナイーマは空にのぼった。けれども、ずっと昔、エロイが偉大なる皇帝マクナイーマだったあの頃のあのお伴のアルアイ鸚鵡は残った。ウラリコエラのしじまにオウムだけがあのできごとと失われた言葉とを忘却から守っていた。オウムだけが静けさの中、エロイの言葉とおこないを覚えている。
　オウムは男にすべてを語り、リスボンの方角へ翼を広げた。そして、男は私だ、みなさん。みなさんに語るためにここにいる。そのために来たんだ。私は、この散り敷いた葉の上にうずくまり、ダニをとって、カバキーニョをつまびく。掻き鳴らして、声を張り上げ、汚らしいこの言葉で、マクナイーマの言ったこととやったこととを歌う。我らがエロイ。
　これでおしまい。

マリオの「マクナイーマ」とブラジル

　マリオ・ジ・アンドラージは、『マクナイーマ』の第一稿を 1926 年の 12 月 16 日から 23 日の一週間で書き上げ、1928 年の 7 月に自費で 800 部を出版した。一気に書き上げられたのは、長年あたためていたラプソディーだったからだろう。自費出版だったのは、気心の知れた仲間内に読ませることを想定していたからに違いない。

　インディオをエキゾチックに描くのでなく、ブラジルを主題とした物語の主人公として語るのは、ひどくセンセーショナルだったろう。

　ブラジルは、西欧人によってインディオと呼ばれた先住民の文化に、ヨーロッパとほかの国からの移民たち、そして、彼らに連れてこられたアフリカの人々からなっている。マリオは、それらすべてを作品に詰め込んだ。ブラジル人にとっても分かりにくいが、我々にとってはなおさらだ。

　マリオの『マクナイーマ』とブラジルについて少し述べてみたい。

マリオ

　マリオ・ジ・アンドラージ（Mário de Andrade）は、1893 年にサンパウロ市に生まれ、1945 年サンパウロ市で没したブラジルの詩人、作家、文学評論家、音楽研究者、民俗学者、ピアノ教師、随筆家だ。1911 年サンパウロ演劇音楽学院に入学、1917 年に卒業し、詩集『Há uma Gota de Sangue em Cada Poema（どの詩にも一滴の血が通う）』を出版した。その後、ブラジルの民俗に興味を持ち、北東部の歴史、文化、特に音楽を調査し、1921 年ヴェンセズラウ・ジ・ケイロスの後任としてサンパウロ演劇音楽学院の教授となった。1917 年には、テオドル・コッホ・グリュンベルグ（Theodor Koch-Grünberg）の『Vom Roraima Zum Orinoco』が出版されている（「インディオ」の項、参照）。

　マリオが暮らしたサンパウロの起こりは、1554 年にさかのぼる。イエズス会士ジョゼ・ジ・アンシエタ（注 493 参照）が 1554 年 1 月 25 日に学校をひらいたのが現在のサンパウロ市であり、1 月 25 日はカトリックの聖人パウロの改宗の日であった。その後、学校を中心にインディオに対する布教がすすめられ、街を形成していった。

　十七世紀になって奥地探検隊（注 510 参照）の根拠地となり、大きく

成長、1711年に正式に市に昇格した。そして、十九世紀にはいってサンパウロ州内でコーヒー栽培が始まり、急速に発展を遂げた。1872年には26,000人であった人口が、1920年には58万人となっている。

コーヒーブームに沸くサンパウロでは労働力が不足し、1881年にイタリアなどからの移民が始まった。移民は船が着くサントスから列車でサンパウロへ移動し、サンパウロは世界中の人が集まる街となった。1894年にはサンパウロ出身のプルデンチ・ジ・モライスが大統領に就任し、この年から1930年まで、サンパウロ州とミナス・ジェライス州が交互に大統領を出す「カフェ・コン・レイチ」期（注125、512参照）が続く。1913年にはブラジルで最初の水力発電所（注921参照）も完成し、マリオはまさにブラジル、そして、サンパウロの発展期に生まれ、育ったコスモポリタンだった。

そして、1922年2月11日から18日、マリオはサンパウロ市立劇場で近代芸術週間を主催する。

近代芸術週間とモデルニズモ

西欧世界の都市にとって、オペラハウスほど重要なものはないらしい。パリのオペラ座、ニューヨークのメトロポリタン、ベニスのフェニーチェ劇場。シドニーの白い貝殻は、オーストラリアの誇りだ。ブラジルには、マナウスのアマゾナス劇場、リオ・デ・ジャネイロの市立劇場がある。アマゾナス劇場は、ゴム景気で財を手にしたヨーロッパからの移住者が、1896年にジャングルの中に建設した。イタリア・ルネッサンス様式の建造物で、ドーム屋根のタイル、大理石の階段、座席などの調度品、すべてをヨーロッパから輸入し、天井画はイタリアの芸術家ドメニコ・デ・アンジュリスに描かせた。リオ・デ・ジャネイロ市立劇場のデザインはオペラ座をモデルにしていて、1909年に開館した。そして、1903年、スカラ座を参考にサンパウロ市立劇場が着工され、1908年にハモス・ジ・アゼヴェード広場に完成した。

二十世紀のはじまりとほぼ同時に、首都リオ・デ・ジャネイロと競うようにして完成したオペラハウスに新しい芸術と文学を求める若者が集まった；マリオ、オズヴァウド・ジ・アンドラージ（注447参照）、マヌエル・バンデイラ（注448）、ヴィトル・ブレシェーリ（Víctor Brecheret、1894-1955、イタリア生まれのブラジル人、作家）、プリニオ・サウガー

ド（Plínio Salgado、1895-1975、政治家、作家、ジャーナリスト、神学者）、アニタ・マウファチ（Anita Malfatti、1889-1964、画家。ヨーロッパでキュビズム、印象派、未来派の影響を受け、1914年にサンパウロで個展を開いた）、メノチ・デウ・ピシア（Menotti del Pichia、1892-1988、詩人、ジャーナリスト、弁護士、政治家、小説家、画家、エッセイスト）、ギリェルミ・ジ・アウメイダ（Guilherme de Almeida、1890-1969、弁護士、映画評論家、詩人、エッセイスト）、セルジオ・ミリエ（Sérgio Milliet、1898-1966、作家、画家、詩人、エッセイスト、芸術評論家、文学評論家）、エイトル・ヴィラ＝ロボス（Heitor Villa-Lobos、1887-1959、作曲家）、タスィト・ジ・アウメイダ（Tácito de Almeida、1889-1940、弁護士、作家、詩人、ジャーナリスト）、ジ・カヴァウカンチ（Di Cavalcanti、1897-1976、画家、戯画家）。「近代芸術週間」の開幕だ。

レネ・チオリエ（René Thiollier、1882-1968、弁護士、作家）は彼らの志に賛同し、劇場に使用を交渉、使用料も支払った。また、市長ワシントン・ルイス（Washington Luís、1869-1957）の支援を得て、リオ・デ・ジャネイロの芸術家を招いてもいる。二十世紀を迎え、世界は新しい芸術に湧いていた。

ヨーロッパのモダニズム（modernism）は、ジェームズ・ジョイス、T・S・エリオット、ヴァージニア・ウルフ、イェイツなど、第一次世界大戦後の英国を中心におこった。フランスでは、マルセル・プルースト、アンドレ・ジッド、ポール・ヴァレリーら、そして、日本では横光利一、川端康成などの新感覚派が活躍している。

1922年の「近代芸術週間」は、ブラジルのモデルニズモ（modernismo）の嚆矢だった。目で追われていた詩が作者によって朗読され、韻の型をはずし、文学のことばも特別なものから日常使われているものへと革新を遂げた。そして、インディオの言語と文化を、神秘的な別世界のことではなく、ブラジルを成すものであるととらえなおした。

ホメロスとジョイス

西欧世界にとって、ホメロスの『イリアス』（ギリシア語 Ιλιάς、ラテン語 Ilias、英語 Iliad）と『オデュッセイア』（ギリシア語 Ὀδύσσεια、ラテン語 Odyssea、英語 Odyssey）は、日本にとっての『古事記』、『日本書紀』である。どちらも、神話と歴史とが一つになっている。

『イリアス』は、ギリシアの遠征軍がトロイアを包囲して 9 年がすぎ、戦争が 10 年目にさしかかった、ある 49 日間のできごとを描き、『オデュッセイア』は、主人公オデュッセウスがトロイアからの凱旋の帰途に体験した 10 余年の漂流と、不在中に王妃ペネロペに言い寄った男たちへの報復を描いている。

　トロイア戦争はギリシア神話の一部なのだが、ヨハン・ルートヴィヒ・ハインリヒ・ユリウス・シュリーマンは、十九世紀にそのトロイアを発掘し、実在を証明した。ギリシア神話は西欧世界にとってルーツであり、現実なのである。

　ホメロスは紀元前八世紀のギリシア人で、叙事詩『イリアス』と『オデュッセイア』の作者だと言われているが、ホメロスが実在したのか、実在したとして本当に『イリアス』と『オデュッセイア』を作ったのか、正確には分かっていない。

　ギリシア神話を語る叙事詩は数多くあり、古代ギリシアではアオイドス（ἀοιδός）が歌った。吟遊詩人である。彼らは神々の世界の真実を伝える特別な能力を持ち、各時代、各地を巡りながら、詩を育てていった。

　ギリシア神話を語る叙事詩の中でも傑出した二編は、紀元前六世紀にテキストとして固定されたと言われている。テキスト化された叙事詩の演者が「ラプソドス（ῥαψῳδός）」であり、その実演が「ラプソディー（ῥαψῳδία）」である（巻頭の「みなさん、こんにちは」を参照）。

　『マクナイーマ』は、ラプソディーだ。マリオは、特別な力のある詩人たちが編んだ物語を書き留め、うたう。

　『オデュッセイア』の主人公、オデュッセウスは、ギリシア語でὈδυσσεύς、ラテン語で Ulysses だ。アイルランドの作家、ジェイムズ・ジョイス（James Joyce）の『ユリシーズ』は、このラテン語をタイトルとしている。ジョイスは 1882 年に生まれ、『オデュッセイア』の登場人物や事件を彼の故郷ダブリンに流し込み、1922 年に『ユリシーズ』を発表、二十世紀のモダニズム文学の発展に大きく寄与した。

　ジョイスの『ユリシーズ』は十八の章に分かれており、ホメロスの『オデュッセイア』の三部分割に対応している。第一章から三章がはじまりで、第四章から十五章が主人公の放浪、そして、第十六章から十八章が帰郷である。

　ブラジル、モデルニズモのパパ（ポルトガル語で「papa」、「ローマ法王、最高権威者」の意）と言われたマリオは、ジョイスを読んでいたに

違いない。そして、『マクナイーマ』も十八章からなり、第四章で旅立ち、第十六章で帰郷する。

　『イリアス』と『オデュッセイア』は、数百年にわたる時と吟遊詩人たちの遊歴の地の広がりを取り込んだ。『ユリシーズ』は、あらゆる文体と夥しい数の駄洒落、パロディ、引用からなっている。マリオは、そこに「rapsódia」と名付けることによって、自由に、さらに自由にブラジルの神話を紡いだのだ。

インディオ

　最終氷期は、およそ 7 万年前に始まって、1 万年前に終了したと言われている。この時期、地球は氷床が増加して海面が下がり、ベーリング海峡にベーリング地峡が出現した。アフリカ大陸で進化した人類は、1 万 8000 年前から 1 万 5000 年前、ベーリング地峡を歩いて、ユーラシア大陸からアメリカ大陸へ渡った。これが、南北アメリカ大陸の先住民たちだ。
　ベーリング地峡を渡った彼らは、極北でイヌイットとなり、北米でネイティブ・アメリカンに、中米でマヤ、アステカ文明を築き、アンデスでインカの末裔として暮らす。そして、彼らは 8000 年ほど前にブラジルに到達し、ヨーロッパ人がやって来たころ、アマゾン流域と沿岸地域にはトゥピ族、グアラニ族が、北部アマゾン流域にはアラワキ族、カリビ族が、内陸部乾燥地帯にはジェ族が居住していた。
　南北アメリカ大陸の先住民たちは、捕鯨やトナカイの飼育、氷の住居、トーテムポール、騎馬、鮮やかな柄の毛布、ピラミッドや金の装飾品といった文化が顕著だ。しかし、西欧人が南米大陸にやって来たとき、ブラジルの先住民は衣服を身につけず、扉のない家に住んでいた。ドイツ人の冒険家でポルトガルの傭兵、ハンス・シュターデン（Hans Staden、1525-1579）は、ブラジルに赴き、九か月間トゥピ族の捕虜となった。1557 年に『Viagem ao Brasil（ブラジルへの旅）』を著わし、食人の習慣があること、それは、敵を喰らうことによって親族や友人の恨みを晴らすものであり、戦士の力を得る意味があると述べている。そして、この習慣は、宗教儀式とのかかわりが深く、戦という社会的な行為の一部をなすと考察されている。

1492年にクリストファー・コロンブスがサン・サルバドル島に上陸、1500年にはポルトガルのペドロ・アルヴァレス・カブラルの船団がバイーア南部のポルト・セグーロに上陸した。そして、1503年にパウ・ブラジル（注473参照）の伐採が本格化し、さらに、貴金属と労働力としての先住民を求めて、ヨーロッパ人は内陸部へと向かった。先住民は奴隷として捕えられ、また、ヨーロッパから持ち込まれた疫病に倒れた。そもそも彼らにとっての「新世界」の人間が入ってきたら、その森はもう住めない。自然が破壊され、生態系のバランスが崩れるからだ。カブラル以前のブラジル先住民は300万人から600万人だったと言われているが、二十世紀中葉には約15万人にまで減ってしまっている。
　一獲千金を夢見てブラジルの地に来たヨーロッパ人は先住民の女性と家庭を築くものが多く、その言語、宗教、文化、世界観のあり様には気づいていたはずである。
　そのブラジル先住民の文化をつぶさに調査、記録したのがテオドル・コッホ・グリュンベルグ（Theodor Koch-Grünberg）だ。グリュンベルグは1872年にドイツで生まれ、1924年にブラジルのロライマ州で没した民俗学者、探検家で、アマゾンを調査し、インディオの神話と伝承を文字と写真で記録、1917年に『Vom Roraima Zum Orinoco』を出版した。
　マリオはこれを読み、ギリシア、ローマ神話とアフリカのリズムに縁取られ、1920年代のブラジル都市に埋もれていた本当のブラジル文化、インディオの神話と伝承を紡ぎだして見せた。彼も、ブラジルの地で生まれ、育った生粋のブラジル原住民だった。
　フランスの社会人類学者、民族学者のクロード・レヴィ＝ストロース（Claude Lévi-Strauss、1908-2009）は、1930-1939年の間にアマゾン川の支流に暮らすトゥピ族やナムビクワラ族、マトグロッソ州のボロロ族などのもとで神話、宗教、結婚形態、家族構成、その他の調査を行ない、ブラジル先住民も西欧も、精神文化においては同様に複雑だということを明らかにして見せた。

マンジョカ

　マクナイーマたちが日常的によく食べるのが、マンジョカ（注18）だ。タピオカの原料で、世界中の熱帯で栽培される。
　大きくわけて、苦味種と甘味種があり、苦味種は根茎に青酸を含み、

毒抜きをしないと食べられない。甘味種はアイピン（注75）と呼ばれることがあり、青酸が主として外皮に含まれ、毒性は少ない。

　マンジョカの毒抜きは、まず、丁寧に皮をむき、擦りおろす。これをチピチ籠（注74）に入れてしぼり、乾燥させて鍋で加熱する。こうしてできるのがマンジョカの粉だ。搾られた液にも澱粉が多く含まれている。その上澄みを採り、加熱したあと発酵させたものがタピオカだ。マンジョカは、腐りやすい。だから、第1章で、マクナイーマの母親は、擦っているマンジョカをほうっておくことができなかったのだろう。

　ペルーでは4000年前、メキシコで2000年前から栽培されていたことがわかっており、ブラジル先住民にとって欠かすことのできない非常に重要な栄養源である。

　マンジョカの粉は栄養価が高く、ポルトガル政府も宣教師もこぞって耕地を広げた。粉だけでなく、擦った滓からはベイジュ餅（注530）、上澄みをすくった後の搾り汁からツクピ（注337）が作られ、また、カシリ酒（注31）、カウイン酒（注310）も作られる。

　ブラジルのインディオの言い伝えによると、マンジョカは不幸な愛に死んだインディオの娘、マニの体から生えた。インディオのことばで、「oca」は「家」。マンジョカ「mandioca」は「マニの家」だ。

リングア・ジェラルとカモンイス

　ブラジルの公用語はポルトガル語で、スペイン語ではない。ブラジル以外の中南米の国々のほとんどはスペイン語を公用語としていて、アルゼンチンやチリの公用語はスペイン語だけだ。でも、ペルーはスペイン語の他にケチュア語とアイマラ語が、パラグアイはグアラニ語が、そして、ボリビアはケチュア語、アイマラ語、グアラニ語が公用語だ。そう言われてみると、ブエノスアイレスの町並みには白人が思い浮かぶが、ラ・パスには民族衣装が似合う。一口にラテンアメリカと言っても、一様ではない。

　そのブラジルでも、十八世紀まではトゥピ語とポルトガル語の混成語、リングア・ジェラル（língua geral、英語で「general language」）が広く使われていた。

　トゥピ語を話す部族は、アルゼンチン、パラグアイを流れるパラナ川とパラグアイ川の流域に暮らしていたと考えられるが、盛んに移動をく

り返し、他の部族を征服していったと言われている。十六世紀には、アマゾン河口からブエノスアイレス周辺に至るまでのブラジル東海岸部ほぼ全域、西はペルー領のアンデス山脈東麓部、北はパラ州にまで広がっていた。

　ブラジルで最初に建設された町はサン・ヴィセンテ（注 161、536）で、1532 年のこと、サンパウロ州の沿岸に位置している。この頃、サン・ヴィセンテでもリングア・ジェラルが話されていた。ポルトガル人の入植者や奥地探検隊（注 510）、その子孫たちは、トゥピ語を身につけることによってこれを話す人たちと広くコミュニケーションをとり、リングア・ジェラルを発達させていったと考えられる。

　ポンバル侯爵、セバスチアオン・ジョゼ・ジ・カルヴァーリョ・イ・メロ（1699-1782）は、リスボンの小貴族に生まれたポルトガル王国の政治家で、1755 年の大地震後、街を再建したことで有名だ。彼は、時の国王ドン・ジョゼ一世の信任を受けて 1756 年に宰相となり、国家の確立と経済の発展のため数々の改革を行った。国家から独立した権力と経済力を蓄えていたイエズス会を 1759 年にポルトガル本国、そして、植民地から追放し、財産を没収した。それまで教育は教会が施すものであったが、ポンバル侯爵の改革により国家が管轄するものとなった。1758 年には、リングア・ジェラルの使用を禁止、ポルトガル語の使用を義務付けた。当時のブラジルではリングア・ジェラルが浸透し、ポルトガル本国との文化的な乖離が起こっていたからである。

　ポンバル侯爵の政策がなかったら、ブラジルはリングア・ジェラルとポルトガル語のバイリンガルの国となっていたかもしれない。

　第九章「アマゾンの女たち、イカミアバへの手紙」に、「サンパウロっ子たちの知的表現力の豊かさは超自然的で、話すときは一つの、そして、書くときには別のことばをあやつる」とある。「会話は野蛮で乱れ、ことばづかいが粗雑で、言語としての真正さが損なわれています」が、書くときには「古代ローマの賢人や植物学者のリンネがたち現われ」る。古代ローマの賢人や植物学者のリンネが使ったのはラテン語だが、ラテン語を書いたわけではない。「ウエルギリウス（注 485 参照）の言語にごく近い」、教養あるポルトガル語だ。書くときには、日常の話しことばを使わなかった。マリオたちはモデルニズモの波に乗り、「強く語りかけたり、また、遊ぶときの言い方に味わいや力がないということにはな」らない話しことばを芸術の新しい言語として取り込んだ。

『マクナイーマ』における言語の多重性は、同じ第九章の「フランスから大量に死にぞこないのフランス語なまりを持ち込むことを軽はずみに認めてしまう輩(やから)がいます」や、イタリア語は「都のどのような片隅であっても語られています」、第四章「ボイウナ・ルナ」の「C'est vrai、フランス人が言うように」にもあらわれている。
　そして、おびただしい数のトゥピ語由来のことば。物語の終わり、マリオは「ことばは歌であり、蜂蜜入りのカシリ酒であり、人知れず密林に生(な)る裏切りの果実のように心地よかった」と語り、「汚らしいこの言葉で、マクナイーマの言ったこととやったこととを歌う」とツバを吐く。

音、調べ

　マリオは、先住民のことばに音楽性を感じとっていた。トゥピ語から採られた語を並べ、楽しんでいる。同じ鳥や植物を指し示す同義語でもあえて並べ、その音を楽しんでいる。第八章「ベイ、太陽」(p.99「サポタ柿」以下)と第十五章「オイベ蛇の臓物」(p.193「アジュル・クラウ」以下)から見てみよう。

第八章「ベイ、太陽」の原文
sapotas sapotilhas sapotis bacuris abricôs mucajás miritis guabijus melancias ariticuns

カタカナ表記の読み
サポータス　サポチーリャス　サポチース　バクリース　アブリコース　ムカジャース　ミリチース　グアビジュース　メランスィーアス　アリチクーンス

第十五章「大ミミズ、オイベの臓物」原文
o ajuru-curau o ajuru-curica arari ararica araraúna araraí araguaí arara-taua maracanã maitaca arara-piranga catorra teriba camiranga anaca anapura canindés

カタカナ表記の読み
ウ　アジュル・クラウー　ウ　アジュル・クリーカ　アラリー　アラリ

ーカ　アララウーナ　アラライー　アラグアイー　アラーラ・タウーア　マラカナン　マイターカ　アラーラピラーンガ　カトーハ　テリーバ　カミラーンガ　アナーカ　アナプーラ　カニンデース

（「ウ」は、ポルトガル語の男性名詞につく定冠詞「o」）

三角貿易とアフリカ

　三角貿易とは三国間での貿易のことで、たとえば、英国は綿織物をインドに輸出し、インドでアヘンを生産して清の茶を求めた。そして、アヘンをめぐっての軋轢が、阿片戦争（1840-1842）の発端となった。また、アメリカ独立戦争以前、英国は北米大陸の植民地と英領西インド諸島に工業製品を輸出し、北米からは農産物や干鱈を西インド諸島へ、西インド諸島からは砂糖や糖蜜を英国へ輸出していた。

　そして、大航海時代からの大西洋三角貿易である。ヨーロッパからは繊維製品、酒、武器がアフリカに渡り、そこで人々が労働力として買われた。彼らはブラジルや西インド諸島へ運ばれ、ブラジルからはゴムや砂糖がヨーロッパへと運ばれた。

　十六世紀の初頭には、すでに大西洋上のポルトガル領のマデイラ諸島、アソレス諸島で黒人奴隷がサトウキビの栽培に従事させられていたし、また、リスボンの人口の 10% 近くは黒人奴隷だった。

　アフリカからブラジルへの奴隷輸送は、幾世紀もの間、いろいろな形で続けられた。十六世紀から十七世紀にはゴレ島をはじめとするセネガル共和国やガンビア共和国の島から、ギニア共和国の人々を主にサルヴァドールとレシフェ（注 119、120 参照）に送りだし、バイーア州やペルナンブーコ州のサトウキビ農園で働かせた。十八世紀には、西海岸（注 16 参照）ベナン共和国のウイダー、ナイジェリア連邦共和国のカラバル、アンゴラ共和国のカビンダ、ルアンダ、東海岸のタンザニア連合共和国の港から主にサルヴァドールとリオ・デ・ジャネイロ（注 391）に運び、そこからミナス・ジェライス州（注 512 参照）に送った。当時、ミナス・ジェライスでは鉱山資源の発掘が盛んだった。十九世紀には、上記西海岸の港にくわえ、東海岸タンザニア連合共和国のキロアやモザンビーク共和国のイボ、ロウレンソ・マルケス、イニャンバーネなどの港からサルヴァドールやリオ・デ・ジャネイロを経て、パライバ州（注 122）のコーヒー・プランテーションやリオ・デ・ジャネイロ州北部のサ

トウキビ農園に送った。

彼らは部族間の戦争の捕虜だったり、部族内の罪人だったり、あるいは、拉致されたりした。商人の持ち込む酒や武器の代金として支払われた。買われた武器は、戦いに用いられ、さらなる資源を提供したことだろう。

大西洋を行き交う船には200名から700名が乗せられ、アンゴラからペルナンブーコまで35日、バイーアまで40日、リオ・デ・ジャネイロまでは50日かけて運ばれた。奴隷船の環境は劣悪で、1501年から1866年の間にアフリカからブラジルへ運ばれたアフリカの人々は5,532,118人で、生きて着いたのは4,864,374人だったという統計がある。

彼らは、抵抗した。自ら命を絶ったり、仲間に絶ってもらったり、身ごもらせられた子を堕ろしたり、服従をしずかに拒んだり。逃げた奴隷が駆け込んだのが「キロンボ」だ。行きにくい奥地の豊かな土地に数多く形成された。

その中で最も大きかったと言われているのが、キロンボ・ドス・パルマーレス（Quilombo dos Palmares）だ。ペルナンブーコやバイーアのエンジェニョ（サトウキビ農園と製糖工場をあわせた共同体）からの逃亡者が、1580年ごろからあつまり、インディオや白人、すべての人種を受け入れて、最大時には二万の人口を擁していた。

奴隷を求める奥地探検隊（注510）の攻撃を幾度も退けたが、1695年のパルマーレスの戦いで、ドミンゴス・ジョルジ・ヴェーリョ（注883）が率いるポルトガル軍の総力を挙げた8,000人の攻撃により当時のリーダー、ズンビ（注884）が殺され、キロンボ・ドス・パルマーレスは消滅した。

1850年に禁止されるまで奴隷貿易は続き、制度自体が廃止されるのは1888年の黄金法制定（注655）を待たねばならなかった。

彼らはサンバやカポエイラ、料理、そして、マクンバ（注389）やイスラム教などの文化や宗教をブラジルにもたらした。

ヨーロッパからの移民たち

十七世紀の英国では、清教徒革命、名誉革命をへて、議会政治の基礎が築かれた。1787年に始まるフランス革命では、封建的諸特権が崩壊、近代的所有権が確立され、社会が大変革を遂げた。そして、十八世紀半

ばから十九世紀にかけては、英国を皮切りにベルギー、フランス、ドイツと各国で産業革命が起こった。近代の幕開けだ。

十九世紀のヨーロッパ、富裕層は拡大し、人口が 2.5 倍に増え、底をつく貧困が厚く広がった。1884 年から 1923 年にブラジルに移民したポルトガル人は 91 万 2 千人、スペイン人が 53 万 5 千人、ドイツ人が 9 万 3 千人、そして、イタリア人が 131 万 1 千人だ。

ヨーロッパでのコーヒーの需要が増大し、1850 年の奴隷貿易禁止、1888 年の奴隷制度撤廃の頃から、ブラジルのコーヒー産業は活況を極めた。奴隷に変わったのが、各国からの移民だった。チャールズ・ダーウィンの進化論に影響を受けた社会進化論や優生学の発想から、白人が好まれ、積極的にヨーロッパから受け入れられた。

移民の渡航には、奴隷船がそのまま使われることもあり、アフリカからの奴隷と同様、十三から十七の若者も多かった。彼らの多くは、黄熱病、非衛生的な生活環境、激しい労働などにより三年もせずに亡くなったという。

ポルトガル人移民とイタリア人移民は、主にリオ・デ・ジャネイロとサンパウロのコーヒー園で働いた。しかし、劣悪な農園から徐々に都市へと移り、ポルトガル人は小売商やパン屋に、イタリア人は工場労働者となった。1901 年の統計では、サンパウロの工場労働者の 90%がイタリアからの移民だ（第九章「アマゾンの女たち、イカミアバへの手紙」参照）。

一方、1554 年 1 月 25 日の市誕生のころからサンパウロに暮らすポルトガル系ブラジル人がいる。ポルトガルの下級、あるいは、中級貴族の出で、開拓のためにブラジルにやって来た。地域に住むトゥピ族、グアイアナス族、カリジョ族の族長など、有力者の娘と婚姻をむすび、サンパウロと国家の経済と社会の中心となった。

二十世紀中ごろ、サンパウロ市四百年を記念して、彼らは「クワトロセンタオン（quatrocentão、四百年の人）」と呼ばれ、サンパウロ市のみならず、州内の都市の文化を担う知的エリートとなっていた。「近代芸術週間」を実現させたのは、彼らだ。今なお、ブラジル社会で重要な役割を果たしているが、1929 年からの大恐慌で彼らの多くが経済的な力を失い、体制の移り変わりの中で政治力を失った。

第六章「フランス女と巨人」では、イギリス人が銃のなる木を見ているし、第十一章「セイウシばあさん」では、ブラジルに流行性感冒を持

ち込んだことになっている。釣り針を盗まれた上に、銀行に変えられてしまった。第十七章「大熊座」では、「オウムはみんなイギリス人の地へモロコシを食べに行ってしまった」。

イギリスからの移民は多くない。

両国の関係は、1703年にポルトガルとイギリスの間で締結されたメシュエン条約に遡る。この条約によってポルトガルは保護貿易政策を転換させ、イギリス産毛織物の輸入を受け入れることになった。ポルトガルはフランスより低い税率でワインを輸出できるようになったが、毛織物産業が壊滅的な打撃を受け、経済は衰退、ポルトガル海上帝国はイギリス帝国の傘下へと組み込まれることとなった。

ブラジルの国内市場も、1808年のリオ・デ・ジャネイロ遷都と共にイギリス資本に解放され、イギリスへの経済的従属が始まった。

ポルトガルからの独立直後、1824年に北東部で「赤道連邦の反乱」が起きると、ペドロ1世はイギリスから数百万ポンドの借款と傭兵を導入、反乱を鎮圧した。イギリスは、1822年の独立にも強く影響を及ぼしたと言われているし、1825年にポルトガルが独立を承認したのはイギリスの仲介によるものだった。さらに、1889年に帝政から共和制に移行した時、退位したペドロ2世が亡命したのはイギリスだった。

ブラジルが奴隷制度を廃止したのも、イギリスの影響が大きかった。近代国家の中で最初に奴隷制度を廃止したのはイギリスであり、諸外国に圧力をかけることによって、経済を揺さぶった。

資源としてのブラジルとヨーロッパ人たち

1500年4月22日、ポルトガルのペドロ・アルヴァレス・カブラルは、バイーア州南部のポルト・セグーロに上陸した。開発がはじまったのは、1503年に王室から新キリスト教徒（改宗ユダヤ人）のフェルナン・デ・ロローニャ（Fernão de Loronha、1470-1540）にパウ・ブラジル（注473）の専売権が与えられてからである。

十六世紀前半に、パウ・ブラジルは枯渇する。ポルトガル人は、金銀の鉱山を求めてサン・ヴィセンテとピラチニンガ（現在のサンパウロ市）に町を建設した。ブラジル開発の本格化である。

ポルトガルとスペインとによって独占されていた新大陸の利権に割り込もうと、1549年にヴァロワ朝フランス王国が侵入してきた。これに対

抗するため、ポルトガル王室はバイーアのサルヴァドールに総督府を置いたが、フランス人の侵入はやまず、1556年にフランスの新教徒ユグノー達がグアナバラ湾周辺に南極フランスを建設した。1567年にはポルトガル領に編入されたが、1612年にはブラジル東北部のマラニョン州に赤道フランスを築いた。が、赤道フランスも3年でポルトガルに編入されている。

1516年に、サトウキビ栽培がマデイラ諸島からペルナンブーコに移植された。砂糖産業は労働力を必要とし、インディオと黒人が奴隷として利用された。イエズス会はインディオに熱心に布教し、奥地探検隊は好んでイエズス会の布教村を襲って、これを狩った。

1595年から1663年、ポルトガルとオランダは、利権をめぐって世界各地で衝突していた。ポルトガル・オランダ戦争である。オランダ人は1621年に西インド会社を設立し、1624年に軍をしたてて、サルヴァドールを占領した（注648参照）。一度はオランダ人を追いやったものの、1630年にはオリンダとレシーフェが占領された。占領が解かれたのは、1661年にハーグ講和条約が結ばれたときである。

十七世紀末、ミナス・ジェライス州で奥地探検隊が金鉱脈を発見し、砂糖産業で栄えていた北東部から多くの人々が移住した。1729年にはミナス・ジェライスのセロ・ド・フリオ地方でダイヤモンドが発見された。さらに労働力が必要となり、インディオが奴隷化され、多くの黒人がアフリカから連行された。十八世紀中には、一攫千金を求めて約30万人のポルトガル人がブラジルに移住したと言われている。

1763年にブラジルの首都は、サルヴァドールからミナス・ジェライスの外港だったリオ・デ・ジャネイロに移された。そして、1750年、フランス領ギアナからコーヒーがもたらされた。当時の宰相、ポンバル侯爵はコーヒーや綿花の栽培に力を入れ、農業だけでなく、綿織物や製鉄業などの工業も成長した。

1807年、皇帝ナポレオン・ボナパルトのとき、フランス軍がポルトガルに侵攻し、イギリス海軍に護衛されてポルトガル宮廷の15,000人がリオ・デ・ジャネイロに辿りついた。ポルトガル王室はイギリスと自由貿易協定を結び、イギリス人は領事裁判権を含む特権的な立場が認められた。

1840年代にはリオ・デ・ジャネイロ州でコーヒーの栽培が成功し、以降、コーヒーがブラジルの奴隷制プランテーション農業経済の主軸を担うこととなった。そして、奴隷に代わる労働力としてヨーロッパからの

移民が導入された。

　インディオを狩った奥地探検隊の多くは、ポルトガル人入植者の子孫だった。そして、マリオも。

　すべてを収奪したヨーロッパ人。マリオの声が聞こえてくる。「あの四つの星は十字架なんかじゃない、何が十字架だ！　鳳冠鳥の父なんです！　鳳冠鳥の父なんです、いいですか！　鳳冠鳥の父、果てしのない空の広がりにいるパウイ・ポドリなんです！」

　最後に、『*MACUNAÍMA*』を紹介し、3か月をかけて一緒に読んでくれたネルマ、いくつもの質問に答え、勇気づけてくれたクリスチーナ、ジェファソン、えりかさん、サンパウロ大学教授で『マクナイーマ』研究の権威、デ・パウラ・ハモス・ジュニオル博士、すばらしい絵を描いてくれたマウリシオ・ネグロ、翻訳のきっかけを与えてくれた沼野充義氏、そして、トライ出版の本馬利枝子氏、ありがとうございました。

参 考 文 献

1. Mário de Andrade, *MACUNAÍMA o herói sem nenhum caráter*, 1979, Livraria Martins Editora S. A.
2. Mário de Andrade, *MACUNAÍMA o herói sem nenhum caráter*, 2001, Livraria Garnier.
3. Mário de Andrade, edição crítica de Telê Porto Ancona Lopez, *MACUNAÍMA o herói sem nenhum caráter*, 1978, Livros Técnicos e Científicos Editora S.A.
4. M. Cavalcanti Proença, *Roteiro de Macunaíma*, 1950, Civilização Brasileira.
5. Eduardo de Almeida Navarro, *Tupi Antigo*, 2007, Global.
6. Francisco da Silveira Bueno, *Vocabulário Tupi-Guarani* Português, 1982, Brasilivros.
7. Gonçalves Dias, *Dicionário da Língua Tupi*, 1970, Liraria São José.
8. Olga Gudolle Cacciatore, *Dicionário de Cultos Afro-Brasileiros*, 1977, Editora Forense Universitária.

著者
マリオ・ジ・アンドラージ　Mário de Andrade
1893年ブラジルのサンパウロに生まれた作家、詩人、音楽研究者、民俗学者で、1911年にサンパウロ演劇音楽学院に入学、1921年からは同学院教授。1922年2月11日から18日、サンパウロ市立劇場で近代芸術週間（Semana de Arte Moderna）を主催し、ブラジル、モデルニズモのパパ（ポルトガル語で「ローマ法王、最高権威者」の意）と言われた。その著作『マクナイーマ』で、ブラジルの近代的アイデンティティーを謳い上げている。

挿画
マウリシオ・ネグロ　Maurício Negro
ブラジルのイラストレーター、デザイナー、作家。ブラジル色の強い作品で評価が高く、日本、韓国、中国、ドイツ、メキシコでも活躍。ブラジルイラストレーター協会評議員。2009年、第16回野間国際絵本原画コンクール奨励賞受賞。マリオ・ジ・アンドラージ関連の図書として、『Briga das Pastoras e outras histórias － Mário de Andrade e a busca do popular』を2015年にSM社から出版。

訳者
馬場　良二（ばば・りょうじ）
1955年生まれ。東京外国語大学ポルトガル・ブラジル語学科卒業、同大学大学院外国語研究科日本語日本文学専攻修了。博士（学術）。現在、熊本県立大学文学部教授。
著書：『ジョアン・ロドリゲスの「エレガント」』風間書房、1999
　　　『João Rodriguez『ARTE GRANDE』の成立と分析』風間書房、2015

マクナイーマ
MACUNAIMA

発行日	2017年2月1日
著 者	マリオ・ジ・アンドラージ
訳 者	馬場 良二　　©Baba Ryoji
発行所	株式会社トライ 〒861-0105 熊本県熊本市北区植木町味取373-1 TEL　096-273-2580
発行者	小坂 隆治
印 刷	株式会社トライ
製 本	日宝綜合製本株式会社

落丁・乱丁がありましたらお取り替えいたします。